玩笑

MILAN KUNDERA

La Plaisanterie

米蘭・昆德拉——著

翁尚均——譯

目錄

第一部

路德維克

就這樣，好幾年過後，我又回到故鄉。站在大廣場上（孩童時代，然後少年時代，然後青年時代，穿越一千次了），我心裡並沒有絲毫感動。大廣場上有座鐘樓（好像戴頭盔的騎士），從那上面可以俯瞰腳下片片屋頂，我反而覺得這廣場好像軍營的大練兵場。這個位於摩拉維亞的城市昔日是抵抗馬札爾人和土耳其人進襲的堡壘。我覺得過去的禦敵功能使它的面貌烙下無可抹滅的醜陋。

幾年過去，沒有什麼吸引我回鄉的動機；我心裡想，這座城市對我而言可有可無，而這一點在我看來是再自然不過的了：十五年來，我一直住在外地，這裡只剩幾個舊識，或者幾位朋友（不過我寧願避開他們），母親葬在一處陌生墳地，我也許久不曾聞問。可是我在欺騙自己，我所謂的「可有可無」其實是股恨意。理由沒能想通，因為過去在這裡，就像日後在其他城市，好事壞事都曾發生在我身上，反正，那股恨意一直都在就是了。我是在旅程中發現這個現象的；其實，這次回鄉所執行的任務，我本來大可以在布拉格將它完成，可是我突然禁不住引誘，想在自己出生的這座城市執行所託，正好這項任務庸俗平凡而且帶有諷刺意味，於是便以可笑方式讓我不必承擔一種疑慮，以為回鄉是虛情假意在緬懷過去時光。

我再一次以嘲弄的眼光掃視這座醜陋難看的廣場，然後轉過身去，朝著旅館所在的那條路走去，那間我已預定好了房間過夜的旅館。門房將一把木製的梨形鑰匙交給我並且說道：「三樓。」房間並不怎麼討人喜歡：靠牆一張床鋪，房間中央佔了一個小桌，不過只配一把椅子，床邊擺了一張誇張矯飾的梳妝台，桃花心木質地，帶有鏡子，門邊還有一個小得不能再小，而且表面呈鱗片狀剝落的洗臉台。我把公事包放在桌上，然後打開窗戶。眼前是一座中庭還有一排房子，光溜溜的背面很是骯髒。我把窗戶關上，拉下窗簾，接著走到洗臉台旁邊。上面有兩個水龍頭，一個標著紅字，另一個標著藍字；我試了試，兩邊的出水都是冷的。我打量那張桌子，桌面的大小是還夠擺上一支酒瓶和兩個杯子；可惜桌邊只能坐一個人，房間裡面硬是找不到第二張椅子。我把桌子推向床邊，然後試著坐在床上，結果卻發現桌太低矮而床面又太高；此外，我一坐下，床墊整個就深深凹陷下去，顯而易見，這床不但無法充做座椅，恐怕連它原本讓人安眠的功用都值得懷疑了。我緊握拳頭將身軀撐上床去，然後躺在上面，同時還小心翼翼將沒有脫去鞋子的雙腳抬高，以免弄髒被子和床單。床墊承受我的體重立刻凹陷下去，我好像躺在一張吊床上面或是縮在狹窄的壙穴裡頭，很難想像還有人可以和我一起睡在上面。

我起身坐上椅子，一面出神看著那面被陽光照成半透明的窗帘，一面動腦筋想著。這個時候，外面走廊響起腳步和說話的聲音；那是邊走邊聊的一男一女，他們說的每一句話都清晰可聞。他們提到一個逃家的小孩，名叫皮特爾，還有一個叫克拉拉的愚蠢姑媽，是她慣壞那小孩的。接著傳來鑰匙在鎖孔轉動的聲音，有扇門打開了，然後剛才那兩個人聲又繼續在隔壁的房間聊起來了；我聽見女人嘆息的聲音，（沒錯，連嘆息聲都能灌進我的耳孔！）然後又聽見那個男人說他下定決心，要去和克拉拉姑媽說兩句話。

我站起身子，心中也打定主意；我走到洗臉台旁邊，將兩手再洗一次，用毛巾擦乾之後便出門離開旅館。起先我也不知道該往哪裡去。我只知道，如果我不想讓這趟旅程原本的計畫落空（這趟旅程千里迢迢又挺累人），只因為旅館房間設備不完善而失敗，那麼即便我再一千個不願意，也不得不謹慎秘密地請求當地哪一位朋友協助。我的腦際飛快地閃過一張張青年時代朋友的臉龐，可是立刻全部被我否決掉了，因為我此行前來所負的任務性質機密，如果和那些舊識聯繫，那麼勢必要交代多年不見期間彼此如何如何，這點我是不喜歡的。後來我終於想起來，以前在這個城裡，我曾幫忙一個男的謀得一個職位，而他現在或許還住在這裡。依照我對他的認識，他應該很高興這次能有機會報答先前我所施的恩惠。那是一個古怪的人，他的道德標準甚為嚴峻，但個性同時又是好動不安定的，這點真令人好奇。就我所知，他和妻子離婚已有數年。離婚的理由很簡單，因為他居無定所，哪裡都能棲身，唯獨不和妻兒住在一起。不過一想到他可能再婚我就擔憂起來，因為這樣會使得我執行任務的過程變得複雜。我一面想，雙腳一面朝著醫院走去。

這所醫院是由一幢幢的大樓和小屋構成，錯落有致散布在一片廣袤的花園裡。我走進大門旁邊的小崗亭裡，看見門房坐在桌子後面，於是請他幫我聯絡病毒學部門；他把電話直接推到靠我這邊的桌緣並且說道：「０２！」我於是撥了０２，但是話筒那一邊的人卻告訴我，寇斯特卡醫師前幾秒鐘才離開辦公室，正朝出口的方向走去。因此我便在靠近大門邊的一張長凳上坐下，生怕等不到他，一面心不在焉地看著那些穿著醫院藍白相間條紋長袍的人在附近晃來晃去，最後我瞧見他。他走過來，神情若有所思，身材高大卻很瘦削，外表不很光鮮但是親切，是的，是他沒錯。我從長凳上站起來，然後迎面朝他走去，好像差一點要撞上他似的；他起先對我投以不悅的眼神，可是才一轉瞬便認出是我並且展開雙臂。我感覺得出來，他的驚訝帶著快樂，那種出自內心的歡迎態度讓我十分高興。

我向他解釋道，我來到這城裡還不到一個小時，為了一件無關緊要的任務，打算在這裡住上兩天。他的喜悅中難掩驚訝，因為我來到城裡找的第一個人居然是他。突然我意識到，自己前來找他其實別有心機，不是單純拜會，而我開口問他的第一個問題（我開朗地問他是不是再婚了）表面似乎洋溢著誠摯的關懷，但骨子裡卻有個不懷好意的算計。想到這點，我感覺有點嫌惡。他回答我（答案真是教我滿意），說他還是單身。我對他說，我們有太多事情可以聊上好一陣子。他說也有同感，只是遺憾的是，因為還得回去醫院，而且下班之後又要立刻搭車出城，所以當時只有一個多小時的時間和我說話。我聽這話，心裡十分驚恐，於是便問他道：「你不住城裡？」他說是住城裡，我這才放下心。他說他在城裡有間套房，位於一棟新的樓房裡面，可是「一個人孤單生活畢竟很不好受」。聽他語意，寇斯特卡似乎有個擔任小學教師的未婚妻，住在城外二十公里的地方，她自己擁有一個兩房套間。我問他道：「你以後打算長久搬到她那裡住？」他回答我，在其他地方再也難以找到一個像我為他謀得的那個職位，可是偏偏他的未婚妻也不容易在這裡找到工作。於是我開始咒罵（心甘情願地）官僚體系的牛步化辦事效率，完全無法促成美事，讓這一男一女能夠廝守一起。可是，他卻以溫和寬容的語氣說道：「路德維克，你別擔心，再怎麼說這還不算真的難以忍受！來來回回當然耗我時間，花我金錢，可是我卻能享有絕對自由，保有自己獨處的時間。」我問他道：「為什麼你，你這麼需要自由？」他反問道：「你不也是？」我回答道：「因為我愛追女孩子。」他說：「我倒不是為了女人，只是我就是需要掌握我自己的自由。」然後他又補上一句：「這樣好了，趁我還沒回醫院上班，上我那兒坐坐吧。」這個邀請正中我的下懷。

步出醫院的圍牆之後，我們很快就抵達一個新的建築群，大樓一棟棟櫛比鱗次，蓋在塵土飛揚、尚未整平（沒有草地，沒有人行道，沒鋪路面）的地上。建地之外是遠到看不見邊的原野，極開闊又極平坦，相較之下，那片建地顯得蹩腳淒涼。我們穿越一道大門，走上過於狹窄的樓梯（電梯故障的關係），到了四樓才停下來。我看見門上貼著印上寇斯特卡姓名的名片。穿過玄關走進房裡，我可覺得滿意極了：角落一張又寬大又舒適、無靠背又無扶手的長沙發。長沙發之外還有一張小桌，一張扶手椅，一個大書架，一部電唱機和一部收音機。

我向寇斯特卡大大讚美了他的房間，並且問他浴室又是如何。他對於我所表現的關心感到高興並且答道：「談不上奢華啦。」然後又將我讓回玄關，也就是浴室門的所在位置。門打開一看，浴室雖小但很舒適，浴缸、淋浴設備和洗臉台一應俱全。我開口道：「剛才一看見你這了不起的套間時，我心裡就有一個主意。明天下午和晚上你忙不忙？」他神情困窘地抱歉道：「哎呀，真不巧，明天我的班從早排到晚，要一直到晚上七點左右才回家。對了，明天晚上你該不會很忙吧？」我回答道：「明天晚上我可能有空，不過明天下午，你方不方便先把你這套間借給我用？」

我的問題讓他十分驚訝，不過他立刻（寇斯特卡似乎很擔心自己的驚訝態度會讓我以為他不夠熱忱）回答我道：「當然沒有問題，你就把這兒當成自己的家好了。」接著，他彷彿不願意思考我這請求背後的動機似的，旋即又補充道：「如果你有住宿方面的困難，今天就睡這兒吧，反正我明天早上才會回來。甚至沒有時間回來就直接去醫院上班了。」「今天倒是不必。我住旅館。比較困擾的是，我在旅館的房間住起來並不怎麼愜意，而明天下午我需要一個比較怡人的環境。當然，我借你的房間並不是要獨處的。」寇斯特卡把頭稍微低下去並且說道：「當然，我猜也是這樣。」過了片刻他又開口：「我很高興能助你一臂之力。」最後他補充道：「當然，我希望是真幫你忙。」

說完這話，我們便圍著小桌子坐下（寇斯特卡準備了咖啡），然後聊了好一會兒（我坐在長沙發上，發現它很堅固，不會凹陷也不會嘎吱作響）。寇斯特卡接著告訴我他得立刻回去醫院上班，臨出門前還匆忙指點我一些如何使用房內設備的秘訣：關上浴缸水龍頭的時候要用力旋緊。還有，熱水是從標有「冷」字的水龍頭裡流出來的，這和一般的習慣完全相反。此外，電唱機電線的插座藏在長沙發椅下面。最後，小櫥櫃裡面藏有一瓶剛開封不久的伏特加酒。然後，他交給我兩支構成一串的鑰匙，一支是開大樓大門的，另一支是開套間的門。我這一生中睡過的床數也數不清楚，於是我養成一種對於鑰匙特殊的尊崇感情。所以我就收下這兩支鑰匙，將它收進口袋，心中樂不可支，但嘴巴卻不吭聲。

最後告辭出門以前，寇斯特卡還客套一番，希望他的套間能「真正帶給我一些美好的事」。我回答他：「是啊，恐怕到時會像颶風過境，無堅不摧。」寇斯特卡答道：「哦，弄得滿目瘡痍也是美好的事？」而我只是在心裡暗笑，因為透過這個問題（說出來的時候雖是語氣輕柔，但意象裡面可是鬥志昂揚），這下子我重新拾回舊日對他的認識——既滑稽又親切的個性。那是十五年前事了。我回嘴道：「我很清楚，你是上帝那永恆工地中的安靜工人，聽見無堅不摧這碼子事你就不稱心如意，可是我無可奈何。說到我，我才不是上帝的一個泥水工學徒。要是上帝的泥水工學徒們在這塵世建造起真牆寬壁的高樓大廈，那麼我們真想摧毀什麼也是無處下手。然而，我看不見任何堅硬牆壁，有的只是裝飾。摧毀裝飾其實是件合情合理的事呀。」

我們這段談話接續了上次我們分手時（大概九年前吧）沒談完的主題。如今，我們這種意見相左的情況竟蒙上一層隱喻的色彩，因為我們都已知道深入到最底層會是什麼，同時也沒有感受到需要再回到那主題上面；我們只需要彼此一再重複，說是對方沒有改變，說是對方和自己竟始終和昔日一樣不同（關於這點，我得聲明，我很欣賞寇斯特卡和我的差異，也正因如此，我才樂意與他探討事情，唯有這樣，我才一直可以證實自己是誰以及我的思想為何）。因此，為了解除我對他的一切疑慮，他回答我道：「你剛才那一番話聽起來頭頭是道。不過我想知道：像你這種凡事存疑的人，現在為什麼自信飽滿，讓你可以確定什麼是牆壁，什麼又是裝飾？你難道不曾懷疑過，你所嘲弄的假象果真就是假象？你難道不可能搞錯？如果那些是價值觀，那麼你就是價值觀的摧毀者了？」接著他補充道：「一個糟糕的價值觀和一個被揭穿的假象都具有相同可憐的體質，兩者沆瀣一氣，沒有什麼比將兩者混為一談更容易的了。」

就在我陪同寇斯特卡返回那座位於城市另一端盡頭的醫院時，我的手一直在口袋裡玩弄那兩支鑰匙。能夠陪在昔日老友的身邊可真是件愉快的事，因為他不論在什麼地方，不論在什麼時候，總是不斷嘗試讓我信服他心目中的真理，甚至像現在，就在我們一起穿越崎嶇不平的新建區域時也是如此。很明顯地，寇斯特卡想起隔天我們一整個晚上都會聚在一起，所以暫停哲學討論，轉而聊起一些平凡無奇的話題。他知道隔天晚上七點左右從醫院下班後一定會在他家看到我（他自己並沒有備份鑰匙）。他又問道，我是不是真的什麼都不缺了。我摸了摸自己的臉，然後回答他說，只差上理髮店走一趟，因為鬍鬚長了，不很舒服。寇斯特卡答道：「那我這就早早帶你去理髮師那裡好好刮上一頓鬍子！」

我沒拒絕寇斯特卡的美意，讓他領我走進一家規模不算大的理容院。三面大鏡子前面安裝了三張可旋轉的大扶手椅，其中兩張已經坐了兩個男的，他們低著頭，臉上抹足了刮鬍泡沫。兩個穿著白罩袍的女人傾身向著他們。寇斯特卡走到其中一個女的身邊，向她嘀咕了幾句話；那個女的拿毛巾將剃刀上的泡沫揩淨，然後對著店鋪後間喊了一個名字，立刻有一位也是身穿白色罩袍的年輕女子走了出來，然後接手照料剛才坐在大扶手椅裡，暫時被撂下的那個男的。先前寇斯特卡對她低聲說話的那個女人向我微微點頭，伸手示意要我坐在最後那張還沒人坐的大扶手椅裡。這時，寇斯特卡和我握過了手便互相道別了。我在大扶手椅裡坐定，將頭倚在權充支撐的小靠墊上。因為好些年來，我一直都不喜歡觀看自己的臉孔，所以就避開了那張放置在我面前的鏡子，並將眼睛抬起，讓目光梭巡在那片以白石灰塗飾，但已有骯髒污斑的天花板上。

甚至等到那位女理容師用手指將一條白色布巾的邊緣塞入我襯衫的領口時，我的目光依舊駐留在天花板上。接著女理容師移開一步，然後我便聽到剃鬚刀在一塊皮革上來回磨利的聲音，這時我一動也不動地僵在椅子裡，渾身漫過一種無須掛念任何事情的愜意感覺。過了片刻，我感覺到幾根潮濕的指頭在我的臉頰皮膚上敷塗大量的剃鬚乳膏，突然之間，我的心中興起一種奇怪的意識：一個與我無關，而我也與她無關的陌生女人正溫柔地撫摸我的面容。接著，那位女理容師拿起剃鬚用的刷子，開始將肥皂推勻在我臉上。我感覺自己似乎甚至不是坐在椅子上面，而是飄浮在一片污漬斑駁的白色空間裡。這時我想像（因為就算在我休息的時刻，意念仍舊不停地運轉）自己是個手無寸鐵的犧牲者，完全受制於一位磨快剃鬚刀刃的女人。我的身軀彷彿消融在空間裡面，只覺得臉上有指頭不停來回。我毫不困難便想像到她那輕軟的雙手捧著（側過左邊，側過右邊，又是細膩撫摸）我的腦袋，彷彿那雙手根本不把它當作連在我軀幹上的東西，而是把它看成完全獨立分離的物件，以至於那把躺在一旁小桌子上的鋒利刀刃似乎就等著從脖子割下，成就我頭部的美妙自主狀態。

接著，撫摸的動作停了下來，然後我聽見那女理容師走開的聲音。這次，她真的一把抓來，這時我心裡暗忖（因為此際思想依然繼續它們的遊戲），無論如何我得看看我這頭顱的女主人到底什麼表情，我那溫柔的劊子手究竟哪副德行。我將目光從天花板移開，然後看鏡子一眼。我嚇壞了：剛才我為了自娛所幻想的情況突然之間詭異地形成真實的輪廓；我覺得那個女人，在鏡子裡傾身向我的那個女人，我是認識她的。

她先伸出一隻手捏定我的耳垂，然後另一隻手便小心謹慎開始刮除我臉上那堆肥皂泡沫；我仔細觀察她的臉，前一刻我才訝異不已瞥見的那張臉，現在對於它的熟稔，以為她是哪個舊識的想法居然一丁點一丁點崩解，最後消失於無形。接著，她又微彎腰肢，在洗臉台上將剃鬚刀上面一大坨的肥皂泡沫抹除下來後，站直身子，然後推轉一下我坐的那張大扶手椅；我們的目光剎那間交會一起，我突然再度認定是她沒錯！當然，這一張臉略有不同，彷彿是她大姊的，只是膚色變得暗沉，失了彈性，又有一點凹陷。畢竟我上一次看見她已經是十五年前的事了！歲月悠長，時間在她的五官上罩上一張欺瞞人的面具，但是幸好，這張面具還有兩個孔穴，因為她仍舊可以用她那雙真正的、實際的眼睛看我，十五年前我所認識的那雙眼睛。

但是這條原本清晰可辨的線索卻又被一件突如其來的事給弄亂了：理容院裡又進來一位顧客。進來以後他就坐在我背後的一張椅子上，等著輪到他的時候再坐上大扶手椅。過一會兒，他開始對我的女理容師講話，所發表的議論內容針對夏日的美好天氣以及城郊接壤地帶正在興建的游泳池，女理容師回答他一些話（我只注意她的音質，沒有注意答腔內容，反正是東拉西扯無甚深義的話）。我卻發現我認不出這個聲音；她的聲音一派從容不迫，完全沒有急躁味兒，幾乎稱得上俗氣，總之是個壓根陌生的聲音。

現在她洗著我的臉，並用手掌心又揉又按，而我（儘管剛才辨音的經驗）卻又再度深信一定是她，錯不了的。十五年過去了，那雙手按在我臉上的感覺依然沒變。她又一次摩挲我的臉，撫摸良久，而且那樣溫柔（我完全忘記，她只是清洗我的臉，不是撫摸）。她那陌生的聲音依然不停和那聊天興致越來越高的男人應對，可是我拒絕相信聲音，寧可相信她那雙手，我是靠那雙手認出她的；碰觸在我皮膚上的感覺如此溫柔，我嘗試要進一步審視她，還要看看她是否認出是我。

接著，她取來一條布巾然後擦乾我的雙頰。那個囉嗦個不停的男人因為自己方才說的笑話而爆出一陣狂笑，然而我注意到，女理容師並沒有跟著陪笑，也就是說，她也許根本沒太注意那傢伙在東扯西扯些什麼。這層認識令我感到些許不安，因為這事證明了她已經認出我來，此刻她應該努力在壓抑心中的情緒激盪。我下定決心，一離開座位便要和她說話。她把圍繞在我頸項間的布巾取下。我站起身。我從外套內裡的口袋裡拿出一張五克朗的鈔票。我等著，等著我們雙方目光再度交會，然後便叫一聲她的小名，開始和她說話（那個傢伙還在那裡扯淡）。可是她表情漠然地將頭偏轉過去，乾淨俐落地接過紙鈔，沒有參雜絲毫個人情感在裡面，以至於我落得像個愚信自己幻象的傻瓜，完全鼓不起向她說出隻字片語的勇氣。

我走出理容院，心裡有股不滿足的古怪感覺；我唯一確定的事便是我什麼都不知道。在我看來，過去自己曾經迷戀的臉龐，現在對它卻搖擺在認得出與認不出的猶豫狀態，這可是一件十分「粗鄙」的事。

當然，要了解真相其實並不困難。我加緊腳步朝旅館的方向走去（途中我在人行道上認出一位年輕時代老朋友的面孔，他叫賈洛斯拉夫，是某個洋琴樂團的指揮，可是彷彿我要逃避太尖銳、太嘈雜的樂音似的，我迅速地把目光偏移開去）。回到旅館以後，我打電話給寇斯特卡；他還在醫院裡忙。「告訴我，你介紹給我的那位女理容師是不是叫作露西．塞貝特闊娃？」「現在她改名了，不過確實是她。你是怎麼知道她以前的名字的？」寇斯特卡問道。我回答他道：「那是天荒地老以前的事。」之後，我離開旅館，根本沒想到該吃晚飯（天色已經全暗下來），只是漫無目標閒蕩。

第二部

赫雷娜

1

今晚我打算早點上床，但是我不確定是不是能順利入眠，總之早點上床就是。帕維爾今天下午動身到布拉提斯拉瓦，我自己明天一大早也要搭飛機前去布爾諾，然後再轉搭巴士，我那小茲德娜可要一個人待在家裡，整整兩天，反在她也不會在乎有沒有我作陪，我是可有可無的，至少她不會在意我不在她身邊。她最欣賞帕維爾，帕維爾可是她頭號崇拜的男性偶像。我不得不承認，他真懂得怎麼和茲德娜相處，其實不僅是她而已，帕維爾懂得和所有的女人相處，包括我在內。我這觀察錯不了的。這個禮拜，他又開始用以往的方式來對待我，從摩拉維亞的途中過來接我，依他看來，我們得好好再聊上一次，或許他自己也認識清楚，不能再這樣拖下去了，或許他想要讓我們的關係回復到從前的樣子。可是，為什麼他到那麼晚才想通？現在我都認識路德維克了。因為這樣，我焦慮得不得了，可是話說回來，我是不應該傷心的，不應該，「但願悲哀永遠不要和我的名字連在一起」，福西克的這句名言早成了我的座右銘，甚至被送上絞刑架的時候，福西克都不曾悲傷過。今天歡樂似乎變成一種過時的東西，但這和我毫不相干，我笨，這有可能，可是其他的人抱著他們那世俗的懷疑精神，跟我只是半斤八兩，我實在找不出合理原因，為何要放棄我的愚昧，然後改信他們的愚昧？我不願意把我的生命切成兩半，我要求我自己的生命是完完全全的整體，從出生的這一端到死亡的那一端，因為這樣，路德維克可真討我喜歡，和他在一起的時候，我不需要改變想法，改變品味，他只是一個平凡無奇的男人，簡單，清楚，我愛的就是這個，以前我就欣賞這樣。

我現在這個樣子，我一點也不覺得羞愧，我沒有辦法和以前的那個我有所不同，十八歲以前，我只認得外省鄉下循規蹈矩布爾喬亞階級那整理得乾乾淨淨井井有條的套間，然後唸書，接著還是唸書，真實的生活是在七堵牆以外的地方進行的。後來，我去了布拉格，那是一九四九年的事，真是奇蹟一樁，那種幸福的感覺我是一輩子都忘不了的。正是由於這個緣故，我沒有辦法將帕維爾從我靈魂的深處驅逐出去，甚至就算我已不再愛他，就算他曾經讓我受苦，我仍不能夠。帕維爾，那就是我的青年時代，布拉格，大學學院，大學宿舍，特別是福西克的歌唱舞蹈團體，那個歌舞團，那個學生團體，如今沒有人知道我們所代表的團體的一切，如今沒有人知道這一切對我們所代表的意義為何。我在那裡認識了帕維爾，他唱男高音，我唱次女低音，我們所參與演出的音樂會和餘興節目數以百計。演唱蘇維埃的歌曲，演唱我國的政治歌曲，當然，也有一些民俗歌曲；後面這一類我們是比較喜歡的。我那時代對於摩拉維亞地區的小調特別沉迷，以至於我雖然出身波希米亞，但整個靈魂卻好像是摩拉維亞的。我將這些歌曲當成我生命的主導主題，對我而言，這些歌曲已和那個時代混同起來。和我的青年歲月混同起來，和帕維爾在一起，每當旭日東升的時刻，這種日子我特別愛聽那些歌曲。

那個時候，為什麼我會如此依戀帕維爾，今天我實在無法告訴任何人，真說出來，恐怕是一本爛文學書。有一年的解放紀念日，在舊城區的廣場上有一場盛大的慶祝活動，我們的歌舞團也應邀演出，我們走到哪裡都是團體行動，小小的一群人，穿梭在數以萬計的人群當中，司令台上站著我國的政要，也有外國人，冗長的訓話，響徹雲霄的鼓掌聲，然後輪到托格里亞提[1]走到

【小說裡的註釋全為譯註】

1. 帕爾米羅．托格里亞提（Palmiro Togliatti,1893-1964）：義大利共產黨早年的靈魂人物，支持去史達林化。

麥克風前面，用義大利語發表一段簡短致詞，然後根據慣例，廣場上的人群報以呼叫，饗以掌聲，並且有節奏地喊著口號。帕維爾湊巧站在我的身邊，四周到處是不堪的吵鬧，而在這場類似暴風雨的情境中，我聽見他獨自喊出一些話語，十分特別的話語，我注視他的嘴巴，終於了解他在唱歌，他要我們聽見他，要我們加入他的歌唱，他哼唱一首義大利語的革命歌曲，那是我們曲目裡面有的，也是當時很流行的：前進吧人民，起來造反，擎舉紅旗，擎舉紅旗……

他的本性表露無遺，他從來不以乞靈於理性為滿足，他要的是直搗感情層面。我當時認為，在布拉格的廣場上，以一首義大利語的革命歌曲來歡迎義大利勞工的首領，那是多麼燦爛的行為，但願托格里亞提和大家一樣聽了這歌曲能夠激昂起來，所以，我用盡力氣配合帕維爾引吭高歌起來，接著有些人，然後又有更多人加入我們的歌唱，最後我們歌舞團的成員每個人都扯開嗓子應和，然而廣場上的叫聲實在震耳欲聾，而我們不過是一個小小團體，人數五十上下，而廣場上至少五萬人，他們是壓倒性的多數。絕望的奮鬥，才唱了歌曲的第一段，我們就聲嘶力竭快要撐不下去，四周的人甚至沒有注意到我們唱些什麼，可是就在這個節骨眼上，奇蹟發生了，漸漸地附近有其他聲音加入我們，人數越來越多，群眾開始明白我們，漸漸，歌聲從廣場的喧囂中脫穎而出，好像一隻蝴蝶，從碩大無朋且轟隆作響的蛹中破殼而出。最後，這隻蝴蝶，這首歌曲，至少這首歌曲的末尾幾個小節成功傳到了司令台，而我們熱切地，目不轉睛地看著那個義大利人的五官，那個頭髮花白的義大利人，看見他似乎比出手勢，節奏應和我們的歌聲，我們個個欣喜若狂，而我甚至確定看見他的眼眶泛著淚光。

在這種興高采烈、情緒脫韁而出的時刻，我並不知道自己是如何抓住帕維爾的手，而他也回敬我一個擁抱。等到廣場恢復平靜，另一位演說者站到麥克風前面之際，我好害怕他鬆開我的手，還好他依舊緊緊握住，直到集會結束，我們兩個人都這樣依偎在一起，甚至等到人群散去以後，好幾個小時當中，我們還在花團錦簇的布拉格四處閒步。

七年以後，小茲德娜也五歲了，我永遠也忘不了，他竟然對我說：「我們不是因愛而結婚，是黨的教條促成這段姻緣。」我也知道，當時我們閨房正起勃谿，他在說謊，帕維爾當初娶我的的確確因為愛我，只是後來想法改變。不過，這種話從他嘴巴出來畢竟可憎。他從來就是不斷向人證明，今天愛情已是另外一種東西，愛情不該讓人逃離群眾，而是戰鬥中的一項慰藉。話說回來，我們確實也以上述方式來處理我們的愛情。中午，我們甚至連吃午餐的時間都沒有，只在「青年聯盟」的秘書處囫圇吞下兩小塊乾麵包，然後彼此分開，直到一天快過去了才能再度相聚。我經常到了半夜還在等帕維爾，等他從總計持續六至八小時的各種集會中散會回家，而我則利用空閒的時間幫他謄寫報告，好讓他拿到各式各樣的研討會和訓練課上去發表，這些文章在他眼裡的重要性是無以復加的，只有我才明白，他對於發表政治性言論的場合多麼在意。在他的演說裡，他不厭其煩地強調，新時代的人和舊時代的人最大差別在於前者的生活裡，公領域和私領域的界線泯滅了；可是幾年過後，他卻回過頭來指責我，硬說同志們沒能尊重他的私生活。

之後我們又交往了大概兩年，可是我開始感受到一絲的不耐煩，這也是不足為奇的事，沒有哪個女人能滿足於學生時代單純的風花雪月，至於他，帕維爾，可就心滿意足，因為他已習慣這種沒有羈絆的舒服。所有男性都有一點自私，所以女人得要自我捍衛，在女人這項任務裡堅此百忍，而這個道理，很不幸地，歌舞團裡任何一位成員都比帕維爾更明白，所以成員們召喚他到委員會裡訓一頓，至今我仍不知道當時人家對他說了什麼，因為事後我們從來沒有機會討論。那些人極有可能以直截了當的方式對他把話說白，畢竟在那時代，這方面的紀律是很嚴明的。當時，那些夥伴的做法太過火了，可是道德標準高至少不比道德墮落要差，就像時下。接著，帕維爾開始躲著我，期間並不算短，我認為自己把事情搞得一團糟，我絕望了，於是想要自殺，可是接著他又回來找我，那時我兩個膝蓋直打哆嗦，他請求我原諒同時送給我一個禮物，是克里姆林宮造型的小飾物，那是他最珍貴的紀念品，日後我一刻也離不開它，這不僅是帕維爾送的紀念品而已，它還富含更多意義，我感覺好幸福，竟然因此潸然落淚，十五天以後，我們就結婚了，整個歌舞團都來參加我們的婚禮，大夥一鬧就是整整二十四個小時，又是唱歌，又是跳舞。我一而再再而三告訴帕維爾，如果哪天我們要是背叛彼此，那就如同背叛了所有前來參加婚禮的朋友，背叛了當年布拉格老城區廣場的那場集會，背叛了托格里亞提。後來我們終究背叛了那許多人，今天我想起來就忍不住想笑……

2

我費心思量，明天該穿什麼才好，比方那件粉紅色的套頭線衫和我的風衣，這兩件算是最適合我腰身的了，我算不上苗條，可是那又怎樣！雖說我有皺紋，可是截長補短，我具備了妙齡女子所沒有的其他魅力，那是見過世面，生活經驗豐富的女人特有的長處，對於金德拉而言，我必然擁有這種魅力。唉，那可憐的大男孩，他知道我一大清早就要去搭飛機，臉上堆起多少失望，而他自己得隻身踏上旅程。每次他能和我相處的時候多麼興奮，在我面前，他總愛刻意展現十九歲大男孩的陽剛氣，和我一起，他就殫思竭慮以便使我崇拜他，這個小醜八怪。撇開這些，幹起司機的活，幹起技術員的活，那是無可挑剔的了。那些記者十分樂意帶他到外面跑些小新聞，而且話說回來，知道有人一看到我就心花怒放這是多麼令人愉快，而且也沒任何害處。這幾年來，我在電台不太吃得開，似乎有人在背後說我是條賤母牛，狂熱的教條信徒，又是黨的走狗，不一而足。唯有一件，說我愛它我永遠不會臉紅，它是指黨，為它犧牲一切樂趣。說實在話，我的生活裡面還剩什麼？帕維爾有其他的女人，我也懶得去管到底是哪個張三李四，女兒崇拜她的父親，我的工作已經做了十年，但十年以來一成不變：報導、訪談，又是哪個計畫執行成果輝煌，又是哪個畜廄堪稱典範，還有擠牛奶女工的故事。而我的家庭生活也是乏善可陳，只有黨從來沒有對不起我，而我對它也是有恩報恩，甚至在大家都想離棄它的時候，我的立場依舊屹立不搖，比方一九五六年，史達林[2]的罪孽排山倒海而來，群眾當時都失去理智，他們唾棄一切，指責我們的電台信口雌黃，指責國營化以後的公司營運不善，文化事業奄奄一息，農村的合作組織原本不該成立，蘇維埃聯盟是個不講自由的國家。最糟糕的是，說這些話的人竟然本身即是共產黨員，在他們自己的集會裡發表這些議論；帕維爾也是用這種口氣發言的，所有在場的人都鼓掌叫好。帕維爾是個習慣被掌聲包圍的人，從孩提時代開始就是這樣。他是獨子，媽媽睡覺時一定伴著他的相片，小時了了，長成大人資質僅屬中等，不抽煙，不喝酒，可是偏偏受不了沒有掌聲的日子，掌聲彷彿成了他的酒精，他的尼古丁，因此，能夠抓住群眾的心，以十足的衝勁高聲揭發史達林政權的各種恐怖手段，讓聽者差點痛哭失聲，這樣，他最洋洋得意，我感覺得出來，他義憤填膺的時刻便是他最快活的時刻，我好恨。

2. 史達林（Staline,1879-1953）：喬治亞籍的蘇聯領袖。

幸好，黨中央採取行動，給那群歇斯底里的人打了手心以示薄懲，大家全閉嘴了，帕維爾和其他的人一樣，也是乖乖噤口不語。畢竟，他那個大學馬克斯主義教授的職位何等優越，犯不著拿它去賭，然而空氣中飄蕩著不尋常的氣氛，厭惡的種子，猜忌的種子，不相信的種子靜悄悄地偷偷摸摸地萌發滋長。我在心裡尋思，該如何對抗這種現象？除了比以前更緊密地和黨站在同一陣線之外，沒有什麼更好的辦法，彷彿黨是一個活體，我可以向它全然交心。總之，心裡的話再也無法向誰傾吐，連帕維爾也不例外，其他的人對我更是沒有一絲好感，有一回我們得處理一件棘手的事情，那一次就可以看得很清楚，我們電台有位男編輯，已婚身分，竟和一名女技術員，年輕未婚，沒責任感又恬不知恥，和她做起地下夫妻，元配彷徨無助，來我們的委員會求援。我們耗去數小時的時間研究這個案子，分別和那女的，和那女技術員以及同一部門裡的人證進行晤談，我們竭盡所能去了解這樁婚外情的每個面向，並且讓大家相信我們立場公正，絕不護短。那位編輯接受了黨的譴責，而那個女技術員也被訓斥一番，兩造當著委員會的面承諾就此斬斷情絲。唉，語言究竟只是語言，那對男女承認錯誤、答應分手只為緩和我們的情緒而已，事後還不是故態復萌，繼續偷來暗去。俗話說遠方來客的謊言拆不穿，但他們是熟人，因此沒隔多久，東窗再度事發。當時，我贊成以最嚴厲的方式懲處這對男女，並且提議將那男的開除黨籍，因為他是故意欺騙黨，辜負黨給他們改過自新的美意，話說回來，向黨撒謊的共產黨員能是什麼好東西？我最恨謊言了，然而我的提議並沒有受採納，編輯只是再度被黨譴責，而那個女技術員則得辭去電台的工作。

為了報復，這對男女聯手展開反擊，他們舌燦蓮花，讓眾人相信我是個怪物，一頭野蠻的母獸，於是一大夥人聯合起來開始暗地裡觀察我的私生活。湊巧那是我的弱點，哪個女人可以不需要感情生活，否則她就不是女人，何必不承認呢，我向別處尋覓愛情，既然我在自家的屋頂下得不到它。尋覓歸尋覓，但終究是徒勞無功。突然有一天在公開集會的場合裡，人家拿這一點來攻訐我，說我徹底偽善，說我藉口某某破壞他人家庭，就好像活生生要將他們釘上刑柱示眾，並且借題發揮要孤立他們，驅趕他們，消滅他們，而我自己卻對丈夫不忠，一有機會便要紅杏出牆。在集會上，他們說話還算客氣，只如方才所轉述的，但在我的背後穢語盡出，簡直就把我拖進爛泥巴裡，說我在公眾面前一副修女的貞德模樣，但私生活卻爛得像個臭婊，彷彿他們真的不知道，正因為我對不幸福的婚姻有極深刻的體會，所以在這一點上對別人才會如此苛刻。我對他們的態度不是出於嫌惡，而是出於愛心，因為我很珍惜愛情這一回事，因為重視他的家庭還有他們的小孩，因為我想幫助他們，我也是呀，我自己也有小孩也有家庭，真替他們捏把冷汗！

話說回來，他們或許才是站得住腳，或許我是不折不扣的悍婦，真的不應該剝奪別人的自由，對於人家的私事，外人完全沒有置喙的餘地，或許我們真的看不透這世界，或許我在真實生活裡像個掃興的警察，專門插手管些和他們絲毫無關的私事，只有我是這樣，我是憑直覺去處理這種事情的，要改個性也太晚了，我始終認為一個人是不可分割的，只有布爾喬亞偽善起來的時候才要區隔公領域的我和私領域的我，這是我的信念，我也始終如一根據這個信念處世，這一次如此，其他場合亦復如是。

就算我真的是兇悍的女人，我也同意，但我真的討厭那些輕佻的女孩，那些生性殘忍的小潑貨，仗著年輕，對於年紀稍長的女人壓根沒有一絲一毫的連帶感，彷彿不會有哪一天輪到她們三十歲三十五歲和四十歲似的，免了吧，不要來跟我說，其實她深愛那個男的，這種女的哪裡清楚愛的真諦，誰想上她，她就陪誰睡覺，沒有深層考慮，沒有羞恥觀念，要是有人膽敢拿我來和那等浪貨相提並論，那可是大大冒犯我了。可不能說理由很簡單只有一個，我是已婚身分，還在暗地搞七捻三，而且對象不止一個。我和她們最大的不同是，我一直追求真愛，萬一我看走了眼搞錯了，要是我在尋覓的地方找不到它，那我立刻渾身雞皮疙瘩，掉頭走人，到其他地方去另起爐灶。然而我也知道如何乾脆忘掉我年輕時代對於愛情的那種憧憬：大膽跨越界線，身處一片奇異的自由天地，不用羞愧，不講矜持，道德暫擺一旁的領域，在這個詭譎又骯髒的新世界裡，一切都獲允許，你只需要傾聽自己內心中的性慾衝動，性慾這頭野獸。

而我同時十分清楚，如果我跨過那條界線，我就不再是我，搖身一變成為其他的人，會是什麼樣的人我不確定，但這件事，這種恐怖的蛻變令我驚慌。因為這個緣故，我要追尋愛情，我不顧一切地追尋一種愛情，在那其中我可以以我先前的自我及現今的自我生存下去，依舊懷抱我舊日的夢想和理念，因為我不想讓我的生命從中間斷裂成兩截，我要它是首尾俱全的一個大整體。正因為如此，在我認識你的那時候，我是多麼目眩神迷啊，路德維克，路德維克……

3

我第一次走進辦公室的時候，那情況真是徹頭徹尾的滑稽，他並沒有特別吸引我的注意，我毫無顧忌地提出希望他能配合我的一些事項，也就是我對這次無線電通訊報導的各種想法。可是等到他開始對我說話的時候，我突然發現自己腦子變一團糟，說話結結巴巴，解釋事情也是愣頭愣腦。他看出我的惶恐，於是把主題拉到我的身上，問我結婚沒有，有沒有小孩，度假的時候通常會去哪裡，他還說我看起來年輕，長得也美。這是為了消弭我心裡的慌張，這是他善解人意的地方，我看慣那些素愛吹牛的人，唯一的本事就是把話說得天花亂墜迷惑別人，可是所知道的事卻還不及路德維克的十分之一，而帕維爾要是讓他談起自己就滔滔不絕說個沒完。不過這事最好笑的地方是，訪談都過了一個小時，我對他那機構的了解並沒有增加多少，我回家裡以後想要仔細琢磨我那篇文章，可是完全徒勞無功，不過這樣反而助我一臂之力，這樣至少我有再打電話和他聯絡的藉口，要他答應將我寫的文章讀上一遍。我們在一家咖啡館裡再度會面，我那篇乏善可陳的報導前後只有四頁，他態度殷勤地看完之後臉上露出微笑，直誇我的那篇文章寫得精采。從最初見面的那一刻開始，他就暗示我說，他對我感到興趣，原因不是我職務的性質，而是由於我是女人。這話我聽到耳裡不知道該高興還是該惱火。不管怎樣，他表現出來的是迷人的一面，我們也是心有靈犀，他不是那種令我厭煩的象牙塔裡的知識分子，他有極豐富的生活經驗，甚至曾在礦場做過事，我告訴他，我很欣賞這類的人，不過最使我訝異的是，他居然來自摩拉維亞，而且曾經在一個洋琴樂團裡擔任演出工作，他說出這件事的時候我簡直沒有辦法相信自己的耳朵，我好像同時聽見了自己生命的主導主題，似乎看到我的青年歲月從遠方回到了記憶裡，我覺得在心靈上降服於他了。

他問我平常如何過日子，我據實以告，然後他對我說——如今我還清楚記得他那一刻的聲音，充滿憐憫，但又飽含力量——赫雷娜，你不要再湊合著過日子。然後他斬釘截鐵宣稱，我必須痛下決心改變生活方式，多多少少注意一下「生活的樂趣」。我回答他說，在這一點上，我並不持相反意見，還說我一直酷愛所謂的生活樂趣，還有最令我不爽快的是愁眉苦臉的態度，是鬱結憂愁的情緒。可是他回敬我幾句，說什麼做我那一行的少有快樂的，又說快樂主義的信徒，八九不離十，都是最悲傷的人，哦！你真猜透我的心事，說得太對了！我好想扯起嗓子大叫。接著他就乾脆明講，說隔天下午四點要到電台門口來接我，然後一起到隨便哪處鄉野去散散步，反正不離開布拉格太遠就是了。我開口拒絕。你幫我想想看，我是有夫之婦，和其他男人單獨跑到僻靜的森林裡遛達，和一個陌生男人做這種事可不得體。路德維克開玩笑地回答我說，他不是男人，只是個科學家，說完這話，他隨即顯出傷心的樣子，很傷心的樣子！這一幕我看在眼裡，心中感受一股暖意湧上來，他對我有慾望，多讓我雀躍，更何況是在我已經告訴他自己的已婚身分之後，這樣他對我的慾念就更強，因為我變得無法親近。我貪婪地從他那緊蹙的五官線條裡啜飲他的哀傷，此時此刻，我理解到，他是真正愛上我了。

隔天，我們果然去了郊外，一邊是伏爾塔瓦河的河水，另一邊是森林陡峭的坡地，真夠浪漫。我很喜歡浪漫的感覺，我的舉止或許過於熱情，我女兒都十二歲了，從一個做母親的身分來看也許有失分寸。我不停咯咯笑，又不停蹦蹦跳，牽起他的手，硬要他陪著我跑，然後停下腳步，我的心臟撲通撲通地跳，我們臉對著臉，幾乎要碰在一塊，路德維克微微傾身向前，然後以迅雷不及掩耳的速度偷吻了我，我立刻避開他，但立刻又一把抓住他的手，重新開始向前奔去。我是心臟病患者，只要稍費力氣做事就心悸得難過，比方徒步上樓，才上二層樓就要我命，所以我趕緊放慢腳步，我呼吸的節奏於是漸漸恢復正常，忽然，我發現自己正在低聲哼唱一首摩拉維亞曲調開始的前兩小節，那是我特別喜歡的曲調，等到他似乎明白我的用意之後，我便高聲繼續唱那曲調，我沒有什麼好羞愧的，只覺得從我身上剝離下來的是沉積的歲月，是千百片灰暗的鱗片。最後選了一間小館子坐下，吃了麵包和香腸，一切簡單平凡到完美的地步，儘管跑堂的一臉慍色，儘管桌巾污漬斑斑，但是並沒有破壞那大半天奇妙的氣氛。我對路德維克說，你知道嗎，再過三天我就要動身前往摩拉維亞，去做一個有關「國王騎行」的報導。他問我精確的地點在何處，聽了我的回答之後，他告訴我，他自己就是在那地方出生的，又是一項令我驚奇的巧合，路德維克同時告訴我：到時候我會將日程表騰空，陪你到那裡走一趟。

我很擔心，我想起了帕維爾，想起他在我心田裡重新點燃但卻相當微弱的希望之火，我對於自己的婚姻並沒有抱持太犬儒的想法，我是誠心誠意想挽救它的，一切都是為了小茲德娜著想，可是何必自我欺瞞？其實還是為了我自己，為了昔日所發生過的一切，為了我年輕時代的回憶，可是我提不起勇氣向路德維克說「不」，硬是鼓不起那股狠勁，反正，骰子如今已經都丟擲出去，小茲德娜睡熟了，我好害怕，此時此刻，路德維克已經到了摩拉維亞，明天我從長途巴士下車時，他會在車門旁邊等著接我。

第三部

路德維克

1

是的；我去閒逛了一圈。我在莫拉瓦河上的橋駐足，看著河水從腳下流逝。醜態畢露，這條莫拉瓦河（河水暗褐，你會以為河床上流動的不是水而是污泥），而且岸邊多麼陰慘的景象：一條街道，五間布爾喬亞式的兩層樓房，彼此疏落站著，直挺立在那裡，各過各的日子，好像五名荒謬的孤兒；或許以前這裡曾經有個雄心壯志的大計畫，更建造一座大型碼頭，可惜後來放棄，而這五棟樓房便是那計畫的第一步驟，是胎死腹中的胚胎。其中兩間飾有小天使像，瓷土和灰泥做成的，以及其他一些已裂開的點綴：小天使的翅膀業已折斷，而其他那些點綴有些已經剝落，露出底下的紅磚砌面，讓人猜不透原先是何主題。這條有著孤立建築物的街道走到盡頭只剩下撐著電線的鐵製杆子，雜草地上幾隻流連忘返的鵝隻，再過去便是荒野，沒有天際線的荒野，好像哪裡都通往不了，莫拉瓦河那黏稠的河水便消失在其間。

那些城市好像知道如何彼此借鏡，而我，看著眼前這幕景象（我在孩提時代曾經對它極有印象，可是現在卻已毫無感覺），我一眼就瞧完奧斯特拉瓦城，這個以礦業為主的市鎮，彷彿是座巨大無朋的臨時宿舍，充塞許多廢棄的建築物，而那些骯髒不堪的街道走到盡頭便是空無。我掉入陷阱裡；我站在橋上，好像是個飽受機關槍威脅的人，我不想再一直注視那條形同被廢棄了的街道還有那五棟不知如何是好的孤立樓房，因為我嚴禁自己再想著奧斯特拉瓦城。因此，我掉頭並沿著河岸走去；是逆流而上的方向。

從那河岸又可以彎進一條小路，夾在路旁的，一邊是濃密的白楊樹列，構成視覺延伸到很遠的一條線，至於右邊則是一片坡地，上面長遍亂草雜木，向下一直蔓延到河水的高度。再遠一些，在河的彼岸，和視線首先交會的是倉庫、作坊和一些不起眼小工廠的中庭。小徑的左手邊，立刻映入眼簾的是一堆又一堆數不清的垃圾廢棄物，再過去便是廣闊的荒野，稀疏散落著金屬架構，支撐著高壓電纜。我在制高點上，沿著狹窄步道走去，好像是步步為營通過懸在水面上的便橋似的——如果我第一印象就把整片的風景比擬成無邊無際的水面，那是因為一股冷意已然侵入我的體內；而我沿著這條走道踽踽獨行，生怕滾落到坡地下面。與此同時，我了解到，眼前這片風景的怪異氣氛其實是種情緒的向外投射，那是我在和露西見面以後不准自己在心裡醞釀的；彷彿我那些受壓抑的回憶浸染著當下所有我眼睛所觀察到的，我身旁的一切，包括荒野的、工廠中庭的和棚架所滲透出來的蒼涼，那不透明的河水，無所不侵的寒意，這一切讓這片天地間的景致產生出相呼應的一致。我意識到無法擺脫自己的回憶；回憶圍攻著我。

2

我是通過什麼路徑而遇上我這一生第一次的慘痛經驗（由於這個經驗，露西連帶受到牽累），這件事不難用一種輕鬆的，甚至是風趣的語調陳述它：一切都錯在我，要怪我那愛開沒品味玩笑的要命天性，當然也要怪瑪爾克塔，因為她不具備理解我那些玩笑的能力。有種女人會以正經八百的態度看待所有事情，瑪爾克塔便是這種女人。這和當年的時代精神不謀而合，打從她們還躺在搖籃的時代開始，仙女們就賜給她們一種主要能力，那便是「深信不疑」的能力。我這並不是暗指她或許頭腦過分簡單的婉轉話；絕非如此。她可以算得上天資不低而且小有智慧，加上年輕就是本錢（才十九歲），而且兼有美貌，因此她那天真又極易深信某些事的天性應該算是她魅力的一部分，而不是什麼缺失了。在大學學院裡，我們每個男生都喜歡她，而且多多少少都試過要擄獲她的芳心，追求不成，我們（至少有幾位是這樣）難免對她有些怨意，但怨意參雜柔情，無傷大雅的。

肯定的是，瑪爾克塔和幽默感是絕對搭配不在一起的，尤其在那時代的精神背景裡這事更加明顯。記得那是一九四八年二月[3]以後的第一年；新生活已然揭開序幕，真正截然不同的生活，它的內涵，就像在我腦海中記憶猶新永遠不會抹滅的那樣，它的內涵是硬邦邦的嚴肅，可是令人驚訝的是，這種嚴肅並沒有一絲的陰慘，正好相反，它還具有微笑的外貌。沒錯，那幾個年頭甚至有資格稱得上是所有時代裡最快樂的；不管是誰，凡是沒有表現出歡天喜地樂不可支模樣的人立刻就被懷疑，是不是工人階級勝利以後，他的心中暗藏苦悶，或者（這種缺失不比上面那種要輕），以「個人主義者」的心態沉溺在自己私密的情感哀傷裡。

那個時候，我自己是沒有太多所謂的「私密的情感哀傷」，恰恰相反，我有相當強的玩笑心，不過，在那快樂至上的時代眼光裡也稱不上討人喜歡：因為我所說的笑話欠缺太多的正經嚴肅，而那時代的歡天喜地包容不了反諷或者挖苦，由於，我再強調一遍，那種愉悅具有嚴肅內涵，威風凜凜地自我命名為「勝利階級的歷史樂觀」，那種禁慾式的喜樂是肅穆的，簡而言之就是開頭大寫的「喜樂」，唯一可能的喜樂。

我還記得那時在大學學院裡，大夥兒組成一組組的「讀書會」，組員動不動就聚會，不是公開批判其他所有成員就是公開自我指責，根據每個成員的表現便有人為他們打出成績。和其他共產黨員一樣，我擔負了好幾項任務（我在學生聯盟裡面的位階挺高的），此外，又因為我的功課不賴，上述那種操行成績並沒有給我添什麼大麻煩。不過，在那些關於我參與活動，關於我的勤勉不輟，關於我對國家的正面態度，關於我的工作以及我對馬克斯主義的認知等等的讚美評語裡通常總要搭配一、兩句非難的話，說我的個性洩漏的「個人主義的渣滓」。這種保留態度其實並不見得一定令人擔心，因為當時一般流行的做法便是在最優異的個人評語裡面加添一、兩句批判的言詞，說某甲「對於革命理論興趣不高」，說某乙「對別人冷淡」，說某丙「警戒心不夠，缺乏洞察力」，然後又說某丁「對於女性的行為舉止有待改進」；當然啦，只要這種負面批評再加一項，使得被批判者罪加一等，或者不湊巧當事人捲入一場什麼糾紛，或者他成為人家懷疑或貶抑的對象時，那麼「個人主義的渣滓」或是「對於女性的行為舉止有待改進」就可能一發不可收拾，演化成為災厄的源頭。而且，彷彿每一個人都背負著這種詭異的宿命似的，上述那種災厄的孢芽鍥而不捨地監守著每個人的基本資料，是的，沒有哪一個人得以倖免。

有的時候（只是因為個性積極主動，而不是真的對那指控有何反感），我會勇敢站出來反對人家指控我過於個人主義，而且硬要同學們拿出實際證據。他們其實根本舉不出什麼特別有利於自己評斷的證據，於是只能強辭奪理說道：「你的行為模式就是這樣。」我反詰道：「我的行為又是怎樣？」「你總是嘻皮笑臉。」「那又怎樣，我表現愉快的心情難道不行？」「不行，你那種笑法好像心裡藏著不願和別人分享的事。」

3.「二月革命」或稱「布拉格政變」之後（一九四八年二月），捷克共產黨開始執政。

因為我那些同學斷定我的行為和我的微笑看起來很「知識分子」（這又是那時代另一個帶有貶義色彩的關鍵性字眼），最後連我自己也相信他們，畢竟我還沒辦法想像（我的膽子還沒大到那樣），可能是其他所有的人都搞錯了；是共黨革命本身，是時代的精神搞錯了，而我，做為一個獨立個體才是對的。於是有時候我會暗自觀察起自己的微笑，很快地我就察覺，我的內在有一道細小的裂縫，位置就在真正的我和（根據那時代的精神）我應該成為的我、我意欲成為的我。

那麼歸根究柢，我到底是誰？對於這個問題我現在要誠實地回答：我以前是一個具有多重面貌的人。

而且這個數目在當時持續增加。大概放長假前的一個月左右，我開始接近瑪爾克塔（她是大一學生，而我高她一屆），而且竭盡所能要將她變成我的囊中物，我的禁臠。這是每個時代，每個二十歲的年輕男性都會幹出的蠢行。我戴上了一副面具；我裝出比實際年紀還老成的樣子（在心智上而且藉由我的經驗），我裝出對所有事物保持一定距離的樣子，對於信仰採取懷疑態度，彷彿我身上長出第二層皮，別人眼裡看不見而且刀槍不入。我早料想到我愛開玩笑其實清楚表現這種距離，而且，如果說我始終喜歡開玩笑，那麼和瑪爾克塔相處的時候就以特別熱切，特別造作，特別矯飾的方法來表現我的這項特性。

可是我實際上到底是誰？我不得不再度強調：我就是一個擁有多重面貌的人。

在集會的場合裡，我擺出嚴肅的臉孔，態度熱切而且信服教條；和好朋友相處的時候又是一副毫不在乎，喜歡嘲諷人的樣子；遇上瑪爾克塔的時候又費勁營造犬儒派的風格和心思靈巧的模樣；當我獨處的當兒（但是心中還惦念瑪爾克塔），我又一派謙虛，好像一名惶惶不安的國中學生。

最後提到的這個面貌是不是就是我的真面貌呢？

不是。所有的面貌都是真的；我不像偽君子那樣，只有一張真實面貌，然後其他都是假的。我擁有好幾張面貌，那是因為我年紀輕，而且也不知道自己是誰，還有自己想變成誰。（但是這些面貌間所存在的差異卻仍然令我懼怕；沒有哪一個是我真正覺得契合的，而且在這些面貌的背後我笨手笨腳地進化，盲目摸索前行。）

愛情生理和心理兩方面的機制都如此地複雜，以至於年輕人到了生命的某一階段就幾乎必須全神貫注在上面，嘗試如何駕馭它，因此愛情真正的目標——他所愛的女人，反而離他而去（好比一位年輕的提琴手由於還沒辦法掌握手部技巧，因此無法專心注意一首樂曲的內容，在演奏的過程中，內容就成了被忽略犧牲的一環）。每次我想到瑪爾克塔，心裡就會產生類似國中學生的焦慮，而且我還要補充道，統御我感性的和控制我思想的，讓我覺得有重量的是我的笨拙以及缺乏自信，而不是我戀愛的狀態，因為上述兩項的不自在所負擔的壓力無限大於瑪爾克塔本身。

為了抗拒這種侷促不安的感覺，這種手足無措的狀態，我和瑪爾克塔相處的時候便將姿態、身段抬高；故意和她唱反調，或者乾脆嘲笑她所表達的所有意見，這件事做起來不費吹灰之力，因為儘管她有才華（還有美貌——就像每個長相好看的人——會讓圍繞在她身邊的人明顯感到高不可攀），畢竟還是個天真無邪的憨直女孩，總是沒有辦法看到一件事情的相關元素，她只能看見事情本身；比方她對植物學方面知識的理解令人讚嘆，可是卻又經常聽不懂她班上同學說的笑話；她受到同時代所有激昂情緒的感染，可是當她見證了「不問手段只問目的」的格言所促成的政治行動時，她的心智能力就和她耳聞某則笑話時一樣，立刻崩解於無形；因為這樣，她的同學於是做出評估，說她必須藉著學習革命運動的戰略和技巧來增強她的熱忱，大夥兒並且決定她必須在放長假的時候花十五天的時間參加黨所舉辦的一項訓練課程。

這項決定簡直和我作對，因為本來在那兩個禮拜裡面我計畫要單獨和瑪爾克塔待在布拉格，以便將我們的關係（截至那時為止還只處在散散步，談談話的階段，就算接過吻，次數也是少得可憐）向前推遠一些；除了那十五天的假期之外，我真的別無選擇（因為我得花上整整一個月的時間待在農業大隊，然後長假的最後兩個星期又已經約好回去摩拉維亞陪陪母親）。在那節骨眼上我可以說是妒火中燒，原因是瑪爾克塔絲毫看不出想分擔我痛苦的意願，也沒有對自己即將要參加的訓練課程表現嫌惡，最糟的是，她居然有臉向我招認，她一想到那課程就雀躍萬分！

她從接受訓練的地方（位於波希米亞中部的一座什麼古堡裡面）給我寄了一封信，看起來就是她的風格：對於一切所經歷的事她都心悅誠服表示同意；所有的事都能令她興奮，包括每天一刻鐘的晨操，寫報告，討論會，歌曲教唱。她的信中寫道，那個地方瀰漫著「健康的氣息」；然後她又熱忱洋溢地補充道，西方世界面臨革命的時候不遠了。

說實在話，我打從心底相信瑪爾克塔的每一個斷言，我和她一樣，甚至相信西歐即將爆發階級革命；但有一件事情我是萬萬不能苟同：她感到那樣滿足幸福，而我卻獨自想她想到胸口發疼。因此，我買了一張風景明信片，然後（為了傷害她，震懾她，令她不知所措）寫了下面幾句話：樂觀主義是人民的鴉片！健康的心靈蠢到發臭。托洛斯基[4]萬歲！路德維克。

3

關於我那張語帶挑釁意味的明信片，瑪爾克塔只回給我一張措辭簡短無趣的明信片，然後對於我後來在假期中陸續所寄的信便採取相應不理的態度了。在山區的某個角落裡，我和一大隊的大學生一起處理乾草堆，瑪爾克塔的沉寂讓我飽受煎熬。我幾乎每天寫信給她，信裡飽含多少哀告憂愁的激情。我苦苦請求她務必安排一下，讓我們能有機會在長假結束以前至少相處兩個星期，又說我隨時願意取消回去摩拉維亞的計畫，不回家去看我那孤零零的母親，只要瑪爾克塔願意，不管去哪裡我都願意陪同前去；這一切不單單是因為我愛她，最重要還是因為她是我生命的地平線上唯一的女人，因為身為沒有女生陪伴的男孩，我快耐受不住了。可是瑪爾克塔依舊音訊全無。

我不明白到底發生了什麼事。八月的時候我去了一趟布拉格，總算在她家裡找到了她。我們依照往常習慣一起去伏爾塔瓦河畔，一起到河裡那座名為「皇家草原」的小島上散步（這座死氣沉沉的小島上稀疏種植了白楊木，還有幾座廢棄了的遊戲場），瑪爾克塔很肯定地向我保證，我們之間的關係絲毫沒有變質。的確，她的行為舉止和過去並無二致，可是，這種一成不變（同樣的吻，同樣的談話，同樣的微笑）是令人沮喪的地方。道別之際，

4. 托洛斯基（1879-1940）：俄國政治家及革命家，一九一八～二〇年任紅軍領導，鼓吹共產國際，一九二九年被史達林逐出蘇聯，一九四〇年在墨西哥被暗殺。

我約瑪爾克塔隔天再度會面，她只告訴我先打電話給她，其餘的細節電話裡再談。

我撥了電話，話筒裡傳來一個女聲，不是她的，那女聲告訴我，瑪爾克塔已經離開布拉格。

我很不快樂，是二十歲男生沒有女人在身旁時的那種難過；當年我還算是一個有些膽怯的男孩，性經驗只有幾次，每次都是匆匆了事，連差強人意都談不上，不滿足的感覺經常襲來折磨著我。日子如此漫長，而且沒有用處，教人無法忍受；我沒辦法工作，沒辦法閱讀，一天去電影院三次，接連看足所有場次，午場晚場一場不漏，只為消磨時間，只為掩蓋那隻在我內心深處不停啼哭的灰林鴞。瑪爾克塔對我的印象一向是（由於我精心佯裝的高傲很成功）：交往的女人太多已經深感煩膩，所以我不敢隨便在路上和年輕女子攀談，那些大腿線條只要看上一眼就令我心靈受傷的年輕女子。

在這種情況下，我是滿心期待九月的來臨。來到九月，學校就開學了。我在開學前兩、三天就回到學生聯盟重新開始工作，在那裡我有一間只歸我用的辦公室，以便讓我專心負責各式各樣的義務。隔天，有人打電話給我，命令我到黨的秘書處，從那時候開始，一切的事，包括最微不足道的細節，都深深烙印在我的記憶裡：那天大地沉浸在燦爛的陽光裡，我從學生聯盟所在的大樓裡走出來，心中感覺到那片整個暑假籠罩在我身上，讓我不清爽的悲傷開始慢慢離我遠去。走往黨秘書處的路上，一股令人愉快的好奇感不期然地在我心中升起。我按了門鈴，來開門的是委員會的主席，那是一名身材高大的年輕人，窄長的臉，淡色頭髮，兩顆冰藍色的眸子。我呼了「工作萬歲」的口號，那是當年共產黨黨員互相打招呼的獨特方式。可是他對我的問候不加理睬，只是回答：「到裡面去，大家在等你。」到了裡面，也就是秘書處最後面的房間，已經有三位黨學生會的成員在等我了。他們要我坐下。我坐下來，心裡明白糟糕的事情要發生了。那三位同學我跟他們很熟，平常在一起就高高興興扯淡，可是現在卻都擺出道貌岸然，不容親近的樣子；當然，他們依舊按照同學間的規矩以「你」而不以「您」稱呼我，可是突然我發現那聲「你」並非表達友好的「你」，而是十足官腔而且帶有威脅味道的「你」。（從那時候以來，我用「你」稱呼別人的時候，心中總會不由自主，油然生出嫌惡之感；照道理講，「你」這一字所表露的是對談話對象一種具信任感的親密，可是如果從彼此不再熟稔的朋友嘴裡吐出，那麼這個字就突然會染上完全相反的意義，表現出來的唯有粗鄙，所以我認為，要是哪個場合裡大家並沒有親密交情卻又左一聲「你」右一聲「你」，那麼就是互不尊重的表現了。）

那時，我於是坐定在三位以「你」稱呼我的學生面前，他們問我的第一個問題是：我認不認識瑪爾克塔。我回答我認識她。他們又追問道，我是否曾和她書信往來。我回答是。他們接著想了解，我還記不記得信裡寫些什麼。我說不太記得起來，但這個時候，那張具挑釁意味的明信片上面所寫的文字驀地浮現我的腦海，於是我開始嗅聞到空氣裡飄浮著不尋常的味道。你想不起來是不是？他們問道。我回答道，的確不能。那麼瑪爾克塔，她寫過什麼東西給你？我聳聳肩膀，為的是要提醒他們，信裡應該是些親密的悄悄話，恕難向不相干的人交代。關於受訓的事，她難道信裡什麼也沒對你提起？我說，不瞞你們，的確有的。那麼寫些什麼？我回答道，只說她在那裡一切如意，挺快樂的。另外還有什麼？我說，專家們的演講報告很值得聽，而且群體生活令人愉快。她是不是對你說，訓練課程自始至終洋溢著健康的氣息？我說，是啊，她應該給我寫過這一類的話。她還告訴你，她見證了樂觀主義的力量？他們窮追不捨問道。我說有的。那麼你個人呢？你對樂觀主義的想法是什麼？我問他們：樂觀主義是嗎？我該如何認為呢？就說你自己的看法，你自認為是樂觀派的人嗎？他們問我。我膽怯地回答，大概是吧。我愛開玩笑，個性是比較開朗那一類型的，我說這話是想讓這場咄咄逼人的話帶上一點輕鬆的氣氛。其中的一位提醒我說，即使是虛無主義者也可以是很開朗，很快樂的。他可能會公開嘲弄受苦受難的人。然後緊接著又補充道：一個個性犬儒的人也可以是開朗的！你認為褪去了樂觀態度，社會主義還能夠建立起來嗎？另外一個鍥而不捨問道。我說不可能的。然而第三個接著發難問道：你，因此你認為社會主義不可能在祖國建設起來，是吧？我抗議道：怎麼做出這種結論？因為在你看來，樂觀主義是人民的鴉片！他們異口同聲怒斥道。什麼？我再度抗議道，人民的鴉片？不必再閃爍其詞了，你明明白紙黑字那樣寫的！馬克斯曾經說過，宗教是人民的鴉片，但是在你眼裡，那居然是我們的樂觀主義！這是你寫給瑪爾克塔的句子。另外一個立刻接腔：我還真的好奇，想知道祖國的工人和勞動者如果知道他們的樂觀主義竟然是鴉片，那麼該多震驚，覺得有多離譜。第三個人附和道：「對於信仰托洛斯基主義的人而言，那具建設性啟發性的樂觀主義竟然和鴉片是同一流的東西！而你，你崇拜的就是托洛斯基派的信仰！」老天爺，我抗議道，你們是哪裡抄來這些的？是你自己寫的，就說是或不是就夠了！我是有可能寫下這種東西，但就是鬧著玩的，而且也是兩個月以前的事，我都記不起來了。他們接續說道：那就讓我們來幫你恢復一下記憶好了。然後他們拿出我寫的那張明信片讀給我聽：樂觀主義是人民的鴉片！健康的心靈蠢到發臭！托洛斯基萬歲！路德維克。在秘書處那個狹隘的空間裡，這些語句居然產生令人恐懼的效果，在那當下著實讓我嚇了一跳，我直覺地想，這些語句暗藏了毀滅性的力量，是我無法與之抗爭的力量。我回答道：各位同志，那僅僅是幾句戲謔的話，我根本不認為有哪個人會相信的。其中一位同學向其他兩位同學問道：喂，你們覺得這是笑話嗎？那兩個同學搖了搖頭。我繼續說道：你們該認識認識瑪爾克塔那個女孩！他們立刻反駁道：「我們誰不認識她呢？」我說，你們看，那就好了。瑪爾克塔對於一切都信以為真，我們都在她背後嘲笑她這一點，這樣做只是為了引起她小題大作的震驚模樣。同學當中有人說道：太精采了，不過根據你後續所寫給她的信看來，我們覺得你似乎不認真把瑪爾克塔當一回事。什麼，你們讀了我寫給瑪爾克塔的所有信件？另外一位插嘴道：所以，表面上你藉口瑪爾克塔對於一切信以為真，而骨子裡你是在嘲弄她。好吧，那你倒教教我們，她對什麼事情認真看待了？比方黨啦，樂觀主義啦，教條啦等等的，你們難道不同意嗎？而這一些，在她看來正經八百，而她這種表現反而成為你的笑柄了。我說，各位同志，請聽一下我的立場，我甚至已經忘掉自己是如何措辭的，三、兩下子，信手寫上幾個字，只為開個玩笑，我根本不在意自己隨便塗寫的東西，如果我真的心懷不軌，也不至於笨到把信寄到黨所舉辦的課程裡面！你究竟如何寫出這些文字的根本不重要，管你是寫得快還是寫得慢，管你是靠在膝上寫的還是在桌上寫的，反正反映的都是裡面的真正想法。除了這個沒有別的。如果當時你多深思熟慮一些，恐怕就不會這樣寫了。所以你是在不戴面具的情況下寫的。透過這件事情我們至少認清你的為人，我們知道你是雙面人，一面給黨看，一面保留給其他的人。這時我醒悟到，任憑我再如何否定也不會有什麼效果了。那套說詞我已經一遍又一遍解釋過了：那些文字不過是個玩笑，字的背後並沒有隱藏什麼微言大義，要是真有什麼，也不過就是我當時的心境罷了等等。他們完全不想聽我解釋。他們說我蓄意將這些文字寫在明信片上，那是「開放式」的文字載體，是任何人都可以讀的，更何況又沒有其他文字說明我那時候的心境。說完這些，他們又要我說出所有我讀過的托洛斯基的作品。我回答說，連一本也沒讀過。他們又問我是誰把書借給我的。我也告訴他們，沒這種人。然後他們再問，和我過從的托洛斯基派信徒是哪幾個。我回答道，沒有就是沒有。他們向我宣布，即刻解除我在學生聯盟裡的所有職務，並且要求我當場將辦公室的鑰匙交出來。鑰匙在我口袋裡，所以立刻就交出去。接著他們又說，根據黨的倫理，我所隸屬的理學院會接手處理我這案子的後續。他們看也不看我一眼便站起身子。我喊了「工作萬歲」的口號後便離開房間。

後來我才想起，我有許多私人的物品還留置在學生聯盟的那間辦公室裡。我並不是一個凡事井井有條的人，辦公桌的抽屜裡甚至還放了幾雙襪子，除了一些私人信函以外，還有媽媽從家鄉給我寄來的圓麵包，已經開封而且咬了一半。沒錯，前一刻我才將辦公室的鑰匙交還給黨的秘書處，不過樓下一樓的門房那裡還有備份鑰匙，和其他的鑰匙一起就掛在牆上的一塊木板上，拿去拿來。如今我還清楚記得所有細節：那支鑰匙用一條強韌的細麻繩綁上一塊小木牌，上面用白漆寫上我辦公室的號碼。我利用這支鑰匙進了辦公室，然後坐在工作桌前面；我把抽屜打開，然後開始取出所有屬於我個人的物品，動作慢條斯理，有些心不在焉，因為在這段相對寧靜的短暫時刻裡，我試著要思索剛才發生在我身上的事，還有我日後該要如何作為。

可惜這段時間並沒有持續太久門就開了。秘書處的三位同志又重新站回我的面前。這一次，他們不只臉色冷漠嚴峻，而且厲聲對我說話，聲音裡面飽含怒氣。尤其是那名個頭最小的，他是委員會裡負責監督幹部的人。他粗暴地詰問我是如何又能回到辦公室的。是憑什麼權利。是不是要他把公安人員喚進來逮捕我才甘心。還有我意圖在辦公室裡翻找什麼。我回答他們，自己不過回來取走襪子和吃了一半的圓麵包而已。他們說我沒有任何權利闖入那處辦公室，就算我存了滿櫃子的襪子都不行。接著他走到抽屜旁邊，將筆記和紙張一頁一頁抖開。真的只有我私人的物品而已，以至於他只好允許我繼續收拾，在他的監視下把自己的東西放進一個小手提箱裡。我把一些又髒又縐的襪子塞進裡面，再用一張上面散布著麵包屑的油紙將那半個圓麵包裹起來。他們目不轉睛注視我的每個舉動。我離開房間，手裡拎著小提箱，而那個負責監督幹部的男人只警告我不得再度出現在那棟建築物裡，這算是他說再見的方式。

才剛離開區同志們的視線，才一從他們那百攻不破的嚴密邏輯裡解放出來，我立刻開始覺得自己是無辜的，還有我寫的那幾句話終究無傷大雅，還有，我得找出一個真正認識瑪爾克塔的人，能夠了解這事件有多怪誕的人。我去找了一個理學院的同學，也是共產黨員；我把事情的始末說給他聽之後，他就鄭重回道，秘書處的那些人真的太虛偽了，故意不了解什麼是玩笑話，然後他說自己是很了解瑪爾克塔的人，完全明白這事件裡誰對誰錯。總之，根據他的建議，隔天我得去找茲馬內克，也就是我們學院裡面當年將榮任黨務主席的人物，因為他畢竟和我熟且又認識瑪爾克塔。

4

茲馬內克將出任組織下一任的黨務主席，這事在我看來似乎是件絕佳的消息，原因是我真正認識他，而且甚至確定博得他的好感；可能由於我來自摩拉維亞。茲馬內克很喜歡唱摩拉維亞的歌曲；在那年代，唱唱摩拉維亞的小調，那可是最流行的事，而且唱腔最好帶點粗獷味道，還要將手臂高舉過頭，裝出真正「人民硬漢」的表情架式，彷彿是他母親在參加哪場跳舞會時，躲在一架洋琴底下將他分娩下來似的。

事實上，我是整個理學院裡唯一真正的摩拉維亞人，這個身分讓我擁有某些類似特權的東西；在每一個莊嚴的場合裡，在一些集會中，比方慶祝活動或者五一勞動節的時候，同學們總推舉我吹奏單簧管，表演道地的摩拉維亞音樂，而且臨時再從同學當中選出兩、三位來稍加訓練，我便有了伴奏的助手。因此（一支單簧管、一支小提琴外加一支低音提琴）我們連續兩年都參加了五一勞動節的遊行，而茲馬內克因為人長得俊俏出眾，也很樂意公開露臉，加入我們的行列。他穿上一襲借來的民俗服裝，一路邊走邊跳舞，又將手臂向上高舉同時引吭高歌。這位出生於布拉格，從來沒有去過摩拉維亞的同學演出十分賣力，活像一隻雄赳赳的公雞，而我總是懷著誠懇的友誼看他獻藝，心裡便很幸福想著，自己那小小家鄉，年湮代遠以來便是民俗藝術天堂的家鄉，它的音樂居然能夠受到如此厚愛。

而且茲馬內克也認識瑪爾克塔，這又是第二件有利的事。在我們大學生涯的不同場合中，我們三個人經常有機會碰在一起；有一天（我們老是呼朋引類聚在一塊），我捏造了一個消息，說是捷克山區至今仍存有矮人族部落，還煞有其事地假裝引述某本科學著作，某本關於這個驚人發現的專書做為佐證。瑪爾克塔臉上現出極訝異的表情，因為她以前從不曾聽見人家提起這事。我說這事沒有廣為人知是意料中的：布爾喬亞階級御用的科學當然故意隱瞞矮人存在的實情，因為那些資本主義者要將他們充做奴隸，狠狠剝削他們。

瑪爾克塔聞言驚呼道：那就應該寫文章揭露這種醜行哪！為什麼沒有人寫？這樣，我們對資本主義的批判還可以增加一項利器啊！

我裝出若有所思的表情說道：或許人家避之唯恐不及，因為這個問題有它棘手難堪的一面。這些矮人別看他們小，他們的性能力可是超人一等，所以各方對他們都求才若渴，我們共和國秘密將他們輸出以便換取豐厚的外匯，最大主顧是法國，當地那些資本主義的闊太太們，那個熟女階層特別僱用他們當男僕，當然是為了糟蹋他們，只是方式完全不同而已。

在場的朋友們個個忍住了笑，引發笑欲的倒不真正是我那漫天扯謊編造的故事，而是瑪爾克塔那深信不疑的表情，總是準備要為某件事情（或反對某件事情）而激動起來似的；他們全把嘴唇咬緊了，生怕干擾了瑪爾克塔吸收新知的樂趣，其中甚至還有幾個人（精確地說，特別是那帶頭的茲馬內克）開始推波助瀾幫襯我關於矮人的論證，以期這場促狹遊戲可以天衣無縫。

後來瑪爾克塔想進一步了解矮人長相的精確細節，我還記得茲馬內克一副正經八百的樣子向她肯定說道，知名的教授塞求拉，那位她和所有其他同學都有榮幸在大學固定聽他課的塞求拉教授其實正是矮人的後代，如果不是父系母系都是矮人，那至少有一邊是。據說講師胡勒曾向茲馬內克描述過，說不知道哪一年的暑假，他和塞求拉夫婦正好投宿在同一家旅館，那對兩個人身高加起來還不超過三公尺的夫婦。有天早上，他猜想那對夫婦應該已經起床打點停當，於是就過去他們房裡問候，可是才一跨過房間門檻，他整個人就被眼前的景象給驚愣了：他們睡在同一張床上，但不是肩並肩，而是頭對腳、腳對頭地躺臥，塞求拉蜷曲身軀睡在床尾，而他太太則睡在床頭。

我附和道，沒錯：按照這種情況看來，毫無疑問，不僅是塞求拉，連他夫人的祖先都是捷克山區的矮人部族，因為這種頭對腳、腳對頭的睡法正是返祖遺傳的特徵，那個地區的矮人至今仍保留這種睡姿，還有，這種部族過去建造的草屋既不是正方形也不是圓形，而千篇一律是拉長了的長方形，因為不僅只有夫婦睡在一起，就連整個家族的人也都是一個接著一個地排排睡覺。

在我這個愁雲慘霧的日子裡提起昔日同伴間的荒唐言語，我總覺得還能給我帶來一線慘淡的希望之光。將要接手負責我那案子的茲馬內克很清楚我那愛開玩笑的個性；既然他也認識瑪爾克塔的個性，那麼他必然能夠理解，那張我寫給她的明信片明明就是沒有心機的淘氣舉動，目的在於嘲笑一位其實我們大家都很欣賞（或許就因為她這特色），又很喜歡捉弄人的女孩；茲馬內克仔細傾聽，然後皺起眉頭說他會認真研究這事。

在這段等待的時間裡，我是過一天算一天地拖著；我像以往那樣繼續到校上課，然後就是等著。我常常被黨內各種不同的委員會傳喚過去問話，他們尤其努力想要弄清楚我是不是已經秘密加入哪個托洛斯基派的團體；我站在自己的立場只能費勁解釋，其實托洛斯基主義究竟是什麼我也搞不清楚。我熱切接住那些訊問我的同學們所投射在我身上的目光，迫不及待想要從裡面獲取一點信任一點認同；有幾次的確發現一些流露善意的眼神，於是我就將之印在腦海好長一段時間，然後耐心地等待著，希望能從那裡迸射出希望的星火。

瑪爾克塔繼續躲著我。我理解到，她的態度必然和我那張引發此次事件的明信片有所關連，因此出於對自己自尊心的維護，但也出於怨懟，我拒絕向她提出任何問題。然而，有一天她還是在學院的走廊裡將我攔下：我想和你討論一件事。

就這樣，在分開了幾個月之後，我們又重新在一起了。秋天來臨，我們彼此挨著身子，聳肩縮頸，躲在同一件過長的雨衣裡，那個時代雨衣常常是這樣穿的（那是一個完全不求優雅的年代）；下著毛毛細雨，碼頭邊的樹木葉子全掉光，而且枝椏黑黑髒髒的。瑪爾克塔將事情發生的始末全告訴我：那時她參加暑假的訓練課程，擔任幹部的同學突然傳喚她去問話，問她有沒有收到信件。她說有。他接著問她，信件是從哪裡寄出的。她說是她媽媽給她寫信。難道沒有其他人了？她回答說，有啊，這裡一封，那裡一封，零零散散都是某一位同學寫來的。可以告訴我們哪一位嗎？她把我的名字告訴他們。那麼楊恩同志信裡都寫些什麼？她當時只聳聳肩膀。畢竟，她並不想將我明信片裡的字詞重述一遍。你也回他的信囉？他們問道。她說有啊。談些什麼？她說，還不就是我們這訓練課程等等的東西。你對這訓練課程可滿意？他們繼續追問。她回答道：是的，非常滿意。所以你也寫信告訴他了？她又答道：是啊，當然。那麼他呢？他又是如何回應你的？他？瑪爾克塔態度開始保留起來，只說明道：你們知道嗎？他就是那副怪怪的德行，哎呀，要是你們認識他就能明白……他們回答：我們也認識他呀，所以我們很想了解他到底給你寫些什麼。你方便把他寫給你的明信片借我們看一下？

瑪爾克塔補充道：「你不應該怪我的，那時我不得不把那張明信片拿給他們看。」

我對她說道：「不必道歉，反正他們在問你話以前就知道這一回事了；否則，他們也不至於把你叫去問話。」

「其實我也沒有要道歉的意思，把信拿給他們讀其實也不是什麼羞愧的事，你不要顛倒我的意思了。你是黨的成員，而黨有權利知道你是誰，還有你的想法。」瑪爾克塔有點反彈的味道；過了片刻，她又補充說道，我那張明信片的內容可是讓她嚇破了膽，因為大家都知道，我們為了什麼戰鬥，為了什麼而活，而托洛斯基正是這些價值觀最可怕的敵人。

我還能對瑪爾克塔解釋什麼？我只能請求她繼續講話，把後續的情形一併交代清楚。

瑪爾克塔告訴我，他們讀了明信片上面的文字，而且表現出極度驚愕的樣子。他們問瑪爾克塔對內容有沒有什麼看法。她說那張明信片真是太可恨了。他們又問，為什麼她沒有立刻主動將信拿去交給他們。她聳聳肩膀。他們反詰她道，難道她不曉得「提高警覺」的戒律。她低下頭。他們又追問道，難道她不知道黨正面對眾多的敵人。她說知道，只是她萬萬想不到楊恩同志居然會……他們再問她是不是和我很熟，還有我的為人如何。她只回答我是個怪人，還有她可能認為我是個忠貞的共產黨員，只是偶爾會發些奇怪議論，從一個共產黨員的立場看來，那些言語完全是無法接受的。他們慫恿問道：比方哪種議論。她說她無法精確說出什麼，只能說我天不怕地不怕，從不知道尊重任何事物。他們說看那張明信片的內容就一目了然了。她又補充說明，她和我常常會為許多議題而爭論不休，又說我在集會的公開場合所說的話和私下和她相處時所講的話性質很不相同。集會的時候我一副熱心誠懇的模樣，但單獨和她作伴的時候卻時時刻刻在開玩笑，在嘲諷一切。他們又問她說，依照她的看法，像我這一種人還配不配做個共產黨員。她又將肩膀聳了一聳。他們問道，假如黨裡的人講出「樂觀主義是人民的鴉片」這種論調，那麼黨的社會主義建設可還能克竟其功？她說像這樣的一個黨是不能將社會主義給搞好的。然後他們告訴她問話可以結束了，不過暫時不能對我說些什麼，因為他們還要觀察我日後要寫些什麼。她回答說反正以後再也不想和我有任何瓜葛。他們卻持相反的看法。他們建議她仍舊不動聲色，繼續和我通信，至少暫時如此，目的在於將我心裡的想法全套出來。

我一想到信裡那些激情洋溢的話，就已從心裡紅到臉上，於是我問她道：「所以你把我寫給你所有的信都交上去了？」

瑪爾克塔說道：「否則我還能夠如何？至於我呢，在那件事情發生以後，我再也沒有興致寫信給你，我才不想和某人通信只是為了被充作誘餌的樂趣！後來我只給你寄過一次明信片，接著就沒再寫了。我不願意再和你碰面，因為人家禁止我向你洩漏什麼，另外我還擔心你會對我窮問不捨，這樣一來豈不是要逼我向你說謊？我其實很不願意說謊。」

我反問瑪爾克塔，既然情況這樣，那麼她今天回來找我的動機又是什麼？

她說是因為茲馬內克同志的關係。開學日的隔天，茲馬內克在學院的走廊裡碰見她，於是便帶她到理學院黨組織秘書處的那間小辦公室裡。他對瑪爾克塔說，自己收到一份報告書，內容提到我用對黨敵意滿盈的文字寫了一張明信片，並且寄到訓練課程舉行的地方。他問瑪爾克塔，那封信的措辭是什麼。她據實以告。他便問她作何感想。她鄭重表白，說是自己譴責我的這種行為。他認同這種看法，但是依舊擔心她還會繼續和我交往。她在滿懷不安的情況下隨便給了個敷衍推諉的答案。茲馬內克又對她說，訓練課程那邊寄來理學院一份報告，內容對她非常有利，而學院的組織準備傳她問話。她說聽了這種結果非常開心。茲馬內克又對她說，自己毫無要介入她私生活的意思，不過他也認為物以類聚，如果最後她的抉擇還是我的話，那麼情況就會反轉過來，變得對她不利。

瑪爾克塔做了表白以後，這一件事便在她的腦際流連不去。我們反正已經好幾個月沒有見面，因此茲馬內克的教唆便成多餘；不過這個教唆卻也促使她往深層裡去思考，她自問道，茲馬內克要求她和男朋友了斷關係，僅僅因為他犯了一項錯誤，這會不會太殘酷？在道德上能接受嗎？再延伸想去，幾個月前她斷然離開我的舉動是不是也不公平呢？她於是去找那位暑假期間負責主持訓練課程的同學，問他前日的禁令是否已經解除，那個不准向我提及任何有關明信片一事的禁令；人家告訴她如今再也沒有必要隱瞞什麼，於是她才會在理學院的走廊將我攔下，希望好好跟我談一談。

所以，現在她在我的面前，將那些令她心煩、令她難過的事都吐露出來了：是的，先前她打定主意不再和我見面，那是太魯莽的舉動；一個人就算犯了再嚴重的錯誤也不應該從此完蛋。她回想起自己曾經看過的一部蘇聯電影《榮譽法庭》（那時是黨內當紅的一部作品），片子裡面那位蘇聯的醫生兼研究員將自己研究的成果拿去國外發表，而不是讓它先在國內嘉惠自己的同胞，此舉無異犯了「世界主義」的錯（這個詞在當時是個廣為人知的貶抑詞），甚至稱得上叛國；瑪爾克塔看了相當感動，對她有開導作用的是片尾的結局：那位研究員被那由他同事組成的調查小組嚴厲譴責，然而他的妻子仍舊深情，不但沒有離開她那受盡屈辱的丈夫，反而全力為他打氣，以便他能拿出力量，彌補自己所犯下的重大錯誤。

我說：「所以你下定決心不拋棄我了？」瑪爾克塔牽起我的手答道：「是的。」「可是，瑪爾克塔，你告訴我，我所做的真算大錯？」瑪爾克塔說道：「沒錯，我是那樣想的。」「我還有沒有權利留在黨內？你告訴我。」「沒有權利，路德維克，我是實話實說。」

我明白了，假設我一腳跨進瑪爾克塔的思考體系，那個在我看來是她全心全意汲取哀婉養分的思考體系，那麼我將能達到幾個月前我瘋狂想要達到但卻徒勞無功的目的：瑪爾克塔此時受到救世主精神的驅使，好像蒸氣推動輪船一樣，無庸置疑，必定願意全然委身於我。不過先決條件是，她那救世主精神的胃口必先得到饜足；但要滿足這個條件，那麼救贖的對象（天哪！正是本人）必須承認他有很深的、極深的罪惡感。可是這點我辦不到。我眼看就能佔有瑪爾克塔的身體，怎奈這種代價我付不出來，我說什麼也無法承認自己有罪，忍氣吞聲接下那不可耐受的判決；聽從一位原本應該和我很親近的人，承認錯誤並且接受判決，我是無論如何也辦不到的。

我不同意瑪爾克塔的想法，我拒絕她的協助，而我也失去她了；可是我真的確定，自己覺得自己完全清白無辜？當然，我不斷提醒自己，這個事件的本質是極其滑稽可笑的，但另一方面，我也睜大眼睛，用那些審訊者的觀點來審視明信片上的那三個句子；這些句子驀然引起我的驚懼：在那層促狹的面具下面，或許這些句子真的透露了真正非常嚴重的東西，也就是說，我從來沒有真正和黨水乳交融成為一體，而且從來不是真正的普羅革命者，先前「向革命群眾靠攏」（這樣說吧，我們以前覺得，參加革命不是「抉擇」的問題，而是「本質」的問題，只是不假思索的「簡單」決定；要不然你就是「是」一個革命者，和整個革命行動合為一體，要不然你就完全「不是」，充其量只是你「想要」而已。可是，在這種二者擇一的情況下，你始終會對沒有選擇的那項感到有罪）。

如今回想起當年的情況，我的思緒透過類比作用來到基督教那股強大的勢力，因為它不斷提醒信徒，告訴他人的本質是個罪人，永遠是個罪人。相同情況，我老是把頭低下不抬起來（所有的人，我們都是這個姿勢），用這姿勢來面對革命，面對黨，由此我逐漸了解到，那張明信片上的文字，儘管是以捉弄人的心態寫下來的，並不因此就是無罪，在我的腦殼下，自我批判的機制展開了：我認為那三個句子絕對不是偶然碰巧湧上我心頭的；在此之前（而且他們或許說得有理），同志們始終指責我心裡藏有「個人主義的渣滓」。我反省道，自己太虛浮了，為我的知識學問，為我大學生的身分，為我那知識分子的未來感到沾沾自喜，還有我那第二次世界大戰時死在集中營裡的工人父親如果地下有知可能也無法理解我的犬儒態度；一想到他的工人精神可惜在我的血脈裡枯竭了，我不免埋怨起了自己。我指控了自己多項卑劣的罪行，最後承認得給自己施點什麼懲罰；接著，我心裡就一直惦記這個：不要被逐出共產黨，留在黨裡，被貼上「敵人」的標籤；為我從青少年時期以來所選擇的，為我真正執著的東西被冠上敵人的稱號，這點在我看來是教人絕望透頂的。

像這一種自我批判，但同時也是哀求性質的辯護，我千百次地將它在思想裡演繹開來，至少也在各式各樣的委員會前面做過十次的陳述，最後在茲馬內克所主持的院全會裡，他向大家就我本人和我所犯的過錯做了一個介紹性的陳述（很有效率，大放異彩，令人聽過難忘），然後以組織的名義建議開除我的黨籍。我再度進行了自我批判的程序，接著大會開始討論我的案子，只是討論結果對我不利；沒有人站出來聲援我，以至於到了最後，所有的人（一百來個，包括我最親近的教授們同學們），是的，所有的人，一個不漏，全都舉起手來，非但同意將我逐出捷克共產黨，而且還（這點我完全始料未及）不准我繼續學業。

集會結束的當天晚上，我立刻搭乘火車回去故鄉，只是這個「我家」已經無法給我任何慰藉，因為接下來的幾天裡，我根本提不起勇氣將我的不幸告訴母親，她一向對我的學業寄予厚望。不過，賈洛斯拉夫隔天便來探望我，他是我的同班同學，高中時代也是同一個洋琴樂團裡的成員。他因能在家裡找到我而顯出喜孜孜的樣子：兩天以後他要結婚，希望我擔任證婚人。怎麼能讓老朋友失望呢？接下來只能用婚禮的熱鬧氣息來慶祝我的一敗塗地。

婚禮的壓軸好戲是，那位既熱愛摩拉維亞且又對民俗事物很沉迷的賈洛斯拉夫要藉著自己婚禮的機會來滿足對民族學的熱愛，因為慶典儀式都遵照古老的傳統進行：地方色彩鮮明的服飾，有洋琴演奏的樂團，「族長」朗誦文采華麗的篇章，將新娘子緊緊抱起跨過門檻，小調歌曲，總之，從早到晚，一連串的慶祝活動，都是賈洛斯拉夫本人根據記憶根據民俗手冊的描述重現出來的。不過我注意到一件奇怪的事：我的老友賈洛斯拉夫，不久以前還是一個相當活躍相當受到矚目的歌舞團體裡的主持人，當然儘可能遵守古老儀式的所有細節，不過（顯然相當掛念自己的前途，而且牢牢抱住無神論的教誨）卻小心翼翼，沒有隨著隊伍進入教堂，更沒去管，一場所謂的民俗傳統婚禮居然沒有神父在場沒有宗教祝福，那是多麼不可思議的事。雖然他也讓「族長」為這種場合事先寫好要朗誦的文字，但是他自己卻先過目，去掉所有和《聖經》有關的主題，也不管在古老的婚禮中，《聖經》引出來的典故是婚禮致辭時一定無法略去的。我的心中油然生出一種悲情，讓我無法認同並且融入那場婚禮令人迷醉的氣氛，面對這套祖先的文化遺產，我彷彿是在山泉水裡聞到氯的氣味。以至於當賈洛斯拉夫請求我（一提起昔日我積極參與樂團演奏的那一幕他就感傷起來）拿起單簧管，坐在其他演奏者的身旁時，我拒絕了。因為我的腦海剛剛浮現先前兩年的五一勞動節表演，原籍布拉格的茲馬內克穿著民俗服裝在我身邊手舞足蹈的模樣，舉起一隻手臂一邊引吭高歌的模樣。我沒有辦法將單簧管拿在手裡，同時我深深感受到這種披上民俗外衣的喧鬧嘈雜多麼令我噁心，令我翻胃，令我作嘔……

5

一旦被開除學籍，我就立即喪失了兵役緩召的特權，所以只能束手無策等待入伍通知。在這段時間中，我前後兩次待在勞動大隊裡幹活，兩段時間都不算短；起先我在距離果特瓦爾多夫不遠的地方擔任翻修馬路的工人，到了夏末秋初，我又獲得錄用，在一家罐頭工廠裡從事季節性的工作。最後，某個秋天的清晨，在一夜不曾闔眼的鐵路旅程之後，我到位在奧斯特拉瓦城一處陌生醜陋郊區的軍營裡報到。

我發現自己置身在一個建築群的中庭裡，身旁的人都是被收編在同一營的弟兄；我們彼此互不認識。在這個彼此不知姓什麼名什麼的初始灰暗階段裡，從別人那裡赤裸裸地釋放出一種粗俗的怪異的氣息；唯一將我們連繫起來的人性關係便是對於未來的懵懂無知，關於這點大家相互交換了簡短的言語。有人猜測我們這些人都是「黑分子」，有人則說不是，另外還有些人甚至不知道那個詞的涵義。這個字什麼意思我知道，所以聽了這些揣測以後，心中不禁生出恐懼。

有位軍官出來管束我們，將我們帶到一處營房；大家全擠進一條走廊裡，然後再被領進一個像大廳的地方，那裡四面牆壁都掛著寫有口號、貼有照片或是拙劣漆上圖案的大型告示板；大廳盡頭的那面隔板牆則釘上用紅紙剪成的特大字母，連起來唸便是：我們建造社會主義。在這句口號下面放了一把椅子，椅子旁邊站著一位體質孱弱的老人，那個軍官伸手指了指我們當中的一位弟兄，那個人只能遵命坐下。那個小老頭兒便在他的頸項間圍了一條白色布巾，然後伸手進去靠在一隻椅腳的背包裡翻找，取出一把電動剃頭剪，二話不說便往那小伙子濃密油膩的大把頭髮推剪下去。

大家在理髮師的椅子前排成長長一列隊伍，那支要將我們改變成軍人的隊伍：從讓我們頭髮落盡的行列出來以後，人家又把我們帶往毗鄰的房間，然後命令我們脫個赤精大條，並且把衣物用大紙袋裝起來，用細繩綁牢，最後交給一處櫃台。我們頭髮剃個精光，全身一絲不掛，再度走回長廊，去到另一處廳室以便領取睡衣。穿上睡衣之後，眾人又穿越另一個新的門，然後各自領取一雙粗製的鞋；穿著睡衣，穿著那雙粗製的鞋，我們又排隊穿越中庭，目標是另一座營舍，進去以後人家又交給我們襯衣、短褲、羊毛短襪、大腰帶以及制服，（風衣上的圓徽章竟然是黑色的！）我們走進最後一間營舍，聽到一位士官高聲點起我們的名字，把我們分成小組，並將房號和床號派給我們。

那一天我們還集合了兩次，一次是吃晚餐時，另一次則是就寢前。隔天清早，我們睡醒以後便被帶往礦場；走到礦石堆置場後，我們又被分成小隊，然後每人各自拿起工具（尖形槌、圓鍬、礦工燈），那些我們當中沒有任何人，或幾乎沒有任何人知道如何使用的工具。接著我們坐進籠子，讓這種運輸工具將我們送進地底。等到我們渾身痠痛被帶回地面時，那些在上面等著我們的幾個士官再度命令我們排隊站好，然後再帶回營區；我們吃了午餐，接著，下午排滿了緊湊的操練課，此外便是清洗工作，政治教育課程，強制性的軍歌教唱。為了表現緊密的弟兄情誼，同一寢房的二十位床友都是一起行動。日子就這樣一天又過一天，天天一模一樣。

別人將這種人格解體特質的苦難加在我們身上，不過起初的那幾天，這種苦難的特質一時還很模糊。我們所擔負的任務是強加上的，不用顯露任何人格的，它取代了我們所有的人性表現；這種模糊不清不僅是由真實的情境所引起（當然，所謂的模糊不清是相對的說法），也由視線適應不良所觸發（好比你從光亮處進入暗室一樣）；隨著時光流逝，模糊不清的現象逐漸好轉，以至於雖然依舊處在這個「人格解體幽影」裡，人性卻已漸漸察覺得出。我得承認，有些人的視線最後才適應這種亮度變化，而我就是這其中的一分子。

為何如此？那是因為我的內心完完全全拒絕接受命運的安排，我是別上黑徽章的士兵，我們這一群人沒有武器裝備，只有緊湊密集的訓練，只有到礦坑深處工作的分。雖說這種差事也支酬勞（從這點看，我們似乎比正規的士兵有利），可是對我來講卻只是種微不足道的慰藉，因為我想到，我們這一群是年輕的社會主義共和國所拒絕授與武器的人，是被它視為敵人的人。因此，顯而易見，人家用越來越殘酷的手段對待我們，不停威脅我們，要將法定的兩年役期延長下去。然而，最令我驚懼的是，我居然會和那些平素被我視為宿敵的人編在同一部隊，而決定這件事的竟是我自己的同學。我在這支黑徽章部隊裡起先過的日子是孤寂的，而且我也不肯就此逆來順受；我是萬萬不願意同我那些敵人來往的。在那時候，想要出營溜達是非常不容易的（軍人沒有任何外出的「權利」，如果真能外出，那是人家給你的「獎賞」），就在所有弟兄難得離營逛酒館找女孩的時候，我卻寧可獨自待在自己的角落；我賴在營裡寢房的床上，嘗試閱讀甚至研究（如果你是學數學的，那麼一枝筆一片紙就夠了）並且讓不能適應這種生活的苦悶咬嚙我的心情；那是我認為自己背負上獨特而且唯一的任務，那就是繼續爭取「不要被視為敵人」的權利，為了脫離那種身分而努力。

我好幾次去找單位裡的政治輔導人員，並且竭盡全力說服他，是人家搞錯才把我送進黑徽章部隊的；我被開除黨籍只是因為自己的知識分子心態和犬儒式的人生觀，絕對不是因為我是社會主義的敵人。我鍥而不捨地解釋（記不清多少次了！）那張明信片的荒謬故事，故事儘管荒謬，那張明信片本身可一點也不荒謬，將它和黑徽章畫上等號，這事越來越顯唐突。不過，我還是要就事論事，那位政治輔導人員很有耐性聽我把話說完，而且對我渴求公正所表現出來的同情心更是超出我的期待。最後他也真的向某處「高層」（好神秘的地名啊！）請示，結果他把我叫去，並用誠懇但嚴厲的語氣對我說道：「你為什麼要騙我？現在我知道你是托洛斯基的信徒。」

我開始了解到，沒有任何辦法可以矯正別人對我那已根深柢固的誤解，因為我的形象已在命運的最高法院三審定讞。我也了解，這個形象（儘管它和實際的我相差甚遠）其實比實際的我更要真實。我還明白，這個形象絕對不是我的影子，應該反過來說，我是我自己形象的影子才對，而且還不應該怪罪它，說它並不像我，有罪的反而是我，應該為這種差異負責任的也是我。我也了解，這種差異是我自己的十字架，不能丟給別人去扛，是我注定要自己扛。

可是，我究竟不願意投降，我寧可腳踏實地真正「背負」這種差異：繼續做一個由別人決定我是如何，而實際上並非如此的人。

我大概花了十五天的時間才勉強習慣礦場裡極端耗費體力的工作。我的雙手每天用力抓緊電鑽，震動力量如此強大，以至於下工以後直到隔天上工以前，我還覺得全身骨架不停抖動。儘管如此，我還是憑著良心工作，甚至可以說懷著狂熱；我決心要獲得鑽礦工這門技術所能給予我的東西，而不久以後，我也大致達到目的了。

只是，沒有半個人願意相信，我的舉動正是我信念的外現：當然，我們所有的人只要完成工作便能獲得酬勞（食宿的費用雖然要扣除，不過結算下來，我們還是賺到不少錢）。其他的弟兄不管他們心裡想法如何，也都儘可能賣力工作，希望至少能夠從這虛耗掉的幾年當中搶到一些有用的東西。

雖然我們被人一致戴上政府頭號敵人的帽子，可是那時代一切社會主義集體生活的各種儀式活動在我們軍營裡可也一項不缺。我們這些政權的敵人經常在政治輔導員的督導下臨時開個十分鐘的會；大家每天都要參與以政治為主題的閒談，此外，還得負責大字報的製作，上面黏貼政治人物的肖像，然後用刷子漆上「未來前途一片光明」等的口號。起先，我都是自告奮勇，以幾乎是招搖的方式表示願意承接所有這類的工作，無奈連這樣做也沒有辦法向任何人證明什麼。其他弟兄不也這樣做？每次只要他們想引起主管人員的注意，賞他們一個特假，這時他們也會挺身而出，像我一樣自願請命幫忙。當年有哪個軍人從事政治活動時背後的動機是單純的？他們只是做些內容空洞的有樣學樣，在那些掌控我們命運的人面前執行他們想看到的。

最後，我總算搞清楚，我的抗爭毫無意義，還有，我的不同僅僅我一個人看得出來，別人眼裡是見不到的。負責直接管束我們的是一些下士，其中有一位身軀矮小，黑頭髮的斯洛伐克人。這位上司和其他上司很不一樣，因為他的作風溫和，而且全然沒有虐他癖好。他在弟兄間的風評很好，不過還是有些不懷好意的人背地裡嘲笑他，說他是因為太蠢才壞不起來。當然，那些下士和我們不同，他們是佩槍的，所以有機會的時候便會去靶場練習槍法。有一天，這個矮小的上司一身榮耀從靶場回來，因為據說當天同事間舉行比賽，是他得到了最高分。不少營裡的弟兄都去向他道賀（一半出於誠意，一半出於玩笑）；那位下士驕傲得臉都紅了。

當天，我有機會與他獨處。為了找話題聊，我便問他：「怎麼回事？射那麼準。」

這位下士打量了我一下，然後回答：「我有秘密絕招。我告訴自己，眼前的不是白鐵的靶，而是一個帝國主義者。這樣一來，我在義憤的激勵下便能百分之百命中！」

我很想弄清楚，「帝國主義者」這個相當抽象的名詞在實際人生中究竟以什麼面貌呈現。對於我這個出於好奇所提的問題，這位下士便以嚴肅凝重的聲音直截了當回答我：「我不知道你們大家為什麼要起鬨向我鼓掌叫好。我只知道，萬一發生戰爭，我的槍口會絲毫不留情面對準你們！」

我聽見的這句話居然是從這樣一位誠摯溫和、對我們說話甚至不曉得該兇巴巴的好人嘴裡出來的（因為這個緣故後來他被調職了），我終於了解到，那條連繫我和黨，我和同志們的那條線已經從我手指縫隙間脫落，一去不可復返。我被拋出自己的生命道路外面。

6

是的，所有的線都斷掉了。

斷掉了，學業、活動的參與、工作、友誼、愛情以及對愛情的追尋也變為烏有，總而言之，生命原本富有各種意義的軌跡一下全模糊掉了。我唯一能掌握的唯有時間而已。於是我反過來學習深刻且親密地去認識它，這是始料未及的。這種時間不再是以前我熟稔的時間，那種蛻化為工作、愛情以及其他所有可能的努力的時間，那是我以漫不經心的方式所對待的時間，因為那種時間是極謹慎不張揚的，輕悄悄地在我的各種活動之後消逝得無影無蹤。現在，時間褪得赤裸裸的，源源本本的，以它初始真實的面貌出現，它逼使我以它真正的名稱看待它（因為現在我所過的是純料的時間，全然空虛的時間），為的是要我一刻都不忘記它，為的是我恆常久遠地思考它，為的是讓我不停感受它的重量。

當音樂響起時，我們會側耳傾聽，一時忘記這不過是時間多種面貌其中的一種。但是樂團一旦停止演奏，我們便聽見時間了；那是時間的本身。現在，我活在停頓的狀態。當然不是樂團的演奏休止（因為這種休止是由事先約定的記號所定義），而是看不見盡頭的休止。我們不像那些服兩年正規役的軍人，每過一天可以剪去標誌服役天數裁縫軟尺上的一格，很實際地算著退伍日期還有幾天；我們這些佩戴黑徽章的人完全沒有這種權利，只要人家認定有必要，我們就要繼續留營服役。第二連裡一個名叫昂布洛茲，年紀已經四十開外的弟兄已經在這裡服了四年的役。

對那些家裡還有太太或是未婚妻的人來講，這種望不見盡頭的軍旅生活尤其痛苦難捱；這種分離意味著你要不停注意她們那已不是你能掌握的生活。當然這也意味她們來探營（機會少之又少！）時你能雀躍萬分，不過，只要你又想到，原先司令事先應允你的休假臨時取消，或是心上人突然有事不會出現在軍營門口，只要想到這些，你不禁害怕到發抖起來。那群佩戴黑徽章的士兵（情緒總是處在谷底）私下傳說，軍官專門等著那些慾求無法滿足的士兵妻子，等著向她們搭訕，等著摘取現成的情慾果實，而本來這些果實只有關在軍營裡的男人才有權利吃的。

然而，對那些家裡有老婆等著的人來講，終究有條連繫的線貫穿這段休止。或許這條線非常纖細，或許脆弱得教人神經緊繃，而且很容易就斷裂，可是那好歹是一條線。這種線我卻壓根沒有；我和瑪爾克塔的關係全面中斷，雖然有時還收到信，那也只是媽媽寄的……怎麼，不算是線，這種母子情深？

不算。如果所謂的家只是父母的家，那就不能看成是線；那只是「過去」罷了。從父母那邊寄來的信只能算做你遠離的那片大陸捎來的訊息；最糟的是，這種信只會不停地提醒你，說你迷失路途，讓你想起你已經駛離的那座母港。沒錯，這種信會告訴你，港口一直都在，不動如山，既美麗又安全，在它那古老的背景裡，可是究竟是一去不可復返了！

因此，我逐漸習慣自己的生命已喪失延續性的事實，習慣生命已從我臂彎裡滑脫開去的事實，而且如今甚至在我內心的最深處我都已經認定，沒有回頭路可走，只能從我現在最實際的立足點出發。慢慢地，我的視力適應了這種「人格斷喪的幽影」，並且開始辨認出我四周的人；儘管比別人的速度慢了半拍，但是幸好，這種落差還不算太嚴重，不至於成為他們當中特異的分子。

第一位從這種幽影中浮現的（如今他仍舊是第一位從我記憶的幽影裡浮現的人）便是洪札，是布爾諾來的小伙子（不過他說的一口郊區口音我幾乎沒辦法聽懂。他會落入黑營是因為出手修理了一個警察。他揮拳揍了對方，那是因為他們因故爭執，而且對方還是昔日高年級的同學，但是這種解釋法庭聽不進去，所以洪札服刑六個月之後就直接被送來黑營。他本來是技術一流的車床工，但是將來是否還能回到工作崗位，還是日後只能有什麼做什麼，他覺得一點都無所謂；他已和任何事物沒有牽連，未來對他無關痛癢，那種態度是充滿自由的毫不在乎。

關於這種對自由的罕見感受，只有貝德利須這號人物才有資格稱得上和洪札並駕齊驅。他是我那二十位同室床友當中的一位；他比正常入伍的時間（九月分）要遲了兩個月才加入我們的行列。他起先被編入砲兵部隊，可是因為這和他嚴格的宗教信念相違背，所以他固執地拒絕佩戴武器。人家最後不知道該如何處理他，特別又因為攔截到他寫給杜魯門和史達林的信。他在信中以激動的語氣要求那兩位國家領袖解除所有軍事裝備，這是從社會主義的博愛精神出發的想法；他的上司起先不知如何是好，只好准他不帶槍進行軍事操練，因此，在一群佩槍的弟兄當中，只有他一個人手無寸鐵。不過據說雖然兩手空空，「槍枝上肩」和「放下槍枝」等兩個動作卻做得無懈可擊。在原先那個軍營裡的早先時候，他也積極參加政治課程，在討論課的時候更是動不動就要求發言，一旦攻訐起那些帝國主義的戰爭販子更是句句精要、令人驚奇。可是後來他主導製作並在軍營張貼了一張海報，呼籲大家拋棄武器，結果軍法處便以叛亂罪起訴他。可是法官因為他有宣揚和平的事實所以只決定先送他去看精神科醫生，在宣判他無罪並且送來黑營服役之前，那些法官著實傷透腦筋。貝德利須可是快活得不得了：他是黑徽章營區裡唯一心甘情願在這裡服役的人，他對這種結局感到樂不可支，他的黑徽章是他自己辛苦掙來的。所以他在這裡只覺得海闊天空一般自由，而且令人稱奇的是，他的這種感受並不是以蠻橫無禮的態度顯示出來，像是洪札那樣，而是恰恰相反，外表安靜，循規蹈矩，工作的時候也是臉色安詳，內心熱切。

其他的人就不像他那麼從容了：比方三十歲的瓦爾加，那個斯洛伐克的匈牙利商人，完全沒有國族偏見，先後在好幾支不同的軍隊裡待過，因此在邊界兩邊的戰俘營裡都待過。還有那個長了紅棕色頭髮的佩特杭，他的哥哥偷渡出境不說，還殺死一名邊境警察。卓瑟夫那個傻愣愣的小伙子是易北河河谷一位富農的兒子。他以前一直都好像雲雀似的，習慣無垠的大地，現在想到要被關到地獄般的礦坑裡工作，便害怕得要窒息了。史塔納，二十歲，是布拉格郊區工人的孩子，可是一副紈袴子弟的調調，據說被他那地區的委員會狠狠參了一本才會流落來到黑營。傳聞說他喝得醉醺醺地跑去參加五一勞動節的遊行慶祝，但後來竟然

「故意」在興高采烈的群眾面前將尿撒在人行道上。還有皮特爾．佩克尼，原先是法學院的學生，可惜在捷克共黨發動二月革命的時候和一群同學上街遊行反對共產主義（他不用再過多久便會知道，那些在二月革命成功的隔天便將他逐出校園的人其實以前正是我的同黨，如今看到我居然和他受到同樣懲罰，便公然向我表示他心中那種夾雜怨意的滿足感，不過營裡會這樣對待我的也只有他而已）。

我還能夠提起許多和我遭受同樣命運的士兵，不過我只想分析最本質的一些東西：這些人當中我最有好感的就是洪札了。如今我還記得我們最初那幾次對話其中的一段；那時候我們採礦工作中間有短暫的休息時間，我們正好並肩坐在一起吃午餐，洪札在我的膝蓋上拍了一下並且說道：「喂，你這個裝聾作啞的小子，你到底什麼來歷？」裝聾作啞，我那時候的確如此（只知道不停在心中反覆自己的辯詞），所以我不嫌麻煩地向他解釋（可是所用的言詞後來我立刻發現太不自然、太咬文嚼字了），我被送進黑營的始末，而且為什麼歸根究柢，那完全不是我該來的地方。他回答我：「真他媽的蠢蛋！那我們其他的人，我們就應該來這裡是吧？」我試著重新向他解釋我的觀點（但用比較自然的言詞），洪札吞下他那份午餐的最後一口，然後不疾不徐地清楚說道：「是太陽曬昏你的腦袋還是怎樣，你以為自己是大人物？笨到可以。」透過這個句子，大城郊區居民那種愛嘲諷的普羅心態直接衝我而來，當下我突然羞愧起來，為什麼我像個被寵壞的小孩，不停提起自己已經喪失的特權？而諷刺的是，我一直在建構一套信念，拒絕特權的信念。

時間流逝，但我和洪札走得越來越近（他後來很敬重我，因為只要和薪資計算有關的問題我都能夠弄得清清楚楚，而且不止一次拆穿別人欺騙我們的伎倆）。有一天，他嘲笑我為什麼老是待在營區，像個白痴一樣發霉還不知道利用大好假期享受一番，於是他把我拉進他們那一夥人。我們記得那天晚上的光景；我們一票人，大概八個左右，包括史塔納、瓦爾加以及塞內克，原本是裝飾藝術學院的學生，後來被迫中斷學業。他因為固執己見，在學校堅持畫立體派的風格而被送進黑營；現在情況反轉過來，為了從這裡從那裡爭取到一點什麼好處，他在軍營各處的牆壁上用炭筆畫上帶著重型武器胡斯派戰士的巨幅壁畫。我們能去的地方有限，比如軍方禁止我們踏進奧斯特拉瓦的市中心；我們只能去逛某些區域，連去哪些酒館都有限制，不能隨心所欲。我們來到附近的區域，那天運氣不錯，在某處已經移做他用的體育館裡舉行一場舞會，而這地方並未禁止我們涉足。才付了一點小小費用，大夥兒便衝進場內。大廳裡擺了一大堆桌椅，可是現場並沒有太多人。女孩子加起來大約只有十個，男人數了一下則是三十左右，其中一半是附近某個砲兵隊來的；他們一看見我們便開始注意我們，而我們也敏感地覺察到對方在觀察我們，暗中計算我們的人數。我們找了一張空的長桌，並在旁邊坐定，然後點了一瓶伏特加酒，可是女服務生卻不客氣地宣稱那裡禁賣酒精飲料，於是洪札只好點了八杯汽水；接著每個人塞給他一張紙鈔，過了十分鐘，他帶回來三瓶萊姆酒，我們在桌面下用它來兌汽水，大大改善了汽水的味道。我們儘可能低調行事，因為那些砲兵就在一旁監視我們的一舉一動，而且我們知道，如果發現實情，他們一定毫不猶豫便舉發我們。這裡附帶一提，那些正規軍隊對我們一向有著深刻的敵意：一方面他們的成員認定我們都是可疑分子，不是殺人兇手便是其他罪犯，無時無刻不是祖國的頭號敵人（那個時代的偵探文學都是這樣描述），隨時準備出其不意加害守法公民祥和的家庭生活，二方面（而這一點或許才是最嚴重的），他們嫉妒我們有錢而且出手大方。

這就是我們黑營獨特的地方：我們的日子就擺盪在掙錢活兒和疲乏困倦之間，每隔半個月，營方就要剃光我們的頭髮，唯恐頭髮一長出來，我們就會產生不恰當的自信，我們好像被斷絕美好未來的邊緣人，但是手上就是有錢。客觀來講並不算多，可是對一個每個月只能休假兩次的士兵來講，那已經是一筆財富，可以讓他在短短幾個小時的自由時間裡（不過能去的地方實在有限）裝出闊佬的派頭，以便彌補其他漫漫長日所要承受的無力感。

舞台上那支蹩腳的銅管樂團正為舞池裡婆娑起舞的兩三對男女演奏華爾滋和波爾卡等舞曲，而我們這一群人則靜靜在一旁貪婪地斜眼看著場內的女孩們同時啜飲著加了酒精的飲料，此時此刻，我們可比什麼人都要神氣；我們的心情好得不得了。那種愉快的弟兄情誼讓我陶醉，這類似感覺只有高中時代和賈洛斯拉夫以及他那洋琴樂團在一起才有。樂團中場休息，洪札想出一個妙計，將砲兵們所覬覦的對象一個個釣走。這個主意不但精采而且簡單，我們一個接著一個立刻將它付諸行動。塞內克是表現得最積極最有決心的一個，他的個性本來就天不怕地不怕而且愛開玩笑，這次幾乎是以招搖的方式完成交付給他的任務，一切只為取悅大家：他邀請一位濃妝豔抹的褐髮女孩跳舞，然後再把她帶來我們這桌；他要我們為他和那個女孩各倒上一杯萊姆酒汽水，並且裝出狡黠的神情對她說道：「那麼就這樣說定了！」那女孩點頭默許並且和他乾杯。有個看起來乳臭未乾的小子走過來，他身上穿著砲兵制服，肩章上盤踞的只是下級軍官的飾條，他停住站在那褐髮女孩的面前，然後裝出儘可能粗俗的聲音對塞內克問道：「你允許嗎？」塞內克答道：「老兄，儘管請吧！」正當那個褐髮女孩和那個興致高昂的軍官在那首齷齪勁十足波爾卡曲的伴奏下扭個不停的時候，洪札趕忙去打電話叫計程車。計程車不到十分鐘就來了，塞內克也站定在出口處；褐髮女孩跳完那支舞便向軍官道歉，說自己得到洗手間去一下。不用幾秒鐘的時間我們聽見汽車開走的聲音。

塞內克得手之後就輪到年紀較大的昂布洛茲上場。他找了一個長相抱歉的徐娘（雖是這樣，她的身邊已經圍了四個砲兵隊的人，正在對她獻殷勤）；過了十分鐘，計程車又來了，昂布洛茲便和那個徐娘以及瓦爾加開溜了，趕去奧斯特拉瓦城另一端的一間小酒館裡和塞內克會合。後來又有兩位弟兄成功釣走一名女孩，結果體育館裡我們這一群人現在只剩三個：史塔納、洪札和我。砲兵隊的人眼裡透出的恨意越來越強，因為他們開始懷疑，被他們視為囊中物的三個女人消失不見一定和我們弟兄人數越來越少有關連。我們裝出一副憨直的樣子，但是空氣中已經彌漫著煙硝味了。我懷著念舊的情緒盯著一位金髮女孩，舞會開始的時候我曾邀她跳舞，但是鼓不起勇氣邀她外出。我盯著她看同時說道：「現在是最後一部計程車，然後光榮撤退。」我打算在下一支舞曲時執行計畫，只是按照情勢判斷，砲兵隊的人團團將她圍住，我好像一點也沒有辦法湊上去。洪札說道：「堅持下去也沒有用。」同時起身準備去打電話。可是就在他穿越大廳的時候，那些砲兵見狀立刻離桌，衝過去將他圍住。沒錯，戰事一觸即發，而我們，我和史塔納只能趕緊離桌上前支援安全受到威脅的弟兄。一群砲兵一言不發將洪札堵住，誰料到在這個節骨眼上突然有個喝了半醉的軍士長不小心撞跌在他們身上（那還用說，他一定也在桌面下藏了一瓶好酒），於是原先那教人神經緊繃的靜默給打破了：他開始嘰哩呱啦講一堆話，說他父親戰前失業在家，所以現在他再不能坐視那些戴黑徽章的齷齪布爾喬亞在這裡趾高氣揚，說是他已經忍無可忍，並且叫他的弟兄好好看住洪札，因為他要上前打爛對方的嘴巴。洪札趁著那個軍士長語無倫次的空檔，禮貌周全地向那些砲兵討教，他們究竟想要怎樣。他們說道：「要你們立刻滾蛋。」洪札回答，我們正好就想離開，只是請他們允許我們叫一部計程車！在這當兒，那個軍士長似乎就要昏厥過去，但是仍不死心尖聲高喊道：「他媽的，真他媽的，我們其他的人累到快死，骨架都快拆開，結果還是窮得要死，而他們，這些臭資本主義分子，這些顛覆分子，這些人渣廢物卻坐計程車進進出出，啊不行不行，寧可我這雙手把他們一個一個勒死，看他們還能不能坐計程車！」

現場所有的人都被喧鬧聲吸引住；穿制服的圍過來，然後便衣民眾圍過來，連工作人員也因害怕有事而湊上前看。這時，我看見自己心儀的金髮女孩；她獨自坐在長桌旁邊（對於那場爭論根本無動於衷），接著站起身子朝洗手間的方向走去。我小心翼翼地離開聚攏的人群溜到入口，也就是衣帽間和洗手間所在的地方（那裡除了一名工作人員以外不見其他的人），我開口向她說話；我彷彿是個不諳水性就一頭栽進水裡的人，難為情不難為情不管了，當下我就是得採取行動。我從身上一個口袋裡掏出好幾張弄縐了的一百克朗紙鈔然後說道：「和我們一起走，不知道你意下如何？別的地方比這裡好玩多了！」她看一眼我手裡的鈔票然後聳了聳肩膀。我又補充道，就在外面等她，她默許了，進去洗手間之後很快便走出來，連大衣都穿好了；她對我微笑並且說道，看得出來，我和那群人很不一樣。這句話讓我樂壞了，於是我挽起她的手臂，將她拉到對街，然後以某個街角做掩護，窺探洪札和史塔納是否全身而退，我們就這樣專心看著那只有一個燈籠照亮的體育館入口。那個金髮女孩問我是不是學生，因為我沒回答，她以為我默認了。她對我說，前一天有人在衣帽間偷走她的錢，那錢不是她的而是工廠的，她很絕望，因為很有可能因此遭受司法審判；她問我可不可能借她點錢，比方一張一百克朗的鈔票。我向口袋裡撈了撈，取出兩張縐巴巴的鈔票並交給她。

我們沒有等上多久，那兩位同伴便現身了，而且穿上大衣，戴好帽子。我向他們吹吹口哨，可是就在此時，他們身後冒出另外三名沒穿大衣也沒戴帽子的軍人，然後衝上前去追他們。我隱約聽出那些人向他們叫囂的語言裡充滿威脅，但真正的意思沒聽清楚。不過我大概也猜得出，他們在找我的金髮女孩。接著其中一個撲向洪札，開始打了起來。於是我跑上前去。史塔納和一個砲兵交手，但洪札一個人卻得應付兩個；就在洪札處於劣勢，快要撐不下去的時候，幸好我及時趕到，替他處理其中一名攻擊他的砲兵。他們起先佔了人多勢眾的便宜；可是如今我們勢均力敵，起初那股銳氣一下挫了許多。後來史塔納重重一拳，揺得其中一個癱倒在地，趁著他們驚愕之際，我們趕緊開溜。

那個金髮女孩乖乖地在街角等我們。一看見她，我那兩位弟兄開始嘰哩呱啦起來，說我是厲害角色，一定要擁抱我向我致敬。洪札從他自己風衣的口袋裡拿出滿滿一瓶的萊姆酒（我搞不清楚的是，剛才混戰的時候他是如何保住酒瓶的），然後將它高舉過頭，得意舞動起來。我們興致好得無以復加，唯一遺憾是不知道該上哪裡才好：附近一些酒館都是不准我們去的，剛才那些氣得快瘋掉的對手又阻止我們搭計程車。而且，即使已經逃到外面，我們仍可能隨時受到另一波懲罰性的攻擊。於是我們迅速地隱沒在一條小巷子裡；巷子兩旁起先還有一些房子，然後再往下走，一邊只有一堵牆，而另一邊則是柵欄；柵欄旁邊有個手推車，再往前看則有一部似乎是農用機具的東西，上面有個用薄鋼板做成的位置。我說：「好個寶座。」於是洪札就扶著金髮女孩坐定在上面，在離地一公尺的位置上。那瓶酒在四個人的手中傳來遞去，金髮女孩的話匣子打開了，她對洪札說道：「我敢打賭你拿不出一百克朗借我！」洪札拿出闊佬派頭，一張一百克朗的鈔票立刻掏出在她眼前晃著，接著，不到兩秒鐘的時間，女孩的大衣被扯開，裙子被掀起來了，才下一秒，她親手把自己的內褲脫掉了。她牽著我的手，試圖要把我拉向她，可是我心裡起了恐慌居然掙脫開去，並且順勢把史塔納推到我剛才的位置。我這弟兄則毫不猶豫，立刻在她兩腿中間就定位了。他們黏在一起先後還不到二十秒的時間，我又想從洪札的眼前溜開（我堅持只扮演東道主的角色，出錢讓他們快活就好，而且我那害怕的感覺還沒有消除），可是這一次，那個金髮女孩拿出強勢態度，一把將我拉去與她三貼，經過這種激勵性的接觸，我的雄性渴求甦活過來，她在我的耳畔輕聲說道：「我就是為了你才來這裡呀，大傻瓜。」接著她開始微喘起來，以至於當下我突然真的覺得對方是個溫柔多情的女孩，她愛我而我也愛她，她繼續喘著，喘著，而我也開始有節奏地搖起來，直到在一旁的洪札喊了一句淫穢的話，我才突然意識到，我愛的不是眼前的這女孩，於是我沒等到結束便猛然抽身，弄得她幾乎是起了驚懼並對我說：「你又怎麼回事？」不過這時洪札已經站到她的身邊，然後喘息聲又開始了。

那天晚上，我們兩點左右才回去軍營。可是到四點半我們又得起床準備幹星期天的自願活，幹這種活不但我們的主管可以獲頒獎金，也讓我們可以每兩個星期六休假一次。我們個個睡眠不足，全身上下的血管還滿是酒精，在礦坑道裡，我們那癱軟的身軀像魅影一樣遊動，我津津有味回憶著前一夜的種種。

十五天以後的經驗可就沒那麼美好了；由於一個小差錯，洪札被禁足不准休假。我只好和另一組的兩名弟兄一起結伴外出，而這兩個人其實我跟他們並不挺熟。我們決定去找一個聽說身材高得嚇人，外號「路燈」的女人。的確，女人長到那種高度的確醜怪，但我們也沒辦法：能和我們來往的女人圈實在小得可憐，最主要的原因還是由於我們閒暇的時間太少。所以一有機會無論如何一定要將這種時間做最有效益的利用，所以這些軍人寧可要求便捷，而不去問對方能不能令你忍受。時間換來經驗，而且探索一旦有所斬獲大家便會互相通報，於是像「路燈」這種好接近的女人（可是外貌幾乎教人無法忍受）便在弟兄之間構成一個「網絡」（當然乏善可陳），形成一個資源共享的系統。

「路燈」便是這資源共享網絡其中的一個資源；我對這點倒是完全不在意。我那兩位弟兄開始說著有關「路燈」那異常身軀的笑話，前後至少五十次說道，得先找塊墊腳的磚頭，這樣辦起事來才方便。這種笑話聽在耳裡我特別覺得舒服：因為我對女人強烈的慾求被挑逗起來，不管哪一個，只要是女人就好，她的身分越模糊，越不要去談精神層次，那我就更求之不得；如果是「隨便哪個」女人，我就更甘之如飴了。

儘管我已借酒助興壯膽，可是才一看到那個外號叫「路燈」的女人，我那瘋狂的性飢渴瞬間卻消失無蹤。一切情況在我眼中突然變得令人作嘔而且虛浮，因為洪札和史塔納都不在場，沒有人讓我覺得親切、信賴得過，結果隔天我的意志消沉，嘴裡有種苦澀，它甚至回溯十五天前的往事，將原本的美好面破壞殆盡，於是我在心裡發誓，絕對不要一個坐在農機器械上面的女孩，也不要一根酩酊大醉的「路燈」。

那麼我的心中到底醞釀了什麼道德準則？沒有；就只是噁心的感覺罷了。那為什麼要感覺噁心？幾個小時前我對女人的慾望不才剛燒得熾旺而已？說得更精確些，對方是哪個女人我甚至都無所謂。難道是我的心思比起別人的要敏銳，還是我根本怕妓女怕得要命？都不是，我只是被一股哀傷給淹沒了。

為何哀傷？因為我剛才經驗的奇遇其實一點也不特別，我並不是因為愛好奢華，並不是出於心血來潮，更不是出於一種令人不安的渴求，才想要認識一切，經歷一切（高貴面或者粗鄙面），而是那種冒險舉動已經變成我現實存有最基本、最「習以為常」的條件了。這些冒險已經將我所有可能性的疆域嚴格加以劃定，它們用一清二楚的線條將我注定的情愛生活之地平線勾勒出來。它們表現的不是我的「自由」（要是這些事情——比方早一年發生在我身上，我就能從這角度去理解它），而是我的宿命，我的極限，我的「判刑確定」。我開始害怕起來。害怕那道可憐的地平線，害怕分派給我的命運。我感覺得到，我的靈魂蜷縮成一團，我發現它在後退，而且只要我一想到，在這種四面楚歌的情況下我無處可逃，我就更加陷入恐慌。

7

情愛生活那道可憐的地平線會漫射出哀傷的況味，我們所有的人或者幾乎我們所有的人都體驗過。貝德利須（就是撰寫和平宣言的那個人）堅持要在內心深刻的沉思冥想裡擺脫這種哀傷，在他那內心世界裡他那神秘的神祇一定住在那裡；在性愛的領域裡，他用儀式般規律的手淫方式來回應那內化了的虔敬。其他弟兄則以比較自欺欺人的方式武裝自己的思想：他們借助於浪漫情懷最感性的方式來支持滿街尋求娼妓的行為。那些家裡有心上人等待的就在記憶強化現象的助長下，將那美好回味的金牌擦得雪亮。有些人相信「忠心不渝」或者「誠信等待」這一回事。有些人則在私底下互相交心，說是他們在哪個酒館裡釣到的醉酒女孩其實心裡已經對他們燃起神聖的火並且渴望與他們結合。曾經有個布拉格的女孩來找過史塔納兩次，這個女孩在他服役之前便多少和他交往了（但到那時為止，他一定還沒有以嚴肅的態度看待對方）；這時，他居然懷著感傷的情緒說已經決定不久以後要娶對方。他確實告訴我們，因為婚假有整整兩天，所以他才做出這個決定，而我知道，這只是犬儒式的說法罷了。婚禮在三月的頭幾天裡舉行，而上級也果真放了他四十八小時的假，所以史塔納為了婚事星期六和星期日兩天便待在布拉格。

那段時間裡我也獲准外出，又因為上次休假的興致全給那個外號「路燈」的女人敗壞乾淨，所以這次我避開了弟兄，自己單獨上路。我搭上了那列軌道蜿蜒曲折的電車，這列窄軌的老舊電車連繫了奧斯特拉瓦兩個彼此相距甚遠的城區，我就任由它將我載到未知的地方。然後我任意在中途下車，接著又任意搭上另一條線；就這樣，我在奧斯特拉瓦這個似乎無限延展的城市遊走，那是一片工廠和自然景色的詭異組合，原野點綴著垃圾場、樹叢和廢石堆，此外便是一大落一大落的建築群以及鄉間的獨立小屋，一切以異乎尋常的方式吸引我，使我不安。後來不再搭乘電車，我便以徒步的方式開始漫長的閒逛。我幾乎懷著高昂的情緒觀看這片奇怪的景色，心裡只試著要解讀它背後的含義；我絞盡腦汁，想要為這幅成分彼此極不協調的畫面找出使它統合，使它帶有秩序的那東西的名詞。我走到一幢牆壁上爬滿藤蔓，挺詩情畫意的房子旁邊，同時察覺到，「正因如此」，它的所在位置正是它應該所處的位置，因為它和附近矗立的建築物斑駁污穢的表面形成很強烈的對比，好像那些採礦井架、煙囪和冶煉高爐都成了它的背景。我沿著一大片醜陋建築的邊緣走去，同時看到遠處有間別墅，雖說灰灰髒髒的，但是擁有一座花園並有柵欄圍起；花園的角落有株垂柳，彷彿在這片風景中迷途似的——然而，我心裡想，「正因如此」，這才是它真正應該處在的位置。這種種的不協調讓我心中生出不安，不只是因為這些不協調對我而言似乎是這片風景的共同點，而且特別由於我在其中察覺到自己命運的意象，被放逐到此地的意象。很自然地，將自己個人的遭遇投射到整座城市的客觀性上面也的確給我帶來一種慰藉。我了解到，自己並不隸屬於這個地方，就像那株垂柳、那間爬滿藤蔓的小房屋一樣，也都不屬於這個地方。我確實不屬於這個地方，就像那些不能通往任何地方的短巷，兩旁矗立著不協調建築的短巷，而昔日這裡還是風光明媚令人愉悅的農村；我同時也明白，這些覆蓋低矮房舍的醜陋城區，正「因為」我不隸屬於它，所以我真正的位置才是在這裡，在這座令人不知所措的不協調大城裡，在這個大城裡，原先互無關連的元素全都毫無商量餘地被緊緊地束縛在一起。

我站在佩特爾柯維次那條長長的交通幹道上，這個奧斯特拉瓦近郊城區以前還只是一個小農村而已。我在一座只有二層樓的笨重建築物旁邊停下腳步，建築物的一角垂直豎著醒目的招牌，上面寫著「電影院」。我的心頭立刻湧上一個疑問，這種無關痛癢的問題大概只有在街上閒逛的人才提得出來：這座電影院為什麼沒有名字？我又仔細地觀察一下，建築物的表面並沒有標識其他文字（話說回來，連建築物本身都全然不像是電影院）。它和鄰近的房屋之間相隔了大概兩公尺的距離，形成一條小小巷子。我走進去，來到一處中庭。這個時候我才發現建築物的一樓在後面還有一個側翼延伸出去；牆上安裝著玻璃櫥窗，裡面張貼一些廣告小海報以及電影的相片。我走上前去，可是那裡也沒看見電影院的名字；我轉過身去，透過一道隔離作用的鐵柵欄，我瞥見毗鄰小中庭裡的一個小女孩。我問她那座電影院的名稱是什麼；小女孩眼光裡透出詫異，並且回答我她不知道。我於是只好死心，承認那是一座沒有名稱的電影院；在奧斯特拉瓦這放逐的空間裡，連電影院都沒辦法冠上名稱。

我走回（心中沒有絲毫特定意圖）櫥窗前面，這時才發現裡面那張小海報和兩張劇照，宣傳的是一部名叫《榮譽法庭》的蘇聯電影。以前瑪爾克塔想要在我生命裡扮演仁慈救世角色時曾經向我提起片中女主角的作為，而黨內同志在審判我的時候也曾指出片中男主角所受的處罰是多麼嚴厲；以前因為這兩個原因，這部片子可真讓我作嘔，連聽都不願聽別人提起。現在，連我到了奧斯特拉瓦，都還不能避開它那指著我控訴的食指……那又怎樣，如果一根指頭指著我令我不悅，那麼轉身過去就好。我也是採取這種行動；我想轉身回到街上。

這時，我第一次看到了露西。

她朝著我的方向走來，那時她正要走進電影院的中庭；為什麼在和她擦身的那一刻我沒有繼續向前移動腳步？難道是我的閒晃具有性質奇特的無所事事？還是下午已近尾聲時中庭那詭異的光線留住了我的腳步，讓我無法走回街上？還是只因為露西的外貌？可是說到外貌，她也只是平凡之屬，儘管後來，正是這份「平凡」感動了我吸引了我，可是當時我才看她第一眼就停下腳步，這該如何解釋？難道以前我沒有經常在奧斯特拉瓦的人行道上看見長相平凡的女孩？還是說她那份平凡包含了不得的成分？我不知道。總之，我就當場定定站住，一直盯著那個年輕女孩：只見她慢條斯理走向張貼《榮譽法庭》劇照的櫥窗前；接著她又緩緩步離櫥窗，然後走進打開的大門，往售票口的方向去了。對了，很可能是露西那種徐緩的舉止將我迷倒，那放射出認命屈從的氣質，好像匆匆忙忙也不能有效達成什麼目的似的，彷彿不耐煩的步調完全沒有用處似的。沒錯，或許事實上就是這種滿溢著傷感氛圍的緩慢迫使我目不轉睛地盯著那女孩子看，而這時候，她已經去到收銀台，拿出零錢，買了電影票，朝放映廳裡看一眼，然後又走回到中庭。

我的目光一刻也沒有從她身上移開。她維持站姿，只是背朝向我，好像注視著遙遠的地方，視線似乎超越過中庭，超越圍繞著小柵欄的花園和鄉人房舍，然後停留在一座褐色礦場的輪廓，到了這裡，她的視線就被遮擋住了。（我永遠也忘不了這個中庭，連最微小的細節也忘不了。我還記得那道將它和隔壁中庭隔開的柵欄，我看見那座中庭的台階上坐著一個正發著愣的小女孩。我還記得那道台階旁邊襯著一道小護牆，上面擺著兩個空的花盆以及一只灰色的大盆；我想起了那快要接觸到礦區地面灰濛濛的夕陽。）

時間是五點五十分，也就是說，離影片上映的時間還有十分鐘。露西轉過身來，然後又緩步離開中庭走向街道。我跟在她後面走著。在我背後奧斯特拉瓦那形同被蹂躪過的鄉野景色被拋開了，眼前再度出現一條城區道路；往前走五十步，一個精心整理過的小廣場在眼前展開，上面有幾條長凳，中心還有一座迷你的小花園，還有一棟錯倣哥德式建築的紅色磚牆。我繼續觀察露西：她坐定在一張長凳上；她那徐緩的氣質一刻也沒離開過她，我甚至幾乎要說，她是「緩緩坐下來的」；她並沒有左顧右盼，完全沒有亂搖亂動，靜靜待著，好像在等外科醫師過來幫她開刀一樣，或者像是注意力全然被一件所關心的事攫取了去，全然忘懷周遭的人事物，只有專心致志，注意自己的內在情況。我可能還得感謝她當時的心境，不然我也不方便在她身旁逡巡來去，並且仔細觀察她，但又不至於被她發現。

人家常說起「一見鍾情」這一碼事，愛情總傾向於為自己塑造一段傳奇，總傾向於在事後將它的初始加以神秘化，這點我的認知是再深刻不過的了；而且我也避免斷言那是來得很快的「愛情」。可是這次我真的有種超人的洞察力：露西的本質或者——如果我必須精確地講——露西後來在我眼中所呈現的本質，我在當時就立刻了解、感受、觀察出來，而且是一瞬間的事；露西帶給我的是她本身，好像帶來顯露的真理。

我注視著她，觀察她那頭燙過的頭髮，鄉下風格的，那頭形狀不規則的、燙成一小撮一小撮的髮雲。我觀察她那件栗色的短大衣，質料低劣，磨損了的，而且稍嫌過短的大衣。我觀察她那俏麗但不招搖的臉龐，那種教人喜歡的內斂謹慎氣質；我在這年輕女郎身上嗅到寧靜、簡樸和謙遜，而且我感受到，那些才是我真正尋求的價值。我似乎覺得我們彼此是很親近的；彷彿只要我上前搭訕，對她說話，而且在她正眼瞧我（總算盼望到了）的那一刻，她對我開朗微笑，彷彿她突然看見數年不見的兄弟。

那時露西抬起頭來；她看著鐘塔上的時間（這個動作永遠深植在我的腦海中，不戴腕錶的女孩總是自發性地朝著大鐘坐下）。她起身離開長凳，然後走回電影院那邊。我想要走到她的身邊，那時我並不缺少膽量，只是突然間不知嘴裡該吐什麼字詞；當然，那時我的胸臆充盈著感觸，可是腦中卻連一個音節也不見蹤影。我跟著那個女孩來到了剪票口，從那裡可以看見空蕩蕩的放映廳。有幾個人走進來，朝售票口擠去；我搶先一步走在他們前面，為了那部令人憎惡的影片買了一張票。

在這時候，年輕女郎走進了放映廳；我也一樣。在這個空了一半的空間裡，電影票上面的座位號碼是毫無意義的，大家喜歡坐哪裡就坐哪裡；我走進露西所坐下的同一排位置，然後在她旁邊坐下。接著一段刺耳嘈雜的音樂爆發出來，那張唱片想必用太久磨損得嚴重，放映廳暗下來，銀幕上出現了廣告。

露西應該注意到了，一位佩著黑徽章的軍人在她的身旁坐下，應該不是湊巧，她一定在思考為何我會離她這麼近，更加上我全副精神都放在她那裡，對於銀幕上所放映的我一點也沒放在心上（也算是聊勝於無的報復：以前我那些道德的訓誨者動不動就拿這部影片的宗旨來當作準則，現在我卻以漠不關心的態度任由情節在我眼前開展）。

電影結束放映，燈光又重新亮起，稀稀落落的觀眾離開各自的座位。露西站起身子，拿起放在膝上的栗色大衣，然後將手臂穿進一隻袖子裡。我迅速地將軍帽戴上，唯恐讓她看見我那顆剃光的頭，然後一語不發地幫她把第二隻袖子套進她的手臂。她看了我一眼，並沒有說什麼話，或許最多只是若有似無地輕輕點頭而已，可是我不清楚，這是為了向我道謝，或者完全是不由自主的動作。接著，她細步從兩排座椅之間移身出來。我俐落地把那件綠大衣穿上（因為太長，看起來一定極不合身），然後緊跟著她的腳步走。還沒等到走出電影院，我已經開口向她說話了。

彷彿兩個小時坐在她身邊，隨時想念著她，我的頻率就和她的頻率調得一致：我突然知道如何對她說話，好像我是她的舊識似的；我並沒有用以前初次和人談話時所用的技巧，先開一個玩笑或者說段無厘頭的言詞，而是以非常自然的方式開場——這點連我自己都很驚訝，因為面對女孩子的時候我通常因為所戴的面具太過沉重而跌跌撞撞。

我問她住在哪裡，從事什麼職業，是不是常上電影院。我告訴她，說我自己在礦場工作，說做那行簡直累斃人，又說要每隔很長一段時間才能請一次假。她說她在工廠任職，又說她住在一處為年輕女工所提供的宿舍，十一點以前得回去，又說自己時常上電影院，因為她對舞會提不起興趣。我對她說，哪天晚上要是她還有空，我很樂意再陪她來看電影。她說自己習慣一個人看電影。我問她是不是因為她覺得生活缺少樂趣。她默認了。我告訴她我自己也不是很快活。

沒有什麼事情會比傷感、憂鬱下達成的默契更能拉近兩個人之間的距離了（即便這種拉近距離經常只是表面的）；這種情投意合的安詳氣氛能夠消弭任何一種的恐懼和約束，不管你的靈魂是細膩的還是粗獷的，都能感受得到，這是拉近人與人之間距離最容易的方式，不過容易歸容易，卻是如此罕見。因為首先你得排除「心態上的矜持」以及那些裝出來的姿態手勢，並且以簡單、不做作當成行為準則；我不清楚自己是如何達到那種境界的（不必準備而且一蹴可幾），不清楚是如何成功的，因為以前我像戴了多重假面具的瞎子一樣摸索前行。我真的一無所知，可是我把它認定成出乎意料的天賜禮物，一種神奇的解放。

我們因此只談有關我們自己最簡單的事情。我們一起步行回去她的宿舍，並在門前逗留了一些時候；燈光遍灑在露西身上，而我注意到她那件栗色的短大衣。我伸手撫摸的不是她的秀髮，或者她的臉龐，而是那件令人感動的大衣的陳舊布料。

我還記得那盞燈搖著晃著，一些女孩子從我們身邊走過，然後一面發出令人不快的大笑，一面打開宿舍的大門，這時我注意到大樓的外觀，灰暗沒有裝飾的牆，上面只有沒窗台的窗洞；我也回想起露西的臉龐（和那些在同樣情況下我所認識的女孩相比），全然寧靜，沒有一絲不安，好像一名只想慢條斯理將自己所知謙卑地進行報告（沒有面帶慍色的固執，沒有半點狡猾）的學生，完全不在乎成績高低或者別人給不給予讚美。

我們約定，以後一旦我有新的假期而且可以同她見面。我就寫張卡片通知她。然後我們互道珍重（我們沒有擁別，連碰都沒有碰一下），接著我便離開了。才走了幾步，我又回頭看，只見她手裡拿著鑰匙，一動也不動地站在門檻旁望著我；現在只有等到我隔她有點距離了，她才放棄矜持，而她的眼睛（在此之前很是羞怯）好長一段時間盯著我看。接著，她舉起手臂，彷彿自己從來沒做過這個手勢似的，全然不知道如何進行，只知道人家道別便要把手搖一搖，於是自己也不自然地做出決定，要冒險試試這個動作。我停下腳步並且向她回禮；我們彼此遠遠看著，然後我又重新移步向前，然後再度停下腳步（露西手一直沒放下，繼續做著道別的動作），最後我踩著輕盈腳步轉過街角，這時我們才算正式道別了。

8

從那天晚上起，我內心一切都改變了；我的心中彷彿重新又有什麼住了進來；心裡面那個房間似乎整理打掃乾淨，而且有人生活在其中了。牆上的鐘幾個月以來時針分針好像麻痺似的，可是現在甦活過來，重新滴答滴答。這個多麼重要：在此之前，時間好像一條無動於衷的河流流逝，從空無的一端流向空無的另一端，（正因為那時我處於休止狀態中！）沒有階段標誌，沒有衡量的尺。現在時間開始帶有人性面貌：它重新開始按部就班前進，開始算分計秒。突然，我將能夠休假離營看成比任何事情都要寶貴，日子對我而言似乎變成梯子上的一道道橫槓，爬完這道梯子我就可以見到露西。

從那時候以來，我不曾對另外的女人賦予如此多的心思，如此多默默的注意（不過從那時候以來，我也不曾再有過如此多的時間），而且對於另外的女人我也不曾感受到如此多的謝意。

謝意？關於什麼？首先，露西將我從那原本可憐兮兮的愛戀地平線裡拯救出來，那條將你我困住的地平線。當然，史塔納年紀輕輕便結了婚，這也是他自己衝出那條地平線的方式；從此以後，他在布拉格的家裡便有個他所愛的、他心思所向的妻子。不過，也沒有什麼值得羨慕他的。成婚這一件事讓他啟動了自己的命運，可是，在他搭上返回奧斯特拉瓦火車的那一刻，命運對他暫時完全沒有影響。

我也一樣，認識了露西也就等於讓我的命運運作起來；不過我和史塔納不同，那命運我一直都看得到的。和露西見面的機會雖然有限，但是頻率至少幾乎是固定的，而且我知道她是可以忍耐十五天才和我見面一次的，此外，她歡迎我的態度彷彿我們上次見面只是前一天的事。

可是，露西不僅將我從奧斯特拉瓦那幾次愛情冒險的絕望所產生的作嘔感覺裡解放出來。在此之前，我已明白，自己在戰役中已經失利，不可能脫離黑徽章的命運，我也知道，面對那些我得和他們一起度過兩年或更長時間的弟兄，嘗試將自己局限在自己的內心世界裡更是一件荒謬的事，此外，努力不懈聲稱自己擁有保存自我路線的權利也是毫無意義的事（那時我開始明白所謂的「自我路線」真是一大特權），而且這種態度的改變不外乎是理智和意志運作的結果，所以並無法汲乾我內心那把淚水，對「命運喪失」所掬的那把淚水。這把淚水，露西好像施了魔法似的將它擦乾。我只要感覺她在我身邊就夠了，她那完整的生命並不需要去談什麼世界主義或者國際主義，不必提高警覺，不必階級鬥爭，不必為普羅專政的定義以及普羅專政的政策、戰略與技巧辯論不休。

先前，我的生命就是擱淺在上述那些心思上面（完全只屬於那個時代，因為不久以後那套字彙再也沒人懂得）；而我以前堅持的恰巧也是這些理念。我最初加入共產黨的時候曾被傳喚到各種不同委員會說明，我提出幾十個自己為何被共黨主義吸引的理由；然而在實際運動中，當年最吸引我，甚至最迷惑我的是自己竟然處於（或自以為處於）「歷史的方向盤」旁邊。事實也是如此，我們真的能夠決定人和事的命運前途；這在大學裡面尤其明顯。因為在那時候，教授群裡有加入共產黨的人屈指可數，最初那幾年裡面，共產黨籍的學生幾乎獨力負責學院的管理運作，握有教授的任命權，決定教育改革和課程架構的修訂。我們當時所處於的陶醉狀態通常稱作權力的迷戀，不過（將心腸放軟一點）我也可以選擇一些較不嚴厲的措辭：我們被歷史迷惑住了；我們自以為駕御了歷史這匹馬而陶醉，那把歷史壓在屁股底下的感覺令我們陶醉。大多數的情況下，結局就演變成一種對權力的卑鄙渴求，可是（就像所有和人有關的事務都是含糊曖昧的），在那裡面同時（特別是對我們這些毛躁小伙子而言），我們共同建構了一個美麗的幻象，因為在那時代我們認定人類（每一個人）將不再「置身於歷史之外」，不再被它「踩在腳底」，而是反賓為主去引導它塑造它。

我那時候一廂情願認為，一旦離開了歷史的方向盤，那麼人生就不再是人生而是要死不活，是百無聊賴，是流放，是西伯利亞。可是現在（在過了六個月西伯利亞式的生活之後）我突然看出另一種生存的可能性，嶄新的而且前所未見的可能性：在展翅翱翔的歷史羽翼下還開展著一片被遺忘的「日常」草原，在那草原上面還有一位貧窮謙卑但值得去愛的女人在等著我；那便是露西。

露西她對所謂歷史的巨大翅膀到底理解多少？我想這個字詞最了不起也只是從她耳邊

擦過而已。她對「歷史」其實一無所知；露西活在它「下面」，對於歷史她並沒有飢渴感覺；「當代」的「偉大」事件她完全不放在心上，她只關心自己「瑣碎」但「永恆」的小事。而我瞬間就解脫了；彷彿她是來找我，要將我帶到她那個「灰暗的天空」。才前一刻，那將我「推出歷史之外」的腳步還令我恐懼，不過現在我突然發現那是令我寬慰，賜與我幸福的腳步。在我猶豫膽怯的時候露西搭著我的手肘，而我就任由她引我前行……

露西是我灰色的開路先鋒。可是，露西在實際生活中究竟是什麼人？

她十九歲，但從實際的人生經歷來看不止此數。就像大多數生活苦難的女人，從童年一頭栽進困頓，接著一路顛沛才能長大成人。據她自己說法，她生在雪柏，上學上到十四歲便到外面做學徒了。她不願多談自己的家庭，如果偶爾提及，那也是因為我硬要她說。總之，她在家裡並不快樂，她老是說：「家人並不愛我。」並且舉出實例證明：她的母親再嫁；她的繼父酗酒而且對她態度粗暴；有次他們懷疑露西偷了他們的錢，因此將她痛毆一頓。最後這種不和到達頂點，露西趁機會便逃家來到奧斯特拉瓦。她住這裡已經一年多了，也有自己的女性朋友圈子，不過外出的時候她還是喜歡單獨一人。她的女性朋友們總愛去跳舞，然後又把各自的男朋友帶回宿舍；這種做法她是不願意的，她的個性比較嚴肅正經：她寧可上電影院。

沒錯，她認為自己是「嚴肅正經」的，她將這種個性和對電影的嗜好連在一起，她特別喜歡看戰爭片，這也是那時代最常播映的片子；或許是因為她覺得戰爭片吸引人所以愛看，不過也有可能因為這類影片經常充滿恐怖的受苦情節，而露西便像啜飲苦酒般品味那些盈溢痛苦和憐憫的景象，彷彿唯有這種情感才能將她提升，讓她在自己認為的「嚴肅正經」

裡得到肯定。

當然，絕不能說我會被露西吸引僅僅由於她那單純個性裡所包藏的異土情調；她的天真淳樸和她所受的正規教育不足一點也不妨礙她了解我的內心世界。這種理解並非植基於經驗和知識的加總，也不是依賴辯論問題或者給予建議的能力，她是以一種直觀的感受來聽我說話。

我回想起夏季的某一天：那一次我離開營區的時間早過露西下班的時間，於是我拿了一本書，坐在一堵低矮的圍牆上便讀起書來了。說到閱讀習慣真的太不順利，我平常的自由時間很少，而且和布拉格的朋友們甚少聯絡；不過，在我寢舍的個人內務箱內還是放了三本詩集，只要騰出一點時間便一頭栽進書裡，並在其中尋求慰藉：那是夫朗提塞克・哈拉斯的作品。

這些書在我生命中所扮演的角色非常特殊，因為我通常是不讀詩的，而這幾本書是我唯一喜歡的詩集。我是在被開除共產黨籍以後才發現這些作品的；在那段時日裡，哈拉斯「再度」聲名大噪起來，因為那幾年的意識形態頭子對於這位詩人剛剛進行批判，這位先前不久才與世長辭的詩人，譴責他病態、缺乏信仰、存在主義思想以及他所有聽起來像政治批判的言論。（那個意識形態頭子當時出版了一本討論捷克詩歌和哈拉斯的著作，該書發行量大，數以千計的年輕人圈子把它視為基本材料而加以詳讀。）

雖然下面的事聽來有些可笑，我還是要承認：我所以渴望閱讀哈拉斯的詩作，那是因為我急欲認識另一位「被逐出教門的人」；我想知道，我的世界和他的是否相同；我想了解，被那個呼風喚雨的意識形態頭子形容為不正常的、有害的悲傷情調會不會由於我和哀痛的相互呼應而為我帶來某種形式的快感（因為在我當時的處境中，我不可能向一般人理解的歡愉之中去尋找歡愉）。所以，在動身前往奧斯特拉瓦服役前，我特地向舊日一位醉心於文學的同窗借來那三冊小詩集，後來又出於我的再三懇求，他也不堅持我得把書還他。

那天，露西在約定的地方找到我的時候，我正好捧著其中的一冊，她問我在讀什麼。我把那本翻開的書遞給她。她很驚訝地說道：「是詩？」「你覺得我讀詩很奇怪？」她聳聳肩膀然後回答：「怎麼會。」不過我認為她的確感到驚訝，因為很有可能在她眼中，詩和兒童讀物是等同起來的。我們在奧斯特拉瓦那飄布煤煙的夏日裡閒步，我稱之為黑色的夏天，因為在我們頭上來去的不是乳白色的雲朵，而是在長纜上運送的、一車又一車的煤礦。這本小冊我將它捏在指間，心裡十分清楚，她對這本書是興味濃厚的。後來，我們坐定在一處蕭條的小樹林裡，我又將它打開同時問露西：「那麼你對這本書有興趣囉？」她點頭稱是。

在那之前或是之後，我從來沒有向人朗讀過詩；我與生俱來一個運作良好的小小機制，姑且稱之為「害臊熔絲斷路系統」，它讓我提防著，不要在他人面前拿自己的內心世界和大家裸裎相對、隨便去展現自己的情感。在我看來，朗讀詩歌，不僅像是談論我的情感，而且彷彿這麼一來，我就被迫以單腳支撐全身的重量；除非是四下無人的獨處時刻，否則如果我果真朗誦詩歌，那麼就會被一種過分審慎的拘束感覺弄得尷尬不堪，而這份拘束也似乎成了我生命的節奏。

可是露西就是擁有一種魔力（這是我在其他人身上找不到的），曉得如何解除那套「害臊熔絲斷路系統」、如何突破我的顧忌。在她面前我敢任意揮灑誠摯心真感情，甚至哀婉淒愴的情調。所以我就開口讀道：

你的身體彷彿乾燥麥穗
從那裡落下的種子永不發芽
你的身體彷彿乾燥麥穗

你的身體彷彿一絞絲綢
連最後一道皺紋都載滿情慾
你的身體彷彿一絞絲綢
你的身體好似燒紅了的天空
死神在你的臟器組織裡窺伺並且夢想
你的身體好似燒紅了的天空

你的身體是不尋常的靜
我的眼皮因它的淚水而顫動
你的身體真是靜啊

我伸出一隻胳臂摟住她的肩膀（她的身上穿著帶花紋裝飾的連身裙），我的手指感受到她的身體；我所朗誦的這首詩（這節奏和緩的簡單敘述）那裡面好像在暗示著露西身軀承載的哀傷，那靜默的身軀，逆來順受的身軀，注定得死的身軀，我禁不住想到這點。接著，我又為她朗誦其他詩作，其中一首如今它的意象仍深印在我腦海，這首詩的末尾三行是這樣寫的：

> 欺瞞人的文字多麼錯亂我相信那靜默
> 比美要強　強過一切
> 在靜默中彼此了解的人多麼幸福

突然，我的手指感受到露西的肩膀爬過一陣輕微的抽搐；她啜泣起來了。

到底是什麼引發她的淚水？是那首詩歌的含義？還是字裡行間逸散出來的、那不可言喻的憂鬱以及我的音質？或者，是這些詩那莊嚴的神秘意境將她提升，而這種「提升」令她感動到泫然而泣？還是僅僅由於那幾行詩將她內心某個暗栓撞開，令她釋放出長期以來累積的負擔？

我不清楚。露西像個小孩似的牢牢摟住我的頸項，而她那緊靠在我綠色粗麻布勞動服上的頭部則壓迫著我的胸膛，她一直哭，一直哭，一直哭。

9

這幾年來，有多少次，各種類型的女人都指責我（僅僅因為我在感情這回事上不知禮尚往來，適切給予她們回報）姿態高傲。這與事實大有出入，因為我並不是高傲的人，然而，說真心話，我因為自己已屆成年卻無法和女人建立真實關係、沒有真正愛過其中一位，而感到遺憾。我不確定到底自己知道這種挫敗的真實原因，我不明白這是否是我內心與生俱來的缺陷，還是這只與我後天成長的背景有關。我並不想為此悲嘆惋惜，可是事情就是這樣：在我的記憶深處經常有個大廳燈火全開，裡面坐著一百個人，他們高舉手臂決定將我的生命敲成碎片。這一百個人並不知道將來有天事情會慢慢改觀；他們估量，我將會永遠被驅逐流放，一生一世不得翻身。有許多次，我替自己的遭遇發明不同的稿本，比方想像人家不是將我開除黨籍，而是直接把我送上絞刑架吊死，那樣會有什麼事情發生；我這樣做不是甘心一再咀嚼那把苦草，而是基於思考本身具有的那種鍥而不捨的固執精神。結果我所做的結論沒有一次不同：甚至在這種意外的情況下，所有的人都會舉起手來。尤其當初步的報告，用比較抒情的字眼說，證明死刑確實是大有助益的手段。不管男人還是女人，新朋友或是情婦的可能人選，我都在思想層面將他們拉回那個時代，那間大廳，然後自問他們是否會舉起手來；沒有任何一個人禁得起這種檢驗：所有人一致舉手，就像不久以前（有些人是避之唯恐不及，有人是無可奈何勉強為之，有些人是出於堅信，有些人則是出於恐懼）我的朋友和我認識的人對我所做的那樣。於是不得不承認一件事：很難和那些隨時準備把你送上流放之路或者死亡之路的人一起生活，不可能將他們當作是你的知心密友，連愛他們都是極困難的。

或許在我的立場看來，將那些和我過從的人用這種想像式的殘酷方法加以審視是不公平的，因為更加有可能的情況是，他們只是安靜地在我身旁過自己的生活，完全不會踏入那間大廳，也不會舉起手來杯葛我。或許有人甚至會斷言，說我的行為只有一個目的，就是在受到那份自命不凡的道德感慫恿之下，我故意要擺出鶴立雞群的姿態，顯示自己和別人相比多麼高高在上。可是，指控我很自負其實並不公平；說真實話，我還不曾參加過哪一次令他人身敗名裂、一敗塗地的投票。不過我也清楚，這項長處只是假設性的，因為我很早就被剝奪了舉手投票的權利。沒錯，長久以來，我曾嘗試說服自己，要是遇到類似的情境，我的作為將和別人不同。可是歸根究柢，我那還算得上正直誠實的個性一定要回過頭來正面嘲弄我道：難道只有我一個人不會舉手？我是天下唯一公正的人？哎呀，當然不是，我在自己身上找不到一絲跡象可以證實自己比別人好；只是，這會改變我和別人的關係嗎？我對自己苦難的意識其實完全不能讓我對同胞的苦難產生正面的態度。當人們舉起博愛大旗、互相稱兄道弟的時候，那也是我最感嫌惡的時候，因為每個人在對方身上只看見自己的卑下。對於這種令人討厭、黏膩不清爽的友愛關係我是敬謝不敏的。

這樣看來，我又是如何愛上露西的？當時我百思不得其解的事幸好我到後來才弄懂，以至於我能夠（在當時那年紀，我比較在意所受的苦難而較不具有思考能力）以一顆熱望而且不知懷疑的心接受露西，將她當成天賜禮物。那是天空降下的禮物（灰濛濛但具善意的天空）。那確實是一段美好時光，或許還是最幸福的時光：儘管我筋疲力竭，多少不如意的事堆疊在我身上，可是在心靈深處那片蔚藍的寧靜日漸擴張版圖。真是滑稽。今天有許多女人抱怨我姿態高傲並且懷疑我把全天下的人當成白痴，假設她們認識露西，一定會認為她愚不可及，同時她們應該也無法理解，我是真心愛過她的。而我，我愛她如此深，以至於甚至無法想像兩個人會勞燕分飛；當然，這種想法我是一次也不曾向露西吐露過，不過，我懷著一個堅強的信念過日子，那就是，終有一天我會娶她。儘管這種結合在我看來是不平等的、古怪的，可是它卻因此更吸引我，而非令我嫌惡。

在那幾個月短暫的幸福時光裡，我還真要感謝當時軍營裡負責監督我們的少校；一般來講，當時那些士官動不動就來找我們的麻煩，比方仔細檢查我們制服最小的褶縫裡是否藏有污漬；比方推倒我們的床，為的只是檢查我們是否將它鋪得方正，但是少校可不一樣，是個正派的人。他的年紀已不算小，分在我們部隊裡面負責統御一個步兵團，由於這樣，根據別人的說法，他是個守舊派人物。所以他因此也在受罰的行列，或許因為這樣，我們因為同病相憐而對他產生好感；他要求我們紀律嚴明，服從長上，這點在我們看來倒是天經地義，偶爾哪個星期天也會要求我們自願加班工作（為了向他的上級繳交政治活動的成績單），除此之外，他從來不曾無緣無故找我們的麻煩，而且毫不嚕嗦每兩個星期六就放我們一次外出假；那年夏天，我現在回想起來，好像一個月就見了露西三次面。

在我不能與她相處的時日裡，我給她寫了難以計數的信和明信片。今天我已經記不太清楚自己向她說些什麼或者如何向她陳述。不過，信裡曾經談些什麼現在看來已經不再重要；我只想強調一點，我修書勤快而她隻字未回。

無論我如何努力也沒有辦法說動她，請她給我回信。也許是我寫去的信驚嚇她了；也許她覺得不知道給我寫些什麼才好，還是自己的拼字錯誤百出，不好獻醜；也許她對於自己笨拙的字跡感到羞愧，唯一我能辨識出來的只有她的簽名，和她身分證上面一樣的簽名。我終究無法勸動露西，讓她相信她的拙撲以及沒有學識正是我認為最寶貴的，因為它呈現出一位未變質的露西，讓我萌生希望，希望能以一個因此更顯深刻、更顯不可磨抹的記號，將我印在她的心裡。

起先，露西只是怯怯謝過我給她寫去的信；過了不久，她開始想到拿點什麼東西來回報我，由於她不願意回信，於是便動了送花的念頭。那一次的情景是這樣的：我們在一處林木疏落的小樹林裡閒步，後來露西突然彎下腰身採了一朵小花並且遞過來給我。我覺得此舉令人感動不過卻不特別感到意外。可是下一次的約會時，她居然捧了花束等我，那次我可有點尷尬了。

那時我已經二十二歲，對於一切即便微不足道、但卻具有女性化氣息或是未脫稚氣的東西都是避之唯恐不及的；如果要我捧花走過街市，那我一定羞得無地自容，此外我不喜歡買花，更別提收受別人所送的花。當下我十分難為情，立刻向露西提出異議，只說花是男人拿來送給女人的，絕對沒有顛倒過來的道理，不過，我接著看見她眼淚快流出來的樣子，於是趕忙改口稱讚她的體貼入微，然後將花收下。

情況並沒有因此改變。從那天起，每次我們約會，一定有一束花等著我，後來我也慢慢習慣了，因為那禮物是在自然不造作的氣氛裡送上的，所以我也卸除了戒心，因為露西堅持這種送禮的方式，所以我也樂於配合；也許她對於自己的不擅言詞感到苦惱，進而把花看成傳情達意的方法。此舉背後所隱藏的倒不是那具有沉重象徵意義、以花解語的古老傳統，而是代表一種還要更古老的意義，更加晦澀難解，更加訴諸直觀，「先語言而存在的」東西；也許她好靜默不好議論，所以傾慕那個字詞還不存在、人類只用小小手勢進行溝通：他們用手指指著一棵樹，然後大笑起來，其中一位碰碰另外一位……

不管我究竟有沒有釐清露西那些禮物背後的意涵，她的禮物最後終於感動了我，並且在我心裡激起了回贈她禮物的念頭。露西總共只有三件連身衣裙，而且替換的秩序也不曾改變，因此我們的約會是遵循三拍子的節奏進行的。那三件小連身衣裙我件件喜歡，由於用舊磨損，品味不高更讓我倍覺珍愛；我同樣喜歡她那件栗色的大衣（袖子上的裝飾都擦破了），我和露西初次相遇時，最先吸引我的不是她的臉孔，而是這件衣服。儘管如此，我還是把要付錢替她買件新連身衣裙的念頭放在心裡，一件漂亮的連身衣裙，一大堆的連身衣裙。有一天我果然拉著露西來到一家賣成衣的知名服裝店。

起先她還以為我們會抱著逛大觀園的心情進到店裡，看著人潮在樓梯台階上上下下。參觀到三樓，我停下腳步，站在吊掛得密密實實的婦女衣著陳列杆前面。露西看見我興致頗高地在鑑賞衣服，自己也就湊了過來，並且開始對眼前的幾件衣飾加以品頭論足。她一面說道：「這件很漂亮。」一面指著一件上面印有逼真紅花圖案的連身衣裙。滿杆子的衣服其實沒什麼出色的，不過最後竟也找到可以湊合得過的。我把衣服取下並喚來售貨員問道：「這位小姐能不能試試這件？」露西本來可能會抗議的，不過因有陌生人在場，那位負責照管貨架的僱員在場，所以她也不敢，最後只好有點不知所措地走向試衣間。

過了一會兒，我掀起試衣間的帘子並朝裡面看去。雖然試穿的那件衣服沒有什麼了不起的地方，然而我的眼睛卻為之一亮：它那現代風格的剪裁好像變魔術一樣讓露西完全脫胎換骨。售貨員在我背後說道：「我方便過來嗎？」然後他言詞冗長地將露西還有那件連身衣裙大肆讚美一番。他說完話又看我一眼，看我的臉又看一下我衣服上的黑徽章，然後問我（其實跡象夠明顯的，答案根本用不著問）是不是「政治圈的」。我點頭默認。他眨眨眼睛，微笑一下然後說道：「我可能有更好的貨色，您要不要看一眼？」才說完話便立刻有一堆各式各樣的夏季連身衣裙搬來我的面前，外加一襲黑色禮服。露西一件一件加以試穿，所有的衣服都合身稱頭得很，每一件都令她蛻變成全新模樣，最後她穿上黑色禮服的時候我再也認不出是她了。

愛情發展過程中的決定性時刻未必都是戲劇張力強的事件，反倒經常是乍看之下完全可忽略的情境。那天我們到服裝店的插曲便是。到那時候為止，露西在我心目中的形象是多重的：兒童、慰藉與溫情的泉源、是我的香膏靈藥我的逃避藪，幾乎可以按照字面來講，她是我的「一切」——但不包括「女人」這個概念。我們的愛情若要談到肉慾的層面那是僅止於接吻而已。甚至露西擁吻我的方式都顯得有些稚嫩（她接吻的時間可以很久，但總是雙唇緊閉，一派正經的，這點確實讓我著迷，吻到最後雙唇依舊乾乾的，似乎可以感受對方唇上垂直的細紋）。

總之，直到那個時候我對她可以說只有溫情沒有肉慾。我對於我們關係中沒有肉慾一事已經習慣所以也就不去注意；我對露西的依戀如此美好因此從不覺得少了什麼。多麼和諧的組合啊：露西，她那灰暗得像修會裡穿的連身衣裙；還有，我和她之間那幾乎合於修會清規的守貞關係。可是從露西穿上新衣服的那一刻起，原本穩定的方程式失去平衡：露西突然掙脫了她原本在我心中的形象。我看見剪裁合宜的裙子下顯露出來的腿部線條，那優雅款擺的身軀有著美好的比例，在明朗顏彩和高雅服飾的襯托下，露西褪去舊日的慘澹內斂，出落成為一位美人。這種突如其來的、對她身軀的「重新體認」令我感到有些上氣不接下氣。

在宿舍裡，露西和其他三位女孩同住一個房間；她們一個星期只有兩次會客時間，每次只有三個小時，從五點到八點，而且到訪的人還得先到一樓門房那裡登記姓名，留下身分證件之後方能進去，而且離開的時候還得再度向門房報到。此外，露西那三位室友每個人都有一個或數個情人，所以有必要獨佔房間以便享受親密時刻，以至於她們經常爭吵不休，斤斤計較誰侵佔了原本屬於自己該享用房間的時段。這一切太教人難受，以至於我從不敢冒險直接登堂入室去拜訪她。不過，我知道她那三位室友將在一個月後參加某個農業大隊的活動，為期三個禮拜。我告訴露西，說我想要利用這段時間到宿舍找她。聽見這話，她的表情凝重起來並說希望我們相處的地方是在外面。我回答她，說我期待和她在一個沒有任何人任何事會打擾我們的地方見面，因為這樣我們才能完全是我們自己；此外，我也很想了解她的住宿環境。露西不知道如何拒絕我的請求，直到今天我還清楚記得，當她最後點頭同意時，我心裡湧現的那股興奮。

10

我在奧斯特拉瓦度過將近一年，那起先讓人覺得難以忍受的役期如今我已習以為常；在一堆無聊的蠢事當中，我還是能成功地生存下去並且結交了二、三位好友。我很快活；在我看來，那年夏天非常美好（其實樹木枝葉積了一層煤灰，可是在我那雙習慣在陰暗礦坑裡工作的眼睛看來卻是翠綠得不得了），只是，大家知道，幸福的核心總包藏了不幸的種子：秋天那些教我黯然神傷的事情其實在這個黑綠參半的夏季裡便開始醞釀了。

事情一開始得先提史塔納。他已經在三月間完婚，可是才幾個月的工夫，故鄉便首度傳來消息，說他的妻子經常流連在夜店裡；焦急之餘，他每天都給妻子寫信，回信來了，內容令他寬心不少。他的母親旋即（因為風和日麗）來到奧斯特拉瓦，他們週六整天待在一起，可是回營的時候，他卻臉色蒼白而且一語不發。起先他出於羞慚如何也不肯說話；不過到了隔天，他先向洪札吐露心事，然後又向其他幾位弟兄坦言。等他發現大家都已聽聞那項消息以後，他又說得更多，而且每天不厭其煩重複地說：他的妻子幹起生張熟魏的勾當，他要回去跟她理論理論，還要掐斷她的脖子。說到做到，他立刻去找少校，要人家放他兩天的假，只是少校一直猶豫要不要准假，因為幾天以來，少校已經接獲不少對於史塔納的抱怨（軍營方面和礦坑那邊都有），說他經常心不在焉而且激動易怒。史塔納退而求其次，要求人家至少准他離營二十四個小時。少校動了惻隱之心便批准他的請求。史塔納離開後我們再也沒有見他回來過。後來所發生的事我也是輾轉從別人那裡聽來的：

他回到了布拉格便直接衝去找他的妻子。（我說妻子，但她不過是一個十九歲的女孩！）而她也恬不知恥地（也許還津津有味地）向丈夫招認一切。起先他揍他妻子，而對方也不甘示弱自我防禦，史塔納動手勒她脖子，最後又拿瓶子重重敲在她頭上；那女孩癱倒在地板上，身體動也不動。史塔納驚慌之餘只能立刻逃離現場；天曉得後來他如何搬進深山裡的一間小木屋裡，總之，他住了進去，就等人家上門逮捕他，然後將他送上絞刑台。後來他等了兩個月之久警方才將他尋獲，只是後來他被判的不是謀殺罪而是逃兵罪。事實上，當史塔納逃離現場之後不久，他的妻子便清醒過來，而且除了頭頂腫了一個大包以外，身體他處並無大礙。在他蹲苦牢的期間，妻子和他離婚，後來並嫁給布拉格一位知名的演員，為了追憶我那位下場不好的弟兄，我偶爾還會看看這對夫妻：史塔納除役之後轉任礦工；他有次在工作的時候發生意外被截去一條腿，後來傷口癒合不良，讓他賠進了生命。

那個女人據說在藝術圈一直炙手可熱，但她不僅令史塔納倒楣，就連我們也厄運難逃。雖然很難清楚說明史塔納那醜聞和不久之後國防部對我們軍營裡派遣監管委員這兩件事之間真有什麼因果關係，不過我們大家都有那種印象就是了。總之，我們的少校被降職他調，換了一位年輕人（年紀二十五歲不到）來接替這個職位，他的到來使得一切完全改觀。

我說他二十五歲，然而他的外表比實際年齡要小很多，看上去像個小毛頭似的；他挖空心思，為的是要我們敬畏他。他並不喜歡大呼小叫，不過說話直接而且語氣冰冷，常用沉著鎮定的口吻告訴我們，在他心目中，我們個個都是罪犯：「我很清楚，各位心裡最大的願望就是看我被吊死在絞刑架上，但可惜的是，倘若真的有人被吊死，那將是你們而不是我。」這就是那小毛頭新到任時對我們所發表的談話。

不用等太久，我們和他的衝突便產生了。塞內克的那一段遭遇特別讓我覺得記憶猶新，或許很有可能是因為我們覺得它很有趣：從他入營服役這一年來，他已經完成許多的壁畫作品，在前任那位少校的年代，那些作品是很受青睞的。上文我也交代過了，他最喜愛的主題便是胡斯戰爭[5]中的大將軍楊恩．席茲卡[6]以及將軍手下那些中世紀的武人；塞內克為了娛樂他的同袍，於是在畫面加上一位裸女來陪伴那些成組的兵士，拿給前任的少校看，便說她象徵自由或是祖國。新任的少校決定繼續借用塞內克的長才，令人傳喚他進去說話，要

5. 楊恩．胡斯（Jan Hus,1371-1415）：捷克宗教改革家，後被天主教會送上柴堆燒死，此舉引發門徒起義形成內戰，史稱「胡斯戰爭」。
6. 楊恩．席茲卡（Jan Zizka,1375-1424）：捷克愛國主義者，胡斯死後曾領導胡斯門徒發動戰爭。

求他替那間用來上政治課的廳室牆壁畫上壁畫。不過他又附帶命令，這次不必再選老掉牙的席茲卡主題，必須「轉而乞靈於當代的東西」；畫面最好呈現紅軍和我們工人階級結合起來的主題，以及紅軍在二月革命裡所代表的社會主義勝利。塞內克回答道：「是的，我的少校！」然後便開始工作了；一連好幾個下午，他都俯身在一張張攤在地面上的大張白紙上工作，然後再用圖釘把畫好的海報釘在廳室盡頭的牆壁上。當我們大家去參觀那件完工的作品時（至少一公尺半高，八公尺長），現場一片鴉雀無聲：畫面中央是個穿得熱呼呼，擺出英雄姿態的俄羅斯軍人，他頭上戴著蓋住耳朵的毛皮暖帽，身上斜背著一枝機關槍，而四周一共圍著八名赤身露體的女人。其中兩名分別站在他的兩側，並用俏皮的眼光看著他，而他也把兩隻手各自搭在她們的肩膀上，臉上堆著色迷迷的笑容；其他那六名女人則像眾星拱月似地將他圍住，有些將手臂伸向他，有些則只是站在那裡（還包括一位玉體橫陳躺在地上的），每一位都呈現了姣好的體態。

塞內克站在自己的作品前面（大家還在等政治教官，廳室裡面只有我們那群弟兄），然後煞有介事地發表起演說，向大家分析那件作品的意境。各位，站在軍人右邊的是阿雷娜，她是我生命中的第一個女人，我十六歲那年就因她而失了童貞。那是某位軍官的老婆，所以放在畫面上真是適得其所，我畫的姿態是她當年的模樣，當然今天應該沒那麼好了，在那年代，她已經有點發福，這點最主要各位可以從她的腰間看得出來（塞內克伸出食指比了比），因為她最漂亮的地方是背部，所以我就再一次從背後畫她！（這時，他走到這幅大型畫作的邊上，然後伸手指著一名後背朝向觀眾，好像要走到哪個地方去的女人。）你們看看那母儀天下的肥臀，尺寸有點超過標準，不過正因為這樣我們才愛呀！然後各位再看這個

（他伸手指指士兵左手邊的那名女子），她叫洛茲卡，我上她的那一年我已經成年了，她的奶子並不算大（他用手比了比），但是兩腿修長（再比了比），臉孔美到不行（又比了比），是學校裡同一屆的。另外站在遠端的是我在裝飾藝術學校時的人體模特兒，她的每一寸肌膚我可都記得清清楚楚，我們班上那二十個帥哥同學也都跟我一樣，因為她每次都在教室中間擺姿勢，而我們就得根據她的姿勢畫出人體畫作業，可是沒有一個人碰過她的身體，因為才一下課，她的媽媽便等在教室門口將她接回家去，但願天主原諒這位女孩，我們這群大男生可是用光明磊落的眼光盯著她看的。可是，各位先生請再看這邊，那可是個不折不扣的賤貨了（他指著一位臥躺在一張相當有設計風格沙發椅上面的女人），來，不妨靠近點看（我們當然恭敬不如從命），有沒有看到她肚子上的小黑點，這裡這裡，看到了嗎？用煙頭燒出來的，據她自己說是她那個善妒的情婦幹的好事，各位先生有所不知，因為這個女人和男的女的都可以情投意合，她那個屄活像個有褶襉的手風琴，什麼東西都進得去，我們大家若要全部擠進去也沒問題，不僅是我們，還可以帶領我們的老婆、情婦、小孩和曾祖父母一起進去……

就在塞內克顯然要開始他那議論裡最精采的片段時，政治教官突然現身走進教室裡，以至於我們大家趕忙回到自己的座位。政治教官對於塞內克從上一任少校以來的畫風已經見怪不怪，所以對於他這件新作完全沒有出人意表的表現，只是登上講台便扯起嗓門開始講授一本政治手冊，內容旨在區分社會主義軍隊和資本主義軍隊。當時，我們的心裡還殘存著塞內克那餘音繞樑的報告；一種溫柔的夢想還輕輕撫慰著我們，在這當兒，小毛頭少校忽然出現在教室裡。他也許是來參加這堂政治課的，可是在政治教官還來不及向他進行彙報之前，那壁畫的內容已經像一記狼牙棒似的敲在他的腦門上。少校讓政治教官接續講課，只用冰冷的語氣問塞內克那畫面的意涵是什麼。只見塞內克跳了起來，站到自己作品的前面並且宣布道：「這幅畫整體是個寓言，象徵紅軍在人民的鬥爭中所扮演的重要角色。」這個（他指指畫中的士兵）便是紅軍；他身旁站的女人象徵了工人階級（他先指指那位軍官的老婆）以及二月革命的光榮日子（然後又指指他那位昔日的女同窗）。另外那些（他指指其他那些女人）則分別象徵了自由、勝利以及平等；那麼這位（他指指那位軍官老婆的裸背）則意味著布爾喬亞階級即將退出歷史舞台。塞內克說明完畢後便住口了，而少校則宣稱那是對紅軍極大的侮辱，而且要求立刻把畫移走；少校揚言要好好檢驗塞內克的思想。我一不留神從齒縫間迸出個「為什麼」。少校耳尖聽見我的反應便問我是否要提什麼反對意見。於是我站起身子同時答道自己很喜歡那幅作品。少校說他早就料到，還說那種畫只配送給喜歡手淫的人。我又回答，那位正經八百的雕刻家密梭貝克不也是以裸女的形象來表示「自由」的概念，還有阿勒斯那幅名畫裡也是由三位裸女來表示吉茲拉河的意象；此外，翻開任何一個時代的美術史，所有的畫家不全都這樣。

那個小毛頭少校用疑惑的眼神看了我一眼然後再度發號施命，要人把那幅畫拆掉。不過，我們至少成功地將他說得暈頭轉向，因為他並沒有處罰塞內克；只是，少校日後開始嫌惡塞內克而我也受了池魚之殃。過了不久，塞內克被冠了一個不服管教的罪名並且接受懲罰而我也是。

事情的經過是這樣的：有一天，我們這一組在軍營一個僻靜的角落工作，大家都帶了鶴嘴鎬和鏟子；旁邊有個下士睜一隻眼閉一隻眼地在監督我們，於是我們就倚著工具自在地聊了起來，完全沒有注意到那個小毛頭少校就站定在離我們不遠的地方窺伺我們。大家誰也沒注意到四周的動靜，突然，他那粗啞的聲音吼叫道：「士兵楊恩，你給我過來！」我一把抓起我的鏟子，神情鎮定地在他面前立正站好。他問我道：「你那是什麼工作態度？」我忘記當時是如何回答他的，不過絕不可能是以下犯上的語句，畢竟我一萬個不願意為了一點芝麻大小的事去修理一個掌握我前途的傢伙。可是對方聽了我那不痛不癢的回答之後目光卻變得嚴厲起來，他走向我，然後說時遲那時快，伸手扯住我的胳臂，接著一個柔道招式，便將我來了個過肩摔。這時，他緊捱著我蹲在我的面前，但不忘記將我重重按在地面。我根本沒有做出任何自我保衛的動作，因為我還沒有從驚訝中醒轉過來。然後他高聲（為了讓站在不遠處的人全都聽清楚）問道：「你說夠了沒有？」我回答他夠了。他命令我重新站起，擺出立正姿勢，接著便對已經排成整齊行列的小組弟兄宣布：「我罰士兵楊恩關兩天的禁閉，但不是因為他先前對我不敬，那一件事，各位都看清楚了，我的手掌一翻轉就解決了。賞他兩天的牢飯，那是因為他剛才工作的時候打混摸魚，你們這一隊的風氣真要不得。」說完這話他轉身揚長而去，似乎很滿意自己的表現。

在那一刻，我的心裡對他只有一個恨字，但那股恨投射的光線太強烈了，以至於目標的起伏凹陷都看不見了。在我眼裡，少校不過就像一個報復心強而且陰狠的鼠輩。今天我卻只把他看作年輕好玩的小子。年輕人好玩，那畢竟不是他們的錯；他們的生命軌跡還未定型，可是卻得活在一個定型的世界，要求他們以「成人」的方式處事。因此，他們就急於模仿某些形式某些模範，那些很時髦的、適合他們的、令他們高興的形式以及模範——然後他們就玩起來了。

我們的少校便是一個這種還未定型的人，有那麼一天早上，他站在我們小組面前，但完全沒有能力了解它；但他知道如何全身而退，因為以前他所讀過的所聽過的便提供他一副現成的面具，讓他得以應付類似的情況：漫畫書裡那種鐵石打就的英雄，教訓一群癟三、銅筋鋼骨的雄偉年輕男性，沒有絮絮叨叨，只有安靜的冷酷，不必幽默，只一出手便中要害，自信特強，對自己肌肉的力量相當滿意。他越是意識到自己小毛頭的外表，就越是要在超人的角色裡加入更多的狂熱成分。

不過，那難道是我一生中首度遇見的年輕演員？以前我因為明信片事件被人喚到秘書處訊問的時候，也還不滿二十歲，他們說穿了還是小毛頭，只會把自己尚未定型的臉孔藏在面具下面，那副他們認為一流的面具，也就是不可屈撓、禁慾式的革命面具。而瑪爾克塔呢？難道她沒有躍躍欲試，想要扮演救世者的角色？那個她從那部沉悶枯燥的蘇聯電影銀幕上所移植過來的角色？還有茲馬內克，他不也是突然被道德的感性激動所征服？那不算一種角色？而我呢？我不也同時擁有多重角色？我懷著惴慄不安的心情從一個角色跑到另一個角色，直到某一天我這個窘迫的跑者被逮住了。

年輕是件恐怖的事：在舞台上，他們足蹬高跟戲靴，身披五顏六色的彩衣，好像一群孩童比手劃腳，高喊著學來的口號，那些他們一知半解的口號，可是又狂熱堅信的口號。歷史也是很恐怖的，它常成為不成熟的人的遊戲場；是尼祿小毛頭皇帝的遊戲場，是小毛頭拿破崙的遊戲場，也是那一群群興奮莫名的孩童的遊戲場，他們模仿別人的激動，扮演過度簡化的角色，但所做出來事體的真實性卻是空前的浩劫。

只要我一想到這點，整個價值觀的體系便在我的思想中動搖起來，於是我對「年輕」

產生了刻骨銘心的恨意——然而反過來看，卻又對歷史的那些如同海盜的作惡者存有矛盾的寬容，在他們的行為裡我突然只讀出一些不成熟的人所引起的恐怖騷動。

說到不成熟的人我就會想起阿雷克薛治；他也是，他所扮演的大角色已經遠遠超過他的理性和經驗。他和我們的少校有一個共同點：比實際年齡看起來要年輕。然而，他的年輕（這點和少校就不同了）卻沒有任何優雅的成分：瘦乾巴的身軀，患有近視的眼睛架著厚如玻璃瓶底的眼鏡，皮膚上面布滿黑頭粉刺（算是青春永恆所必須付出的代價）。他原先是步兵官校的學生，突然有一天被剝奪了這項身分，直接送來我們部隊裡面。那時候社會正處於那惡名昭彰的政治迫害前夕，在許許多多的廳堂裡面（黨的、法院的、警政系統的），不斷有人舉手再舉手，為的是要剝奪別人對被告原有的信任，剝奪被告的榮譽和自由。阿雷克薛治的父親原本是共黨裡的重量級人物，只是那時剛被罷黜不久並遭監禁。

有一天他出現在我們小組裡，人家指定他睡在史塔納所留下來的床位。起先他審視我們弟兄的眼光和我一開始用來審視隊上新夥伴的眼光是如出一轍的；那眼光是封閉而且警覺性高的，而隊上的弟兄一旦得知他是黨的一分子時（他被開除黨籍的判決還沒有下來），在他面前說話的時候也隨時掂量自己的字句。

後來阿雷克薛治知道我以前也是黨員，於是稍微願意和我溝通；他向我吐露，無論如何他都要耐受得住這場生命加在他身上的大考驗，而且絕對不能叛黨。接著他將自己的一首詩作讀給我聽（早先他從來不曾寫詩），那是他獲悉自己會被送來這裡的時候，有感而發寫成的。詩中有這四句：

我的同志，你們可以隨心所欲
把我看成是狗並且在我身上吐痰
同志，在狗的面具下，受你們唾棄時
我依然要忠誠地和你們堅守在崗位上

這種心境我能充分理解，因為一年前我也感受到相同的東西。不過，現在我已經不再像以前那樣覺得受到傷害；露西是開啟我希望門扉的人，她將我帶離那個阿雷克薛治尚在其中萬分痛苦不知如何自拔的苦境。

11

那個小毛頭少校在我們單位裡遂行其統治權的時候，我開始懷疑自己是否還有機會請假外出。露西的室友回到各自的大隊已有一段時間，而我也已經一整個月無法離開軍營；少校已將我的臉和我的名字熟記起來，這是軍營裡最糟糕的事了。現在，他不放過每一個可以折磨我的機會，為的是要告訴我，現在我生命裡的分分秒秒都得看他心血來潮時的臉色。說到休假那是想都別想；從一開始他就明白表示，只有自願參加星期天義務勞動的人才能享受休假；因此，所有的人都參加了。只是，這樣一來大家都被整慘了，因為每天都得下礦坑工作，如果哪個弟兄有幸星期六放假放到隔天早上兩點，那麼星期天幹活時可就要打瞌睡了。

我也和其他的人一樣，登記了星期天的自願勞動，但此舉完全不能保證我上級一定會准我的假，因為只要床稍微鋪得不盡理想，或者犯了什麼雞毛蒜皮的小過錯，那麼星期天的努力就付諸流水了。幸好，權勢所引發的妄自尊大不僅只以殘忍的面貌呈現，有時（儘管較為罕見）也以寬厚的臉孔示人。因此，過了幾個星期以後，那個小毛頭少校竟然也突發奇想慷慨起來，而我也在最後一刻得到准假一整個晚上的恩賜，那是露西室友回宿舍前兩天的事。

門房老太太將我的名字登錄在簿冊上的時候，我的情緒是頗有起伏的。她允許我走上五樓，我走到長廊的盡頭停下來，並且敲了敲那裡的一扇門。門打開了，可是露西卻隱身門後，我只看到空無一人的房間，那個乍看之下不太像宿舍房間的房間。恍惚之間我還以為自己誤闖了哪個為宗教儀式所準備的地方：桌上擺著一大把顏彩繽紛的大理花，窗戶旁邊擺了兩盆修長的榕屬植物，而且到處（桌上、床上、木地板上、框架後面）都鋪滿了綠色細枝（不過我立刻認出那是天門冬類的植物），彷彿人家等著騎驟而至的耶穌似的。

我將露西一把拉進懷裡（她還一直躲在門後），然後給她一個親吻。她穿著黑色的禮服，腳上穿著一雙高跟的薄底淺口皮鞋，那是我在買連身衣裙的那一天順便買來送給她的。她站在這片彌漫著嚴肅氣氛的綠意中，像極了一位女祭司。

我們把門關上，只有這個時候我才體會到，其實那的確只是宿舍裡平凡無奇的房間，而那些裝飾用的枝葉也只覆蓋了四張鐵床、四張布滿刮痕的床頭小桌、一張桌子以及四張椅子。不過這層體會絲毫沒有減損露西方才開門時我所感受到的興奮：在軍營裡悶了好幾個月，人家總算放我出來透幾個小時的氣。可是更重要的是，那是一整年以來我首度重新處於一個「小房間」內；那種親暱的氣氛有著令人迷醉的力量，它猛烈得差點讓我招架不住。

在此之前，每次和露西散步的時候，戶外那開闊的空間總是把我和軍營以及軍營裡的生活連繫在一起；軍營四周的空氣彷彿有條隱形的纜索將我和它大門口柵欄上「為人民服務」的告示板牢牢綑住。我似乎覺得，不管走到哪裡，我都無法擺脫「服務人民」的義務；整整一年以來我都不曾待過像這樣四面有牆的私人空間。

這突然變成了前所未見的情況。在三個小時的時間裡我覺得自己掌握了純粹的自由；比方，我不僅可以肆無忌憚地脫掉（管它什麼軍事紀律）橄欖帽和大腰帶，就連制服上裝、長褲、笨重的軍鞋，一切的一切都可以褪去，必要的時候我還可以放在腳底下踩。在別人哪裡也找不到我的情況下，我卻可以為所欲為；更何況，露西的房間暖烘烘地好舒服，這股暖意這份自由像酒精在體內作用，讓我醉醺醺的。我摟住露西然後將她抱往鋪滿了青綠枝葉的床鋪。床鋪上面鋪了一條灰色的廉價床單，然後上面再放上枝葉。那些枝葉讓我覺得有點不知如何是好。在我的理解裡，那正是婚姻的象徵；我領悟到（而且興起一陣感動），在露西率真純真的心靈裡必然迴響著古遠習俗的呼喚，以至於她決定要在莊嚴隆重的儀式中向她的處女時代告別。

不過我是過了一會兒才察覺到，儘管露西以擁抱和接吻來回應我，但是動作中卻明顯感受得出含蓄和保留。她的嘴唇雖有貪意但是牙關卻一直閉得緊緊的；她將整個身軀貼近了我，可是等我伸手想要撫摸她裙子下的腿部時，她卻立刻掙脫開去。於是我了解到，原本我想要趁著盲目昏亂之際，順理成章地和她放縱一下，其實都只是我的一廂情願而已。我還記得那一刻（其實我踏入她的房間不過才五分鐘）我覺得眼眶中已有失望的淚水在滾動。

因此，我們便肩併肩坐在床上（屁股壓著那些可憐的細小枝條），然後開始聊天。過了好一會兒（談話的興味減弱了），我再度嘗試擁吻她，可是她依舊抗拒；於是我開始來硬的，然而轉瞬之間我便意識到，那不是什麼令人愉快的調情方式，如不歇手恐怕演成肢體衝突，只會把我們的關係貶抑成哪種我也說不上來的醜陋粗鄙，因為露西自保的態度是強硬的、野蠻的，幾乎可以說是豁出去了，而我也只有住手一途。

我試著說些話來勸服她；我也許對她說，我很愛她，而所謂的愛就是毫無保留地奉獻給對方；這種論調儘管平凡無奇卻也找不出可以反駁的理由，而露西也完全沒有要辯解的意思。是的，她完全不想和我針鋒相對，只是在保持緘默的同時說了短短兩句：「不要，求你不要！」「不要今天，今天不行！……」接著便努力（笨拙得教人感動）要將話題帶開。

我又開始說話了：你該不是那種將伴侶的慾望挑起然後又嘲弄他們反應的女孩吧？你難道這樣鐵石心腸，那樣心懷叵測……接著我再度伸手要去摟她，然而又是一陣短暫拉扯，只是教人更添傷心，那樣粗暴激烈，絲毫沒有愛的成分，於是我又感受到醜陋難堪的餘味。

我歇手了。突然我彷彿理解了露西排拒我的原因；天哪，為什麼我沒有早些體會到這點？露西只是個孩子，愛情這一碼事必定嚇壞了她，她是處女，她對未知感到恐懼。我當下決定以後不再採取這種給人壓力的手段，霸王硬上弓的作為只會令她洩氣；應該要以溫柔、細膩的態度和她相處，讓愛等同於我們彼此的體貼。於是我不再堅持，只是輕哄著她。我擁抱她（時間如此地長，長到完全失了樂趣），撫愛她（並非出自真誠），然後裝出若無其事的樣子讓她平躺在床上。這點我倒是成功了。我撫摸她的乳房（她從來就不反對我這樣做），我輕聲對她說，要溫柔對待她整個身體，因為她的身體就等於她，而我的溫柔是要及於她整個人的。我甚至成功地將她的裙子微微掀起，並且親吻她膝蓋往上十公分或是二十公分的部位，可是難再越雷池一步了；在我把頭部朝她私處移動時，她顯然受到驚嚇，不但掙脫我的懷抱而且跳下床去。我看著她，發現她臉上因奮力而引起的痙攣，那種表情是我不曾在她臉上看過的。

我問她道：露西，露西，是不是房間太亮你難為情？要不要將房間弄暗？我這問題對她來講好比丟進怒濤裡的一塊救生板，她默認了：原來是太亮她難為情。我走到窗邊並將簾子放下，可是露西卻說：「不，不是因為這個，算了！」我問她：「為什麼？」「我怕。」「你怕什麼，太暗或太亮？」一語不發，她流淚哭了起來。

這回我的心裡完全沒動憐憫，她的排拒在我看來根本沒有意義，一味損害我們關係，是極不公道的行為；她的排拒令我飽受折磨，令我百思不得其解。我問她是不是害怕失去童貞而排拒我，是不是擔心得忍受肉體的痛苦。對於我所有的這類問題，她一律是溫順地默認，因為她似乎覺得這些都可以解釋她的抵抗。我對她說保有處子之身是件美好的事，只有和我一起，她將可以發現一切，因為我是愛她的人。「如果要你做我的太太，完完全全做我的太太，你難道不高興嗎？」她說當然高興，每次一動這個念頭她就高興。於是我再度摟緊她，可是她的身體再度僵直起來。我差一點控制不了我的怒意。「你為什麼這樣抵死不從？」她回答道：「我拜託你，等下一次，其實我也想要，只是今天晚上不行，下一次吧。」「為什麼今天不行呢？」「我求求你，現在真的不行！」「那麼下次是什麼時候？你應該和我一樣清楚，這是我們單獨廝守的最後一次機會，你的室友明天就回來了！以後，我們能上哪裡去找獨處的機會？」她說：「你一定能找到合適的地方。」我回答道：「一言為定，我會另想辦法，可是你要答應我一定會來，因為要找一個像你房間那麼令人有好感的地方恐怕沒那麼容易。」她說：「不要緊，我一點都不在乎！你說哪裡都是好的。」「好吧，只是你得向我保證，一旦到了那裡，你就要做我的太太，不准你再鬧彆扭了。」她說：「好。」「你敢發誓？」「敢。」我弄清楚了，這一次我能帶走的只有她的承諾。有點單薄，但至少是個東西。我收斂起失望之情，並在閒談中度過剩下的時間。臨走之前，我拍拍沾在衣服上的細枝，然後一面輕摸著露西的臉頰一面對她說我全心全意等待下次的會面（這話我是誠心誠意說出的）。

12

和露西見面後幾天（那是秋季的一個陰雨的日子），我們排好整齊隊伍從礦場步行回到軍營，沿途走過一片散布深水坑窪，凹凸不平的荒野；我們渾身濺滿污泥，用盡所有精力，只覺得冷意一直鑽到骨頭裡面，唯一想的就是能夠休息。我們大部分的弟兄已經連續一個月沒放過一天假。可是，午餐幾乎還沒有全部嚥下，小毛頭少校已經吹響了集合令，為的是要向我們宣布，他在檢查我們寢室內務的時候發現一些不符合整潔標準的地方。因為這樣，他傳令給下士，要他將我們的操練時間延長兩個小時以便做為內務缺點的懲罰。

因為我們不得佩戴武器，所以軍事操練看起來一向荒謬可笑；其目的旨在貶抑我們每個人的時間價值。我還記得有一次在那個小毛頭少校的命令下，我們整個下午的時間就不停地把沉重的木板從軍營的一個角落搬到另一個角落，然後隔天再搬回原處，往後的十天裡我們不做其他的事，就在那兩個角落間將木板搬來搬去。其實每次從礦坑回到軍營的廣場操練時，我們所做的事情和搬木板這類工作也相去不遠。只是，那一天我們搬的不再是木板，而是我們那困乏沉重的身軀；我們讓身軀走起路來，讓它向左轉或向右轉，讓它胸腹朝下臥倒地面，使它跑向東跑向西，讓它拖在碎石子地上走。這種操練過了三個小時以後那個小毛頭少校才現身，一開口便是命令那些下士帶我們去上體能課。

在建築群後面的軍營盡頭處有一間空間不算大的體育館，裡面可以踢足球也可以權充操練場或練跑場。下士們打算將我們組織起來進行接力賽跑。在場的人一共分成九組，每組十位弟兄。當然，那些下士通常打算折騰我們，可是因為他們大部分都是十八歲到二十歲的小伙子，有他們那年紀特有的野心，所以也想親自下場來和我們比賽，為的是要證明他們一定比我們強；因此，他們就組成了自己的隊伍，包括十個下士或是一等兵。

他們花了一會兒工夫才讓我們明白他們所解釋的比賽辦法：十個負責第一棒的人先從賽跑場的一端全速跑向另外一端；在終點線的地方，第二棒的人必須等在那裡，準備接棒後往反方向的起跑線跑去，而第三棒則已在那裡等著他們準備接棒再往終點線跑去等等。下士們將我們清點好人數，並將人員平均分在起跑線和終點線兩邊。

我們先前做為礦坑的工人然後又進行軍事操練，那時已經筋疲力盡，一想到還要賽跑，大家心裡都一肚子氣；於是我向兩、三位夥伴建議道：我們就意態闌珊地慢慢跑！這個意見大家都認為精采，於是就口耳相傳散播開去，於是很快地在力氣用盡的士兵群裡興起了一陣心滿意足的冷笑聲。

於是我們每個人都站定自己的位置，準備進行一場本質其實全然沒有意義的競賽，儘管身著制服，腳蹬笨重軍鞋，我們還得保持準備向前衝刺的跪姿；那是個不折不扣，用接力棒進行的比賽，選手要將棒子緊握在手裡，等著槍聲響起便可開跑。只見有位下士（他是軍士官組的第一棒）沒命地向前衝刺而去，而我們也起身（我也負責跑第一棒）準備慢條斯理向前運動起來；我們才跑不到二十公尺便幾乎已經按捺不住想要噗哧笑出來的衝動，因為那位下士都快跑到終點線了，而我們弟兄卻不可思議地排成一線，在離開起跑線並不遠的地方裝出一副氣喘吁吁，好像用盡吃奶力氣的模樣。那些集中在起跑線和終點線兩旁的弟兄們則高聲為我們加油打氣，他們叫嚷道：「加油，加油，加油啊……」我們才跑到半途便已遇到軍士官隊那從終點線跑向起跑線的第二棒，他也是奮不顧身地衝向我們剛剛才離開的起跑線。最後，我們總算抵達了終點線，就在我們將接力棒遞出去的時候，軍官組的第三位跑者已經將接力棒牢牢握在手中，跑離了遠處的起跑線。

如今回想起那次的接力賽跑就覺得好像是我那些黑徽章弟兄們最了不起的大陣仗。他們的想像力真可說是無邊無際：洪札裝出跛子賽跑的樣子，所有人都狂熱地出聲鼓勵他，而他僅以兩步的差距贏了其他的弟兄跑回終點，引起大家歡聲雷動，像是歡迎英雄歸來似的。那位吉卜賽人馬特洛斯沿途故意跌倒八次再爬起來。塞內克故意把膝蓋抬高到下巴的位置（當然，此舉一定比起全力衝刺要更令他勞累）。所有弟兄都配合這項演出：例如貝德利須，這位曾為鼓吹和平而編寫宣言，平素循規蹈矩又逆來順受的人，現在也是一副神氣十足的威嚴架式和大家向前緩跑，此外出身農家的卓瑟夫也是，還有那位對我沒有好感的皮特爾．佩克尼也是，那位年紀比大家長一大截的昂布洛茲也把雙臂交叉放在背後，踩著不靈活的步伐跑著，還有那個紅褐色頭髮的小伙子，那個愛故意用假嗓子裝出刺耳叫聲的佩特杭，此外便是那個一面跑著，一面怪叫「好嘢！好嘢！」的匈牙利人瓦爾加。總之沒有一個弟兄不竭盡全力配合這場演出的，而我們也因為這個有趣的場面而笑得東倒西歪。

在這當兒，我們瞥見從建築物那邊閃出身影的小毛頭少校。有個下士也看見他，於是趕忙迎上前去向他報告現場的情況。少校聽他講話，然後來到賽跑場地邊上觀賽。那些軍士官組的人變得很不耐煩（他們那組的最後一棒老早就抵達終點了），於是不斷向我們喊叫道：「快跑，快跑！起勁一點，趕快！」可是他們的鼓勵壓根起不了作用。那些軍士官開始慌張起來，完全不知道如何是好，只見他們彼此交頭接耳，商量該不該下令停止這場比賽。他們一面在場邊踱來踱去，一面斜眼偷看少校的反應。少校根本沒瞧他們一下，只管用冰冷的眼光瞪著我們。

最後一棒的人總算起跑了；是阿雷克薛治。我懷著好奇心等著看他的表現，而他的表現果然不出我的所料：他想要結束我們所經營的鬧劇。他卯起全力向前衝刺，才跑了不過二十公尺便已至少將五個其他隊的弟兄拋在身後。可是在這時候發生了一件奇怪的事：他的速度慢下來，然後再也無法加快速度了；我突然明白，阿雷克薛治儘管想破壞我們的詭計但最後證明是力有未逮。他是個身體孱弱的男孩，才來幹活兩天便支撐不住，於是人家不得不派些輕鬆的工作給他，因為他不但沒有肌肉而且一忙起來便上氣接不了下氣！我當下覺得，他跑的那一棒將是我們那場好戲的重點；阿雷克薛治儘管全力向前衝刺，但少校以及那群下士應該會以為他那具有爆發力的起跑動作不過是我們那場笑鬧劇的一部分，和洪札的故意跛行，和馬特洛斯的一再跌倒，和支持者的如雷吼聲是一鼻孔出氣的。阿雷克薛治手心緊緊握住接力棒往前奔去，而其他跑在他背後的弟兄也是相同，招搖地裝出苦不堪言而且氣喘吁吁的模樣。可是阿雷克薛治的胸部發疼是「真實」的，又因為他竭盡全力要克服疼痛，以至於臉上流下了「真實」的汗水；跑到半途，阿雷克薛治不得不放慢腳步，以至於其他弟兄輕輕鬆鬆便趕上他了。在距離終點前的三十公尺處，他們甚至超越了阿雷克薛治；等到跑到距離終點只有二十公尺的時候，他不再跑步向前，只是一手揪著左胸口，一面踉蹌走著。

少校命令大家集合。他想了解為何眾人跑得那麼慢。「少校同志，我們快累死了。」他要所有體力不支的人舉手。我們都舉起手。我特別注意阿雷克薛治的反應（他站在我前面的那一排）；只有他沒有舉手。可是少校沒有注意到他。少校說：「好，所以你們全都很累。」有人答道：「不是這樣。」「那麼誰不累呢？」阿雷克薛治回答：「我不累。」少校面露驚訝神色注視他道：「哎唷，你不累呀？你怎麼可能不累呢？」阿雷克薛治回答道：「因為我是共產黨員。」聽見這話，所有的弟兄都竊笑起來。少校又問：「你是那個提紅燈籠進來的人是吧？」阿雷克薛治回答：「是的。」少校再問：「所以你剛才一點都不累囉？」阿雷克薛治回答：「不累。」「既然不累，那麼剛才你便是故意妨礙賽跑的進行了。我判你十五天的監禁，罪名是違背軍紀。至於你們其他的人，你們既然很累還算有個藉口。我看你們在礦坑裡挖出來的東西那麼一點點，所以你們的疲倦應該是放假外出所引起的。為了顧及你們的健康，部隊裡所有人兩個月不准外出。」

阿雷克薛治在被人送進監牢之前還掛心一定要和我說話。他責怪我沒能以真正共產黨員的立場面對事情。他用嚴厲的目光注視我並且要我直接表明是否支持社會主義，只回答是或不是就可以。我告訴他我是站在社會主義陣線上的，只是在這裡，在佩戴黑徽章的部隊裡，支不支持社會主義已經完全無所謂了，因為這裡存在著一條和外面世界截然不同的分界線；在此地，界線一邊是已然完全喪失自己命運前途的人，而界線另一邊則是搶奪前者命運前途並且將之任意支配的人。阿雷克薛治並不同意我的看法；在他看來，社會主義和反動勢力的分界線是拿到哪裡都適用的。歸根究柢，設立我們這種部隊是為了打擊社會主義敵人的。於是我反駁他，為什麼那個小毛頭少校既然要捍衛社會主義卻又決定罰他坐十五天的牢，何況他對待人的方式只會為社會主義招惹敵人，最惡劣的敵人。阿雷克薛治坦承，他看少校並不順眼。接著我告訴他，要是黑徽章部隊真是設置來和社會主義的敵人對抗的，那麼阿雷克薛治就理應不該被送進部隊裡的，然而他卻激動地回答我，他被送進部隊是再天經地義不過的事情：「我的父親因間諜罪被逮捕。你懂不懂這件事背後的含義？你想想看，黨中央從此以後如何能相信我？黨中央有不相信我的『義務』呀！」

後來我和洪札聊天；我向他抱怨（同時心裡掛念著露西），往後整整兩個月都不能外出。他罵我道：「蠢蛋，我們會出去得更勤快！」

接力賽跑那次的暗中搞鬼結果是令人欣慰的，因為部隊的弟兄之間產了同舟共濟的感情，而且激發了大家的首創精神。洪札起頭主導了一個人數精簡的組織，專心致志去研究私自出營的方法。不過四十八個小時的時間，那套方法便已就緒；大家秘密出錢匯聚一筆公款，做為賄賂用途的公款。有兩位負責監視我們寢房的軍士禁不住誘惑被我們收買了；我們找到了一個最隱蔽、最有利於偷偷鋸斷營區柵欄的處所；那是營區另一端的盡頭，也就是只有醫務室設立在那裡的角落。柵欄和外面市鎮的第一間低矮民居之間只有短短的五公尺距離，那房屋裡面住了一位我們大家都認識的礦工；我們的弟兄很快便和他通了聲氣，做好協定：他不將通往中庭的大門上鎖。凡是意圖私自出營的弟兄便要先潛行到柵欄旁邊，然後一眨眼的工夫越過圍牆，跑向五公尺外的房子，只要一進中庭的門他就安全了，最後從房子的另一端出來，混入郊區的某條街道中。

這條路徑相對而言是安全的，但前提是不能形成絡繹不絕的場面，假使同一天裡營裡出去太多人，那麼他們不在場的事實很快就會被人察覺；因此洪札所領導的那個小組便得負責監控外出的人數。可是在還沒有輪到我外出的時候，洪札的密謀便敗露了。一天晚上，小毛頭少校親自巡察各處營舍並加點名，結果他發現少了三個人。他逮住擔任舍監的下士，責備他沒有將缺人的事向上呈報，然後好像消息十分靈通似的直接問那下士收了多少好處。下士一聽這話以為自己被人出賣，所以甚至沒想到要狡辯一番。少校找洪札前來和那下士對質，於是下士進一步招認錢是從洪札那兒拿來的。

這次，那個小毛頭少校可把我們將得死死的。他把下士、洪札以及當天私自出營的三位弟兄移送軍事法庭。（我連向我最要好的夥伴洪札道別的機會都沒有，那件事早上我們還在礦坑裡幹活的時候便迅速解決了；後來隔了一段時間以後我才聽人家說起，包括洪札在內的那幾個人都被判了一年的徒刑。）事後，少校將大家集合起來並且發表講話，他宣布整個部隊除役的時間將展延兩個月，此外，大家從今以後要接受懲戒部隊的待遇。另外，他命令加強監控措施，比方在營區牆角建設兩座瞭望台，安裝多盞探照燈並且派出兩名有軍用狼犬陪伴的衛兵看守營區。

少校的鎮壓手段又快又狠又準，以至於我們大家心裡不免生出同樣的疑惑：一定有人洩漏了洪札的作為。我們並不能說黑徽章部隊裡告密的情形特別猖獗；我們所有的人都瞧不起這碼事，可是我們也知道，這種可能性不是沒有的，因為告密是最有效、能讓人改善處境的手段，能夠讓人不須等待便可達到目標，好像如此一來便可取得什麼保證書，保證往後日子不會太難捱。我們絕大部分的人都堅持了氣節，不至於墮落到最後那步田地，可是我們卻無論如何也避免不了對別人產生猜疑。

這種猜疑很快再度在我們當中生根，不久之後便轉換為一個為群體所共享的信念（儘管少校的出擊很明顯地可能不是因為有人告密，而是另有別的緣故），大家毫無條件地便堅定地把矛頭指向阿雷克薛治。事件發生的時候他已經關到最後的那幾天，不過每天早上他還是必須和大家到礦坑裡面工作；因此所有人都一口咬定他必然在這種情況下聽聞了洪札的計畫。

於是，這個四眼田雞的可憐學生便有各式各樣的苦頭可嘗了：礦坑的工頭（也是我們弟兄）專挑最棘手的工作給他；他的工具經常不翼而飛，所以他得自掏腰包賠錢；別人對他指桑罵槐，對他出言不遜可都是不留情面的，此外，他每天都要忍受千百次的刁難捉弄；在他床頭那用來隔間的木板上也不知被誰用機械黑色污油漆上斗大的字：小心，無恥之徒。

在洪札以及其他四位犯人被押解離營後的幾天，我特別挑了某個傍晚前去我們這一隊的寢房裡看看；除了阿雷克薛治以外沒有其他的人，當時他正彎腰在鋪床。我問他為什麼要重新鋪床，他告訴我，隊上的弟兄一天總要來上好幾回，只為弄亂他的床鋪。我回答他，大家堅信是他告密出賣洪札的。他立刻辯稱自己的清白，連眼淚都快灑出來了；他說自己什麼事情都不知道，就算知道，也不會幹出扒糞的事。我問他道：「你為什麼會這樣說？你不都一直和少校站在同一邊的？所以，你去告密也是合情合理的事。」「我才不是少校的同路人。」他用斷斷續續的聲音說道，「少校是個存心要搞破壞的人！」然後他把在牢裡左思右想所得到的結論告訴我：黨中央特別編了黑徽章軍團，把它不敢賦予武器的人都網羅進去，而且趁這個機會對他們進行再教育。只是，階級的敵人是不會懈怠下來的，他們處心積慮要阻撓再教育工作的順利開展，他們所盼望的便是讓黑徽章的士兵持續對共產主義懷抱刻骨銘心的仇恨，以便將來利用做為反動勢力的泉源。那個小毛頭少校對待我們每一個人態度如此兇惡，很明顯的，那是敵人計畫的一個步驟！我目前好像還不知道黨的敵人到底要往何處藏身，不過我敢確定，少校正是敵人陣營的爪牙。阿雷克薛治很清楚自己的義務所在，所以寫了一份鉅細靡遺的報告，對少校的陰謀詭計作了一番剖析。聽見這話我著實大吃了一驚：「寫什麼？你到底寫了什麼？報告呈給誰看了？」他回答我，那份控訴少校的報告已經送進黨內了。

說著說著，我們已經走出了營舍。他問我有沒有勇氣和他一起站到眾人的面前。我回答他，光提出這種問題便夠蠢了。而且更蠢的是，他居然天真地以為那份報告真能轉給他認為該讀它的人。他針對我那番話回答道，身為共產黨的一分子，無論處在什麼情況下，他對自己所做出的事都不該覺得羞赧。他再度提醒我，說我也是共產黨員（即便被開除了黨籍也是一樣），應該從善如流，改正我先前的行事態度：「我們這些共產黨員得對這裡所發生的一切負起責任。」這種論調讓我忍不住想笑；我回答他，如果沒有自由做為前提，我們是很難想像「責任」這一概念的。他則說道，自己覺得足夠自由，所以可以以共產黨員的身分行事；他應該證明而且也將證明自己是共產黨員。說出這席話的時候，他的下巴同時不斷顫動。那是多少年前的事了，今天我回想起這段對話的時候，從來沒有如此清楚意識到，他不過只是個二十歲出頭的人，是個年輕人，或是說小毛頭，而他的前途命運彷彿飄在他身上似的，彷彿孱弱瘦削的身體包裹在碩大無朋的外衣裡面。

我也想起，在我和阿雷克薛治談話過後不久，塞內克問我為什麼要跟那個下流胚子講話。我告訴他，阿雷克薛治只是笨到可以，但不是什麼下流胚子；同時我還向塞內克透露，阿雷克薛治剛剛寫了一份報告送進黨裡，他想好好參那少校一本。塞內克對這消息完全無動於衷，他只是說：「他蠢不蠢我不曉得，但確定是下流胚子。因為他公開宣布和自己的父親斷絕關係，只有下流胚子才做得出這種事。」我聽不太懂他的意思；他很驚訝，我對他說的那一件事居然無所知悉。教官曾經親自把幾個月前的舊報紙拿給大家看，裡面有阿雷克薛治刊登的一則聲明：他宣布和自己的父親斷絕關係，因為在兒子眼中看來最神聖的東西已經被父親出賣了，被父親的口涎弄髒了。

那天向晚時分，從瞭望台（前幾天趕工造出來的）上面首度投射下探照燈的光線。有個衛兵帶著一條軍用狼犬沿著營區的柵欄圍牆巡邏。一股深不可測的哀傷情緒向我襲來：我沒有露西陪伴，而且我想到接下來漫長的兩個月裡我也沒有機會再看見她。當天晚上我給她寫了一封長信，我告訴她短期間內不可能和她見面，因為我們被剝奪了離營休假的權利，還有上次她不答應我要求的事，我有多麼遺憾，不過接下來支撐我度過那幾個陰慘星期的竟也是同一個回憶了。

信寄出去的隔天，我們又開始練習那沒完沒了的立正、齊步走、臥倒。我一遍又一遍木然做著人家派下的動作，眼裡看不到生氣咆哮的下士，看不到齊步走的弟兄，看不到撲臥地面的弟兄；反正我看不到一切圍繞在身邊的東西。中庭的三處側邊是營舍建築，第四處側邊則是與馬路毗鄰的一道柵欄圍牆。有時候這裡會有路人駐足（大部分是小孩，或是單獨或是有父母陪伴，父母會向他們解釋，柵欄後面是阿兵哥在進行軍事操練）。這一切對我而言已經轉化成無生命的背景，好像一幅油畫（鐵絲網外面的世界好像一幅油畫）。這時有人從柵欄那邊丟來一句：「喂，木頭人，做夢是吧？」

我這才看見了她。是露西。她站在那裡靠著柵欄，身上穿著那件磨舊了的栗色大衣，（為什麼我們上次去買衣服的時候我沒考慮到，夏季過後天氣就會變冷？）但腳上卻穿著一雙高雅的黑色薄底高跟皮鞋（我送她的）。她一動也不動地觀看我們。此舉激起了弟兄們越來越強的好奇心，他們對於露西那奇特的耐心議論紛紛，而且言語之中充分表現了男性被強制過單身生活時對性慾的渴望。最後連監督我們的下士都注意到士兵們那心不在焉的毛躁模樣，並且很快知道其中原因；他對自己的無能為力感到氣憤：他不能禁止露西站在那裡。開展在鐵柵欄外面的是相對自由的天地，是他的訓令所不能及的地域。於是他只能命令弟兄們閉嘴，然後提高聲量加快速度說話。

露西時而走動幾步，時而從我的視野裡消失，但很快又會回到我們彼此都能看見的地方。後來，那緊湊的操練課總算結束了，但是我根本沒有時間接近露西，因為接著又得火速趕往教室上政治課；我們聽了有關和平陣營和帝國主義者的議論，過了一個小時之後我才能夠開溜（已經是夜幕低垂時分），去看看露西是否還留在靠近柵欄的原地。她還在。我朝她奔去。

她要我不可對她懷恨，她是愛我的，也知道我的悲傷是因她的錯誤所造成的，所以也禁不住要埋怨自己。我告訴她不知道自己什麼時候才有機會和她團聚。她說這不要緊，反正她以後會常常來柵欄邊看我。（這時一群小伙子從我背後經過，並且對我們喊了一句淫穢的話。）我問她道，那些士兵的粗鄙言語會不會令她難為情。她要我放心，既然她深愛我，其他就無所謂了。她從柵欄的間隙給我塞來一朵玫瑰（軍號聲響起，我們得集合了）；我們只好就著柵欄的間隙吻別了。

13

露西幾乎每天都來軍營的圍牆邊上，那時我早上通常下礦坑工作，而下午便回到軍營裡面；每天我都會接到一小束花（有一次軍備檢驗的時候被上級發現，全部扔在地上了）。有時難得和露西談上幾句（淨是客套言語，因為我們實在不知道該向對方說些什麼）；沒有理念的溝通沒有消息的交換，只是彼此確定一個說了再說的真理。此外，我幾乎每天都寫信給她，那是我們愛得最強烈的階段。我的心思都被露西所佔據，於是我再也不注意瞭望台的探照燈或是向晚時分狗兒的短暫吠叫或是少校的身影。

事實上，身處這個有軍犬看守的營區，或者在礦坑的底部握著顫動的鑽礦機時，我都很有幸福的感覺。我很快樂，因為擁有露西我就擁有任何同袍甚至任何軍士官都沒有的富饒：我被人愛，在眾人面前受到呵護關心，幾乎是招搖地。儘管露西並非我那些弟兄心目中的理想典型，儘管在他們看來，露西示愛的方式有些奇怪，但是無論如何，那畢竟是女人對我的真愛，這點便足以引起驚訝、愁緒和嫉妒。

我們與外界隔絕的時間越長，和女人隔絕的時間越長，有關女人的所有細節也就越常成為我們談話的主題。有人提到美人痣，有人畫出（用鉛筆畫在紙上，用鶴嘴鋤畫在黏土上，用指尖畫在沙地上）女人乳房和雙臀的輪廓。有人對這些畫餅充飢的線條議論不休，堅持自己選的才是最漂亮的。有人翔實地重現交媾時女人的呻吟聲和所說的話；這種話題一遍接著一遍討論，但每次都加進新的細節。我也是被人詢問的對象，我談到的那個年輕女孩因為常在營區外面出現，弟兄們於是更加好奇了，因為他們能夠容易地將她的樣子和我的敘述連在一起。我不忍心讓弟兄們失望，所以只能不停地說下去；我描述了露西的裸體，但實際上我可曾見過？此外我也編造了我們數夜春宵的過程，後來，我突然發現，她那嫻靜的熱情在我心中已然構成細節分明的圖畫。

那麼我第一次和她繾綣是什麼情況呢？

就在她房裡，在她宿舍的寢室裡；她順從地，真心奉獻地在我面前褪去衣著，當然，免不了有一段抗拒的過程，因為她是個鄉下女孩，而我是第一個有緣見識她全裸的男人。這點令我欣喜若狂，她那種參雜了害羞的誠懇付出；當我靠近的時候，她蜷縮起身軀，並用手掌緊掩著私處……

那麼她為什麼一直穿著那雙黑色的高跟鞋？

那雙鞋子是我特意買給她的，為的是要看她站在我面前赤身露體地，只穿這雙高跟鞋展示她的胴體。她很害羞，不過卻也完全配合我所要的；我仍舊衣著整齊，儘可能拖延和她裸裎相見的時刻，而她只蹬著那雙精巧的薄底高跟鞋，一絲不掛地在我面前走來走去（她身上不著寸縷而我卻衣著整齊，這點令我無比亢奮），接著她移動裸露的身軀，走到櫃子前面取出酒瓶，然後那裸露的身軀又重新走回我的面前並在我的杯裡斟上酒液……

因此，每次露西來到柵欄前面，注意她一舉一動的並不只是我一個人，和我一樣專心的還有其他十多位弟兄，他們精確知道露西是如何表達愛意的，還有她說過的話以及她嘆息的樣子，而且一旦察覺到她又穿著那雙黑色的高跟鞋來找我的時候，大夥兒便互遞一個狡黠的眼色，因為他們立刻幻想露西踩著高跟鞋從小房間的一頭走到另外一頭。

我的弟兄每一個人都能回憶起哪個女人，然後將她說出來和大家分享，但是沒有哪一個人像我一樣，能夠真正在「視覺上」將她呈現出來；只有我的女人才是真實的，鮮活的，幾乎每天都會出現的。我那股將她赤身露體模樣描繪出來的衝動，那股形容她性愛行為的衝動其實具體挑起了我的慾望，那飽含了痛苦的慾望。弟兄們總愛用淫蕩的言語評論露西的到訪，可是我的心裡居然一點也沒有憤慨的感覺；他們擁有露西的方式並不能將她從我這裡奪去（柵欄和軍犬將露西保護得周全，包括我在內的任何人都別想加以染指）。大家的七嘴八舌在我心中「成就了」她那令人春心蕩漾的形象，她這形象是我和他們所有人共同塑造出來的，令她具備了那種要令人發狂的吸引力。我對弟兄們開誠布公，而我們一起被捲入了露西情慾的深淵。之後，每次我到柵欄邊會她的時候，我的身上不由自主爬過了陣陣顫動；我對她十分渴想，以至於連話都說不出來。我沒辦法理解，為什麼和她交往六個月以來卻仍舊像個膽怯的學生，沒能以正常對待女人的方式對待她；只要能和她交媾一次，要我付出任何代價我都是甘之如飴的。

我這樣說並不意味我對她的眷戀已然變質，轉換成粗糙的、原始的東西，喪失掉了溫情成分。我想表達的是，當時我感受到「想要擁有一個整體女人」的慾望，在那份慾望裡我整個人都進去了：身軀和靈魂，性慾和溫情，哀傷以及對生存的熱烈渴想，想要尋求慰藉又想放浪形骸，追求一時逸樂又要永恆擁有。我是整個人都過去了，繃緊著，專注著，每次只要憶起那些時刻就好像憶起失落的樂園（有哨兵和軍犬看守的樂園）。

只要能在軍營外面和露西見上一面，那麼我是隨時準備鋌而走險的；先前她允諾過的，下次她「不會再抗拒」，而且我要她到哪裡她就到哪裡。她不只一次透過柵欄的間隙向我重複這項允諾。所以，只要大膽豁出去就夠了。

這項計畫在我的心裡很快便醞釀成熟。少校始終不知道當初洪札那計畫的實情：圍牆柵欄被破壞後一直還沒有被人察覺，和毗鄰的那礦工所達成的默契也始終有效。當然，現在圍牆旁的監視工作挺完備的，想在大白天裡私自出營根本就像緣木求魚。到了夜裡，衛兵和他們的軍犬便在柵欄旁邊梭巡來回，此外探照燈也點得通明。可是說白了，我們既然再也不可能私自出營，這一切陣仗只是為了令少校開心罷了；他已看準大家絕對不至於再敢輕舉妄動，畢竟軍法審判的罪是不輕的。然而正因為如此，我自忖這裡就是我的生機了。

因此，我得先找一個不能離營區太遠，而且能讓我做為中繼站的隱蔽處所。住在附近的礦工大部分和營裡弟兄共用一個鐵籠下到礦坑，因此我有機會和其中一位礦工（年紀五十開外的鰥夫）說好（我得付他三百克朗），讓他把住處借給我用。那是一棟兩層樓的灰色獨棟建築，從營區就可以看到。我在柵欄邊將那棟房子指給露西看，同時向她說明自己的想法；但她竟然沒有興高采烈的樣子，只是勸告我不值得為她冒這種險，最後她勉強答應，不過那也只是因為她不知道如何拒絕我。

約定的日子終於來臨。可是那天一開始就不對勁。我們才從礦坑回來，那個小毛頭少校便命令大家集合，為的是要聽他又一次的訓話。以前，他總習慣拿些捕風捉影的事來嚇我們，什麼國家已瀕戰爭邊緣，屆時將會以最殘酷的手段鎮壓反動者（在他的思想裡，我們當然是第一批該受指控的）。不過，這一次他的訓話加了一些新意：階級的敵人已經對共產黨進行滲透。不過間諜也好，叛徒也好，他們都必須明白一件事：那些偽裝得天衣無縫的敵人所受的懲罰將比那些大鳴大放的敵人所受的懲罰嚴厲百倍，因為一個偽裝的敵人就像一條癩痢狗。那個小毛頭少校接著又說：「而我們當中就有那麼一條。」然後他命令阿雷克薛治出列。接著，他從自己的口袋中掏出一團縐巴巴的紙，然後將它湊近對方的鼻尖並且說道：「這封信你要怎麼解釋？」阿雷克薛治回答：「沒錯，信是我的。」「所以說你是一條癩痢狗。更過分的是，你還喜歡扒糞告密。只可惜，狗吠是上達不了天聽的！」然後少校當著對方的面把那封信撕個粉碎。

接著少校立刻再把一封沒有封口的信遞給阿雷克薛治並且說道：「我這裡有封信給你，高聲讀出來吧！」阿雷克薛治將信紙抽出來，然後迅速地瀏覽了一遍，但之後卻遲遲沒有開口。少校又說一遍：「趕快唸呀！」阿雷克薛治還是不肯開口。少校問他：「你是不肯？」面對屬下的緘默，少校生氣命令道：「給我趴下！」阿雷克薛治叭的一聲便臥倒在泥濘裡。小毛頭少校走上前去站在他的身邊，我們大家都知道，接下來便是「起立！」「趴下！」「起立！」「趴下！」那一串沒完沒了的口令，而阿雷克薛治就得不停地起立再趴下、起立再趴下。最後少校停止口令，放下阿雷克薛治不管，然後慢慢踱起方步，走過隊伍第一列的前面，他用眼光細細檢視弟兄們的配備，最後走到行列盡頭（此舉耗去好幾分鐘的時間），接著又將腳跟一旋，慢條斯理又踱回到那個五體投地的弟兄身旁並且說道：「現在給我唸！」阿雷克薛治抬起沾滿泥水的下巴，他伸出右手，仍舊維持趴倒的姿勢，開始唸起那封他一直牢牢抓在手掌心的信：「特此通知，你被開除捷克斯洛伐克共產黨的黨籍，此項決定自一九五一年九月十五日生效。對於區域委員會……」少校這時命令阿雷克薛治歸隊，然後要求一位下士監督我們操練。

操練結束之後接著上政治課，到了六點半左右（那時天已黑了），露西已經等在柵欄邊了，我朝她走去，她點一下頭表示一切順利然後便離開了。吃了晚餐以後營區全面熄燈，弟兄們都回房就寢。我躺在床上等著擔任舍監的下士入睡。接著我起身套上笨重的軍鞋，然後不假打扮，只穿著白色長褲和睡衣便離開寢室。越過長廊我來到了中庭，一陣寒意向我襲來。通往圍牆的道路位在寢舍的後方，也連接了醫務室，這種形勢再理想不過了，萬一不小心被人撞見，我就可以謊稱身體不舒服要去看醫生。還好，沿途沒碰著半個人。我沿著醫務室的圍牆繞行，躲進它的陰影裡面。探照燈懶洋洋地照在同一個地點（瞭望台上面的那個傢伙顯然不把自己的任務當一回事），而我所必須穿越的那處中庭邊上始終漆黑一片。現在只需擔憂：會不會撞見那名徹夜帶著軍犬在圍牆旁來回巡邏的衛兵。四周一片闃靜（可畏的沉寂很不利於我的窺伺行動），我在那裡藏了十來分鐘，最後終於聽到一聲狗吠，是從軍營的另一頭傳過來的，於是我迅速從藏身之處一躍而出，跑到柵欄旁邊。而自從洪札的計畫敗露之後，柵欄被破壞的部分仍然沒被發現，於是我臥倒在地，從柵欄被拉起的地方匍匐而出。現在沒有什麼好猶豫的，只要再幾步便可以到達礦工家的木製柵欄；一切都在意料之中，大門沒有上鎖，我穿過小小中庭，看到房子的窗戶有簾子遮掩，屋內光線從縫間裡篩了出來，我敲了敲窗玻璃，過了幾秒鐘，門框裡出現一個巨大身影，高聲請我跟著他走。（這種大刺刺的招呼方式幾乎把我嚇出一身冷汗，因為我老惦記著軍營是近在咫尺的。）

大門一開便直接接到一間房間，我站在門口往裡面看，登時驚訝得非同小可：室內有五個人安適地圍著一張桌子坐定（桌上有一個已經開封的酒瓶），一看到我，他們就因為我的奇異裝扮而失笑。他們斷言，我才一身單薄睡衣一定給凍壞了，所以立刻給我遞來一杯酒：那是酒精度高達九十，幾乎不兌水的烈酒。他們催促我喝，而我也一飲而盡；酒才入口我便不停地咳起來，他們見狀又親切地笑起來同時推了一把椅子過來給我。大家對我那奇特的「越界」方式感到十分有趣，然後又對我那身滑稽打扮瞅了一眼，然後忍俊不住再笑起來，說我上演「睡衣夜奔記」。這些年紀三十至四十之間的礦工一定經常習慣在此聚會；他們喝了一些但還不至於醉，初始的不自在過去了，他們那種無所顧忌、沒有憂愁的態度也令我從緊張中解脫出來。有人問我要不要再來一杯，我也沒有推拒便又一口飲下那強烈到要令人窒息的酒液。礦工這時候一個箭步衝進隔壁房間，回來的時候手裡抱了一套深色的西裝並且問我道：「這套不知道合不合你身？」我估計那礦工大概高我十來公分，體形也遠較我碩壯，可是我說：「『不得不』合身。」我將長褲套進我那已經穿了軍中制式睡褲的雙腿，可是如果不用兩手扯住褲頭，那長褲勢必會往下滑脫。我的恩人問道：「誰能借他一條腰帶？」我則附和道：「不然一條細繩也可以。」人家為我找來一條，多虧有它，那長褲才能勉強穿著。我再把外套穿上，在場的人又品頭論足了一番，結論是（我實在不知道為何那樣說）我像極了卓別林，如果再有一頂禮帽一支手杖就無懈可擊了。為了讓他們高興，我將鞋跟併攏，腳尖分開，踩著那雙笨重的軍鞋走起來，而長褲的褶襉好像手風琴的風箱，在場的人都樂壞了，直說今晚不管哪個女人和我見面都得好好服侍我了。他們邀我喝下第三杯酒，然後便陪我走到外面的人行道上。那礦工告訴我無論什麼時候都歡迎我去敲他家的窗戶以便換回原來的裝束。

現在我走上了郊區一條街燈不明不暗的馬路。我故意花了一刻鐘的時間繞道避開靠近營區圍牆的地方，最後才走到和露西事先約好見面的那一條街。沿途，我不得不走過軍營那燈火通明大門的前面，不過身體裡面那一點的緊張證明是多餘的，我身上那套平民百姓的裝束將我周全地保護著，衛兵看我一眼，但是沒能認出我來；我是安全地抵達目的地了。我把房子的門打開（那門被一支單獨的路燈照亮），然後全憑記憶向前走去（只靠礦工的口頭描述）：左手邊的樓梯，上二樓，正對面的那扇門。我敲了門。鑰匙在鎖孔中喀噠一聲，露西來開門了。

我擁吻她（她從晚上六點礦工走了以後就來了，當晚那位礦工上夜班），她問我是不是喝了酒，我回答是並且告訴她我是怎麼找到這地方的。她告訴我她一直不停發抖，因為很擔心我會出事。（經她一說我才發現她真的在發抖。）我告訴她能夠在那裡與她重逢自己有多快樂。我用雙臂將她摟住，只覺得她的身軀仍舊不停打著哆嗦。我擔心地問道：「你怎麼了？」她回答我：「沒事。」「那麼你怎麼一直發抖？」她說：「我替你擔憂。」然後輕巧地從我的懷抱掙脫開去。

我四下看了一眼。房間面積很小，只附帶幾件最起碼的寒酸家具：一張桌子、一把椅子、一張床（床是鋪好的，只是床單似乎不太乾淨）。桌頭有一個聖像，對面有一個櫃子靠牆貼緊，上面擺著一罐又一罐的果醬（算是這房間裡唯一溫馨的東西），而照亮房間一切的是單獨一顆安裝在天花板上並且沒有燈罩的燈泡。光線直接刺激眼睛，令我感覺極不舒服，而且粗暴地照在我那滑稽可笑的身形，令我好生沮喪：那件過大的外套，那條靠細繩綁住的褲子，笨重軍鞋那灰頭土臉的模樣；還有我那顆剛剃得乾淨的頭顱，在燈泡的照耀下該像一輪慘白的月。

我哀告道：「露西，看在天主的分上，不要計較我這身狼狽的模樣！」然後再向她解釋自己這身怪打扮的原因。露西安慰我，這一切都不重要，而我在酒精的作用下態度反而從容起來，向她鄭重說道，我萬萬不能穿著這種衣服與她面對，然後迅速褪下長褲和外套；褪下一層，可是裡面還有睡衣，以及那條醜到無法見人的睡褲（褲腳幾乎蓋住足踝），這套兩件式睡衣的尊容比起一分鐘前用來遮掩它的那套西裝更是十倍地不堪。我伸手按了開關，熄了天花板的頂燈，但是黑暗卻沒有伸出援手來遮掩我的窘態，因為街上路燈的光白辣辣地射進來，取代了頂燈的光。我寧可承受裸體的羞恥也不要一身怪打扮地丟人現眼，於是我再把睡衣睡褲脫掉，一絲不掛站在露西面前。我將她緊擁入懷，（我再一次覺得她渾身不住地發抖。）我要求她也把衣服脫掉，取下所有將我們遠遠隔開的東西。我愛撫她的全身，同時一遍又一遍地懇求她，但是露西只要我稍安勿躁，又說她沒有辦法，沒有辦法立刻配合，沒有辦法那麼快。

我握起她的手，然後兩個人坐在床沿。我把頭埋在她的腹部上面，然後一動也不動地待了好一會兒。忽然，我覺得自己裸露胴體有點不太搭調（從外面街燈投射進來的光照在我的身上，感覺有點髒），這幕情景和我原先預想的正好相反；看不到一個裸體的女孩依偎在衣著齊整的男士身旁，倒有一個脫得赤精大條的男人瑟縮在一個衣著齊整女子的懷裡。我覺得自己好像被人從十字架上卸下的耶穌，被那心懷悲憫的瑪利亞抱在懷中，但是這個念頭才一湧現便令我驚惶不已，因為我不是來這裡尋求同情的，我尋求的東西是另外一種。於是我又開始親吻露西的臉，並且想要很有技巧地偷偷解開她衣服的鈕釦。

但是我失敗了；露西再度掙脫開去。我突然失掉初始的那股興頭，我那股深具自信的焦躁，我覺得自己詞窮了，愛撫的勇氣突然煙消雲散了。這時我裸著身體、呆滯地躺直在床上，而露西則端坐在我的頭側，並用她那雙粗糙的手撫摸我的臉孔。在這段過程中，我的苦惱和怒意逐漸成形轉為清晰。我在心裡提醒露西，為了和她見面，我今天是冒了多大的風險；我也提醒她（在心裡面），當晚我私自出營的事可能為我招致多嚴厲的懲處。可是這些怪罪畢竟是淺層浮面的（而且——至少在心靈上——都是我可以向露西表白的）。我那股憤怒的源頭是隱藏在內心最深邃的地域的（若要誠實招認我恐怕會臉紅起來）：我想到自己的悲哀處境，我的年輕歲月被白白地糟蹋掉，什麼慘事還能比這個更教人懊惱？長日漫漫，渴望不得饜足，性慾不得紓解又是無邊無際的屈辱經驗。我想到以前沒能將瑪爾克塔弄到手，那個只對農業機械有興趣而且粗俗得可以的金髮女孩，我想到這次和露西在一起又功虧一簣。我差一點要嚷出我的牢騷：為什麼在某方面我得做為成人被人審判、被人排擠開除黨籍，被人打成托洛斯基的同路人，被人送進礦坑裡勞改，為什麼在愛情上面我卻無權做個成人，還要讓人家強迫我吞下無能為力的恥辱？我憎恨露西，明明知道她對我有愛意，因此她的抗拒就更顯荒謬，更顯得不可理解，這點將我逼入忿恨的死胡同裡。因此，固執了半小時不肯開口說話的消沉階段，我又重新發動攻勢。

我撲向她；我用盡全身的力氣，最後總算撩起她的裙子，扯壞她的胸罩，抓住她赤裸的乳房，可是露西不斷地抗拒我，而且力道越來越猛，結果（我那盲目的暴力終究沒能奏效）竟然還是讓她掙脫開去。她跳下床，整個人緊緊貼著衣櫃。

我吼叫道：「你為什麼抵抗？」她沒辦法清楚回答，只是嘟囔著要我不要生氣，不可怪她，結果什麼解惑的言語什麼合理的邏輯也沒交代。我又厲聲抗議：「你為什麼抵抗？難道你不知道我多愛你？我看你是瘋到極點！」她回答我：「好吧，你把我趕走好了。」而人還一直黏在衣櫃上。「好，我真的會趕你走，因為你根本不愛我，因為你戲弄我！」我對她下了最後通牒，要麼就範依我，要麼我從此不想再見到她，永遠不要。

這時我走向她，將她緊緊擁著。這次她沒再抗拒，只是軟綿綿地一動也不動，像個死人。「你這樣死守著處女之身要做什麼？你要把貞操保留給誰？」她沒說話。「你怎麼不講話？」她說：「你不愛我。」「我，我不愛你？」「不愛，以前我一直以為你是真心的……」她傷心哭了起來。

我跪在她前面，吻她的腿，哀求她解釋。她只是一面啜泣，一面重複說我並不愛她。

突然，一股怒意將我攫住。彷彿有一股超自然的力量處處阻擋我的去路，不斷從我手中奪去我賴以生存的東西，我所渴求的東西，原本屬於我的東西；這股現在再度出現的力量以前已從我手中奪去黨員身分，奪去我的朋友，奪去我的大學學籍。這股力量始終以斬釘截鐵的斷然方式，不給任何理由便從我的手裡奪走一切。我明白，如今又是這股力量驅使露西和我作對。我恨露西，恨她成為這股力量的芻狗；我一拳揮在她臉上，心想不是揍她，而是揍那股敵視我的力量。我大喊道我恨她，說以後再也不要見到她，一生都不要井水犯河水。

我把她那件栗色大衣（原本留在椅子上）扔給她，然後吼叫著要她離開。她穿上大衣走了。

然後我倒在床上，靈魂深處一片的虛無，方才就在我趕走她的那一刻，我已經開始想念她，心裡有股想叫她回來的衝動，因為我很清楚，與其完全喪失露西，我寧可要一個衣著齊整不肯就範的露西，那樣強過千倍。

這點我清楚得很，但就是沒有付諸行動喚她回來。

我赤裸身子躺在這間借來的房間床上，只知道時間過了好久好久，因為在那種光景下我無法想像自己要如何出去見人，如何重新出現在軍營對面那幢房子裡，如何和那群礦工有說有笑，如何回答他們那你一言我一語的輕浮調侃。

還是得硬著頭皮面對，最後（那時夜已經很深了）我還是穿好衣服離開了。對面人行道路燈的光線依舊毫不客氣射進我剛才離開的房子。我繞了遠路避開軍營，最後來到窗戶底下並敲了敲（裡面的燈光已經熄滅），等了三分鐘，在哈欠連連的礦工面前脫下那身怪衣服，他問我春宵花月夜是否快活，我也只能含糊以對，然後（又是一身睡衣睡褲）溜回軍營。我的身體因絕望而極度疲累，四周的動靜我不太在乎了。領著軍犬的衛兵在哪個方向？探照燈的光射向哪裡？這些我都懶得注意。我鑽過柵欄底下，然後慢吞吞地走回我的營舍。正當我沿著醫務室牆邊前行時，我猛然聽見有人叫道：「站住！」我站住了。手電筒的光圈向我射來。「你鬼鬼祟祟在幹什麼？」我一手扶著牆壁，一面解釋道：「報告衛兵同志，我一直吐。」那守衛道：「繼續吐吧！」然後領著那條軍犬往別處去了。

14

我安然無恙地（擔任舍監的那個下士打盹打得厲害）重新躺回床上，只是久久不能闔眼，所以等到值星官粗聲粗氣嚷道：「裡面的統統給我起床！」的時候，我真的感到如釋重負，因為那個難捱的夜晚總算結束了。我趿著拖鞋直接跑向盥洗台，然後用冰冷的水潑了一整臉。等我回到床邊，卻發現阿雷克薛治的舖位旁邊擠了一堆衣衫不整的弟兄，大家無聲無息地彎腰圍著他看。我明白了：阿雷克薛治（肚皮朝下躺平，身上蓋著被子，臉埋在枕頭裡）睡得像是一截枯木。這幕景象立刻讓我憶起了夫蘭塔．佩特拉塞克。他因為很氣他的部門領導，所以有一天早上就故意裝睡，睡得如此深沉，以至於三個上司輪流來喚他搖他，但都是徒勞無功；最後大家束手無策，只好將他連人帶床搬到中庭廣場，並且有人取來一支尖矛作勢對著他，於是他才懶洋洋地揉著眼睛醒來。可是不能懷疑阿雷克薛治跟上司唱反調，那不是他的個性，他之所以昏睡可能是體質孱弱所引起的。有一位下士（就是我們的舍監）從長廊那邊走進寢室，臂彎裡摟著一個裝滿水的大鍋；他的背後跟了好幾個弟兄，顯然是去向他通風報信。

這種教人吃驚的沆瀣一氣真是令我憤慨，那些弟兄竟然和那個下士（平常大家頂瞧不起他）聯手起來；他們之間過去不是有多到算不完的舊帳，怎麼現在一筆勾銷了？令我生氣的是這一點。他們因為同時憎惡阿雷克薛治而結成一夥。很明顯的，那些弟兄從自己原先對阿雷克薛治的懷疑和偏見出發去揣度昨天小毛頭少校指責阿雷克薛治愛告密的特性，因此今天下士和他們就同仇敵愾，暖洋洋也攀起交情，覺得小毛頭少校的殘忍手段是值得喝采的。一陣沒來由的怒氣攻上我的腦門，氣他們所有的人，站在我身邊所有的人，氣他們不問究竟，一有人指控，大家便把恨意投射過去，恨他們那取之不盡用之不竭的惡毒。於是我搶先在下士和他那群爪牙的前面站到阿雷克薛治的床邊，同時高聲向他喊道：「起床，阿雷克薛治，別幹蠢事！」

在這節骨眼上突然有人從背後抓住我的手腕並且扭轉一下，害我不由自主屈膝跪下。

我回頭一看，認出是皮特爾．佩克尼。他尖聲說道：「喂，布爾什維克派[7]的，你來攪什麼局？」我將他的手抖開，轉過身來打他一個巴掌。我們倆眼見就要廝打起來，還好大家紛紛上來勸架，畢竟太早把阿雷克薛治吵醒是不好的。而那位下士則一言不發抱著那一大鍋水等著。最後他站到阿雷克薛治的床邊並且高聲咆哮道：「給我起床！」並且將鍋裡十幾公升的冷水劈頭倒下。

可是奇怪的事發生了：阿雷克薛治依然保持先前的臥姿。下士驚訝地望了幾秒，接著再度嚷道：「軍人！起床！」可是軍人動也不動。下士彎下腰並且伸手搖了搖他（被子濕透了，床和床單也是，水滴不停滴在木地板上）。下士好不容易將他的身軀翻轉過來，而他那張映入我們眼簾的臉是凹陷的，慘白的，沒表情的。

下士高聲喊道：「快找醫生！」沒有人移動雙腳，所有人都注視著睡衣被水淋濕了的阿雷克薛治。下士再度叫道：「快找醫生！」並且責成身旁一位士兵，後者立刻跑離開去。

（阿雷克薛治一動也不動地躺在床上，比以前更瘦削，更孱弱，但也更年輕，好像一個孩童，只是他的雙唇緊閉成一道窄縫，一般來講，孩童是不會那樣抿嘴的；水滴從他身上往下流淌。有人道：「下雨了……」）

醫生火速趕來，一把抓起阿雷克薛治的手腕說道：「這……」接著醫生掀開他身上那床淋濕了的被子：我們看見阿雷克薛治那矮小的身材，裹在那濕答答的白色睡衣睡褲裡面，

7. 布爾什維克黨員。俄國革命期間的多數黨黨員，但在此地則用作貶意，指共產黨員。

光著兩隻示人的腳丫子。醫師仔細查看阿雷克薛治的身旁，最後從床頭小桌上拿起兩管小瓶。他瞧了一眼（瓶子是空的）並且說道：「吃了整整兩瓶還能不遭殃嗎？」然後他從鄰床扯過一張被單，並將它覆蓋在阿雷克薛治的身上。

這個插曲將我們當天早上該做的事都向後推延了；我們不得不一面跑一面囫圇吞下早餐，三刻鐘之後我們已經下到礦坑裡面。然後礦坑的工作結束，接著又是操練又是政治課程又是義務性的軍歌練唱又是清掃工作，直到就寢的時候我才意識到，史塔納已不在營裡了，我最好的朋友洪札也不在營裡了（往後我再也沒見過他，根據傳來的消息，他退役以後就偷渡到奧地利去了），現在連阿雷克薛治也離我而去；他勇敢地而且盲目地一肩挑起那遠超過他所能負荷的重擔，但是突然之間，他那角色不再可以扮演下去，這不是他的錯，就算他不知道戴起面具「安分留在崗位」，如果最後他力氣用盡了，那也不是他該負責。他算不上我的好友，因為他對共產主義的狂熱信仰在我看來很是古怪，然而從他命運的角度審視，他比起任何人都要和我親近；我覺得他的死似乎包蓄對我的譴責，彷彿他要我認清楚，一旦黨將一個人開除黨籍，那麼他就再也沒有苟活的理由。我的心中驀地襲來一陣罪惡感，只怪自己當初沒有好好待他，因為現在他已作古，不可能起死回生了，雖然我是營裡唯一可以替他做點什麼的人，可是我什麼也沒做。

可是我喪失的不僅只有阿雷克薛治以及拯救一個人的唯一機會；從今日事過境遷的處境回頭看，我同時也丟掉了和黑徽章弟兄們之間那份熱絡的同仇敵愾情誼，最後因為如此，更進一步賠進我對他人最後可能的信賴感。我們那種團結一致的感覺終究只是環境局勢所逼，只是出於自我保衛的本能才會膠黏成堅實的一個團體。我開始想，我們這群佩戴黑徽章的人其實也會迫害同儕（排斥他並且送他走上絕路），好比以前聚集在學院大廳的那一夥人一樣，而且或許這種事情不管哪個團體都幹得出來。

那幾天裡，彷彿有股空虛穿透我的身體，我是荒漠中的一股空虛，那時真想和露西聯絡。一時之間我弄不明白自己為何那樣痴想她的肉體。現在我似乎覺得她或許不是一般血肉之軀的女人，而是一支透明的熱柱，橫亙在無邊冷寂中但卻離我漸遠的熱柱，可是將它驅趕開的是我自己。

後來有一天，大夥在中庭廣場出操的時候，我只顧把兩眼牢牢盯著圍牆柵欄那邊，就等著露西出現。可是在這段時間裡只出現了一名老婦，她停在柵欄邊，然後將我們指給她身邊一個髒兮兮的小孩看。當晚，我寫了一封長信，字裡行間透著淒愴無奈；我請求露西回來，我得見她一面，我別無所求，只要她在就好，只要我能看到她，知道她在陪我、她還活著就夠了……

天氣好像開玩笑似的，十月天空一片亮藍，氣溫回升，燦爛的季節。樹葉顏色繽紛起來，而大自然（可憐奧斯特拉瓦的風景）則以毫無節制的繽紛來慶祝秋的告別。我心中有種被戲弄的感覺，因為我那幾封措辭充滿悔恨的長信根本等不到回音，而柵欄邊只有一些陌生到令人恐慌的人前來駐足（陽光則刺眼得像在挑釁。大概半個月之後，郵局退回來其中的一封信；信封上的收件人地址被畫掉，有人用鉛筆加註：收件人已遷離，新址不明）。

我的內心湧進恐慌。自從上回和她分手之後，我在心裡千百次地反芻我們所說過的每一句話，我千百次咒罵自己，千百次我得對自己的良心提出解釋，千百次我認為是自己將她攆走的，但是千百次我又勸慰自己，說是無論如何露西還是了解我的，還是會原諒我的。如今郵差用鉛筆在信封上寫的那句話無異對我做出了最終的判決。

我的內心興起一陣騷動不安，無論如何是控制不住的，隔天我又再度幹了蠢事。我說「蠢事」，可是和上次我私自出營比起來其實並不更加危險，這種蠻勇不理智的一面是事後回顧起來才顯得清楚的，不過是由於它功敗垂成而非由於那事所冒的險。在我之前，我知道洪札不只一次幹過同樣勾當。那年整個夏天，他和一個保加利亞女人交往，那女人的丈夫每天早上都得外出工作。我於是有樣學樣：我早上和弟兄上工點名後便取回自己的考勤牌，摘下安全頭燈，然後拿灰泥抹污了臉便小心翼翼溜掉了。我一路跑到露西的宿舍並且向擔任門房的女人打聽露西的下落。她說露西半個月前就搬走了，只拎了一只小皮箱，裡面放了她所有的家當，誰也不知道她的去向，她臨走前也沒有告訴任何人。我慌張起來：要是她發生意外該怎麼辦？門房瞅了我一眼，然後做出一個事不關己的手勢：「哎！這些女孩下鄉勞動個個都是這樣，說來就來，說走就走，從不向誰吐露什麼。」我甚至前去她的工廠探聽消息，到了人事室去，但沒有獲得更進一步的消息。接著我只能在奧斯特拉瓦四處閒蕩，直到礦場收工前才回到軍營，打算混水摸魚混進從礦坑上來的人群裡面。誰料想到，洪札這一套好用的外出溜達的辦法還有一個關鍵我沒摸懂，結果被人逮個正著。兩個星期之後我上軍事法庭接受審判，並因逃兵罪被判十個月的徒刑。

的確，就從失去露西的那一刻開始，我的人生便陷入絕望空無的階段，它讓我回憶起我故鄉郊區那泥濘濕滑的景象。沒錯，一切正是在這個時候開始了：我在鐵窗的十個月期間母親過世了，我甚至沒有辦法參加她的喪禮。後來我又回到奧斯特拉瓦，回到黑徽章部隊中，接著又服了整整一年的役。那個時候，我又簽下了在役期結束後繼續在礦場再幹上三年的約，因為那時候大家傳說，凡是拒絕簽這個約的人可能還要被留在營裡磨上幾年。因此，退伍之後我又以平民的身分在礦場做了三年。

我不喜歡回想這一件事，同時也不喜歡再談起它。順帶一提，今天有些人被原先他們所信仰的運動所遺棄就會到處以自豪的語氣述說自己的命運，這點我是不欣賞的。的確，我也將自己做為被放逐者的命運英雄化了，但那是虛假的高傲。事過境遷之後，我不得不以就事論事的態度認清：我之所以會被發配到黑徽章軍營裡並不是因為勇氣過人，不是因為抗爭過，不是因為捍衛自己的理念而和其他人的理念起了衝突；不是，我在失足之前並沒有發生什麼轟轟烈烈的事，在自己的故事裡我只是客體不是主體，因此，我沒有一丁點的理由可以拿它來炫耀（我對自己所受的苦悶，所受的挫敗不能賦予價值）。

露西？啊，對了，十五年過去了，我沒再見過她，甚至好長一段時間沒有聽聞任何關於她的消息。只有服完兵役之後我才打聽到，她也許搬到波希米亞西部的某個地方去了。但我並沒再去尋訪她的下落。

第四部

賈洛斯拉夫

1

我看著田野中的一條路。我看著那條路的土地，上面布滿農夫駕車走過後的車轍痕跡。道路邊緣草色如此青翠，我不禁伸手去摸。

環顧四周只是小塊小塊農地，再也見不到集體農場歸併後的大片農地。怎麼？我眼前的已不是我們那時代的風景？這是什麼新的風景？

我往前走去，在我眼前一塊農地的邊上長了一株犬薔薇。上面開滿小小的野薔薇花。我停下腳步，心裡湧上一股幸福的感覺。我坐在灌木叢下的草地上，過了片刻竟索性直接躺下來了。我感覺到背部接觸到了草兒豐美的土地。我用背去感受它、磨蹭它。我用背去掌握它。

接著我聽見一陣有節奏的馬蹄聲。遠處揚起一陣輕輕的煙塵。煙塵漸漸向我靠近，竟變成了半透明的。煙塵裡頭鑽出幾個騎馬的人。都是穿了白色制服，端坐馬鞍的年輕人。可是，他人越靠近我，我就越看清楚他們衣著其實是草率隨便的。幾個人穿了有肋狀盤花紐的短上衣並配了鍍金的鈕釦，但其他人則是衣衫不整、落拓不羈的模樣，另外還有些人只著襯衫不穿外衣。有人頭上戴著高帽，有些則沒戴帽。歐，不對，這絕對不是正規部隊，一定是逃兵、叛徒或者土匪！那是「我們的」騎兵部隊！我站起身子，看著他們朝我而來。為首的騎士將軍刀抽出刀鞘揮了一下。隊伍便停下來了。

握著軍刀的那個人從馬的頸邊彎下身子注視我。我說：「是我沒錯。」另外一個人神色驚訝地說：「國王！我認出你了。」

我高興地把頭低下。幾個世紀以來他們在這裡騎馬來去，現在終於認出是我了。那人又問：「國王，你過得還好？」我答道：「朋友，我好怕。」「他們還不放過你？」「倒沒有，不過情況更糟。有件陰謀衝著我來。我再也認不出圍繞在我身邊的人。我回到家，可是那是另外一個房間，另外一位妻子，一切都不一樣。我心裡想，該是自己搞錯，我走出門，從外面看，沒錯呀，是我的房子！從外面看是我的，可是一走進去就不對勁。不管我去哪裡，情況都是這樣。各位朋友，的確發生了一些驚嚇我的事情。」

那個人又問我：「你還會騎馬吧？」這時我才發現在他坐騎身旁還有一匹配好鞍座可是無人騎乘的馬。那個人將那匹馬指給我看。我一隻腳踏上馬鐙，然後跨坐上去。馬兒似乎不太情願，不過我的兩邊膝蓋已經夾住牠的腹部，那感覺是暢美的。那個人又從口袋掏出一條紅布並遞給我道：「遮在你的臉上，這樣，人家就認不出是你！」臉蒙上了，我變成個瞎子。那個人的聲音在我耳畔響起：「讓馬帶你。」

整隊人馬快跑起來。我感覺得到身旁那些人在全速馳騁。我的小腿碰著他們的小腿，有時候可以聽見他們胯下坐騎那斷斷續續的喘息聲。我們大概這樣騎行了一個小時，身體靠著身體。最終我們停下來了。同樣是那個人的聲音對我說道：「國王，我們到了！」我問道：「到了哪裡？」「你難道沒聽見大河的流水聲？我們就在多瑙河岸啊。國王，一旦來到這裡你就安全了。」我說：「說得不錯，現在我覺得安全多了。我想把臉上的布拿掉。」「國王，不可以，還不是時候。你還需要那對眼睛做什麼？你的眼睛只會欺瞞你罷了。」「可是我想看看我的多瑙河，那是我的大河，我要看它！」「我的國王，你並不需要眼睛！讓我說給你聽吧。你聽我敘述還好一些。我們身邊是片一望無際的田野。有豐美的草地可供放牧。有些地方長有灌木，有些地方矗立著木柱，那是水井的懸架裝置。不過我們目前是站在河岸的草地裡。再往前走兩步，草地就變成沙地，因為在這附近，多瑙河的河床是沙質的。現在請你下馬，國王！」

我們下馬，然後席地而坐。那人的聲音繼續說道：「小廝們忙著生火，太陽消失在遠處的地平線，氣溫很快就會下降。」我突然開口道：「我想見伏拉絲塔。」「你會看見她的。」「她在哪裡？」「不遠，你等一下會和她會面，你的馬會送你去的。」

我跳起來，並且要求立刻動身。可是一隻雄渾的手掌壓住我的肩膀：「國王，請你仍舊坐著，你該休息並且進食。這段時間裡面，我就來向你報告有關她的事情。」「說吧，她人在哪裡？」「離這裡大概一小時的路程，住在一間茅草為頂的小木屋裡。木屋四周圍繞一堵小小的柵欄。」我幾乎按捺不住幸福的感覺說道：「是嗎？是嗎？都是木造的。那樣再好不過了。我不願意這房子使用半截的釘子。」那個聲音繼續道：「錯不了的，那堵柵欄用的都是粗略削整過的短樁，原來枝幹的姿態還依稀可辨。」我回答他：「一切木製的東西總會讓人想起貓或是狗。好像是植物而不是物件。我喜歡木造的居所，在那裡面，你才真有在家的感覺。」「柵欄後面長著向日葵、緞花以及大理花，對了，此外還有一棵老蘋果樹。而伏拉絲塔就站在門口處！」「她穿什麼衣服？」「她穿了一件麻質的裙，有點髒，因為剛從馬廄回來，此外她還提了一只淺底小木桶，腳上倒是什麼也沒有穿。可是她真美啊，畢竟年輕嘛。」「但她很窮，是個可憐的女僕。」「是的，不過並不妨礙她的王后身分！因為她是王后，所以必須隱藏起來。甚至連你都不可以接近她，就怕她被人發現。你也只能蒙了眼睛才可以去。馬反正是認得路的。」

那個人口中的事如此美好以至於我的身體酥麻起來，好個舒服的有氣無力。我躺在草地上，聽著那個聲音，後來那人靜默下來，我的耳裡只有水浪的嘩嘩聲和篝火的嗶剝嗶剝。太美好了，美好得我不敢睜開眼睛。可是事與願違。我知道是該睜開眼皮的時候了。

2

我身軀下的床墊放在上了漆的木地板上。我不喜歡上了漆的木材，長沙發椅的金屬腳架我也不喜歡。我頭上的天花板掛著一顆玫瑰色的玻璃球，上面纏繞三條白色條紋。我也不喜歡那個玻璃球。對面的那個碗盤櫃也不中我的意，玻璃片後面淨是一大堆不知可以用來做什麼的玻璃器具。只有角落那架風琴才全部是木造的。整個房間裡我只喜歡這件，看見它就懷念起爸爸。爸爸死了，那是一年前的事。

我從長沙發椅上起身，還是感覺疲憊不堪。那是星期五下午，是「國王騎馬巡行」的前兩天。所有事務都壓到我身上來。在我們這區域裡，一切和民俗有關的擔子一律落在我的肩膀上。由於憂慮，由於忙不完的斡旋，無止息的爭論，半個月來沒有哪一天我能稱心如意睡個夠的。

然後伏拉絲塔走進房間。我突然發現，她應該要胖一點才好。一般人認為骨堅肉實的女人才好相處。伏拉絲塔太瘦，臉上有些細微的皺紋。她問我道，從學校回來的途中是不是忘了去洗衣店把乾淨的衣物拿回來。我的確忘記了。她說：「我早該料到會這樣。」然後她還想弄清楚，我當天是不是就打算一直待在家裡。我不得不給個否定的答案。我再過一會兒還要回到城裡參加一場會議。「你答應伏拉德米爾幫他看作業。」我聳一聳肩。「那麼誰會去開會？」我把與會的人他們的名字一個一個唸出來，可是她突然打斷我的話說道：「韓茲立克那個女人也去？」我承認道：「對呀。」伏拉絲塔生氣了。又搞砸了。韓茲立克太太臭名在外，大家知道她和張三李四都上過床。伏拉絲塔倒不是懷疑我什麼，只是凡是有韓茲立克太太出席的會她一概是瞧不起的。一提到韓茲立克就不可能再和伏拉絲塔談下去。所以得立刻三十六計走為上策。

開會的目的是要將「國王騎馬巡行」活動的準備工作做最後的落實。可是一切亂糟糟的。國家委員會和我們斤斤計較起來。不過才幾年前，委員會常常撥下可觀的金錢數目補助民俗活動。可是如今情況反轉過來，國家委員會的財政預算還得靠我們支撐。青年聯盟對年輕人已經不具什麼吸引力，好吧，就責成聯盟舉辦「國王騎馬巡行」的活動，看能不能挽回一點威信！以前，我們都是利用國王騎馬巡行活動的盈餘去補貼其他無利可圖的民俗活動，可是好啦，這次青年聯盟負責的事卻不給它方便順利。我們要求公安當局在「國王騎馬巡行」活動的過程中進行交通管制，暫時禁止汽車通行。可是開會當天卻傳來消息，我們的請求竟被打了回票。當局回覆我們，總不成因為辦一場「國王騎馬巡行」活動就要癱瘓交通。可是，這樣一來，活動會是什麼面目？一群馬要擠在車陣當中？煩透了，煩透了。

那個會沒完沒了一直延下去。出來的時候都快八點了。我在廣場上看見路德維克。他走在另一邊的人行道，方向朝我而來。什麼風把他吹到這裡來的？我幾乎打了一個寒顫。在一秒鐘的間隙裡，我逮著了他那投射在我身上的目光，只是電光石火之際又猛然偏轉開去。他假裝沒看見我。兩位深識舊交。八年坐在學校同一張板凳上！他居然裝作沒看見我！

路德維克，那是我生命中出現的第一道裂縫。今天我已經習慣了。我的生命好比一座不堅固的房舍。最近我到布拉格便光顧一家小劇場。這類劇場在六〇年代雨後春筍一般出現，由於演員年輕又具知識分子想法，因此很獲各方捧場。那天演的笑鬧劇坦白說不太有趣，可是幾首歌曲充滿創意而且爵士樂又好聽。節目進行中，突然所有的樂者都戴上圓形的氈帽，上面裝飾羽毛。在我們家鄉，這種帽子是專門搭配民俗傳統服飾的。接著，他們開始學起洋琴樂隊的演奏。那喧鬧刺耳的聲音洋溢著歡愉氣氛，他們戲謔地模仿起我們的舞步，尤其是我們的標準手勢，把胳臂抬舉向上的動作。觀眾看了不禁笑彎了腰。我簡直不敢相信自己所看到的。時間只要倒推五年前，我想絕對沒有人敢這樣捉弄我們。如今我們倒變成一個個可笑的木偶似的。為什麼我們突然間變成木偶了？

還有伏拉德米爾。最近幾個星期以來他所讓我看到的那些東西。國家委員會的區域支部先前建議青年聯盟今年要選他擔任國王的角色。會選上他無非是為了向他的父親致敬。大家真的想到我了。大家想從我兒子身上回報我對常民藝術所做出的奉獻。然而伏拉德米爾卻千方百計躲閃，別人再三請求他也不肯答應。他推說那個星期天他要去布爾諾看賽車。他甚至聲稱自己生性怕馬。最後他更鄭重宣布絕對不願意當國王，因為那是上級專橫派下的命令，還有他最不喜歡裙帶關係了。

這件事可讓我氣急敗壞。好像他故意要將他生命中能憶起的我那部分徹底抹滅似的。以前他一向不願意和我一手創立的兒童歌舞隊來往。當時他就懂得躲躲閃閃，推說自己對於音樂並不在行，而實際上，他彈得一手好吉他，而且經常固定和夥伴們聚首，一起唱些天曉得的美國爛歌。話說回來，伏拉德米爾才十五歲，而且還滿喜歡我這個做爸爸的。那幾天我們有機會單獨碰面，或許他了解我了。

3

我還記得相當清楚。我坐在可旋轉的高腳圓椅，而伏拉德米爾就靠在我對面的長沙發上。我的手肘支在風琴閣上的蓋子上面，那可是我極珍視的一件樂器，從孩提時代起便聽著它長大。我的父親每天都彈，尤其是一些和聲法簡單的民俗歌曲。我彷彿聆賞著遠方泉水的呢喃聲。要是伏拉德米爾願意聽聽這種聲音，要是他願意了解這一切。

十七到十八世紀的時代，捷克人民可以說是不再存有。要到十九世紀世人才目睹它的復興。在歐洲舊國族的圈子裡，捷克只算是個小孩。當然，捷克也擁有偉大光榮的過去，可是和現代畢竟有兩百年的斷層。在這段期間裡，捷克語從城市撤退躲到鄉間，只在那些目不識丁的人嘴裡使用。然而，就算限制在社會底層，它還是繼續孕育自己的文化。那是不起眼的文化，隱藏在歐洲的視野以外。它的核心成分包括歌曲、民間故事、民俗儀式、諺語以及格言。那是兩個世紀間的唯一文化命脈。

唯一的文化通道。唯一的單孔窄橋。是大樹上唯一從未斷裂的枝椏。十九世紀初年捷克新文學的肇始者正是在這個基礎上嫁接自己的創作。因此不難理解為何我們第一代的詩人那樣熱中於蒐集民間故事以及歌曲。他們早期的詩作像極了民俗的歌曲小調。

伏拉德米爾，親愛的兒子啊，你根本不願意理解這段過去！你的爸爸並不是一個只對民俗藝術瘋狂的人。當然，這種成分絕對是有，只是在這癖好之外，他還志在更深刻的東西。民間藝術像是一扇窗戶，他從這裡向外張望，他才能夠理解，捷克文化的大樹要沒有它就成了一棵沒有汁液的枯木啊！

我是在戰爭期間才了解到這點的。人家處心積慮要我們相信，我們沒有獨立成族群的權利，我們不過是一群講捷克語的德國人罷了。所以我們不得不證明給自己看，我們以前曾經存在過，當時也確實存在著。在那時代，我們所有的人在心靈上都去這個源泉朝聖。

那時，我在高中那小小的爵士樂團裡擔任低音提琴手。有那麼一天，摩拉維亞同鄉那圈子的人來找我，邀我一起組成洋琴樂團。

在那個時候誰能拒絕這種請求？我負責小提琴。

我們將一些老歌舊調從歷史的遺忘墳場裡找回來。十九世紀當那些愛國主義者將民間藝術結集成冊的時候，民間藝術已經幾乎瀕臨滅絕。現代文明已經開始取代民俗。因此，在二十世紀初年，一些保護民間藝術的團體紛紛產生，為的是要讓那些被書本所搶救回來的常民藝術能夠重新融入生活。目標一開始是鎖定都會的居民。然後再推廣下鄉。在摩拉維亞情況尤其如此。大家熱中於組織各種民俗慶典，比方「國王騎馬巡行」活動即是，我們鼓勵成立專門演奏民俗音樂的樂團。花了可觀的力氣，只是有可能最後無法開花結果：民俗藝術推動者喚回的總比不上現代文化所斷送埋葬的。

戰爭為我們注入一股新的力量。納粹德國佔領捷克的最後一年，大家甚至成功地舉辦了一場「國王騎馬巡行」的活動。城裡面有一座軍營，可是德國軍官竟然和擠滿了人行道的民眾併著肩看熱鬧。我們的「巡行」活動變成一種宣示。那一群群身著五花十色衣服的男孩手裡握著軍刀。歷史遙遠的過去甦醒過來了。所有的捷克人都從這個角度理解它，而他們的眼瞳閃耀著光芒。那時我十五歲，有幸被選為國王。我令那左右各站一名僕役的坐騎快步前行，自己的臉部是被布塊遮住的。我好驕傲。我的父親也是。他知道人家選我做國王是出於對他的敬意。他是村小學的教師，是愛國主義者，大家都喜歡他。

伏拉德米爾，我的孩子，我認為每件事情都有它的意義。我認為人類彼此的命運都用智慧膠合在一起。今年大家選你做王似乎是個徵兆。我像二十年前一般驕傲。甚至更強。因為透過你，人家要禮讚的是我。話說回來，為什麼要拒絕呢？這項榮譽我是極珍視的。我想把我的王國遺贈給你。我要你親自從我手裡接過去。

他將來也許能理解我。他應允我，要接受大家選他為國王的事實。

4

要是他願意明白這事多麼值得關懷就好。我想不出還有什麼比這事更有趣。沒有更令人著迷的了。

就舉一件事做例子。布拉格的音樂學家長久以來便認定歐洲的民俗歌曲來自巴洛克時代。在城堡的樂團裡有來自鄉野的音樂家唱歌並且演奏，然後他們再把貴族階層的音樂文化回饋給淳樸的人民。所以，民俗歌曲所代表的絕對不是一種獨特的藝術形式。它源自於深奧的音樂。

不管怎樣，從波希米亞的情況來看，我們在摩拉維亞所唱的曲調卻無法用上述的原因加以解釋。從調性的角度來看就不是。巴洛克時代的細緻音樂是以大調和小調譜成。唱我們那些歌曲所用的調子是城堡樂團所難想像的！

比方呂底亞調式。那是一種包含了增四度的音程，聽在耳裡老是讓我憶起昔日牧歌的那種憶舊情調。我彷彿看見了異教信仰的牧神潘，還聽見了他的笛聲。

巴洛克以及古典時代的音樂對於七度小調音程那種漂亮的秩序投以狂熱的喜好。為了達到主音，它只曉得利用導音的理論。一個七度小調如果經由二度大調達到主音那可是會嚇壞人的。而我所欣賞的便是民俗曲調中的七度小調，不管它是伊奧利亞調式、多利安調式抑或呂底亞調式。只因它其中蘊含的憂鬱風格。因為它拒絕亦步亦趨愚蠢地跟著基調跑，以它做為結束的依歸。因為它的歌曲以及生命。

居然存在有如此特殊調性的歌曲，因為不可能用任何所謂教堂的調式去稱呼它。面對這種現象我真是無比驚訝：

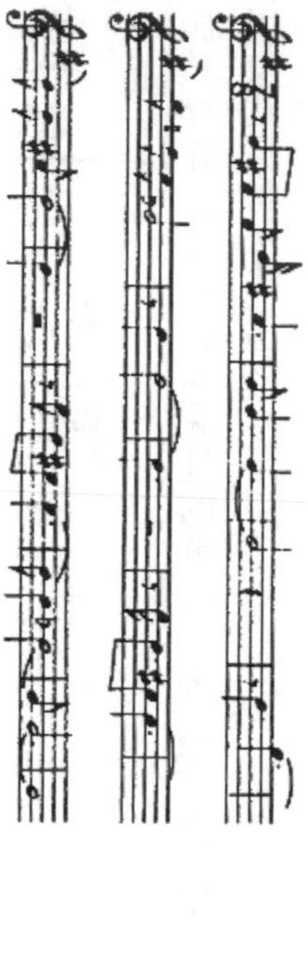

摩拉維亞的歌曲的調性其複雜程度是無法想像的。其中和聲的考量像謎一樣難以捉摸。它以小調開場卻以大調收尾，彷彿在不同的調子間舉棋不定。輪到我來為它配上和聲的時候，我經常完全不知道該如何了解它的調。

而在節奏順序的安排上面，這些歌曲也呈現相同的曖昧，尤其是巴爾托克用「富有表現力的」一詞所形容的緩慢曲調。完全沒有辦法用我們的記譜方式來轉寫那種結構。換句話說，從我們的記譜系統看來，詮釋這些歌曲的民間歌者都以不精確的節奏在演唱。

如何解釋這種現象？雷歐斯．楊納傑克斷言，這種難以掌握的複雜性來自於歌者情緒在特定時間裡的現狀。他演唱的方式直接反應了花朵的色澤、當時的天氣以及廣袤的景色。

可是，這種詮釋方法未免太過詩意了。從大學時代的第一年起，有位教授便同我們分享了他的經驗。之前他曾經分別讓民俗歌曲的演唱者詮釋同一首節奏很難用記譜方式寫下來的歌曲。他用精密電子儀器所記錄下來的資料讓他得以做出結論：其實大家演唱的方式並無差別。

這些歌曲節奏的複雜性因此並非缺乏準確或者受到歌者的情緒左右，它遵守的是不為人知的深奧定律。正因如此，在摩拉維亞某些類型的舞曲中，第二個半小節總是比第一個半小節多出些微的長度。可是如何能在樂譜上將這種複雜性精確記錄下來？學院派音樂的系統是建立在對稱性上面的。一個全音符等於兩個二分音符，一個二分音符的值又等於兩個四分音符的加總，一個小節可以等分為等值的兩拍、三拍或者四拍。可是如果一個小節的兩個拍子不等長又該如何？今天對音樂家而言，最嚴峻的挑戰便是如何記錄摩拉維亞歌曲那原創性的節奏。

有件事卻是確定的，我們那些摩拉維亞的歌曲絕對不可能源自於巴洛克音樂。波希米亞的歌曲或許就是，在波希米亞，文明的水準較高，城鄉之間的接觸也較頻繁，農村和城堡間的關係也較密切。可是摩拉維亞的農村比較原始，和波希米亞的農村相較顯得孤立多了。在那裡，很少聽說哪個鄉下樂者能夠登堂入室成為城堡樂團的一員。在這種情況下，民間的歌曲，即便是年湮代遠以前的，也能夠僥倖地保留下來。於是當地歌曲的多樣性也就不難理解了。這些歌曲代表了一段漫長而且緩慢的歷史過程中的各個不同階段。

當你和我們的音樂面對面時就會發現，彷彿有個一千零一夜的女郎在你面前婆娑起舞，將她身上的羅紗一層一層地揭去。

你瞧！第一層羅紗。羅紗上面印了平凡無奇的主題。都是一些最新的歌曲，大概是過去五、六十年的作品。那是從西邊，從波希米亞傳過來的。在我們的小學裡，老師教學生唱的便是這類歌曲。大部分都是大調歌曲，只稍加改動以便適合我們的節奏習慣。

接下來是第二層羅紗。很顯然地已經比前一種要精采多了。那些歌曲都是從匈牙利傳過來的，隨著匈牙利語勢力的擴張而傳進我們祖國。藉著吉卜賽人的樂團，這些歌曲在十九世紀廣為流布。最具代表性的便是〈恰爾達什曲〉以及應徵入伍者口中傳唱的副歌選句。

當一千零一夜的女舞者褪去這層羅紗之後，下面一層便接著出現。那是流行於十七和十八世紀當地斯拉夫的原生歌曲。

至於第四層羅紗那就更加燦爛輝煌了，那是上溯至十四世紀的歌曲。在那時代，從東南邊來的瓦拉幾亞人不辭辛勞越過喀爾巴阡山的稜線，長途跋涉來到摩拉維亞。都是一些牧者。他們的牧歌和無賴漢的歌曲可就完全不理會什麼和聲和調音技巧了。這些歌曲純粹只以旋律的原則來創造。所傳達出來的古老調性是由蘆笛等樂器成就的。

這層羅紗終於褪去，下面再也沒有其他的遮掩。女郎於是赤身露體跳起舞來。那是最古老的曲調，是異教時代孕育出來的成果。它們植基於音樂思想中最久遠的系統。比方四音音列。大抵都是一些收割草料期的歌曲，穀類豐登的歌曲。都是和父權村落各儀式息息相關的歌曲。

歌曲也好、民俗儀式也好，這些都是歷史底層的隧道，在那裡，有人搶救好大一部分的東西，而長久以來，這些東西在地面上已經被戰爭和革命，被文明給摧毀殆盡了。透過這條隧道，我可以向後回顧得很遠。我看到了羅斯提拉夫和史瓦托普魯克這兩位摩拉維亞最早期的統治者。我看到了古代的斯拉夫世界。

可是為什麼只談斯拉夫世界呢？面對歌曲謎面般的文本時，我們就會迷失在主觀的臆斷裡面。有人將啤酒花放進歌詞，可是我就不知道它和山羊以及四輪畜力車有何隱晦不明的關係。有人坐在山羊上面蹦蹦跳跳，有人則乘著四輪貨車前進。有人讚美啤酒花的妙處，說它能使處女變成未婚妻。演唱民俗歌曲的人自己本身也不了解歌詞的含義。唯有年湮代遠以來傳統的慣性力會在歌詞裡將一些長久以來彼此連繫關係即已晦澀難明的文字保存下來直到今天。最後出現唯一可能的解釋：古希臘的酒神節。一個坐在公羊背上的森林之神，長著羊角和羊蹄的半人半獸神祇，手裡揮舞著纏繞有啤酒花的酒神杖。

遠古時代！這個在我看來簡直不可思議！不過，後來我在大學裡研讀了音樂思想史。我們那些最古遠的民俗歌曲其結構和遠古時代音樂的結構是相互呼應的。呂底亞、腓力基或者多利安的四音音列。那是下行音階的概念，以高音調為基礎而不是低音調，它只在音樂開始以和聲法的觀念進行思考時才出現的。我們那些最古老的民俗歌曲竟然和古希臘時代人們所唱的歌曲都屬於同一個音樂思想的階段，這些歌曲替我們保存了遠古世界的文化。

5

今晚吃飯的時候，我不斷察覺到路德維克故意避開我的眼神。我感覺到自己和伏拉德米爾在心靈上更加親近了。突然我怕自己是太忽略他了。我怕將來永遠無法將他拉近我的世界。晚飯過後，伏拉絲塔留在廚房裡，而伏拉德米爾和我則移步到客廳。我嘗試對他重啟民俗音樂的話題。可是似乎行不通。我覺得自己像個絮絮叨叨的小學教師，恐怕讓他煩透了。而他，當然，一直保持坐姿，一言不發，好像在傾聽我說話似的。他始終對我都很親切。可是我怎麼知道他的腦袋瓜子到底在想什麼？

我用那一套說教式的冗長議論絆住他夠久了，後來伏拉絲塔來到客廳，她說該是就寢的時候了。還能怎麼辦？她畢竟是這個家庭的靈魂人物，這個家庭的日曆和時鐘。

我們不要討價還價。走吧，兒子，睡覺去了，晚安。

我留他待在那間擺著風琴的房間。他就睡在那裡，睡在用鍍鉻金屬管支起來的長沙發椅上面。而我就睡在隔壁房間，睡在那張和伏拉絲塔共享的床鋪上。我並不打算立刻入睡，只是在床上輾轉反側，但又擔心弄醒伏拉絲塔。於是我就先走出房間到外面去。夜晚相當熱。在那間我們居住的低矮舊房子後面有座花園，花園彌漫著昔日鄉野的氣味。在那棵梨樹底下則是一張木製的長凳。

該死的路德維克！為什麼他偏偏今天來湊熱鬧？我怕是個惡兆。我那認識最久的朋友！小時候我們有多少次一起坐在那棵梨樹下。我很喜歡這個朋友，我高中一年級時便在學校裡認識他。學校，老師，他全不放在眼裡。他唯一覺得有趣的事便是唱反調，做出和規定相反的事。

為什麼我們會結成死黨？命運的安排，或許吧。他和我一樣都是來自單親家庭。我母親是難產死的。路德維克十三歲的時候，做泥水匠的父親被德國人帶走送進集中營裡，以後就再也沒見過他。

路德維克是家中的長子，在他弟弟過世之後，還是獨生子。他的父親被拘捕以後，母親和他再也沒有任何依靠，生活過得極其清苦。後來連上中學對他家庭都是沉重的負擔，所以路德維克似乎不得不放棄學業。

還好救星及時出現，就在無計可施的情況下。

路德維克的父親有位姊妹，她早在戰前就成功嫁給一個當地的企業家。從此以後，她幾乎就再也不曾和她那擔任泥水匠的兄弟來往。不過，就在她的兄弟被捕以後，她的胸中突然燃起愛國主義的火焰。她向路德維克的母親提出願意照顧他的想法。這位姑媽自己僅僅生了一個智力發展遲緩的女兒，因此她這個外甥，這個天賦異稟的男孩便在她的心中激起羨慕。他們夫妻不只在物質上幫助他，甚至每天都邀他到家裡作客，將他介紹給經常固定在他們家中聚會的上流階級。路德維克不得不向姑媽姑父表達感激，畢竟多虧他們供應路德維克才能繼續學業。然而，路德維克對他們的感覺就如同火見到水。姑父的姓是庫戴基，從此以後，我們這些朋友便用這個姓來泛指裝模作樣、自命不凡的人。

庫戴基太太對她兄弟的太太根本不具好感。她對自己的兄弟一直懷恨在心，因為他沒把婚結好。甚至當他被抓進集中營裡去以後，她對路德維克母親的態度依然沒有改變。雖說她樂於行善、不吝施予，但那對象僅止於路德維克一個人。她把這位外甥視為自己血脈的繼承人，並且巴望將他收為兒子。至於她那兄弟的妻子在她看來不過是項可悲的錯誤，而且從來沒有邀請對方到家裡作客。路德維克將這一切看在眼裡，經常氣得咬牙切齒。他有好幾次想表達憤慨，但是看他母親哭哭啼啼加上千叮萬囑，他才強忍下來，繼續裝出馴服乖巧的樣子。

因為這個原因，每次他來我家就更顯得快樂。我們就好比孿生兄弟。父親幾乎可以說疼他甚於疼我，因為路德維克勤勉讀完他的每一本藏書，對每一本書的內容瞭若指掌。在我初初加入高中的爵士樂團的時候，路德維克便堅持與我搭檔配合。他到跳蚤市場買了一把廉價的單簧管，不過不久，他就有模有樣地吹奏起來了。隨後，我們便全心投入爵士樂這項興趣，同時一起將洋琴與樂團結合起來。

庫戴基的女兒大約在大戰結束的時候結婚。她的母親計畫替她安排一場場面闊綽令人驚奇的婚禮，也就是在新婚夫妻後面跟著五對的男女儐相。她堅持外甥路德維克一定要擔任其中一位的男儐相，不過與他配對的女儐相卻是城裡藥房老闆那年僅十一歲的女兒。路德維克簡直嚇呆了。要他在小城那些勢利鬼參與的虛華婚禮中扮演這種小丑角色，他的臉就羞紅起來。人家把他抬舉成大人他很惱火，但同時要他挽起一個乳臭未乾女孩的手卻又令他覺得羞愧。儀式進行當中還要他親吻一副已經沾滿口水的十字架，這是最令他氣憤難當的。到了晚上，他從婚宴溜出來和我們在小旅館的店舖後間碰面。大家圍繞在洋琴旁邊，一面喝酒，一面將他揶揄一頓。他不滿情緒爆發出來，宣稱自己對於布爾喬亞階級懷抱刻骨銘心的仇恨。接著他又咒罵宗教婚禮的虛華排場，說他唾棄教會，將來還要將自己的姓名從信徒名冊中刪去。

當時，我們可沒把他說的話當一回事，可是在戰爭結束的幾天後，路德維克竟然把他所說過的付諸實行。他的行徑簡直讓庫戴基一家人反感到了極點，而他一點也不在乎。他懷著歡天喜地的心情和那一家人翻臉。他經常去參加共產黨員舉辦的演講會，購買他們出版的各種宣傳冊子。我們那一帶是天主教信仰根深柢固地區，而我們唸的那所高中尤其如此。儘管如此，大家都願意原諒路德維克離經叛道心向共產主義。我們承認他有這些特權。

一九四七年，高中畢業會考。秋天，路德維克前往布拉格就讀，而我則去布爾諾。之後我整整一年沒見過他。

6

時間來到一九四八年。生活好像倒栽蔥似的起了極大動盪。假期到了，路德維克回來探望我們這群死黨，可是再度和他往來是很尷尬的。二月間共產黨所發動的政變在我們看來是恐怖統治君臨的開端。路德維克帶回了他那支單簧管，但其實沒有必要。我們整夜只是聊著。

我們兩人間的嫌隙是那個時候產生的？我想不是。那天晚上，路德維克再度辯贏了我。他竭盡所能避開政治話題，只聊我們樂團的事。根據他的意見，我們應該將自己工作的意義放在比先前更寬闊的視野裡。何必劃地自限，只是想著復興已然消逝的過去？凡是回頭張望的人下場就和羅特[8]的妻子一樣。

那麼，我們，我們應該怎麼辦才好？

他回答道：當然，我們得要好好經營祖國的民俗藝術遺產，但是這還不夠。我們如今活在一個嶄新的時代裡。迎迓我們行動的是多麼寬廣的地平線。我們應著手精煉提純粗俗平庸的音樂文化，濾掉它那陳腔濫調的渣滓，剔除一無是處的歌詞，這些都是布爾喬亞階級自鳴得意的低級趣味，該用人民的原創藝術來取代它。

真奇怪。路德維克這一席話不正是最保守的摩拉維亞愛國主義者其來已久的烏托邦思想？他們始終強力抨擊都市漠視上帝存在的墮落文化。一九二〇到一九二五年間流行於歐陸的美國音樂，也就是所謂的查爾斯頓舞曲，在他們眼裡不啻是撒旦的笛音！先不去計較這

8.《聖經》人物。他的妻子因逃難時回頭看了罪惡之城所多瑪的毀滅一眼而被化為鹽柱。

個。總之，路德維克的談話反倒讓我們看清事實。

不過，他接下去的思考就獨特多了。他談起爵士樂。爵士樂果真是從黑人的民俗音樂脫胎出來的，然後令整個西方世界為之傾倒。在我們看來，這是個令人鼓舞的證明，證明民俗音樂絕對擁有神奇的力量。它可以蛻變為流行於整個時代的一種普遍音樂風格。

聽路德維克說話，我們心中同時感受到嫌惡與讚賞。他的自信令我們惱怒。他的表情是當時所有共產黨員都會有的招牌表情，彷彿他已和未來簽下什麼秘密契約，所以未來允許他以未來的名義說話辦事。他令我們感到煩躁的原因或許還有一個，那就是他和昔日他自己年輕時的形象截然不同了。依照先前我們對他的印象，他是個不錯的小伙子，頂多說話愛用挖苦而已。可是現在他卻成了言語誇張，喜好聳動字眼而且絲毫不知謙遜的人。當然，另外還有一點惹毛我們，那就是他隨隨便便妄下評論，把我們樂團的前途命運和共產黨的前途命運拴在一起，更何況我們當中誰也不是共產黨員。除此之外，他的議論還真的吸引我們。他的理念將我們深埋著的夢想說出來了。他的理念突然把我們抬舉到歷史宏偉的格局裡。

我在心裡暗稱他為「捕鼠人」。嗯，很貼切。用笛子吹起顫音，而我們兀自便追隨他去了。在他的理念不能說完全的時候，我們願意助他一臂之力。我還記得自己的推論。我談到歐洲音樂從巴洛克時代以後的演變。在印象派階段結束後，歐洲音樂似乎對自己感到厭倦了。它幾乎像棵耗光所有旺盛汁液的樹木，在奏鳴曲的領域是這樣，在交響曲的部分亦復如此。因為如此，爵士樂的出現好像給它造就了奇蹟。這種新的音樂不但迷倒歐洲的舞廳和夜總會，它還吸引了史特拉汶斯基[9]、何內克[10]以及米約[11]。這些音樂大師都根據那種新的節奏作曲。可是請注意一點。就在爵士樂崛起的同一時代，或者，比方再回溯十年，歐洲音樂是向舊大陸古代的民俗文化吸收新血的。而歐洲古代的民俗文化沒有哪個地方比中歐更根深柢固的了。揚納傑克、巴爾托克。因此，音樂史本身便把歐洲民俗音樂的古老基底和新輸入的爵士樂放在互相平行的位置上了。這兩股源頭不分軒輊，共同促成了二十世紀嚴肅現代音樂的產生。只是，對於廣大群眾的音樂來講，趨勢的發展就不一樣了。歐洲民間的古老曲調並沒有留下任何痕跡。這裡是爵士樂獨大的領域。也正是我們任務開始的地方。

沒錯，那正是我們的信念。在我們民俗音樂的根源裡蘊含著的力量和爵士樂根源裡包藏的同樣。爵士樂有自己獨特的旋律，其中不斷透露出古老黑人曲調的原始六和弦。我們的民俗音樂也具有自己獨特的旋律，而且就調性而言要更複雜多樣。爵士樂具備一種節奏上的原創性，其中那令人驚羨的複雜性是幾千年來的非洲達姆達姆鼓鼓樂文化所孕育而成的結晶。相同的，我們民俗音樂的節奏也是別處無處尋的。最後一點，爵士樂是以即興創作為主的音樂，可是我們那些鄉村的小提琴師幾乎不會看譜，他們的創作可也是即興式的。

路德維克補充道：我們的音樂和爵士樂畢竟有一個很大的異處。爵士樂會演進而且改變得很快。它的風格是恆常處於動態之中的。從紐奧爾良的複調音樂開始，經由搖擺舞音樂，再到以節奏急速瘋狂為特徵的「咆勃爵士」，這條路走的是陡峭的急升坡。紐奧爾良的爵士樂派就算做夢做得再離奇也無法想像今天爵士樂的和聲方式。我們的民俗音樂幾個世紀

9. 史特拉汶斯基（Stravinski,1882-1971）：俄國作曲家，後取得法國、美國國籍，是二十世紀前期最有名的音樂家。
10. 何內克（Honegger,1892-1955）：瑞士作曲家，從《聖經》汲取許多創作靈感。
11. 米約（Milhaud,1892-1974）：法國作曲家。

以來就像睡美人一樣。得要由我們去喚醒她。她必須要走進今天的生活，然後跟著一起演進。就像爵士樂那樣。不斷脫胎換骨，但依舊保有自己原來的節奏與旋律，它得要在自己的風格中發展出日新月異的階段。這不容易。是項艱鉅的任務。只能在社會主義的框架裡方能完成。

我們反駁道：這又干社會主義什麼事？

他搬出一套理論給大家開了眼界。舊日鄉下人的社區群體意識很強，村莊裡從年初到年尾都有各種儀式慶典做為生活道路的路標指示。民間藝術是依存在這些儀式慶典裡的。在浪漫主義時代，當時的人想像，靈感降臨在田野中的村姑身上，於是一首歌曲便從她的唇間流瀉出來，好像清泉從岩石間湧現一樣。可是民俗歌謠產生的方式和學院派詩歌產生的方式是迥異其趣的。詩人寫詩是為了表達自己，是為了訴說只在他心裡才有的感受。但在民間歌謠中，大家講究的不是出鋒頭，而是和群眾融合成一體。它的成長好比石鐘石筍一樣。水滴一滴一滴下來，新的主題、新的變體才會累積生成。人們將它一代傳一代，每一個歌者都賦與它一點點新的東西。每一首歌曲所以都有數不清的創作者，而所有這些創作者都謙遜地隱匿在自己的創作後面。沒有任何一首民俗歌曲是以自我完足的方式存在的，它有它非常精確的功能。有些用來慶祝婚禮，有些用於慶祝豐收、聖誕或者收割草料，有些則是伴隨舞蹈或者用於喪禮場合。甚至離開某些特定的習俗以外，情歌就沒有存在的空間。比方黃昏閒步、窗下的小夜曲、求婚等等，這些都是集體儀式，歌曲在這其中早有定位。

資本主義破壞了這種集體生活。民間藝術因此喪失了它的窩巢，它的存在理由，它的功能。有人嘗試讓它恢復昔日活力，但那注定是徒勞無功的，因為在現代社會中，個人只為自己而活，和他人的距離是遙遠的。現在社會主義要將人們從孤寂的桎梏中解放出來。他們將生活在新的群聚形態裡。大家因為休戚與共而緊密結合起來。他們的私生活從此要和公共生活融為一體。他們將被一連串的新儀式統攝起來。有些是向過去的歷史借鏡：豐收慶典，夜間舞會以及和工作有關的習俗。有些則是首創：五一勞動節的慶祝活動，各種會議，解放紀念日，各種集會等等。人民的藝術將到處能夠找到定位。它要到處發展起來，不斷蛻變，不斷更新。總而言之，我們能不能想像那番景象呢？

實際上，以前那些不可置信的事現在都要成真了。回顧歷史，誰能夠像共產黨執政的政府一樣，為民俗藝術奉獻如此多的心力？它挹注鉅額預算，催生新的藝術團體。民俗音樂的代表樂器，小提琴和洋琴的演奏，每天打開收音機隨時收聽得到。摩拉維亞的歌曲進入了大學校園，五一勞動節的慶祝會上聽得到，年輕人辦的小型舞會以及官方的盛宴上都聽得到。不僅爵士樂完全從我們國土上消失了，而且它還成了西方資本主義以及它那頹廢品味的象徵。年輕一代的人揚棄探戈和博基沃基這種低音連奏的爵士樂鋼琴曲，轉而熱中把手搭在左右夥伴肩上，圍起圈圈一起唱個痛快。共產黨處心積慮要創造另一種新的生活方式。它仰仗的是史達林關於新藝術的那一番出名的講話：國族的軀殼，社會主義的靈魂。這所謂「國族的軀殼」你若不在民俗藝術的音樂、舞蹈和詩歌裡找，那你注定找不到其他的東西。

我們的樂團於是也隨著國家的大政策搖擺起來。不要多久，它已經成為全國家喻戶曉的團體，而且舞者和歌者等的團員數目也多了起來。總之，它搖身一變成為一個龐大的表演組織，演出了數以百計的場次，而且每年都固定遠赴國外獻藝。我們不僅以舊腔演唱那首敘述一個盜匪殺死他情人的歌曲，還可以歌聲展現自己創作的歌曲，例如關於史達林或是歡慶農場豐收的作品。我們唱歌的目的不只在回憶過去，其實也在關懷當代的歷史，是歷史的見證。

共產黨支持我們的表演。而我們早先在政治立場上採取的緘默態度也很快就消失了。我本人在一九四九年年初加入共產黨，團裡的夥伴也一位接著一位步上我的後塵。

7

不過，我們依然維持朋友關係。那麼我們最早的猜忌是什麼時候開始的？

我當然知道。而且知道得很清楚。是我婚禮的那一天。

我在布爾諾的音樂高等專校學習小提琴，同時也在大學研讀音樂學課程。到第三年，我覺得自己不再像以前那樣自在逍遙。在家裡，父親的病情每下愈況。他發作了腦溢血。命是救回來了，但日後的生活起居必須格外小心。他那孤獨淒涼的狀況在我腦中盤旋不去。要是他再發生事情，恐怕連拍電報給我都做不到。每個星期六我都是懷著戰慄回家，然後星期一早上又滿心焦慮地離開。有一天，我終於再也克服不了焦慮。星期一它整天折磨我，隔天星期二情況更糟，到了星期三，我把自己的家當全丟進皮箱，到房東太太那裡結清房租，告訴她我要搬走，不回來了。

如今我仍然清楚記得從車站回家時路上的情況。我的村子離城市不遠，從城裡回家得先穿越一片田野。那是秋日的黃昏時刻，風吹著，田畦間有幾個小孩將風箏扯上了天空。風箏在天空中搖搖擺擺，連繫它的線似乎綿長不絕。這種經驗我以前也有，父親曾經幫我做過一只，接著陪我走到田野，將它放開然後拉著線直往前跑，以便氣流鼓動那隻紙鳥並且將它高高揚起。其實我對這事興趣缺缺。父親反而比我還樂。這幕情景湧上腦際，我的心中頓時萌生溫馨之感，於是不禁加快了腳步。我突然覺得，父親是將風箏放飛到母親那裡去的。

我始終想像母親住在天上。其實，我已經不再相信上帝，相信永生等等的事情。這和信仰無涉，而與想像有關。我不知道為什麼要放棄。沒有它，我就會覺得自己好像孤兒。伏拉絲塔責備我，說我不該做白日夢。她覺得我似乎不能認清事情原本的面目。其實不是，我當然能直視事情原本的面目，只是除了那層肉眼可見的東西以外，我還感受到其他的。想像的存在可不是徒勞無益的。有了它，我的家庭才讓我有種真正在家的感覺。

我從來不認識母親。也就是說，我從來沒有為她哭過。一想到她那樣年輕美麗而且住在天上，我不禁就暢快起來。哪個小孩的母親像我母親那樣年輕？我喜歡想像聖彼得坐在一張小凳上，向小窗戶外張望地球的模樣。母親經常到這扇小窗旁和聖彼得一起。因為她年輕貌美，聖彼得甘心為她做一切事。他准許母親向窗外張望，於是母親看到我們。我和父親。

母親從不曾以愁容示人。正好相反，當她從聖彼得的小窗戶張望我們的時候，她經常是笑著的。活在永生中的人是不知憂愁為何物的，因為這種人知道塵世的生命只如一秒般短暫，而且家人重逢團聚的時刻近了。可是當我去了布爾諾以後，拋下父親獨自住在鄉下以後，母親的臉龐似乎愁眉不展而且很有責怪我的意思。而我，我決心要和母親和睦相處。

所以，我加緊步伐朝家裡走去，同時一面看著定定穩在天空的風箏。我很快樂，對於自己毅然拋下一切這事，我是一點也不後悔的。當然，我眷戀小提琴和音樂學研究，只是我並不急著要成就什麼事業。再如何地飛黃騰達也無法和回家的快樂比擬。

當我向父親鄭重表達不再回去布爾諾的決定時，他把臉都氣紅了。他不准我因為他而放棄我所追求的東西。不得已我只好編出成績不好而離開學校的謊言。他終於相信我的說詞，只是氣不但沒消，反而更憤怒了。不過他的反應並沒有太讓我難過，何況我可不是回家來過大少爺生活的。我重新回到我們的歌舞團，負責首席小提琴的工作。此外，我還在市立音樂學校覓得小提琴教師的工作。因此我還是投身在自己喜歡的事業裡。

對於伏拉絲塔而言也是這樣。她住在與我們毗鄰的村子，她的村子和我們的一樣，如今都成了城市的郊區部分。她在我們的歌舞團裡擔任舞者的工作。我是在布爾諾學習的那段日子裡認識她的。自從回鄉之後，我很高興幾乎每天都能和她見面。但真正的男女之情是在稍後才產生的。出乎意料之外，那是她不幸跌倒摔斷腿那一天的事。我將她抱在懷裡，送上人家緊急召來的救護車裡。我感受到她的身軀，纖巧的，脆弱的，瘦長的。突然，我驚訝地意識到自己身高一百九十公分，體重一百公斤，壯得可以砍倒橡樹，而她卻是如此脆弱，如此脆弱。

那是靈光一現的時刻。在伏拉絲塔那個受了傷的小小身軀上我彷彿突然看見另外一位人物，比起她有名得多的人物。為什麼我先前沒有注意到這個？伏拉絲塔不就是無數民俗歌謠裡的那個「可憐的女僕」！那個除了正直坦蕩以外，其他一無所有的女僕，那個遭人羞辱的女僕，那個衣著寒傖老舊的女僕，那個無怙無恃的女僕。

當然，也不完全就是那樣。她的雙親健在，而且一點都稱不上貧窮。可是因為他們的富農身分，因此新時代新政權便加緊了對他們的箝制。她眼裡噙著淚水前來團裡參與綵排已經不是什麼稀罕的事。因為身分是富農，政府要求她父親上繳數量可觀的農產，而且經常徵用他的曳引機和其他農用機具。有人甚至威脅著要逮捕他。我很同情伏拉絲塔，下定決心要照顧她，照顧那個可憐的女僕。

自從我因為一首歌的歌詞開導而認定她之後，我彷彿開始模仿了一段已經發生過千百次的愛情模式，彷彿在演奏一首年湮代遠以前便寫好的曲子。彷彿是這些歌曲在唱我。我在這音響的浪濤中隨波逐流，我夢想結婚。

婚禮舉行的前兩天，路德維克連招呼也不先打一聲就來了。我興高采烈地迎接他，並且立刻讓他分享我的好消息，同時補充說道，既然他是我交情最深厚的朋友，那麼就指望他來擔任我們的證婚人。他說沒有問題而且來了。

歌舞團的夥伴們堅持要替我辦一場經典的摩拉維亞式婚禮。約定的時間才剛到，他們就全體出現在我家了，一律打扮齊整還帶來樂器。有一位年紀五十開外的洋琴大師也來祝賀，他是男儐相中年紀最大的一位。「族長」的角色便由他擔任。父親先請每位來賓享用李子烈酒、麵包和醃肉。接著，族長做了個要大家肅靜的手勢，然後以洪亮的聲音朗誦道：「尊貴的少男和少女，各位先生女士！我邀請你們來這地方，因為這家的年輕人請求我們陪他到未婚妻家的家中，那高貴的少女……」

「族長」是整個儀式的樞紐角色、靈魂人物。十個世紀以來一向如此。新郎一直都不是自己婚禮的主角。他不是自己結婚，是人家替他結婚。婚姻襲奪了他，像一道高高浪頭捲了他去。他不用做什麼，不必說什麼，族長自然會取代他的位置。甚至不是族長，而是祖先遺下的傳統將人一個一個囊括進去，以它那溫柔的長流將你浮載而去。

在族長的帶領下，我們出發到我未婚妻的村子裡。大家穿越大片田野，而我的朋友們則一面行走一面奏樂。在伏拉絲塔家門口，她的親朋已經盛裝站著等待我們。族長高聲宣告：「我們是疲倦的旅者。諸位慷慨大方，請讓我們進入你們清白的家門。」從門口站立的一群人當中閃出一位老者。他說：「如果各位是誠實人士，那就歡迎你們！」然後便邀請我們進入室內。我們也就一言不發湧進裡面。族長剛才僅介紹我們是疲倦旅者，一開始並不明講我們造訪的真正的意圖。代表女方說話的那位老者於是鼓勵我們道：「要是各位心裡有話不吐不快，那就請講！」

於是我們的族長便開口說話，但用的是拐彎抹角，像謎面一樣的語言，而女方和他對話的老者也是以同樣的方式說話。等到兜了一個大圈子以後，我們的族長總算把來意說出來。而對方那老者則提出一個問題：「可親的弟兄，我請教你，為什麼這位誠實的求婚青年想娶我們清白的女孩為妻。是為了花還是為了果？」族長答道：「所有人都知道，花開燦爛，大家看了高興。可是花朵終要凋謝，果子相繼產出。因此新娘我們不當花看，而當果子對待，只有果實方能令人飽足。」

這種對話又進行了一會兒，最後女方的老者才下結論：「如果這樣，我們去把新娘請出來，看她同不同意。」說完這話他就走進隔壁的房間。片刻之後，他手牽著一位女子走了進來。她的身形瘦削修長，甚至可以稱得上是皮包骨，她的臉上遮了一條面巾。他說：「看，這就是你的新娘子！」

只是，族長搖了搖頭，而我們大家則異口同聲高聲表達不同意的立場。那位方才吹噓得有點過火的老者不得不把那位覆蓋頭巾的女子再領進隔壁房間。接著，他才將伏拉絲塔引導出來。她足蹬黑色靴子，身著鮮紅色的圍裙以及顏彩亮麗的開襟短背心，而頭上還戴著一頂編織而成的冠冕。在我眼裡她美極了。老者牽起她的手並將它交在我的手裡。

接著，老者轉身面對新娘的母親，並且用嗚咽的聲音喊道：「哦，你這做媽媽的啊！」聽見這話，我的新娘子將手從我的掌握中收回去，然後臉孔朝下五體投地跪倒在她母親面前。老者繼續說道：「親愛的媽媽呀，原諒我做的錯事！可敬的媽媽呀，看在上天分上，原諒我做的錯事！尊崇的媽媽呀，看在耶穌身受的五處傷口，原諒我做的錯事！」

我們見識的是千百年前的文本。文本如此美，如此引人入勝，而這一切都是真實的。接著，音樂重新奏起，我們重新上路朝城市的方向走去。公證結婚的儀式在市政廳裡舉行，始終有人奏樂助陣。最後，眾人去用午膳。下午，所有人都盡情跳舞。

到了晚上，幾位女儐相將伏拉絲塔頭上那頂用迷迭香編織而成的冠冕摘下，然後嚴肅正經地將它交在我的手上。她們著手將伏拉絲塔那頭放散了的頭髮編成辮子，並且將它盤在頭上，最後替她戴上一頂下巴下有扣帶的合適女帽。這套儀式象徵從女孩階段進入婦女身分。當然，伏拉絲塔很久以來就已不是處女。因此，她其實不能被戴上冠冕這個象徵。不過，這在我看來似乎一點都不重要。重要的意義在於她是在女儐相將她的冠冕交給我的那一刻才真正脫離處女階段的。

天哪，為什麼這頂小小冠冕給予我的感動要遠遠勝過我和她初次的經驗？比她當時所流的血更加真實？我不明白，但事實就是如此。婦女們不停歌唱，那頂小冠冕在她們的歌聲中順著水流而去，水流將它上面的紅色緞帶給解開了。我想哭，當時我已喝醉酒。我看著它，那頂漂浮的冠冕，小溪將它推進小河，小河將它推進大河，大河將它推進多瑙河，最後多瑙河再將它送進海裡。我看著那頂象徵童貞的冠冕漂離，從此一去不再復返。是的，一去不再復返。生命中所有最重要的局面都是一旦發生就不再回頭。一個人要真正做一個人，那麼他就必須完全明白這一去不再復返的道理。不可自欺欺人。不可佯裝搞不清楚這種狀況。現代人會自欺欺人。他們竭盡所能繞行過所有一去不再復返的重要時刻，因此從出生到死亡便可什麼都不用付出就能度日。來自群眾的人就比較誠實。他一面歌唱，一面走向生命每個重要局面的最深處。當伏拉絲塔的血玷污了那條我放在她身軀下面的毛巾時，我並非不明白那便是一去不復返的重大時刻。可是只有等到儀式和歌唱舉行的過程中，那個一去不復返的觀念才真正鮮明烙印在我心中。女人們唱起離別的歌曲。等等，等等，我的情人，讓我和媽咪道別吧。等等，等等，止住馬的腳步，我的妹妹哭得傷心，得撇下她，多難過呀。再會，再會，我親愛的同伴們啊，我這一去再也不回頭了，我永遠離開了。

然後，夜色越來越深沉，同行的人陪伴我們一直走到我們的房子。

我打開大門。伏拉絲塔站在門邊，最後一次回首看著她那些聚集在門首的朋友。其中一位便開始唱起婚禮最後的一首歌：「她站在門首，看起來多嬌美呀，玫瑰，我小小朵的玫瑰。她跨過門檻，我的小玫瑰花，她的風姿遮掩掉了，枯萎掉了。」

然後，我們背後的大門關上了，只剩下我們這對新人面對面站著。伏拉絲塔才二十歲，我的年紀也沒長她太多。我在心裡自語，她剛剛跨過了門檻，而且從這個神奇的一刻開始，她的風姿魅力就要從她身上消逝，好像枯葉離樹那樣。我在她身上看到那即將凋萎的樹葉。樹葉注定開始要飄零了。我在心裡自語，那一時刻她不過是一朵花，但是在那時刻，未來的果實已經在她裡面萌發。在這一切當中，我感受到那無法逃避的秩序，而且自身與它混同起來，同意它的君臨。我當時還不認得伏拉德米爾，因為他還沒誕生，可是我已經開始想著他，而且透過他，我彷彿看見遙遠未來他的子子孫孫。然後，我和伏拉絲塔躺上了床，而我的心中感受到，似乎是人類族群那無止無境的未來將我們兩個人擁入它那柔軟的臂彎。

8

我婚禮那一天，路德維克對我做了什麼？可以說什麼也沒有。他的表情冰冷，嘴巴閉得緊緊的，非常怪異。下午大家在跳舞的時候，有人問要不要拿一支單簧管過來給他。大家很想和他合奏，他拒絕了。才過一會兒，他就悄悄溜掉了。我真是的，那時有點醉意，所以正好完全沒注意到。只是到了隔天，我才發覺他的不告而別好像是前一天婚禮美中不足的小污點。我血液中的酒精濃度漸漸變淡，可是這個污點似乎越變越大。而伏拉絲塔的負面感受又比酒精的因素要強。她從來不曾喜歡過路德維克。

先前我向她建議可以找路德維克來當我們的證婚人，那時她看起來就已經是意態闌珊了。所以婚禮的隔天，她就更有理由提醒我這個朋友的行為舉止。說他從頭至尾板著一副臭臉，好像所有人都和他過不去似的！自大的傢伙。

婚禮隔天晚上，路德維克過來拜訪我們。他帶了一些小禮物給伏拉絲塔，順便表達歉意。他請我們原諒他，因為前一天他真的渾身都不對勁。他告訴我們他自己的遭遇：被開除黨籍又被退學，而且對於未來一片茫然。

我簡直不敢相信自己所聽到的，同時也不知道該如何回答才好。不過路德維克也不願意聽見別人同情可憐他，所以急著將話題岔開。我們的歌舞團在那之後的十五天便要出發到國外進行巡迴表演，對於我們這些鄉下人來講沒有什麼比這更令人歡欣鼓舞的了。路德維克開始詢問這趟旅程的細節。那個時候我才想起，路德維克打從孩提時代便幻想能到國外旅行，如今受制於他的遭遇，美夢似乎沒有成真的機會了。政治立場可疑的人，邊境海關是不會輕易放行的。那時我了解到，從此我們兩人各自的命運將是天淵之別了。因此我不可能再那樣興高采烈大聲談論我們巡迴公演的事，唯恐一下子將已然在我們各自命運間開鑿出來的鴻溝照得透亮。我擔心嘴裡吐出的每個字詞都有將那鴻溝照明的危險，可是我很難得發現哪個字詞是不會達成那效果的。再簡單的隻字片語，再如何和我們各自生活無關緊要的閒扯都在證明日後我們的生命軌跡將是南轅北轍的。我們的期待，我們的未來從此就像一東一西的岔路再也碰不到頭，因為方向全相反了。於是我試著談些不關痛癢的無聊話，但這更糟，談話中故意扯進雞毛蒜皮的事，它的意圖立刻昭然若揭，結果連閒聊也成了苦差事。

路德維克告辭離去。他自告奮勇擔任我們城外某處的工作，而我則率領我們的歌舞團到國外表演去了。從此之後，我有好幾年的時間再也沒見到他，但曾經寫一、兩次信到奧斯特拉瓦他的軍營裡給他。在我們最後一次的談話後，我心裡頭始終有個不滿意不踏實的感覺。我沒有辦法正視路德維克敗落；同時對於自己的成功感到慚愧。要我從自己功成名就的高點向一位老朋友說出鼓勵憐憫的話，那對我來講是難以承受而且不堪的。我寧可裝出在我們當中一切都如往常的樣子。我在信中向他鉅細靡遺地描述我們的活動經歷，比方何時歌舞團裡又添了新血，比方新來的洋琴手表現如何等等。這個只隸屬於我的生活圈子，我誠懇向他描述，好像它依舊是我們共同的一樣。

後來有天，父親收到一封訃聞：路德維克的母親與世長辭了。我們這一群人當中誰也沒料想到她生重病。就在路德維克從我生活的地平線消失後，她也旋即消失。我手裡拿著那張印了黑邊的訃聞，心裡明顯感受到，對於那些從此偏移出我生命軌跡的人，就算偏移的距離不是很遠，我對他們再也沒有深刻感受。我算功成名就，但心裡有份罪惡感。接著，我又發現一件令我相當激動的事實。訃聞下方的親族表裡居然只列了庫戴基夫婦的名字。沒有路德維克的名字。

到了舉行葬禮的那一天。那天早上我的心裡驀地生出恐慌，因為我想到應該會看到路德維克。可是他並沒有露臉。棺木後面只跟著寥寥幾個人。我向庫戴基夫婦打聽路德維克的下落，但他們只聳聳肩，回答我說一無所知。那一小群人陪著靈車停在一座華麗的墳墓旁邊，裝飾的是厚重的大理石板和白色的天使雕像。

因為政府已將那位富有企業家所有的財產充公，所以現在只能靠菲薄的津貼過活。庫戴基先生唯一還擁有的便是這座有天使像裝飾的家族墓穴。這點我是知道的，但是我仍不明白，為什麼要勞師動眾，把棺木運來此地下葬。

我直到很遲以後才知道，在那時候路德維克已經入獄。在我們城裡，只有他母親知道這件事。等她一死，庫戴基夫婦就霸佔了他們這位不討人喜歡的嫂嫂的遺體。這麼一來，他們總算可以報復那個忘恩負義的外甥。他們把他的母親奪走，將她藏在冷硬厚重的大理石鋪就的、上頭還有天使看守的墓穴裡。從那時起，那尊蓄著鬈髮，手裡拿著樹枝的天使就不停在我腦海中盤旋。天使在我那位生命被蹂躪的朋友頭上飛來飛去，從我朋友手中劫走一切，包括他父母的遺體。那是劫掠天使。

9

伏拉絲塔並不喜歡荒謬的行為舉止。晚上一個人懶洋洋坐在花園的長凳上便是一項荒謬的事。我聽見玻璃窗上響起用力的敲打聲，窗戶後面站起了一個女人樸實無華的身影。我服從了，我是無法和最弱的人拮抗的。正因為我身高一米九，單手可以擎舉一百公斤的袋子，我從來沒遇到過我可以和他唱反調的人。

於是，我回房睡在伏拉絲塔的身邊，並且不經意地說出我遇見路德維克的事。她故意裝出毫不在乎的口吻說道：「那又怎樣？」她究竟沒能消化掉對路德維克先入為主的看法。一直到今天，她都沒辦法忍受我這位朋友。其實話說回來，她也沒什麼可以抱怨的。自從我們結褵以來，她總共也才見過他一次而已。那是一九五六年的事。那一次，我再也沒有辦法掩飾那條將我們分隔兩邊的鴻溝。

那時，路德維克已經服完兵役，坐過監牢，而且在礦場裡工作過幾年了。他希望能夠重新回到布拉格唸書。現在他回來我們城裡，為的只是到警察局裡辦理一些必要手續。一想到可能要再和他重敘舊誼，我的心裡就慌。可是出現在我眼前的竟然不是一個身心俱疲，只會哼哼唧唧的人。完全相反，這個路德維克和我以前認識的路德維克根本判若兩人。在他身上我看出粗礪的成分，堅毅的成分，或許再加上一點靜默吧。渾身上下沒有什麼該讓你可憐他的。我感覺到，似乎我們可以毫不費力就跨越那道令我膽戰心驚的鴻溝。我急著要和他重續往日的友誼，於是便邀他去觀賞我們歌舞團的彩排。我一直認為，那歌舞團也還一直是他的歌舞團。洋琴手換了人，第二提琴手換了人，甚至演奏單簧管的人也換了，可是那根本不重要，只要我還是歌舞團的靈魂人物就好。

路德維克搬來一張椅子然後靠近洋琴坐了下來。我們演奏自己最喜歡的歌曲做為開場，也就是高中時代我們經常一起練習的那幾首。接著再嘗試一些新的，都是我們去山腳下的村落採集回來的。接著便是我們最感驕傲的那幾首了，這次我們彈的倒不是真正傳統的歌謠，而是我們以傳統民俗曲風新編的作品。於是我們唱到一望無際的合作農場，唱到如今當家做主的舊日貧戶，唱到合作農場令其衣食無虞匱乏的曳引機操作員。這些歌謠的音樂和真正的民俗音樂旋律並無二致，只是其中的歌詞簡直比報紙上的文章還具有時事性。在這套集錦裡面，我們最喜歡的莫過於獻給福西克的那一首，獻給在納粹鐵蹄下被德國人施以酷刑的民族英雄。

路德維克坐在他那張小椅子上，視線跟隨著洋琴手的木槌而移動。有時他給自己斟上點酒。我從眼前樂譜架的上方觀察他。他很專注，一次也沒有抬頭向我這邊張望。

接著，樂手們的太太一個接一個地進入彩排場地。這意味著，彩排已經結束。我提議請路德維克陪我返家。伏拉絲塔給我們準備吃的，然後留我們單獨相處便去睡了。路德維克天南地北地聊，看他談得頗有興致，我一時竟不忍插嘴講出我想講的。可是怎麼能夠不對我最要好的朋友提起我們兩個人最珍貴的共同寶藏呢？於是我打斷了路德維克的東拉西扯。你覺得我們的歌曲如何？路德維克回答每首他都喜歡。但我可不願意聽這種了無新意的客套話，我又往深裡問。他對於我們自己創作的舊調新曲感受如何？路德維克避開這個話題，可是我一步一步逼近，硬是要他回答，最後他不得不表達意見。少數那幾首傳統民俗老歌真可說是美不勝收。至於其他的曲目則令他聽了涼掉半截，他說我們太過趨附流俗了。這也無可厚非，我們在廣大群眾面前表演，拿出來的東西本應取悅他們。還有，他說我們腐蝕掉了傳統歌曲中獨樹一格的特徵，以流行的格律去取代無法模仿的節奏。我們向歷史汲取的東西是最膚淺的，因為這個比較容易引起大眾迴響。

我提出反駁，說我們的團體還處於萌芽階段而已。開始的首要工作便是推廣民俗歌曲，讓最多的聽眾能夠接納它。這也就是為什麼我們要照顧大部分人的習慣和品味了。重要的是，我們已經成功創造一種「當代」的民俗藝術，許多新的民俗歌曲，敘述我們現代生活的歌曲。

路德維克並不同意。聽這些歌，他的耳朵彷彿要被扯裂了。多可悲的代用品！多虛假的事！

今天回想起來，我心裡仍舊是不舒服的。是誰曾經威脅警告我們，如果一味要回頭去看，就會落得羅特之妻的下場？又是誰告訴我們，將會有代表時代的新風格從人民的音樂脫胎出來？又是誰勸誡我們一定要推動刺激民俗音樂，以便強迫它和當代的歷史肩併著肩走？

路德維克回答，這些不過是烏托邦式的理想。

什麼，烏托邦式的理想？這些歌曲已經創作出來！它們已經實際存有！

他當著我的面嘲笑起來。你們的歌舞團演唱這些歌，可是一出了你們的歌舞團，告訴我還有哪一個人會哼唱起來！找看看有沒有哪一位合作農場裡的成員會為了自娛哼唱它的，那些為了榮耀合作農場所做出來的老調！他們聽了恐怕要扮起鬼臉，因為這些歌曲聽起來多麼虛假！那種教條式的歌詞和那種偽民俗音樂搭配起來就好像剪裁不合宜的領子一定會翻翹起來的。一首獻給福西克的假摩拉維亞歌曲！這對常識情理是多麼不客氣的挑釁啊！一個布拉格的記者！他和摩拉維亞能有何種交集？

我抗議道，福西克是所有人的福西克，而我們也有權利按照自己的方式來歌詠他。

你說什麼，用我們的方式是不是？你們用煽動宣傳的方式唱，而不是用什麼「我們的」方式唱！你自己回想一下歌詞的內容吧！先問你，為什麼要作一首有關福西克的歌曲？難道抗德英雄裡只他一個人了？納粹難道沒折磨其他的人？

可是就屬他最有名氣！

當然啦！黨的宣傳機器對於那些偉大的殉國者總要理出一個好的順序。在諸多的英雄裡面總要有個英雄頭頭。

這種挖苦話究竟有什麼作用？每個時代不都有它的象徵？

就算這樣好了，可是有趣的是，究竟是誰會被揀選出列做為象徵？和福西克一樣勇敢的不下好幾百人，可是他們全被遺忘掉了。而這些人通常也是了不起的人物：政治家、作家、學者以及藝術家。人家就不把他們當成象徵加以看待，他們的相片沒有掛在書記處或者學校的牆壁上。然而，他們通常留有一番作為。但是正是這些作為令人難堪。人家很難刪減它、歸納它，將它加以剖析。令宣傳的英雄榜難以決定的正是那些作為。

他們當中沒有誰寫出像《絞刑架下的報導》的書！

那就對了！怎麼處理緘默無語的英雄？誰不會用有生最後一刻推出壯觀的場面？為了日後宣傳用的嗎？福西克儘管沒有任何遺作流傳下來，但他認為有必要讓世界了解他在苦牢裡想些什麼、感受什麼、經歷什麼，那是他要傳達給世人、叮囑世人的。這些內容，他都記錄在極小張的紙條上，那些幫忙將之夾帶出去的人可是冒著生命危險的，只為將福西克的訊息送到安全可靠的地方保存起來。他對於自己的思想和印象賦與多高的價值，寄予多厚的希望！他對自己本身看得有多重要！

說到這裡我無論如何再也受不了，福西克難道只是一個自以為是到發臭的人？

路德維克像極一匹亢奮馳騁的馬。不是，驅使他寫作的動力倒不真是自命不凡的心態，主要是他很脆弱。因為人在沒有見證、沒有他人贊同、與自己面對面的孤立狀態下還得勇敢起來，那是需要無比力量與極大自尊的。福西克需要群眾的支援。在監獄的孤獨中，他至少可以造出一批想像的群眾。他需要的是被人注意！以他人的掌聲來鞏固自己！沒有真實的喝采，只好用想像的掌聲來湊數！將他的牢房轉化成一個重要場景，只有展露這個場景、炫耀這個場景，他才能夠承受得住自己的命運。

我對路德維克的沮喪氣餒、對於他的尖刻火氣早有心理準備。可是這股憤怒，這種惡毒的嘲諷倒是出其不意將我震懾住了。福西克這位殉國者到底哪裡對不起他？我在福西克身上看到一個忠於自己思想的人格，他的聲譽是他應得的。我知道，路德維克蒙受了不公正的懲罰，可是這樣，他的偏見就更嚴重了！因為他意見立場的善變就更明顯了。一個人難道可以只因為自己的生命遭受冒犯就全盤否定既有的態度？

這些想法我並沒有當著路德維克的面說出來，接著又發生了令我意外的事。路德維克沒再回答我的反詰，彷彿那一陣怒潮突然離開他似的。他只是張著一對驚訝的眼睛打量我，然後壓低聲音平靜地要我不要生氣。他說也可能是自己的認知有誤。他用如此怪異的論點表達思想，言語如此冷漠無情，以至於他心底缺乏誠摯的狀態在我看來已經到了明目張膽的地步。我不願意看見我們之間的談話竟然以這種心口不一的方式收尾。儘管我的心裡生出一陣苦痛，我還是堅持對他的初衷不變。我誠懇地要向路德維克解釋，想要恢復我們最早的友情。儘管意見的碰撞如此劇烈，我依然期待在理念冗長的廝鬥之後，彼此心裡仍舊存有一小方共同的角落，昔日風和日麗的角落，我們還能一起回去栖息的角落。誰曉得，我渾身解數用於維繫談話的努力根本付諸東流。路德維克開始連聲道歉起來：他再度屈服於自己好誇張的癖好之下。他請求我忘掉他先前所說的話。

忘掉？為什麼要忘掉一場正經對談所說的話？雙方的靈感都挑起來了，繼續再談不是更好？直到隔天，我才看出路德維克那要求背後所蘊藏的含義。他在我家過夜又吃了早餐，之後，我們大約還有半小時的時間可以閒聊。他提到最近的奔走遇上一些困難，為的是要在未來的兩年裡完成大學未完成的學業。他被開除黨籍，這件事對於他的生命是多麼深的烙印。到處人家都對他流露不信任的態度，現在只能借助他被開除黨籍前結識的少數幾位朋友，或許他還能重新坐回大學的課室。接著他又提到幾位處境和他一樣的朋友。他敢保證，那些人一定被人監視，而且一言一行都被詳細記錄下來。還有他們周遭的人都被訊問，要是哪個證人心懷惡意或是證詞說得過火，那麼他們可能要多惹上好幾年額外的麻煩。然後他話鋒一轉又開始聊起一些雞毛蒜皮的事，最後，分別的時刻到了，他鄭重說了能與我重逢是多麼愉快的客套話，並且一再叮嚀不要在意他前一天說過的話。

他對我的這項請求以及他描述他那幾位朋友所遭遇的麻煩，其中的脈絡關係實在太清楚了。這點著實讓我嚇了一跳。路德維克不再敞開胸懷同我說話，因為他恐懼了！他擔心我們談話的內容會被洩漏出去！他怕被人告密出賣！他害怕我！太恐怖了。而且——我又意識到——一切都在意料之外。我們之間的深淵比我原先預估的要更深，深到連圓滿結束一段對話都是奢想。

10

伏拉絲塔已經睡了。可憐的小寶貝，她有時候會輕微地打鼾。家裡的一切都入眠了，我也躺平下來，高大壯碩的身軀，但意識到自己多麼乏力。這一次，我所經歷的是極殘酷的感受。以前我很容易輕信事情，以為一切都可以控制在我的手裡。路德維克和我，我們彼此不曾傷害過對方。只要加進一點善意，什麼會妨礙我重新成為他的密友？

結果事實勝於雄辯，這件事不是我掌握得了的，我們的關係要親近或要決裂都不是我作得了主的，於是我把它交在時間的手裡。光陰流逝，自從我們上次碰面又過了九個年頭了。路德維克終於完成學業並且以科學工作者的身分覓得一份極佳的工作，而所在的領域又是最令他感興趣的。我默默地在遠方陪伴他的前途命運。我懷著真誠關懷陪伴，我從來沒有將路德維克視為敵人或是怪異分子。他是我的朋友，只是心裡像著了魔。好像換新了的童話版本，其中王子的未婚妻被變成了蛇或蟾蜍。在童話故事裡，王子忠實的耐性最後終將挽救一切。

可是在我這裡不是這樣，時間並無法將我的朋友從著魔狀態中解放出來。這幾年來人家跟我說他曾多次回到我們這城市，可是他沒有任何一次來造訪我家。今天我在街上看到他，而他居然避開我。該死的路德維克。

自從我們最後一次對話之後一切才真正開始。年復一年，我感覺自己的四周浮現越來越大片的空虛荒蕪，而且心中焦慮的種子萌發了。疲乏一步一步進逼我，而歡愉和成功一點一滴流逝。以前，歌舞團照例每年要到國外進行巡迴表演，接著，演出的邀請越來越少，直到現在幾乎沒有人要我們去了。我們孜孜不倦地工作，付出加倍的努力，可是四周一片死寂。我留在空無一人的表演廳裡，彷彿是路德維克下了我該單獨一人的命令。因為迫使我們忍受孤獨的不是敵人而是朋友。

從那個時候以來，我越來越習慣獨自避開人群來到這條泥土路上，這條兩邊毗鄰小塊田地的鄉間路上。從這條路上你可以看見野地的斜坡上長了一棵犬薔薇。在那裡，我找到最後幾個忠心的夥伴。其中有一位隨隊遊走的逃兵，有一位流浪的音樂家。此外，在地平線的那一邊還有一棟木造房舍，裡面住著伏拉絲塔——那可憐的女僕。

那位逃兵稱呼我為他的國王，而且發誓我不管什麼時候都可以逃避到他那裡，受他保護。我只需要走到那棵犬薔薇的旁邊。他一定會來赴約的。

乾脆遁入想像的世界裡，多麼簡單便可重拾平靜！可是我始終嘗試著同時生活在兩個不同的天地中，不會因為其中一個而捨棄另外一個。我沒有權利離開現實的世界，儘管我在其中已經喪失掉一切。或許，到了最後的最後，我只需要成功完成唯一一件事就好。最後一件事：將生命視為清楚、可以理解的訊息，並將它託付給唯一懂得那訊息，而且可以將它傳遞得更遠的那個人。在那之前，我並沒有權利一走了之，和那個逃兵去到多瑙河河岸。

在我屢次失敗之後，那個我唯一掛念的人，當下以一塊壁板和我分隔，他在熟睡。後天他要跨騎上馬。他的臉將遮掩起來，人家會稱他為國王。來吧，我的孩子。我快沉沉睡去，他們將以我的頭銜來稱呼你。我要睡了。我要看你騎馬的樣子，在我夢裡。

第五部

路德維克

1

我睡了好久而且睡得很香。醒來的時候已經是八點以後了，不記得做過什麼夢，美夢惡夢都沒有，我的頭一點都不疼，只是，我完全沒有起床的念頭，於是我就這樣躺著。在我和昨日的相遇之間，睡眠彷彿豎起了一片屏風；並不是說今天早上露西就從我的意識消失不見，只是她重新變回抽象。

抽象？沒錯。自從她在奧斯特拉瓦謎樣消失之後，在造成我極大痛苦之後，我起先幾乎根本沒有辦法查訪她的下落。又因為（在我服完兵役之後）年歲流逝，我漸漸失去四處尋覓她的欲望。我心裡想，就算我愛她愛得如此強烈，就算她再如何徹頭徹尾「唯一不可取代」，其實她和我們相識、彼此迷戀的「場合」是一體的，不可分開的。在我看來，將自己心愛的女人在一切狀況中加以抽象化的做法是犯了推理上的謬誤。這所謂的狀況指的是與她相識與她來往的情境。同樣犯了推理謬誤的做法是以鍥而不捨的專心一志做代價，試圖將她淨化，讓她脫去一切不是「她本身」的東西，比方和她一起經歷的「過去」，那賦與愛情形式的過去。

事實上，我喜歡女人並不是喜歡她們本身，而是她以什麼面貌呈現在我面前，是她「對我而言」所代表的東西。我愛她就像愛一個我們兩個人共有的過去所塑造出來的人物。我們如果從哈姆雷特身上拿掉艾爾森紐古堡，拿掉奧菲莉，拿掉所有他曾度過的具體情境，將他從角色的「文本」剝離出來，那麼這個哈姆雷特將是什麼樣子？除了天曉得的沉寂和虛幻本質以外還能剩下什麼東西？同樣的，如果把露西從奧斯特拉瓦的城郊孤立出來，沒有從柵欄間隙塞過來的玫瑰花，沒有穿在她身上那些磨損了的衣物，沒有我那些沒指望、長達數星期的等待，那麼露西恐怕不再是我意中人的露西了。

我用這套想法看待事情，解釋事情，而光陰一年年流逝，我幾乎一想到將來可能再見到她就害怕起來，因為我知道日後我會在哪個角落與她重逢，那時的露西已非昔日的露西，讓我不知道拿什麼把過去和現在連繫起來。我這樣說並不是暗指自己已經不再愛她，或是已經將她忘得乾淨，或者她在我心目中的形象已經黯然失色；正好相反：她日夜住在我的心裡，好像一股無聲的懷鄉愁緒。我渴想她，好像人家渴想那些永遠消逝掉的東西。

又因為對我而言，露西清清楚楚已經變成過去歷史的一部分（做為過去她還健在，做為現在她已消逝），她逐漸在我的記憶中喪失血肉的外表、物質的外表以及具體的外表，一點一點衰減下去，最後竟化為書寫在羊皮紙上的一則傳說或者神話，被鎖進一只金屬箱子，放置在我生命的盡頭處。

也許因為如此，不可思議的事情反而變成可能：坐在美容院的理髮椅上，看著她那臉龐時我心裡的不確定感。因為如此，今天早上我在印象中仍舊認為，昨天的相遇不是「真實」的；我覺得那場會面應該是在傳說的、神諭的或者是謎語的層次裡進行的。昨天晚上露西真實的存在令我震驚，而且突然將我遠遠拋回往日由她統攝我的那個年代。我那平靜的心（因為睡眠充足）只想弄清一件事情：「為什麼」我會遇見她？這件偶發的事象徵什麼，還有它想向我「揭露」什麼？

個人的過去歷史，除了它發生過這個事實以外，它還想訴說什麼？雖然我有強烈的懷疑精神，可是在我心裡仍舊殘存一些不理性的迷信成分，比方那個奇怪的信念：凡是降臨在我身上的事件一定另外包藏一個意義，一定「意味」什麼東西；還有生命會以它自己的歷史向我們說話，逐漸向我們展露一個秘密，還有，它會以字謎畫謎的方式讓我們自行破解，還有，我們所經歷的歷史同時也構成了一套我們生命的神話，最後，這套神話握有了真相以及秘密的鎖鑰。這是一種幻象嗎？可能是，甚至極有可能是，但是我沒有辦法壓抑我的需求，永不停息為自己生命「解碼」的需求。

我一直躺在旅館裡那張動不動就吱吱作響的床上，心裡只想著露西，不過是再度被理念化了的露西，她竟成了一個簡單的問號。床又開始吱吱響起，而這項特點拂過我的意識，彷彿產生了一個突然的不和諧的鬆扣聲，將我的思緒引向赫雷娜那邊去了。彷彿身軀下那張床的吱吱響是個將我喚回現實義務裡的聲音，我嘆了口氣，將雙腳移開床面、坐在床沿，透過玻璃窗格看著外面的天空，然後我站起身子。昨天和露西的不期而遇多少吸收了、減損了我對赫雷娜的興趣，才幾天前，那興趣可還是乾柴烈火似的。如今，這興趣只能當作興趣來回味而已；好像只是對於失去的興趣還殘留著義務的感情。

我走近盥洗台，脫去上身的睡衣，然後將水龍頭的開關擰開到底。我將水流用合併的雙掌接好，然後將大量的水迅速地潑在脖子上、肩膀上和身軀上，接著才用毛巾乾搓起來；我想將血流刺激起來。突然我嚇住了，自己對赫雷娜已完全提不起興趣。我擔心這種冷淡態度會破壞掉一個幾乎不可能再重來一次的機會。我得給自己好好吃頓早餐，外加一杯伏特加。

我走到樓下的咖啡廳，結果發現椅子全都四腳朝天整齊地排在一張張圓桌上。圓桌上的桌巾都已撤去，只有一個圍著骯髒圍裙的小老太婆在其間來去。我到櫃台去問門房，卻發現門房坐在櫃台後面，深陷在一張扶手椅裡休息。我問他能不能在旅館裡吃早餐，他維持原來姿勢，一動也不動地回答我，當天是咖啡館休息不營業的日子。我走到街上。看樣子那天天氣會很不錯，幾朵小白雲在天空悠閒浮蕩，和風將人行道的灰塵輕輕揚起。我匆匆趕到廣場。肉店前面有人排隊；女人們手挽著提籃或是網袋，耐心等著輪到她們。來往人群當中我特別注意到有些人手裡像握著尺寸縮小的火炬似的握著圓錐形的餅殼冰淇淋，上面覆著粉紅色的一球，而他們就伸出舌頭來舔。這時，我不知不覺便來到大廣場。有棟兩層樓的房子，是自助餐店。

我走進去。用餐區相當寬敞，地上鋪著地磚，一些顧客站在高高的桌子前面，咬食著裡面包料的小麵包，同時也喝咖啡或啤酒。

我不想在這種地方吃東西。從我起床以後，心裡就惦念著要豐富地吃上一頓，有蛋有燻肉外加一杯烈酒，以便將精神提振起來。這時，我想起只要再走幾步就可以找到另外一家餐館，那裡是另外一座廣場，中央有個四方形的公園，裡面矗立著一座巴洛克紀念雕像。其實那餐廳也沒什麼特別吸引人的地方，但只要找到一桌一椅還有一個能服務我的侍應生就好了。

我經過雕像的旁邊：基座上面站的是某位聖徒，聖徒托著雲朵，雲朵上面載著天使，天使托著另一雲朵，這第二層雲朵上面又坐著另一個天使。我抬眼望著雕像，那是聖徒的金字塔了，那層層疊疊的雲朵、聖徒以及天使所構成的沉重石雕似乎想模仿天空以及它深邃的特性，然而那方真實的、慘藍色的天空卻離開這處積滿灰塵的土地好遠，遠得令人絕望。

所以，我穿越了廣場中央的四方形花園，看見裡面有草坪還有長凳（不過整體說來花園仍太蕭條，改變不了帶塵埃的虛無氣氛），然後我的手搭在了餐廳大門的鉤式門把。大門關著。我開始意識到，那頓小小的饗宴畢竟只是夢想而已，而且我開始緊張起來，好像孩童般的固執，一廂情願認定今天成功與否全看這頓好的到底吃不吃得到。我明白到，小城鎮的人才不在乎坐下來吃早餐是多麼有原創性的想法，因為所有餐廳都要再過很久才開門。我放棄了另覓一間的念頭，轉身回去，從反方向再度穿越那四方形的花園。

然後我又再度看到那些人手裡拿著的覆著粉紅圓球的圓錐形餅殼冰淇淋，而我心裡也再度想到，這些冰淇淋讓人想起火炬，那種特殊外觀說不定蘊藏了某種意涵，因為剛才提到的火炬並非真實的火炬，而是「火炬的滑稽模仿」罷了，而火炬上頭正經嚴肅承載著東西，那讓人捉摸不定的粉紅色彩，那可不是真正的感官美，而是「感官美的滑稽模仿」罷了，而這一切極有可能表達了這個被灰塵掩蔽的城市裡的所有火炬和感官美都帶有不可避免的滑稽模仿特徵。接著我估量到，只要跟著那群貪吃的火炬手走下去，我就有機會找到一間糕餅舖子，裡面的角落或許找得到空著的桌椅，甚至買得到一杯黑咖啡，甚至吃得到一塊小蛋糕。

事實上，我走的路通往一間牛奶舖子，有人排隊在買牛角麵包以及牛奶或巧克力，我又看到支在高腳架上的桌面，顧客就在旁邊吃喝。店舖後間的確擺了幾張圓桌和椅子，只是都坐滿了人。我於是加入緩慢前進的排隊行列，十分鐘的忍耐工夫之後，我買到了兩個牛角麵包和一杯熱巧克力，我將這些食物帶到高高桌面的旁邊，但那裡已經擠了六個飲料喝盡了的大杯子，所以我只能找個還沒有被打翻飲料弄髒的角落把自己的杯子放上去。

我以說來令人鼻酸的速度吃下食物，才不到三分鐘，我又再度回到街上；九點的鐘聲響起，我還有兩小時的空閒時間。赫雷娜從布拉格搭第一班飛機來布爾諾，為的是要順利搭上那班開到這裡還不到十一點的大巴士。我知道這兩個小時是完完全全空著的。

當然，我可以去看童年經歷過的老地方，駐足在我出世的屋子旁，那也是母親直到過世的時候所居住的屋子。我經常想起母親，不過在這城市她那小小的枯骨居然躺在外人的大理石墳墓裡，我的記憶立刻滲進痛楚：想到我當時的無力感，一種苦澀的滋味便讓回憶完全變質，因此我不准自己回去憑弔那個地方。

於是我也只能在廣場上的一張長椅上坐下來，但是幾乎同時又站起身子，然後沿著櫥窗逛過去，瀏覽書店前面陳列的書，並到香煙店買了一份報紙，最後又重新坐回長椅，瞧了報紙版面上那些了無趣味的標題，翻到國際版讀了兩則稍微值得注意的新聞，接著再站起來，摺好報紙，原封不動塞進垃圾桶裡，然後，我緩步走向教堂，在它面前駐足，看看那兩座鐘樓，然後邁上那寬闊的石階，穿過門廊，走進正殿，怯生生的，唯恐我這個後到的人被大家注意，被他們認為我像逛公園一樣，來這教堂裡面遛達。

在人群裡，我只覺得自己像個手足無措的冒失鬼，於是我只能夠走為上策，看看鐘樓上的時間，我發現了這段空白時間可真難熬。為了多少將它利用一下，我開始在記憶中搜尋起赫雷娜並且開始想她；可是這個思想絲毫不肯向前演進，寧可維持靜態，結果我幾乎沒有辦法回想起赫雷娜的長相。不過，大家都知道一件事：男人在等女人的時候，要將思緒集中在她身上是很困難的，只能夠將她定格成為僵化的影像，然後在這影像下來回踱步。

於是，我真的開始踱來踱去。我在教堂的前面發現了十來個小推車，裡面都是空的，就停在市政府（現在改名叫「國家市委會」）那棟建築物的旁邊。我沒辦法猜透那究竟是什麼用途。接著有個氣喘吁吁的年輕人趕來將他的小推車推著其他的小推車擺整齊，他的女伴從裡面拿出一包帶有刺繡裝飾的白色布料（裡面可能裹著一個嬰兒），然後這對男女便走進市政府裡面消失了蹤影。既然我還有一個半小時需要消磨，那就不妨跟進去瞧瞧好了。

從大廳的主樓梯開始便聚集了一堆好奇的旁觀者，然後越往上爬就發現人擠了更多。二樓的走廊看來塞滿了人，不過再往上的樓梯則是空蕩蕩的。那麼將人群吸引過來的事件就應該是發生在二樓，而且顯然就在那間大門開向走廊的廳室裡面，因為那裡已被擠得水洩不通。我走上前去。那處廳室的規模沒什麼了不起的，裡面排了七列椅子，坐了許多似乎等待好戲開場的人。椅列前方有座平台，上面佔了一張長桌，桌面鋪了一條紅布，還有一個插了一大束花的花瓶；後方的牆壁上裝飾著一塊與國旗同樣顏色的布料，它的縐摺垂墜下來，似乎經過精心的布置；在平台下方（和第一排椅子相距三公尺的地方）另有八張排成半圓弧形的椅子；廳室的另外一個盡頭擺了一架小風琴，有一位戴著眼鏡的老先生坐在那裡，彎下髮絲稀疏的頭並且看著蓋子已掀開來的琴鍵。

還有幾張椅子空著，我選了一張坐下。過了好一陣子什麼動靜也沒有，可是群眾卻也沒顯露出半絲不耐，人們側過頭去，低聲同他們鄰座的人交談。在這段時間裡，原先擠在走廊上一小群一小群的人也已經進入廳室，將最後幾個空位坐滿或者沿著牆壁站成一排。

最後總算有了動靜：平台後方的門打開了，一位身著棕色長袍的女士走進來，她那瘦長的鼻梁上架著一副眼鏡。她用眼光掃描了全場，然後舉起右手。我的四周立刻陷入一片死寂。接著，這個女人又走回到方才她現身地方的門邊，好像向什麼人交代一下事情似的，不過立刻就轉身回來，然後將背部緊靠著牆壁，於此同時，她的臉上隆重地露出了僵住的微笑。現場的時間掌握得很好，因為在微笑顯露的剎那，風琴也奏起了。

過了幾秒，又從平台後面那一扇門裡走出一位年輕女子，黃色的頭髮，臉上長了紅褐色的雀斑。她的頭髮鬈曲得厲害，臉上濃妝豔抹不過神情有些憔悴，她的懷裡摟著裝了嬰孩的白色袋子。那位棕色穿著的女士為了給她讓路，將身子越發貼緊牆壁，而她臉上的笑容似乎用來鼓勵那個抱著嬰孩的年輕女子。年輕女子踩著猶豫的腳步走上前，將那新生兒緊緊抱著，這時，第二位抱著相同白色袋子的女子從門裡走出，後面魚貫跟著小小一支隊伍；而我還是目不轉睛看著那第一位年輕女子：起先，她那雙目光在天花板上游移的眼睛現在低下去了，而且一定和廳室裡某個人的目光接觸到，因為她好像突然亂了方寸，立刻偏頭望向他處並且微笑起來，只是這個微笑（費勁微笑）立刻轉換成雙唇繃緊收縮的不自然線條。在她臉上所產生的這些變化只在幾秒鐘內便完成了，也就是她從門口向前跨出不到六公尺距離所需要的時間。由於她好像只顧往前直走，到了半弧形椅列還沒有及早轉身，那位穿棕色衣服的女士立刻從牆邊一躍而出（有點鎖眉頭的樣子），然後伸手碰碰她，提醒她正確方向是在哪裡。年輕女子於是立即修正方向，轉個彎走，而其他抱小孩的女子也跟著照做。她們總計八位。走完了先前規劃好的路線之後，她們背部對著群眾停下腳步，每一位都站定在一把椅子前面。棕衣女士用手指從上向下比劃了一下；那些始終背對群眾的女子明白那個手勢的含義，於是一個接著一個，慢慢地坐下來，各自手裡仍舊抱著包裹好的新生兒。

棕衣女士再度微笑起來，然後走向那扇半開的門。她在門口停頓了一會兒，然後快速向前走了三、四步又倒退走回到牆邊貼牆站好。接著走出一個二十來歲的男士，黑色外衣，潔白襯衫，襯衫領子繫了一條繪有圖案的領帶。他的頭低著，腳步似乎很沉重。他的後面跟來七位男士，歲數並不一致，但一律穿著深色外套和正式的白襯衫。他們在那些哄著嬰孩的女子身邊繞行一圈，然後每個人各自在一把椅子後面站定。在這時候，其中有兩、三位臉上堆起不安的神色，並向四周望了幾眼，好像在找什麼別人無從知悉的東西。棕衣女士（她的臉立刻又蒙上了和方才一樣的不快）跑上前去，其中一位男士向她嘀咕了一、兩句話，她點頭同意了；之後，男士們很快地將所站位置調換過來。

棕衣女士的臉上重又堆起笑意，並且再度朝平台後方的那扇門走去。這一次，她甚至不需要再做任何手勢，另外一組新的人便自動走出來了。我要附帶說明，這些人十分守紀律，整齊劃一的動作令人眼睛一亮。他們態度落落大方，好像訓練有素的專業人員；組成這個行列的孩童大約十位，他們魚貫走著，男孩女孩整齊穿插。男孩們穿著深藍色的長褲，白色的小襯衫，配搭一條三角形的紅色領巾，其中一個尖角正好落在兩邊肩胛骨的中間，而其他兩個尖角則在下巴的下面打了個結；小女孩們則穿了深藍色的小裙，搭配一件白色襯衫以及和男孩們一樣的領巾。小孩不分男女手裡都拿著一束玫瑰。就像我剛才說的，他們走起路來不優雅但充滿自信，和剛才那兩隊的人員是很不一樣的：他們並沒有繞行那幾張呈弧形排列的椅子，只是沿著平台的前緣走著；最後，他們停下腳步，將身體轉個四十五度，一整排人佔據了整個平台的前緣，面對著坐著的那排女子以及廳室裡的群眾。

過了幾秒鐘後，平台後面的門口又出現了一個新的人物。他的後面沒人跟隨，一上來就直接走向那張鋪了紅布的長桌。那是一名禿了頭的中年男子。他的步履穩重，儀表威嚴但是有些死板，一身上下都是黑色打扮，手裡拿著一個紫色的文件夾；他走到長桌後方一半的位置便停下來，然後欠身向群眾鞠躬致意。大家看到了他那浮腫的臉龐，另外還有他胸前斜披著的紅白藍三色彩帶。彩帶繫了一枚鍍金勳章，就正好垂在他的胃部位置。他鞠躬的時候，那枚勳章就在桌面上方晃來晃去。

突然，有位站在平台前緣的小男孩開始高聲演說起來。他說春天已經重回大地，不僅爸爸媽媽高興，全世界都同享歡樂。他繼續以這種語氣說了一會兒話，接著又有一名小女孩打斷他，也說了一些類似的話，雖然含義並非十分清楚，但是「媽媽」、「爸爸」、「春天」。有時還有「玫瑰」等等字眼不斷重複出現。接著，另外輪到一個男孩將她的話打斷，而他本身又被另外一個女孩搶去了發言權；很難判斷他們是不是在爭論，因為他們說來說去大致上是同樣的內容。例如有位男孩宣稱，小孩意味和平，而接下去的那個女孩則說小孩是一朵花。說到最後這個意象，大家則都一致同意，因此男孩女孩齊聲歌唱起來，並將握了玫瑰花束的手臂向前挺直伸出並且向前走下平台。他們一共八位，總數和坐成半弧形的女人數目相同，她們每一位都收下了一個花束。小孩子最後都回到平台旁邊，接下去就不再說話了。

現在輪到站在平台中央那位男士開始行動。他打開紫色的大公文夾，然後高聲說起話來。他也一樣，談到春天，談到花朵，談到爸爸媽媽，另外還提到愛。根據他說，愛會結成果實，可是他的語彙不久之後便改變了性質，他不再使用「爸爸」、「媽媽」等字眼，而是以「父親」、「母親」來取代，他列舉了國家為他們（為父親們和母親們）所取得的，同時強調他們為了報答國家的善行，必須將孩子們教養成模範公民。接著他又鄭重宣布，所有在場的父母都要簽名表示正式接受這種義務。他指了指長桌的其中一端，那裡放著皮革精裝的厚冊。

這個時候，那位棕衣女士走到弧形椅列最旁邊那張椅子的後面，碰碰坐在上面那名女子的肩膀。這位母親轉過身來，棕衣女士伸手接過對方的幼兒。接著這位母親站起來直接走向長桌。那個身披彩帶的男士把厚冊打開並將鋼筆遞給母親。她簽好名，走回自己的座位，然後棕衣女士再將嬰兒交還給她。然後輪到做父親的走上前去簽字。接著，棕衣女士又抱過下一位母親懷中的嬰兒，並且指導她走上平台；等她簽好了名，便輪她的丈夫上陣，接著又輪到另外一位母親，然後便是她的丈夫，於是按照這種次序進行下去，直到大家都簽了名為止。然後風琴彈出一組新的樂音，而這時我鄰座的人紛紛起身，熱情地趕上前去和那些爸爸媽媽握手。我跟著眾人擁上前去（彷彿我也有手可握的樣子）。在這當兒，我冷不防竟聽見有人叫出我的姓名；是那個披彩帶的人，他問我還認不認得他。

儘管在他演說的過程中，我已經一直打量他，但是他的相貌我還是怎麼樣都想不起來。為了不貿然就以否定的答案回應這個令我有些不知所措的問題，我只好問對方最近過得如何。他說過得還可以，這時我認出他來了：柯伐里克，是初中的同學。昔日的五官線條因為他發胖而大大走樣，難怪我一時之間認不出他；在我那些同學當中，柯伐里克一直都是最中規中矩的，不耍無賴，不出鋒頭，不算孤僻，但也不和人膩在一起，功課中等以上。以前額頭上方老是垂著一綹頭髮，只是如今已經不見蹤影——於是我找到了一時認不出是他的充足理由。

他問我來這裡做什麼，是不是現場的母親當中哪位是我的親戚。我說不是，純粹出於好奇才進來觀禮的。他滿意地笑了，然後開始向我解釋道，該城的國家市委員挖空了心思才想出真正配得上這種國民禮儀的進行方式。接著他以一種略帶羞怯的自豪補充說道他本人身為負責民政事務的公務員總算發揮所長，而且還獲得長官的嘉許。我問他剛才舉行的儀式算不算是洗禮。他回答說不是洗禮，而是「歡迎新公民加入生命行列的歡迎儀式」。他顯然因為能和我聊上兩句而感覺興奮。根據他的看法，有兩種制度是相對立：一方面是天主教教會以及它的儀式，那是持續了千年的傳統，另一方面則是民政體制，它所發明出來不久的儀式應該取代天主教那年湮代遠的儀式。他說人們將來還是不會放棄到教堂舉行洗禮和婚禮的傳統，除非民政儀式的宏偉和壯觀能和宗教儀式分庭抗禮。

我告訴他說，按照表面的情況來看，事情可能沒這麼容易。他也同意，但同時宣稱：他們這些負責民政事務的公務員真的快樂，因為看到了新政策能在我們的藝術家當中獲得一些支持，讓他們明白到，能讓人民在葬禮、婚禮以及洗禮（他說溜了嘴，但是立刻改正為：歡迎新公民加入生命行列的歡迎儀式）享受到真正社會主義的無上榮耀。然後他補充道，至於那些小先鋒當天所朗誦的詩句則是無以復加的美。我表示同意，不過同時也請教他，要讓人民揚棄教會儀式，是不是允許他們可以不要非得參加「所有」儀式不可，這樣說不定會更有效率。

他說人民絕對不允許自己婚禮和喪禮的權利被剝奪。他還說，從我們的角度來看（他特別強調「我們的」，好像要讓我明白，他本人也已經加入共產黨了），如果不多多利用這種儀式來拉近人民和我們的意識形態以及和我們國家的距離，那豈不是太可惜了。

於是我又問這位同班的老同學，如何對付那些心懷抗拒不肯就範的人，萬一這種情況發生的話。他說這種人自然一定會有，因為並不是每一位國民都接受了嶄新的思想。不過，如果他們不願配合，那麼就一次又一次地給他們送邀請函，最後不會超過一個星期兩個星期，大部分的人終究還是來了。我又問道，參加這種儀式是不是義務性的。對方帶著微笑回答我，不是必要，不過國家委員會會根據它來斷定國民的覺醒程度以及他們對國家的態度，因為每一個人最後都會認清這個事實，所以最後都來了。

我告訴柯伐里克，國家委員會對待人民的態度比教會對信徒的態度要更嚴格。柯伐里克笑了笑並且說道，這是莫可奈何的事。接著，他邀請我到他的辦公室坐坐。我告訴他只可惜我沒時間，因為得到客運車站去等人。他又問我，是不是去找過哪個「小毛頭」了（他的意思是，有沒有去看過哪個初中同學）。我說沒有，不過倒是很高興遇見他，改天要是自己有個小孩需要受洗，那麼一定不辭路程遙遠，帶他前來這裡，並且請求他的協助。他失聲爆笑出來，然後在我肩上親熱地拍了一下。和他握手道別之後，我便再度走回廣場，心想再過十五分鐘大客車便到站了。

十五分鐘並不算長。越過廣場之後，我又從那間美容院的旁邊走過，順便透過玻璃櫥窗朝裡面瞄了一眼（明明知道她下午才會上班，早上不會在店裡的）；然後我就朝著客運車站的方向信步而去，心裡開始想著赫雷娜的樣子：她那膚色有些枯乾暗沉的臉，紅棕色的鬈髮，顯然故意染淡了的，身材遠遠稱不上苗條，但各部位至少還維持基本的比例關係，還讓人能看出是個女人。我在想像裡將她放在令人厭惡和吸引人的那教人興奮的過渡地帶，她的聲音除了足夠洪亮稱不上是怡人，而那過度的比手劃腳在她不自覺的情況下洩漏了她「還想」取悅男人的焦急野心。

我這一生只見過赫雷娜三次，次數太少，以至於很難讓她在記憶中清楚留下印象。每次只要我嘗試要將她的面貌在我的心中勾勒出來，那麼這個形象的某項特徵就會脫穎而出，而且會受到強調放大，結果最後赫雷娜的面孔就一定變成具有漫畫風格的樣子。不過，就算我的想像再如何地不精確，我相信正是透過這種扭曲的過程，我的想像力才能抓住赫雷娜身上一些本質的東西，那是你做整體觀時察覺不到的。

這次，我很難從腦海裡驅逐出去的尤其是赫雷娜身軀那種不堅實難定形的形象，那副綿軟的模樣不僅洩漏了年紀以及哺育子女的經驗，而且更顯現了她那完全卸了防禦的心理狀態，她的無力抗拒（徒勞無功地用語言的高傲包裝起來），以及她對性事歡愉的愛好。這個形象究竟如實反映了赫雷娜的本質，抑或只代表我與她的關係？天曉得。大客車隨時會到，但願赫雷娜真的以我在心裡將她所塑造的模樣出現在我面前。我在廣場上一棟建築物的門廊下面隱身起來，那個包圍了客運車站的廣場。我想要暗地裡觀察她一會兒，看她對著四周眨巴眼睛的樣子，一副「無能為力」的樣子，看那「白跑一趟」的想法攻上她心頭的樣子。

一輛直達快車進來停靠在月台邊，而赫雷娜便是第一批下車的人。她穿了一件藍色風衣（領子直豎起來，腰帶緊扣，腰身線條相當明顯），使她看起來年紀很輕而且饒富活力。她轉身向這邊看看又向那邊瞧瞧，只是臉上絲毫沒困惑的表情，最後她轉過身，毫不遲疑便朝我旅館的方向走去，旅館裡面已經替她預定一間房了。

我再度證實，自己的想像力只能提供赫雷娜被扭曲了的形象。幸好，現實界的那個赫雷娜總是比我想像中的赫雷娜漂亮許多，就像這次，從後面一望見她穿著高跟鞋一路走到旅館的背影時，我又再度萌生同樣想法。我跟著她去了。

她已經站在櫃台，微微欠身向著門房。門房一副毫不在乎的樣子，只管把她的名字登記在簿冊上。她把名字拼給他聽：「茲馬內克，茲—馬—內—克……」等到門房才把筆擱下，赫雷娜便問他道：「楊恩同志是不是也住這裡？」我走上前去，然後從她背後把手搭在她的肩上。

2

發生在我和赫雷娜之間的一切是一連串精打細算的結果。毫無疑問，從我們第一次約會開始，赫雷娜便在心中蓄留某種盤算，不過她的意圖頂多也只停留在女人模糊願望的階段，她只是想保有一份自在、一份情感的詩意，因此也就不太關心如何事先處理和控制事情的發展。而我正好相反，從一開始我的行徑就像自己冒險活動的作者兼導演，因此，我並不依從自己的靈感而隨興辦事，講話時遣詞用字也特別小心，連選擇與她單獨共處的房間也都小心翼翼。我擔心只要一個小小的差錯便會失去和她見面的大好機會。倒不是說赫雷娜特別年輕、怡人或者漂亮，而是真正的原因說到底只有唯一的一個；因為她的丈夫是我最恨的人。

有一次在我們機構裡面，人家通報我們有位電台來的女同志，姓茲馬內克的，要來參觀訪問，而必須由我以當時我們的研究工作為主題準備一份資料。當時我腦中立刻想到的正是那位也叫茲馬內克的同班男同學，不過我把這相同名字的事當作巧合罷了。如果一想到要接待那個女人我就不舒服，那也是基於另外一種性質的理由。

我不喜歡記者。他們經常是膚淺的，而且口若懸河，鎮定的功夫更是教人吃驚。赫雷娜代表的是電台而不是報社，這點就更令我涼掉半截。根據我的看法，報紙和電台相比擁有一條可減輕罪行的項目，而且極端重要的一條：報紙不像電台那樣吵鬧。它那些無用的和無意義的話至少是安靜的，不會強要人接受，是可以一股腦扔到垃圾桶裡的。電台一樣擅長製造無用的和無意義的話，只是它不具有這個可減輕罪行的項目；它追著我們跑進咖啡館、跑進餐廳。有些人要是沒了這種不間斷的耳朵糧食就沒辦法活下去，所以要是你正好去拜訪這種人，那麼電台也不會饒過你的。

赫雷娜就連說話的方式都令我心生嫌惡。我才一會兒便明白，其實她對我們的機構以及我們所從事的研究工作早有先入為主的謬見，所以當時我可以做的便是為那些陳腔濫調找到幾個具體的實例去附和它。我竭盡所能要讓她的任務變得越複雜越好，比方專挑一些艱澀的術語，讓人絕無辦法理解，比方用盡心思挑剔她的偏見。眼見她排除萬難就要搞懂我的那套術語，我就試著用交心談私事的方式來避開她的探究；我告訴她，紅褐色的鬈髮和她很搭（但我所想的正好完全相反），然後又問她在電台工作的情況如何，還有她最愛看的是哪種書。和她交談的過程中，我心裡突然又興起了個念頭：說不定名字相同並不是巧合。眼前這位夸夸其談、非常好動而且似乎野心勃勃的記者，在我觀察起來，其實和我大學時代那位同窗好像同一個家庭的人，因為後者同是那樣夸夸其談、非常好動而且野心勃勃。於是，接下去我就改用調情的輕浮語調詢問一些有關她丈夫的事。路徑是正確的，才不過兩、三個問題而已，我就確定他是帕維爾．茲馬內克。我要坦承，在那一刻，我還沒有想過要用後來和她交往的方式去接近她。正好相反：在我發現這項之後，先前她才一踏進門時我對她的反感現在更是強化了許多。當下我就尋思一個藉口，以便立刻中止和這個使人膩煩的女記者的談話，並且將她搪塞給一位同事；那時我甚至想，如果能立刻把這個微笑一直掛在臉上的女人轟出門外，那心中感受的快樂該是何等強烈，遺憾的是，這種事是不可能做的。

然而，就在我倍感倦怠的當兒，赫雷娜呼應了我那些問題和意見的親暱口吻（我純粹想套她話的動機她是看不出來的），於是也自然而然做出一些饒富女性特質的關懷動作，以至於我心中的那股怨懟竟突然披上了新的色彩：在赫雷娜基於職業所需而裝出的造作模樣底下，我看到了一個「女人」，能夠以女人身分運作的女人。我在心裡冷笑道，茲馬內克娶了這個女人還真是老天有眼，對他而言，赫雷娜應是足夠的懲罰，然而我立刻就恢復了理智：我這種自以為是的評斷未免過於主觀，甚至可以說是一廂情願；這個女人無可爭議是漂亮的，而且完全沒有理由認為帕維爾．茲馬內克已經不以對待女人的方式來對待她了。於是我心滿意足地故意東拉西扯拉長談話時間，但是又不洩漏我心底真正的想法。有種不能名狀的衝動推著我要在這位坐在我面前女記者的身上挖掘出儘可能多的「女性」特質，而這項堅持主導了我們雙方談話的方向。

有了女人的介入，原先的仇恨則會滲進一些親切的成分，比方，好奇感、肉慾的興趣以及想要踰越門檻的願望。我的內心湧入一陣狂喜：我想像茲馬內克、赫雷娜以及他們圈子裡來往的人（那圈子對我而言是極陌生的），而且我帶著特殊感官美去懷抱我的憤懣（親切的憤懣，幾乎是溫柔的了），對於赫雷娜的外表，對於她那頭紅褐色的鬈髮，對於她的藍色眼眸，對於她那圓形的臉，對於她那直立但不長的睫毛，對於她那幾顆彼此稍微分開的門牙，對於她那成熟而豐腴的胴體。我觀察她，一如人家觀察自己心儀的女人；我觀察她的每一個細節，彷彿要將之置入我回憶的神龕裡似的，而且，為了掩飾我那出於憤懣才對她產生的興趣，我選擇了越來越輕浮、越來越殷勤的詞句，以至於赫雷娜的女性本質也就越明朗地顯露出來了。我忍不住想到，她的嘴唇，她的乳峰，她的眼睛，她的鬈髮都是屬於茲馬內克的，但是在我心底，我將這一切緊緊握住，觸摸它，掂量它，嘗試下個結論，看看可不可以用兩隻手掌將它壓碎，或者將它擲向牆壁，讓它碎個破爛，接著，我又專心將這一切察考一遍，我試著透過茲馬內克的眼睛來觀看它，然後再用我自己的重複一遍。

隨後我又興起一個念頭，或許我可以在調情談話的沙灘上追逐這個女人，將她一路追到床上去，儘管我也明白這是很難實現而且只是流於空想的奢望罷了。這種念頭在腦海雷霆萬鈞而來，但轉瞬間就灰飛煙滅。赫雷娜宣稱很感謝我提供給她的訊息，然後又說如果再打擾下去，連她自己都要怪罪起自己了。我們互相道別，我很高興她終於走了。我心裡那份奇異的興奮也隨之平息了；對於這個女人，我心裡只剩下一剛開始時對她懷抱的嫌惡感，甚至懊惱自己為什麼對她揮霍那麼多關懷和友善的言詞（即使是裝出來不是真心的），而且又是那麼直接明白。

事情本來應該到此就落幕了，可是過了幾天，赫雷娜又打電話來要約我見面。當然有可能是她覺得真有必要把節目的稿子親手交給我，不過，我當下立刻生出一種直覺，認定那是藉口而已，還有，她對我說話的語氣是承自上次我們談話那種輕浮親密，而不是她在職場上慣用的嚴肅態度。於是我也推波助瀾，採取了同樣的語氣，然後毫不考慮就一直維持下去。我們在咖啡館裡見了面；我大剌剌地故意表現出對她交給我的文件毫不在乎的樣子。對於身為新聞記者她所感覺興趣的事，我也厚起臉皮疏忽以對。我的態度令她不知所措，不過與此同時，我也注意到她已經開始受我掌握控制了。我向她提議到布拉格以外的地方去散散心。她婉拒我並提醒我，說她已是結了婚的女人。沒有哪件事情會比這種推拒的樣子更令我覺得興味盎然了。我故意拉長她抵禦的時間，因為這種經驗對我而言太寶貴了，我覺得有趣得不得了。然後我又將話題轉回去試探她；對她的決定開起玩笑。她最後接受了邀約，因為她說只有這樣她才能高高興興，不再需要談論這個話題。從此之後，事情便一步一步按照我預定的計畫進行。我夢想計畫能夠水到渠成，而在背後支持我的便是積蓄了十五年的恨意，同時我也感受到一股不可理解的信心，確定我的計畫一定能成功，一定能圓滿達成目的。

是的，計畫的目的果真圓滿達成。我拿起赫雷娜放在櫃台旁地上的那只小皮箱，然後一路陪她走到她自己的房間。順帶一提，她的房間和我的一樣，醜得教人不敢恭維。儘管她有著將一切都說成是最好的，而不去管真實情況的個性，這次她還是同意了我的看法。我請她不要怪罪這種安排，反正我們會找到解決的辦法。她丟過來一個飽含意義的眼神。接著她說想稍微梳洗一下，我回答她，這個想法不錯，然後約好在旅館的大廳裡等她。

看到她從樓梯走下來（外面那件風衣沒扣釦子，裡面是黑裙搭配粉紅色的毛線衫），我又在心想確認道，她的確是個風姿高雅的女人。我告訴她一起去一家餐館用餐，那家館子乏善可陳，但畢竟是附近一帶最好的了。她回答我，既然我是這邊土生土長的人，那麼一切聽命我的安排，她一律服從便是。（她的表情好像故意要選一些含意模稜兩可的字詞似的；這份用心同時是可笑的又是令人開心的。）於是，我們把我自己早上走的路徑又重新走了一遍，當然，我早上那趟閒步因為無法稱心吃上一頓豐盛早餐所以算是失敗的。路上，赫雷娜不只一次向我表示，很高興能認識這座我在其間土生土長的城市。不過奇怪的是，儘管她才初次到訪這座城市，可是她卻沒有東張西望，好像對每棟建築物裡面的東西絲毫不感興趣，照常理看，一個初到陌生城市的旅者絕對不是這種表現。我心裡想，這種對周遭環境漠不關心的態度是否意味著靈魂長了厚繭，全然無法表現應該有的好奇，或者，赫雷娜將心思全部放在我的身上，腦殼裡再也無法放進其他東西；我寧可相信第二種假設。

我們一起走過那個巴洛克的紀念碑：聖徒托著雲朵，雲朵承載天使，天使又托著另一朵雲，這一朵雲又承載第二位天使。天空的藍比起早上的耀眼，赫雷娜脫下風衣，然後將它搭在手臂上面，只說天氣很熱；這股悶熱更加深了城市灰塵滿布的虛空印象。紀念碑直直矗立在廣場中央，好像天上掉下來的殘骸，再也回不到天上去的殘骸；我心裡想，我們兩人也是，我們被「拋棄」在這處荒涼得詭異的廣場上，這座有方形小花園、旁邊有餐館的廣場上，被拋棄了，再也沒有回頭的指望。還有，我們的思想我們的言詞雖然遠遠登上高處，然而我們的行為卻低下得如同泥地。

沒錯，強烈向我襲來的竟是自己對自己卑下情況的領悟；我對此感到驚訝。但我更驚訝的是，居然沒對這種情況感到恐怖，反而甘心接受這種卑下，不只甘心，甚至可以說是沾沾自喜，甚至帶著寬慰。這份樂趣更因為確定了一件事而更強化：走在我身邊的女人會在下午這段曖昧的時間裡隨我帶到任何地方，而她心裡的動機絕對不比我的動機高尚到哪裡去。

餐廳的門已經開了，可是大廳居然空無一人：時間還早，是正午差一刻。桌巾鋪好、餐具也擺出來了；每張座椅前面的桌上放了一只湯皿，上面蓋著一張紙餐巾，而紙餐巾上面則交叉擺放湯匙、叉子和刀子。現場不見半個人影。我們揀了一張桌子坐定，拿起餐具以及餐巾，並擺在湯皿的左右兩邊，然後開始等著。過了幾分鐘，有個男侍應生出現在大廳通往廚房的門口，他那透露倦意的目光向大廳掃了一周，然後竟又準備抽身離去。

我呼喚道：「先生！」他以腳跟支地旋過身子並朝我們這桌的方向走來，直到距離我們五、六公尺的地方才停下腳步並且問道：「請問您要什麼？」我說：「我們想用餐了。」他回嘴道：「中午才開始營業呀！」然後又將腳跟支地，將身子旋轉回去，自顧自走向方才的避風港。我又叫道：「先生！」他回過頭。我也不管和他已有一段距離，只顧抬高音量喊道：「請問你們有沒有伏特加？」「沒有，我們不供應伏特加。」「那麼，你可以弄點什麼喝的給我們？」他遠遠地回答我：「刺柏子酒。」我則叫道：「真夠蹩腳，好吧，來兩杯刺柏子酒！」

我轉頭對赫雷娜道：「我甚至沒問你要不要喝刺柏子酒！」她開始笑道：「不要，我沒習慣喝那個！」我說：「沒關係。你會習慣的。我們現在回到摩拉維亞，而刺柏子酒正是摩拉維亞人民最喜歡的烈酒。」赫雷娜很高興地驚叫起來：「好極了！在我看來，沒有什麼地方比這種不拘俗套的小餐館更吸引人了，這種地方常是司機和裝配工人出入的場所，吃的喝的都是再平常不過的東西了。」「那麼你習不習慣用啤酒杯將萊姆酒一飲而盡？」赫雷娜說：「沒那麼誇張吧！」「可是你喜歡人民群眾出入的場所。」她說：「說得沒錯。其實我最討厭上那些時髦的餐館，擠了滿屋子的侍應生，盤子一個接著一個端來端去……」

「完全同意你的看法。小酒館裡服務生對你不理不睬，裡面煙霧彌漫，夠嗆人的，但是哪個地方比得上它！尤其，什麼飲料比得上刺柏子酒呢？以前唸書的時候我都只喝這個。」「我也是啊，我也喜歡簡簡單單的食物，比方馬鈴薯炸糕或者洋蔥煨香腸，那種滋味誰比它強……」

我不輕易相信別人所說的話，這點已是無可救藥的習慣。要是有人對我交心，說他喜歡什麼或者不喜歡什麼，那我是從來不把這種話當一回事的，或者說得更精確些，這個只能看做是對方想自我呈現的形象罷了。我沒有哪分哪秒會真相信，赫雷娜在那種骯髒的廉價飯館裡會比在乾淨清爽、空氣流通的高尚餐廳裡更能夠順暢呼吸，我也不相信她會偏好低劣的烈酒而不喜歡質佳的葡萄酒。不過在我看來，她所宣稱的並不就是違心之論，並不就沒有讓人相信的價值，相反的，它事實上透露了一種許久以來便已過時的偏好，一種只在革命熱情濃烈的時代才有的偏好，因為在那時代，面對一切「平凡的」、「人民的」、「簡單的」、「鄉村的」，大家通常表現的態度是痴狂的，而且對於一切有「高貴」、「精緻」嫌疑的東西都忙不迭地要加貶抑。在她這份偏愛當中，我認出了自己年輕時代的精神，而在赫雷娜身上，我首先認出的是她做為茲馬內克妻子的身分。那天早上我那份漫不經心的閒散心情立刻收斂起來，我開始集中心緒。

那位侍應生再度現身，手裡的小托盤上端著兩杯刺柏子酒，然後他把酒杯放在桌上，同時奉上一張用打字機打的菜單，只是字跡幾乎無法辨認（不知已是第幾手的影印單子）。

我舉杯說道：「來吧，讓我們為這刺柏子酒，為這庶民的飲料乾杯吧！」她笑起來，將酒杯碰上我的酒杯，同時宣稱：「我對單純正直的人總有一份幾近鄉愁的好感。不複雜的人。像水般清澈的人。」我們喝了一口，然後我接著道：「這種人該很稀罕吧。」赫雷娜回答：「還是碰得著，你就是其中一個。」我說：「你開什麼玩笑！」「正是如此，錯不了的。」

人類有種不可思議的能力，那就是會根據自己的理念去重塑現實。面對這種能力，我是驚訝到了極點。然而，我沒有表現出半信半疑的樣子，只承認赫雷娜對我人格的詮釋。我說：「天曉得，或許吧。正直而且清澈如水。可是，這種說法究竟意味什麼？最重要的是，呈現自己的原貌，自己想要的就直接說出來，不要臉紅，自己欲求的就放開去欲求。人類經常承受規範準則的役使，別人老是要求他們應該這樣應該那樣，於是他們就卯起勁來配合，全然不知過去他們是什麼而當下自己又是誰。結果，他們便誰也不是了。最重要的是，膽敢做為自己。赫雷娜，我要鄭重向你表白，雖然你已經結婚，可是從一開始你就深深吸引我，而我也對你心存慾念。這份情感我不懂如何換句話說，而且更無法不將它表白出來。」

我說的話教人難堪，可是那是不得不的。女人思想運作的機制自有它一套萬古常新的法則；那些執著意念想要說服女人、用一串好理由反駁她觀點的人是很少能順利達成目的的。比較明智的方法是觀察她本人以何種意象呈現自己（她的原則，理念，信仰），然後試著建立（利用詭辯）一種和諧關係，在上述意象以及我們希望她實現的行為模式之間建立起和諧關係。比方，赫雷娜對於「單純」、「自然不造作」、「清澈如水」等特質推崇備至。這些理念其實源自於昔日革命的嚴格標準，並且和個人「純潔」、「毫無污點」等道德上堅實的理想相呼應。只是，正因為赫雷娜的各種原則並沒有深思熟慮做為後盾，而是（其實大部分的人都是如此）建築在幾個彼此沒有邏輯關係的絕對必要之上，所以很簡單便可以將「清澈人格」的意象和一個完全不道德的行為連繫在一起，然後從這裡去阻止赫雷娜期待的行為（通姦）和她自己的理念產生令她心靈受創的衝突。一個男人有權利欲求一個女人的不管什麼東西，只是，如果他不想讓自己的行為看起來像個莽漢，那他就得稍微加工，讓對方能和諧地依照自己最深刻的幻想去行事。

在這段時間裡，顧客一個接著一個陸續到達餐廳，大廳的桌子一下子幾乎坐滿了。那個重新現身的侍應生則一桌一桌詢問該為客人上什麼菜。我把菜單遞給赫雷娜，但她隨即交還給我並說我應該比她更認識摩拉維亞的菜色。

當然，讀這種菜單其實完全不需要對摩拉維亞菜有什麼認識，因為上面的文字和其他這類型餐館菜單上的文字其實是一字不差的，所臚列的菜名也淨是一些讓你不知如何選擇、到處都看得到的食物。我打量了（懷著憂鬱情緒）菜單上的文字，可是侍應生已經迫不及待等著我點菜了。我說：「等一下。」對方責備我道：「你們嚷著要吃飯嚷了一刻鐘了，怎麼只選了一個『等一下』！」然後腳跟一旋自顧去了。

還好，他立刻就回來了，而我們也獲准點了兩份肉卷、汽水以及續杯的刺柏子酒。赫雷娜（嚼著她那份肉卷）聲稱能坐在她一無所知的城市裡用餐實在「超棒的」（她喜歡這個形容詞已經成癮了），又說當年她還是「福西克歌舞團」成員時，演唱這個地區的曲調時，她就幻想將來有一天能親臨此地。她說和我在一起感覺很好，雖然這或許不對，但她也無能為力，她沒有辦法違拗自己真實存在的感情。我回答道，對自己真實感情感覺羞愧的話那就是最低下的虛偽了。然後我叫侍應生過來結帳。

外面，那座巴洛克的紀念碑直直矗立在我們面前，看起來有些滑稽。我用手指了指，並且說道：「赫雷娜，你看，表演雜耍的聖徒啊！你看他們登高的模樣！他們想爬到天上去！但天才不鳥他們！上天根本不知道有他們這一群人，這些長翅膀的鄉巴佬！」赫雷娜贊同道：「說得沒錯，這些聖徒雕像杵在那裡搞什麼鬼？為什麼不在廣場造個榮耀生命而不是頌揚宗教的東西？」這時，酒精又進一步誇張了她的自負態度。不過，她的意識中應該還殘存著一點自制力，因為她接著補充道：「我是不是在胡言亂語了？說，我還沒到胡言亂語的地步！」「沒有，赫雷娜，你並沒有胡言亂語。你說得對，生命如此美好，要歡慶都來不及呢。」她說：「沒錯，不管人家要如何說，生命就是最燦爛的，我呀，最恨那些預言災禍的人；因為，要是我想開口抱怨的話，那麼要比任何人有更多的理由，只是，被我小心避免開了。為什麼要訴苦？有今天這種日子降臨在我身上還要訴什麼苦？多精采啊：我來到這個完全陌生的城市，而且有你陪在身旁……」

赫雷娜繼續絮叨，過了片刻，我們已經走到一處新的門面前。赫雷娜問道：「我們到哪裡了？」我告訴她：「我告訴你，那些咖啡館夠煩人的。我提議不如到這房子裡的一家小酒店裡坐坐。來吧，來！」赫雷娜一面跟著我走進建築物的門廳，一面質問：「你要帶我去哪裡？」「一間真正的私人小酒店，摩拉維亞風情的。以前沒去過吧？」赫雷娜答道：「沒有。」走上四樓之後，我用鑰匙把門打開，我們走進去了。

3

赫雷娜完全沒問我為什麼帶她來到一間借來的公寓，而且也不要求我做其他的說明。相反的，一踏進門以後，她似乎已經決心要從調情的曖昧遊戲一下切入只會有一種特定意義的行為，不再是場遊戲而是直探生命本質的行為。她在房間中央站定，將身體偏轉向我，她的眼神明白告訴了我，她只等著我靠過去，等我的熱吻我的擁抱。正是這個時刻，她就是我夢寐以求的赫雷娜：卸除戒心、悉聽我的支配。

我走向她，她抬起頭來望著我。我給她的不是熱吻（她如此企盼的），而是微笑，然後伸出十指搭住她那覆蓋著藍色風衣的肩膀。她會過意，並將鈕釦解開。我把風衣拿到門邊，將它吊在掛鉤上。現在一切既已就緒（我的慾念高漲，她又擺出任我擺布的樣子），我犯不著猴急行事，就怕快速反出紕漏。我開始不找話題便東拉西扯。我拉著她坐下，向她解釋這房子裡的內務細節，我打開那個儲放伏特加酒的櫃子，前一天寇斯特卡便已特別交代我的；我將瓶蓋打開，將酒瓶放在小桌子上，然後將酒倒進那兩個預先準備好的小酒杯裡。

她說：「我會醉。」我說：「讓我們一起醉吧！」（話雖這樣說，其實我清楚知道自己絕不會醉，因為我決心要保持記憶的完整。）

她並沒有展露笑臉，只是神色凝重地一面喝酒，一面告訴我說：「你知道的，路德維克，有件事情讓我心裡很不舒坦：有些沒見識的女人因為生活太過單調無聊，所以滿腦子想著要搞外遇，你可能把我當成這一類的女人了。我也不是那麼天真，我知道你過去認識一大堆的女人，是她們慣壞你，讓你用傲慢放肆的態度看待她們。只是，如果這樣，我會很傷心啊……」

我說：「你說的那種女人我是不屑一顧的。只要一有機會掙脫自己的丈夫，她們便以輕佻的態度去接受每個出軌的機會。假設你也像她們一樣，我也會傷透心的。如果你是這一類的女人，那麼我們的相遇就完全沒意義了。」「真的嗎？」「赫雷娜，是真的。你說得沒錯，以前我認識過不少女人，她們教會了我，不要害怕存心輕佻用完一個再換一個，可是我和你的相知相遇可完全是另一回事。」「你該不是鬧著玩的？」「怎麼會呢。第一次看見你的時候，我心裡就恍然大悟，原來這些年來我等的人正是你，是你而不是別人。」「你也不是那種把話說得天花亂墜的人吧！如果你不是真有感受，也不至於說出這一大套的話吧！」「千真萬確是這樣，我不懂得隱藏真實感情，幸好這是那些女人還教不會我的。赫雷娜，雖然我接下來要表白的話聽起來很難信任，但我真的不會騙你：和你相遇的那一刻我就徹底理解，你就是我長久以來所等待的人。原來我等你那麼久卻又不認識你。現在我要你完完全全屬於我。命運就是如此，逃都不能逃。」

赫雷娜道：「天哪！」然後垂下眼皮，她的臉上泛起了紅暈，越來越像是我夢想中的赫雷娜了：戒除戒心，悉聽我的支配。「路德維克，要是你能明白就好了！我的感受和你的完全相同！當我看到你第一眼的時候心裡就知道，在我們之間交流的並不是輕佻的調情，但也正是這一點讓我膽寒，因為我是已婚的人，而且我也知道，你我之間所產生的就是一個『真』字，你是我的真理，這是無法抹滅的事實。」我對她說：「赫雷娜，你也是呀，你也是我的真理。」

她坐在長沙發上，睜著大眼看我，而我從自己所在的位置，從與她面對面的椅子上用貪戀的眼光注視她。我把手掌擱在她的膝蓋上，然後慢慢撩起她的裙襬，一直到連襪子的上緣都露出來為止。襪緣的鬆緊帶勒在赫雷娜那雙已顯腴態的大腿上使我猛然產生一種無可名狀的感覺，哀傷的，困乏的。在我的觸摸下，赫雷娜一動也不動，只是定在那裡，沒有動作，沒有眼神。「哎，要是你知道就好了……」「要是我知道什麼？」「我是如何過日子的。」「你是如何過日子的？」她苦澀地微笑一下。

忽然，我擔心她採取紅杏出牆女人的權宜之計，開始數落自己的婚姻生活，於是我開口道：「千萬不要對我解釋，說你結婚之後一直悒鬱寡歡，說你的丈夫不了解你！」赫雷娜對我先發制人的策略感到有點不知所措，於是連忙辯稱：「我要說的不是這個，只是……」「只是你此時此刻興起這個念頭。所有女人只要單獨和丈夫以外的男人相處都會這樣想的，而謊言正是從這一點開始的，而你，赫雷娜，你要求的就是真理，不是嗎？你的丈夫，你一定曾經愛過他吧！要是沒有愛，你根本不可能委身於他。說真的，你丈夫究竟是怎麼樣的男人呢？」她聳聳肩膀然後微笑道：「就是一個男人。」「你們很久以前就認識了？」「結婚十三年，但婚前便很熟了。」「你那時候還在大學唸書？」「是的，大一。」
她想要拉下裙襬，我按住她的手阻止下來。我繼續追問道：「那他呢？你在哪裡認識他的？」「在表演團彩排的時候。」「表演團？你丈夫是合唱團的成員。」「是啊，我們大家都是。」「所以，你們是在表演團練歌的時候認識的……好浪漫美好的戀愛場景。」「是呀！」「話說回來，那整個時代都是美好的。」「哦，你也是？你也喜歡回憶那個時代？」「那是我有生以來最精采的一段。不過請告訴我，你的丈夫也是你的初戀情人嗎？」赫雷娜抗議道：「我完全不想再談論他！」「赫雷娜，我想深入認識你。所以，我得知道你的一切。我越能將你看得透徹，你就越是屬於我。認識他之前你已經認識別人了？」她點頭道：「的確。」赫雷娜年紀輕輕就被男人佔有，因此，她和帕維爾・茲馬內克結合的重要性便大大降低，我有點失望並補充問道：「你真心愛那個男的嗎？」她搖搖頭道：「只是笨笨的想嘗鮮。」「這麼說來，你的丈夫究竟還是你的初戀情人。」她承認道：「對啦，不過那是很久……」我繼續低聲問道：「他那個人看起來怎麼樣？」「你為什麼這樣窮問不捨呢？」「因為我想要全部的你，包括這腦殼底下的東西。」我一面說一面伸手撫摸著她的頭髮。
如果說有什麼東西會阻止女人向自己的情夫談論自己的丈夫，那絕對不是天性高尚、心思細膩或者真有羞恥之心，而只是怕惹怒情夫而已。如果情夫本人親自讓她消除這層顧慮，那麼做情婦的必會心存感激，因為這會使她感覺自在許多，尤其重要的是：讓她談話多了主題，因為他們談話所能觸及的主題並不是無限多的，而且對一個已婚婦女來講，丈夫始終是她夢寐以求的話題，是她唯一有信心談的，是她能以「專家」身分參與的，話說回來，每一個人不分男女都很高興能以專家的身分自居，很高興能引以為傲。我向她保證，請她儘管談論自己的丈夫，我是絲毫不介意的。於是，赫雷娜釋懷了，她開始大方談起帕維爾・茲馬內克，而且如此沉醉在美好的回憶中，以至於沒有在描述丈夫的言詞中用上任何帶有貶義色彩的字詞；她告訴我，自己是如何迷戀上他的（一頭金髮模樣堂正的俊男），當他成為表演團的政治領導後，自己又是如何尊敬他的，自己和其他的女性朋友又有多麼崇拜他（口才一流），而他們的戀愛過程又和她用三、兩個句子加以辯護的年代混同起來（我們當時誰會想到，史達林會槍斃忠誠的共產黨員），或許她並非蓄意要離題進入政治主題，只是覺得自己本人就包含在這主題裡面。赫雷娜捍衛她年輕時代的方式，和那時代認同的方式（由她口中說出，好像在談論自己失而不可復得的家園），活像一場小型的示威，彷彿赫雷娜要宣告：我無條件委身於你，除了一項：允許我源源本本做我自己，接納我也請接納我的「信念」。可是在當下，我們關心的應該是肉體而不是信念，因此，這種類型的示威宣告便包含了某種不正常的東西，而這東西顯露出一項事實：正是這種所謂的信念會以它自己的方式令相關的女人心靈受創。或者，她擔心人家懷疑她根本沒有一點信念，所以忙不迭地要展現它。或者（在赫雷娜的例子裡比較像是這種情況），她暗地懷疑信念的價值，而且，為了將它重新評價，她故意將一種沒人懷疑的價值放入危殆的狀態：比方愛的行為（或許她感受到了，對情夫而言，愛的行為要比有關信念的爭執重要許多）。在赫雷娜這邊，這種示威宣告並非用來故意氣我。

「喂，你看這個。」她將一個微小的銀牌展示給我看，那是一片以一截短鍊繫在她腕錶上的銀牌。我把臉湊過去看，赫雷娜則向我解釋道：刻在上面的圖案是克里姆林宮。「是帕維爾送我的禮物。」然後將那小玩意的來歷說給我聽。原來以前是一位俄國姑娘送給她意中人沙恰的禮物。沙恰也是俄國人，因為長征而離開故鄉，而且最後來到了布拉格。他雖然捍衛了布拉格，使它免受被蹂躪的災難，但自己卻付出了寶貴的性命。在帕維爾．茲馬內克和他父母居住的別墅裡，俄國軍隊利用樓上設立了軍護站；那時身受致命重傷的沙恰上尉便在那裡度過他生命最後的日子。這段期間裡，帕維爾一直陪伴他，並且和他成了好朋友。沙恰臨終的時候把這塊刻有克里姆林宮圖案的銀牌送給帕維爾當紀念品。在戰爭期間，從頭至尾，沙恰都把這個用細繩串起的飾物掛在脖子上。帕維爾將他朋友的遺物視為無比貴重的東西。有一天赫雷娜和帕維爾（那時他們還是未婚夫妻）鬧翻了甚至想要分手，後來帕維爾來找她，為了求和便把這件廉價（但滿載如此珍貴回憶）的首飾送給她；從那時候開始，赫雷娜便一直把它帶在身上，對她而言，這代表了某種訊息，（我問她是什麼，她回答我：「幸福的訊息」。）而且她打算戴到生命終止的那天。

她一直雙頰緋紅地坐在我的前面（她的裙子往上掀開，露出時髦的黑色束腰吊襪帶），可是就在這個時刻，她彷彿消失在另一個人形象的後面：聽完了那件三度易主小玩意的故事後，帕維爾．茲馬內克的形象猛然跳到我眼前。

我絲毫沒去注意紅軍沙恰。就算在歷史上他確切存有，他的真實性也在帕維爾．茲馬內克那次誇張的行為下模糊掉了，因為帕維爾已經將他轉變成自己生命中的傳奇人物，轉變成一尊神聖的塑像，轉變成感動同情的工具，轉變成表白心跡的說詞以及憐憫的目標，而且被他太太（顯然比他自己還要恆定）如此尊崇（出於熱情或是對抗），至死方休。我似乎感受到，帕維爾．茲馬內克的個性（他那種愛暴露自己內心秘密的惡癖）似乎活靈活現在那裡了；我驚訝地發現自己居然身處十五年前那幕場景的中間：理學院的階梯大教室，講台上長桌子的後面是茲馬內克，他的身旁有個胖嘟嘟的女生，頭髮編成辮子，套頭線衫醜得可以，另外一旁則是個年輕男子，那是區域代表。講台後面是好大一片的長方形黑板，而左手邊則有排在牆面的福西克肖像。講台前面是一階一階高起的座位，而我也和其他人一樣在上面坐定，十五年過後，現在我以昔日的眼睛看著茲馬內克向大家宣布要來審查「楊恩同志的案子」，我看著他鄭重說道：「我現在來向各位朗讀兩位共產黨員所寫的信。」停頓片刻之後，他拿出一本薄薄的冊子，用手理了理他那頭濃密的鬈髮，然後以一種討好的，甚至是溫柔的聲音開始朗讀起來。

「死神女士，你花了好長時間才到這裡！我一直希望不要太早認識你，能以自由之身生活、賣力工作、盡情去愛、暢快高歌，在這世間飄泊流浪……」我聽出是福西克的《絞刑架下的報導》：「我熱愛生命，正因為它的美，我踏上征戰的路途。各位，我愛你們，當你們用愛回報我的時候，我是多麼快樂，當你們無法理解我的時候，我又多麼痛苦……」這些文字是在牢房裡偷偷寫成的，大戰結束之後並被印成數百萬冊發行，此外電台加以廣播，學校將其訂為必修教材，一時竟成那個時代的聖書；茲馬內克唸的正是其中的經典名句，是任誰都能朗朗上口的段落。「但願哀傷永遠不要和我的名字連在一起，這是我最後要向你們表達的心願，爸爸，媽媽，兩位姊妹，還有我的古絲提娜，還有我的好友，一切我愛的人……」牆上懸著福西克的巨型肖像，是馬克思．史瓦賓斯基那件著名圖畫的複製品。史氏是「美好年代」的老畫家，擅長寓意畫，畫中常見身軀豐腴的女人和蝴蝶等美美的東西；據說戰爭才剛結束，幾位同學便去他家，請求他根據相片畫一幅福西克的肖像，而史瓦賓斯基用單線描法（側面輪廓）來畫，以自己特殊的品味完成了這幅細膩到不可言喻的畫作：有人硬要雞蛋裡挑骨頭，說英雄的臉龐有一絲少女的氣息，透著狂熱和殷切，如此澄澈如此漂亮，以至於一些認識福西克的人竟說和他本人真實長相相比，他們比較喜歡史瓦賓斯基的畫作。茲馬內克繼續說著，大廳裡面所有人都鴉雀無聲聽著，氣氛裡有種緊繃的東西。講台上那個胖女生眼裡露著崇拜神色，目不轉睛地望著那個朗誦的人；後者忽然話鋒一轉，而語調也明顯帶著威脅，他現在談到密雷克那個叛徒：「真不敢相信他以前也是好漢一條，當年在西班牙前線戰鬥的時候，槍林彈雨中不曾眨過眼睛，被關到法國集中營裡的時候面對艱苦的磨難也是不屈不撓！可是後來蓋世太保來了，他卻嚇得臉色蒼白，為了忍辱偷生竟然出賣國家。多淺薄啊，這種三、兩下打擊便可將它抹滅掉的勇敢！那麼他的信念也是同樣淺薄……只要私人一浮出來，所有的成就氣節便毀於一旦了。為了保有他那個臭皮囊居然犧牲了自己的戰友。他屈服在自己的怯懦之下，由於怯懦他變節了……」牆上掛著福西克那俊美的面孔，好像在沉思似的，我們國內數以千計的廳室裡都掛著這麼一張沉思中的俊美面孔，表情好像思春少女漾著光彩，才看一眼，我就覺得羞愧，不僅因為我犯的錯，還因為自己的面貌。茲馬內克繼續朗誦：「他們可以奪走我們的性命，不是嗎，古絲提娜？然而我們的榮譽我們的愛情，他們是搶不走的。啊！勇敢的同胞，你們能夠想像劫難過後，我們的生活將是什麼面貌？重新過起自由生活，我們所熱切期盼的，我們的力量所傾注的，我們現在要為它從容就義的才會有意義。」茲馬內克以激越的聲調唸完最終這幾句話便停下來了。

接著他說：「這是一位共產黨員的信，是在絞刑柱的陰影下寫成的。現在，讓我來為你們讀第二封。」接著，他把我明信片上面那三句攻擊性的、嘲謔性的、討人厭的話唸了一遍。然後他又沉默下來，大教室裡沒有一點聲音，我知道自己徹底完了。沉寂的時間持續好久，而茲馬內克這位天才的導演又故意將它拉長。最後，他請我說幾句話。我清楚知道再也挽救不了任何東西。先前我已經為自己辯護過不下十次，沒有在任何人心中留下深刻印象，今天茲馬內克把福西克的苦難拿來做參照標準，那麼我又能如何為自己那幾個小句子脫罪呢？但是還得起身硬擠出幾句話。我再度解釋，自己純粹出於開玩笑的心態才寫下那張明信片，然後接著批判自己遣詞不當、批判那玩笑格調粗鄙，批判自己的個人主義、自己「知識分子」愛說不做的缺失、和人民群眾的疏離，我甚至數落自己的虛榮心、懷疑主義的傾向、犬儒派的調調，可是我也鄭重發誓，自己對黨可是忠心不貳，絕對不是黨的敵人。接著是討論時間，讓同學兼同志們能夠找出理由駁斥我的矛盾觀點；他們問我，一個自己招認是犬儒思想的人如何能夠對黨忠心？有位女同學提醒我自己以前說過的一些猥褻言語並且問我，依我的意見，這種言語出自一名共產黨員的嘴巴到底是不是可以容忍的事？有些人從抽象的辯證出發，要將我打成小資產階級的樣板實例。一般而言，大家評估我的自我批判沒有深到骨子裡去而且根本缺乏誠意。最後，那個坐在茲馬內克身邊的胖女生問道：「依你看法，那些被蓋世太保嚴刑伺候，最後沒活下來的同志，要是他們聽見你的話會做何感想？」（我想起父親而且覺察到在場所有的人都假裝不知道他是怎樣被迫害致死的。）我啞口無言了。她將問題再問一次，並且要求我必須回答。我說：我不知道。她堅持道：「喂，想想嘛，說不定果然想得出來！」她想要我利用自己的嘴巴替那些死去的同志編出一套自我批判的嚴厲說詞。然而當下一陣憤怒的激浪湧上我的心頭，出乎意料之外，令我措手不及，幾個星期以來自我批判的壓力令我無法消受，我回答道：「他們勇敢直視死亡。他們必定不是氣度褊狹的人。要是他們看了我的明信片，或許都要大笑起來！」

說實在話，那個胖女生應該是想給我個機會，讓我至少挽回一點什麼。那是最後讓我「了解」同學同志們的嚴厲批判，讓我能認同他們的想法，然後透過這種認同，我能乞求他們的一點支持做為回報。可是我這固執的想法一說出口，便和他們的思想領域一刀兩斷了。我不願在那種數以百計的集會中，在數以百計的感化批判過程中，甚至在數以百計的司法審判過程中肩負起一般被告都做的事：用激烈言語自我貶損的同時（因此和控訴者的立場認同起來）並哀求人家施捨憐憫。

現場再度靜默下來。茲馬內克開口說話。他說無法想像我那些反黨的言語能算什麼笑料。他重新提起福西克寫的句子同時斷言，在局勢危急的節骨眼上，懷疑主義和左搖右擺的態度毫無疑問便會變質為叛徒行徑，而黨是一座堡壘，絕不容許城牆裡面藏匿叛徒。他補充道，我最後那一段話證明了我完全搞不清楚狀況，更不值得工人階級賣力提供我就學的資源。他提議將我開除黨籍並受退學處分。教室裡的群眾紛紛舉手，茲馬內克要求我交出黨證並且離開。

我站起身子並且走上前去將黨證放在茲馬內克面前的桌子上。他連看我一眼都沒有；先前他就已經不再正眼瞧我了。而如今我卻看著他的妻子坐在我的面前，一身醉態，兩頰泛紅，裙子被掀翻到腰部位置。她那雙結實大腿的上緣被絲襪的黑色鬆緊帶勒住；十幾年來這雙大腿又開又合，她丈夫的生活裡印上了那開合的節奏。我用手掌撫摸這雙大腿，彷彿我掌握了茲馬內克本人的生命。我看著赫雷娜的臉孔，她的雙眼，在我觸摸時半閉著的雙眼。

4

我低聲說：「把衣服脫了，赫雷娜。」

她從長沙發站起身來，裙子的摺邊垂到膝蓋的高度。她直視著我，然後一語不發地（但視線始終沒有從我身上移開）慢慢解開裙子的扣鉤。解開的裙子順著大腿向下滑落；她將左腳抽出，然後再用手將裙子從右腳下面拾起並且放在一張椅子上面。現在她身上只有套頭線衫以及連衣襯裙。接著她將套頭線衫從頭上摘下並且丟到裙子上面。她說：「眼睛閉起來。」我說：「我想看你。」「不要，我脫衣服的時候不要。」

我走到她的身旁。我的雙手架在她的腋下，然後慢慢往下滑到她的腰部；她那絲質的連衣襯裙已經被汗水微微濡濕，我的手在下面移動，感受到她胴體綿軟的曲線。她把臉湊了過來，連嘴唇都張開了。可是我並不想接吻，我寧可長時間地注視她，時間越長越好。

我重複道：「把衣服脫了，赫雷娜。」然後往旁邊移動幾步以便脫掉自己的外套。她說：「這裡光線太亮。」我對她說：「光線充足才好。」然後把外套掛在一張椅子的椅背上。

她把連衣襯裙也脫下來，然後扔去和套頭線衫和裙子放成一堆。她解開吊帶再把絲襪一一褪去；她沒有一把扔掉襪子，而是特地走到椅子旁邊，小心翼翼將之平放上去。接著，她挺起胸部，然後將雙手反扣到肩胛骨中間的位置，才過幾秒鐘，她那繃緊的肩膀突然鬆弛下來，與此同時，她的胸罩也從乳房滑脫開來。兩個乳房夾在肩膀和手臂間，瑟縮地靠在一起，那樣巨大渾圓而且蒼白，顯得有點沉重累贅。

「把衣服脫了，赫雷娜。」我最後一次說出這句話。她注視我的眼睛，然後伸手將緊身的黑色鬆緊三角褲脫掉，並且扔到那雙襪子和套頭線衫的旁邊。現在她的身體是一絲不掛了。

我全神貫注地將這幕場景即使是最小的細節全記起來：我和女人（不管哪個女人）在一起的時候一直不喜歡匆促了事，我喜歡佔有一個陌生然而親密的天地，完全「精確」的世界，而且我要在一個下午的時間完全佔有，在一個獨一無二的愛情行動中，我不但是放縱恣意享樂的而且更是窺伺一頭稍縱即逝獵物的人，所以我要保持完美的警覺狀態。

在此之前，我只有過用眼神佔有赫雷娜的經驗。不過現在，我還是站在一定的距離以外，而她，和我相反，已經期盼胴體接觸的熱，這種接觸能夠遮蔽她那攤在冷眼下的身軀。雖然距離她有數步之遙，可是我幾乎已經能夠感受到她那濕潤的雙唇和迫不及待的淫蕩舌頭。過了一秒鐘兩秒鐘，我終於和她靠上了。就在那兩把堆滿我們衣物的椅子間隙，我們就在房間的中央站著彼此擁抱。

她呢喃道：「路德維克，路德維克，路德維克……」我把她引向長沙發那邊。將她放平。她說：「來，來吧！靠緊我，緊緊的……」

肉體的愛能和靈魂的愛混同一起，那可是極端罕見的事。肉體交纏之際（在這個古老到無法追憶、放諸四海皆準而又一成不變的動作中），靈魂到底要發揮何種作用？在這過程裡，靈魂動腦筋創造，再度斷言自己的優越性，超過單調肉慾生活的優越性！它對自己的軀殼會生出多大的蔑視，這個只配做為它想像藉口的軀殼，而它的想像比起兩個交纏肉體的肉慾更要強上千倍！或者正好相反：靈魂放任軀殼去進行它那鐘擺似的來去，有技巧地將它貶抑，而在同時，靈魂已經隨著自己的思想遠離（因對軀殼的任性感到厭倦），跑到完全不同的地方：比方一盤棋局，某頓午餐或是某次閱讀經驗。

兩個原本陌生的肉體混成一體不是什麼稀罕的事。甚至靈魂的交融有時也有可能發生。可是要教肉體和它自己的靈魂合為一體，與它分享同樣一種酷好迷戀那就難如登天了……

那麼，我的肉體和赫雷娜交歡的時候，我的靈魂在做什麼？我的靈魂看見一個女人的身軀。它對於她的胴體根本無動於衷。它很清楚明白，那個胴體對它會有意義僅僅因為它經常同樣被某個不在場的人觀看並愛戀。而同時它也試著用不在場第三者的眼睛去觀看那個胴體，努力要變成那第三者的媒介。它看見女體的赤裸、她那彎曲的大腿、腹部的皺摺還有乳房，直到我的眼睛變成了不在場第三者的眼睛，否則這一切完全沒有意義，接著，我的靈魂突然進入另外那個人的眼神裡並且與之混同起來；彎曲的大腿、腹部的皺摺、乳房，它都加以襲奪，猶如那不在場第三者眼裡所見的一樣。

不僅我的靈魂變成那第三者的媒介，它還命令我的身體，使它取代了第三者的身體，在此之後，它就閃在一旁以便觀察兩個夫妻軀殼的爭吵，接著突然它又命令我的身體恢復原本身分，介入夫妻的交合過程並且猛然加以拆散破壞。

高潮的痙攣使得赫雷娜的脖子浮現一條青筋；她的頭偏轉過去，牙齒咬陷在靠墊上。她喘叫我的名字，而眼睛熱切懇求片刻休止。

可是我的靈魂命令繼續下去，將她從一次肉慾美推向另一次肉慾美；沒有歇息，重複再重複這種痙攣，只有在這種痙攣裡面，她才是真實的，在那裡面她才不做任何矯飾，透過這種痙攣，她才能被鐫刻在那第三者的記憶中，不在這裡的第三者，用力鐫刻上去，像是錐子、像是印章、一個數字、一個象徵。所以偷走這個秘密的數字！這個皇家的印章！闖入帕維爾．茲馬內克的秘密房間裡行竊吧；翻箱倒櫃不要錯過任何一個角落，然後搞亂裡面的一切！

我看著赫雷娜的面容，脹得紅紫，因為五官線條的扯動而露醜態；我將手放在上面，好像人家把手放在一件可以任意翻來轉去的物品上面似的，不但翻來轉去還要揉捏它拌合它，而且我感覺到，她的臉也願意用這種方式接納我的手：好像一個渴望被揉捏被拌合的東西。我讓她把頭轉向右，接著又轉向左；如此一遍一遍重複。接著這個動作便由掌摑取代；甩了第二個耳光，然後第三個。赫雷娜開始啜泣並且尖叫，不是由於痛楚，她是因快感而尖叫，她的下巴抬起來向著我，而我一巴掌兩巴掌三巴掌地打。接著我又發現，不僅她的下巴如此，連胸脯都抬舉起來，於是我欺在她身上，一頓老拳打在她胳臂上、腰腹間、胸膛上……

凡事都有結局；這場愜意的蹂躪也有它終了的時候。她趴著橫躺在長沙發上，疲倦，精力用盡。她的背部可以看到一顆痣，往下一些的臀部上是被打過的紅色痕跡。

我站起身，步履蹣跚地走過房間；我打開浴室的門，打開水龍頭開關，用大量的冷水沖洗臉部、雙手以及全身。我把頭抬起來，在鏡子裡面端詳自己。我的臉在微笑；我在這時候將這表情（微笑）逮個正著，這種微笑顯得滑稽，於是我不禁爆笑開了。接著，我把身體擦乾，然後坐在浴缸的邊緣。我很想要一個人獨處，至少幾秒鐘，為了享受我突然的孤立，享受我內心湧現的暢快。

是的，我很暢快；或許完全幸福的感覺。我覺得自己是征服者，接下去的分鐘以及小時在我看來似乎毫無用處而且不值得去注意。

然後我又回去。

赫雷娜不再腹部朝下趴著而是換成側臥姿勢；她看著我並且說道：「親愛的，來我身邊。」

許多人在他們的肉軀結合後認為他們的靈魂也合而為一了，於是自動開始用暱稱來稱呼對方，這是自欺欺人的信念。既然我從來不相信肉體和靈魂能夠同臻和諧之境，所以赫雷娜那一聲「親愛的」讓我迷惑了，讓我頗感厭惡。我沒有服從她的招呼，反而朝著堆放我衣物的椅子走去，為了趕快穿上襯衫。

赫雷娜懇求道：「不要穿衣服……」然後把手臂朝我這方向舉起來，重複方才的話道：「來我身邊！」

當下，我心裡只有一個念頭：但願接下去的時刻不要來臨，如果這個冀望不能如願以償，那麼至少讓那時刻消磨在微不足道的方式中，但願它沒有重量，比灰塵還要輕。我不想讓赫雷娜碰我，一想到還要溫存我就惶恐不已，同樣令我惴慄不安的是可能發生的緊張或者任何的誇張場面；基於這項考慮，我極不情願地放下襯衫，然後坐回長沙發赫雷娜的身旁。果真恐怖：她捱過來貼近我，然後將臉貼在我的大腿上，再用手臂將我的大腿摟著。才片刻的工夫，我的大腿已經濡濕了，可是並不是因為她的嘴唇印在上面：她把頭抬起來，我發現她的雙眼汩汩流出淚水。她一面拭淚一面說道：「我的愛，不要生氣，不要因為我哭而生氣。」她摟我的力道更強了，兩手將我環抱住，然後再也克制不了，放聲哭泣起來。

我對她說：「怎麼搞的？」她搖搖頭說道：「沒事沒事，我的心肝。」然後開始吻著我的臉以及我的全身。接著她補充道：「我愛你愛瘋了。」看見我沒答腔，她又繼續說道：「你一定會嘲笑我，但我不會在意，反正我愛你愛瘋了，愛你愛瘋了！」看見我還是一直不肯接話，她說：「我好幸福……」接著向我指了指旁邊的那張小桌子以及放在上面還沒喝完的伏特加酒：「喂，你呀，倒給我喝！」

可是我一點也不想給赫雷娜或是給我自己倒酒；我害怕添上伏特加酒之後，這場情愛遊戲會危險地拉長下去（一場出色的遊戲，但不能再有後續，必須遠遠拋在腦後）。

她仍舊一面指著那張小桌子並且說道：「親愛的，求求你！」然後再以抱歉的口吻補充道：「不要生氣，我好快樂，我想要快樂……」我說：「你或許不需要伏特加也能快樂。」「不要生氣嘛，我就是想喝！」看來沒有正當理由違拗，於是我只好為她倒上一杯。她又問道：「怎麼，你不陪我喝一點？」我搖頭回絕。她一飲而盡，然後說道：「把酒瓶給我！」於是我把酒瓶和小酒杯直接放在地板，從長沙發伸手可以搆得著的範圍內。

她顯然已經從剛才的疲乏中恢復過來，那速度快得驚人；她突然變成了一個小女孩，想要享樂，想要歡愉並且展現幸福。很明顯的，在那種一絲不掛的情況下，她感覺十分自由而且自然（身上只有那只腕錶，短鍊繫著的銀製小克里姆林宮老是不停叮鈴地響），她轉換各種臥姿以便尋得最舒服的感覺：先是兩腿相互盤繞；接著，足踝放鬆之後她又以手肘支撐身體；接著又是腹部朝下趴著，將臉埋在我的大腿間。她一次又一次向我傾吐，說她自己有多快樂；對我說話的同時，她也不停親吻我，我是抱著自我犧牲的認命想法才能忍受下來，尤其是她的嘴巴太潮潤了，而且在我的肩膀臉頰親不過癮，她移師到我的雙唇來了（我不喜歡接吻時用到口水，當然，意亂情迷時是例外）。

她一再向我重複，有生以來不曾擁有過類似經驗；我回答她（只是客套）言過其實了。於是她開始對我發誓，說自己在愛情方面從不撒謊，還有我沒有理由不相信她。然後她從這個思緒發揮下去，一口咬定自己先前已經預感到一切了，在我們第一次見面的時候她已經預感到一切了；還說身軀自有它的直覺，每次都應驗的。她認為顯然是被我的知性所征服，被我的活力勁兒（是的，她說活力勁兒！這話從哪裡說起？）所打動，然後宣稱（儘管她以前不敢以亮話講出來）在我們兩人之間才一開始便有一種秘密的契合，而身體一輩子只會感受一次。「你知道嗎？正因為這樣我才如此快樂。」她彎下身子抓來酒瓶，然後又是滿滿倒上一杯。酒杯再度見底，她說：「既然你不喝了，我只好一個人乾了！」

儘管在我看來這場愛情遊戲已經結束，但我還是得承認，赫雷娜說的那些話倒不令我討厭；這些話證明了我計謀的成功還有我的心滿意足可不是捕風捉影的事。只因為我真的不知道該回答什麼，只因為我不想表現出啞口無言的樣子，所以便反駁她，說她真的誇大其詞，說什麼她指的那種經驗一輩子只會碰上一次，難道她和她丈夫沒有經歷過轟轟烈烈的愛情。

我這些話使得赫雷娜陷入嚴肅的思考（她坐在長沙發上，腳板著地並且微開，兩邊手肘支在膝蓋上，右手拿著空酒杯），然後低聲做出結論：「有的。」她或許估量到，剛才她所經歷事情的感人成分逼得她也得展現感人程度不相上下的誠摯。她重複說了「有的」，又說看在剛才那奇蹟的分上，如果要貶低以前曾經有過的經驗，那或許就不好了。她又喝了一杯，然後滔滔不絕地延伸方才的思緒並且推論：一生中最壯闊的經驗是無法相互比較的；對一個女人而言，二十歲談戀愛和三十歲談戀愛是截然不同的兩回事。而且，如果我沒有會錯意的話：不僅是心理層面，肉體層面也是。

接著（不很合乎邏輯而且牛頭不對馬嘴），她認定我和她丈夫有種類似的神情！她也說不上來為什麼；當然，我和茲馬內克的外貌並不相似，然而她並沒有說錯，因為她有一種不會失誤的直覺，這種直覺讓她得以覺察外貌「底下」的東西。我說：「我想知道我和你丈夫到底像在哪裡。」她說自己有些過意不去，可是卻也是我主動向她問起她丈夫的，是我想要聽她談論她丈夫的，而且全因為這樣，她也才有勇氣觸及這個話題。可是，如果我堅持要聽徹頭徹尾的真相，那麼她就要開誠布公明講：她在一生中只有兩次被這種絕對的強烈力量所吸引：來自她丈夫和我的力量。從她的言詞判斷，使我和茲馬內克彼此相像的正是某種生命的衝勁；從我們身上漫射出來的快樂；永恆的青春；力量。

赫雷娜一心想要說清楚我和帕維爾．茲馬內克相似的地方，但所用的詞彙卻混亂得可以，但是不容置疑的，她是看出那相似之處，而且深刻感受，而且固執己見。我不能說這些斷言觸怒我或者傷害我，只是對其中深不可測的可笑成分感到震驚；我走近椅子，然後開始慢慢穿起衣服。

赫雷娜覺得我不高興，於是站起身子向我走來並且說道：「寶貝，我把你惹煩了？」她撒嬌地摸摸我的臉同時請求我不要怪她。她攔阻我，不准我穿衣。（她把我的長褲和襯衫視為寇讎，確切原因是什麼我說不上來。）她說她真的愛我，又說她不是那種把「愛」字掛在嘴上隨便說說的人，還有，她日後一定會找機會證明給我看，還有，當我一開始提出有關她丈夫的問題時，她就猜到，談論他是不智之舉；她不希望我們的關係中闖進其他的男人，一個外人；沒錯，「外人」，因為長久以來，她的丈夫對她而言已經可有可無。「因為，心肝，我跟他井水不犯河水已經整整三年了。為了女兒的關係我們才沒有走上離婚一途。我們各自過各自的生活。真的形同陌路。在我眼裡，他只代表了我的過往，好遙遠的過往……」我問道：「這是真話？」她說：「這是真話。」我說：「撒謊撒到這種程度，太怪誕了！」「可是我說的句句實話！我們雖然還住在同一個屋簷下，可是早無夫妻之實；這點我向你保證，多少年來我們已經不談這一件事！」

一個戀愛中的可憐女人用哀求的目光看著我。她一次又一次向我保證，自己所說的話句句實在，全然沒欺騙我，我沒有理由嫉妒她的丈夫，她的丈夫只是她的過去。今天，她不算對誰不忠實，因為不忠實也得要有對象，還有，我不必自尋煩惱想不開：我們那場下午的情愛不僅僅美而且「純」。

我被一陣清醒的恐懼震懾住了，我突然理解到，往深處想，我實在無法不相信她。她看出我的心思，寬慰之餘，便再三要求我高聲向她交代，說她已經說服我了。接著她為我倒了伏特加酒並且邀我舉杯同飲（我拒絕了）。她親吻我，儘管我渾身起了雞皮疙瘩，還是無法移開我的視線。她的眼瞳有一抹動物性的藍、她的裸體（靈活的、微顫的）令我著迷。

她的裸體我不再用先前的眼光來看待；突然之間，那成了「暴露的」裸體，不再具有使人興奮的力量，因為先前這股力量包藏了她那年紀所有的缺點，包藏了茲馬內克夫婦濃縮版的故事，也是後來深深吸引我的地方。如今，她剝脫一切站在我的面前，沒有丈夫，沒有婚姻羈絆，唯有她的本身，她那肉體上的缺點猛然喪失邪門的魅力，而這些缺點也還原成原本的樣子：就是單純肉體上的缺點。

赫雷娜越喝越醉了，而且興致也越來越高；她以為我相信她的愛，因此特別快樂，不過卻不知道如何將那種感覺表現出來。突然，她想到把收音機打開（她背對著我，蹲在收音機前面扭旋開關），聽到爵士樂，赫雷娜站起身子，眼眸閃閃發亮。她開始不熟練地扭腰擺臀跳起扭擺舞來（我看著她那兩顆乳房左右甩來甩去，嚇呆了）。她噗哧笑道：「跳得怎樣？你知道，我從沒跳過這種舞。」她高聲笑著，然後過來用手臂勾纏我。她要我教她跳舞，看我不情不願她嗔怪了；她說那種舞步她不曉得，要我教會她跳；還說她指望我教她其他很多的事，她要和我一起重覓青春。她要求我親口向她確定，說她還很年輕（我照做了）。後來她察覺到，我已穿好衣服而她竟還沒有，她又笑了；這種情況在她眼裡無比地不尋常。她問我道，那公寓的主人是不是有面落地大鏡，能讓她從裡面同時看到我們兩個。落地大鏡沒有，倒有書櫃的玻璃門。她想在那上面看到我們，可是鏡影不夠清晰。她湊近書櫃，看到幾本書書脊上印的書名不禁再度噗哧笑起：《聖經》、喀爾文的《制度》、巴斯卡的《外省人》以及宗教改革家胡斯的作品。她取出《聖經》，做出一本正經的姿勢，然後隨興翻到某頁並以宣道者的口氣朗讀起來。她堅持要我明講，她看起來像不像個好神父。我鄭重回答，這種朗讀聖典的事非常適合她，不過最好還是請她快點穿衣，因為寇斯特卡先生隨時可能返家。她問我道：「幾點鐘了？」我回答道：「六點半。」她一把抓住我戴錶的左手腕並驚呼道：「騙人！六點還差一刻！你想趕快擺脫我！」

我只希望她離我遠遠的。我祈願她的肉體（物質地教人絕望）流失它的物質性、融化掉，像一條小溪流逝掉，或者像一縷輕煙從窗戶逸散掉——偏偏那尊肉軀原封不動杵在那裡，那尊並非我從誰那裡搶奪來的肉軀，那尊藉由它我既沒有征服也沒有毀滅任何人的肉軀，那尊我原先盤算要加以濫行支配，倒頭來卻反而被它佔去便宜的肉軀，那尊肉軀好比拒收的訂貨，被丈夫遺棄的東西，而它現在卻不合時宜地歡天喜地，得意洋洋，快樂得在那裡蹦蹦跳跳。

老天不允許我縮短自己磨難的時間。到了六點半，她終於重新穿起衣服。這時她看到自己手臂上被我打過所造成的紅色痕跡，她撫弄起那處肌膚，說直到下次我們聚首以前，就把那處紅腫權充對我的珍貴回憶吧。接著她很快就回到正經的話題：在那處紅腫還沒從皮膚上消失以前，我們一定還會再碰面！她站著依偎在我身上（兩隻絲襪一隻已經套上，另一隻還拿在手裡），並且要我承諾她，大家真的很快還會重逢；我點頭默許。這還不夠，她強求我，要我親口應允，在她皮膚上的紅腫還沒消退之前還要見面「很多次」。

她穿衣服耗去很多時間。離開的時候只差幾分鐘便七點了。

5

我將窗戶打開，迫不及待要讓風迎面吹來，快快捲走那個一無是處下午的回憶，捲走所有味道的殘留，所有感覺的渣滓。我將酒瓶拿開，將長沙發的靠墊歸位，等到一切痕跡看來都湮滅之後，我累得癱在扶手椅裡，坐在窗戶旁邊，等著（幾乎是他回家的時候）寇斯特卡回來，等待男性的聲音（我迫切需要男性的嗓音，低沉的），等待他的高大身軀、胸部「平坦的」高大身軀，等待他平和的言語，也期盼他為我帶回露西的消息，和赫雷娜完全相反，露西的非物質性如此溫柔，她是那麼抽象，那麼遠離衝突、緊張以及誇張場面，而且對我的生命不無影響；我的腦際劃過一個想法，她對我的影響應該如占星家宣稱的那樣，一如星宿對人命的影響；我陷在扶手椅裡（面對敞開的窗戶，正將赫雷娜的味道驅逐出去的窗戶），心想自己已經猜出過去兩天以來為什麼露西又重新出現在我的生命中：只是為了將我的復仇消弭於無形，為了把一切將我引來這裡的理由變成一陣輕煙。因為，露西這位我曾經深愛的女人，在最後一刻突然從我生命裡閃躲開去的女人，其實是逃逸的女神、追逐卻徒勞無功的女神，是霧陣的女神；她始終把我的頭捧在兩手之間。

第六部

寇斯特卡

1

我們很久不曾謀面，不過甚至早先我們也難得彼此見上一面的。說來奇怪，我倒是在心眼裡時常和他碰面，路德維克．楊恩，甚至非常頻繁，許多內心獨白都是說給他聽的，好像對待一個主要對手似的。我已經如此習慣他那空靈的非物質的存在，以至於昨天他迅雷不及掩耳地出現在我面前，以血肉之軀出現在我面前，尤其是經過那麼多年以後，我真的愣住了。

我把路德維克稱為我的對手。我有沒有資格這樣稱呼他呢？也很湊巧，每次我們相逢的時候，我幾乎都處於無援的狀況，而且每一次都是他挺身幫忙我，儘管如此，在這種情誼之下總隱藏著一道矛盾的深淵。我不知道路德維克是否和我一樣會在心底丈量這道深淵。不管怎樣，他把我們外在的關係看成比內在的歧異重要。他和外在的敵人誓不兩立，但對內在的不和就睜一隻眼閉一隻眼。但我就辦不到。我是根本相反。不過這不意味我對路德維克沒有好感。我喜歡他，一如我們喜歡我們的對手一樣。

2

我在一次動蕩紛擾的集會裡認識他，時間是一九四七年，所有的學院都因為這類的集會而情緒激昂起來。祖國的前途正處於瞬息萬變的重要關頭。我參加了所有的討論會、辯論會以及投票，立場站穩在共產黨這邊的少數、矢志對抗當年在大學裡的多數。

不少基督教徒（舊教徒和新教徒）都對我懷恨在心。他們認為我是個不折不扣的叛徒，因為我效忠支持的信念居然毫不客氣地把無神論寫在高高擎舉的大纛上。今天我有時會碰到一些人，他們認為十五年過去了，我該對自己的錯誤有所覺悟。可是我可要令他們失望了。到今天為止，我從來不曾改變過我的立場。

眾所周知，共產黨的運動中神是不存在的。然而，只有基督教徒，那些拒絕看見自己眼中樑木的基督教徒才會因此責怪共產主義。我說：基督教徒。可是何處有他們的蹤跡？放眼望去，我只看到一些假基督教徒，他們的生活方式根本無異於不信教的人。然而，做為基督教徒意味的是以不同的方式過活。也就是說走上耶穌的路，「仿效」耶穌基督。換句話說就是置個人的利害和個人福祉權力於度外，並且轉而注意貧困的人和受屈辱的人，關懷那些受苦受難的人。教會真的都忙著做這些事？我的父親是一位經常處於失業狀態的勞工，但在信仰裡卻是忠心而謙卑。他那張虔誠的臉永遠朝著上帝，可是教會卻從不正面瞧他一眼。他被遺棄在同僚當中，被拋擲在教會裡面，孤單面對他的上帝直到生病直到病亡。

教會從來沒弄懂過，工人運動是受屈辱者、是渴求正義者的運動。它從來沒想過要和他們同在並且為他們在塵世間建立起上帝的國，而且掉頭過去和壓迫者沆瀣一氣，將上帝從工人運動劫走。而現在居然指責工人們目無上帝？簡直是法利賽人的作為！當然，社會主義的本質是主張無神論的，不過我在其中看到神的指責，這指責是針對我們、針對基督徒而來的！指責我們面對困苦受難的同胞時的無動於衷。

在這種情況下我該怎麼反應呢？該對信徒人數日益減少的情況感覺驚惶？還是對於學校教導學童反宗教思想一事感覺錯愕？不是。真正的宗教是不屑世俗權力來庇蔭的。世俗的敵意只會增強信仰的韌度。

或者，難道我要反抗社會主義，只因為這種意識形態由於我們的錯而走上無神論的道路？我只能哀嘆那將社會主義導向與上帝疏離道路上的蔑視態度，多悲慘的蔑視態度啊！我能做的只有將這態度放在真理的光明之下，並且努力去矯正它。話說回來，基督徒我的弟兄啊，為什麼這樣惴慄不安？一切事情都靠上帝的意旨收尾，而且我經常自問道，上帝是不是故意要讓人類知道：人類將不能夠不受處罰地便端坐在寶座上，還有，就算人類再如何公正無私，世間萬事萬物如果沒有上帝參與，那麼也只會朝壞的方向發展，只會墮落下去。

我回想起過去那些年中，在我們這裡，有些人相信自己離天堂只有幾步遠了。而且他們多驕傲啊：那是他們的天堂，沒有任何人從雲端幫助，他們照樣可以登天！只是後來，天堂竟在他們眼前煙消雲散了。

3

一九四八年二月以前，我的基督教信仰和共黨主義並無格格不入的情形。共產黨員也很樂意聽我解釋《福音書》的社會主義內涵、聽我嚴詞譴責那被蟲蛀蝕得千瘡百孔的舊世界，快被自己財富及戰爭壓垮的舊世界，聽我指出基督教教義和共產主義的裙帶關係。那個年代，共產主義盡量要廣獲社會各階層的鼎力支持，其中當然包括教徒。可是一九四八年二月之後，一切都改觀了。身為助理教授，我努力替不少學生辯護過，他們因為自己父母政治思想的緣故很有可能被開除大學學籍。我的抗爭最後換來的是和工作單位管理層級的衝突。於是有些不滿的聲音出現，說是一個懷抱如此鮮明宗教思想的人是沒辦法教育社會主義青年的。看情況我如果要生存下去就得奮鬥一場才行。在那時候我聽說路德維克．楊恩這位學生曾在黨大會的時候替我說了好話。他說如果忘記二月革命前夕我對黨所出的力氣那麼就是不折不扣的忘恩負義了。當場有人提出我的基督教信仰背景向他質疑，而他也反駁道，在我的生命中，宗教不過是個過渡階段，還有，因為我還年輕，很容易便能成功擺脫。

我親自去向他道謝。我同時也告訴他，我比他年紀要大，所以也就沒有機會「擺脫」我的信仰。於是我們兩個當場就辯論起來，談到上帝存在的問題、永恆和哲學上有限性的問題，談到史賓諾沙是不是唯物論者的問題以及其他的事。我們終究沒能達成共識。最後，我問路德維克後不後悔發言替我辯護，因為在他眼裡我一定是個無可救藥的人。他回答我，我的宗教信仰純粹是我私人的問題，其他任何人都無權干涉。

後來我一直沒有機會在學院裡和他再度相逢。但我們的命運回頭來看卻相似得不得了。我們晤談後的三個月，楊恩竟遭開除黨籍和退學的處分。再過六個月，輪到我也離開大學。我是被趕出去的？被強迫放棄工作的？其實我也說不上來。沒錯，單位裡越來越多的人發聲反對我的人格和我的信仰。沒錯，有些同事甚至暗示我，最好找個公開場合做一場無神論色彩濃厚的聲明。沒錯，在我授課的時候有一些共產黨學生公然挑釁我的宗教信仰。有人開始傳言，上級巴望我趕快離開學校。可是我始終指望學院裡不少共產黨員會支持我，因為他們敬佩我在一九四八年二月以前堅守自己立場的勇氣。或許當時我自己只需出點力氣就夠：我應該開始為自己辯護。我仗著背後有那些朋友可資倚靠。所以，我什麼措施也沒採取。

4

耶穌向他的門徒說：「跟我來。」而他們也沒有反駁質疑便丟下手中的漁網，離開乘坐的船隻，離開他們的家庭財產，然後追隨耶穌去了。「凡是把手搭在犁上卻還要轉頭去看的人不配住進上帝的國。」

如果我們真心傾聽上帝的召喚，那麼我們就應毫無條件追隨他去。這是《福音書》裡大家都耳熟能詳的，然而在現今這個時代中，這些言詞聽起來竟像是童話故事。一聲召喚，在我們日常庸碌的生活中，它究竟該和什麼配韻？我們該往哪裡去，扔掉漁網之後又該追隨誰去？

不過，召喚的聲音仍在我們的世界迴響，只要我們的聽覺夠敏銳就聽得到。當然，那種召喚不會透過郵遞送來我們家裡，好像我們簽收掛號信那樣。它是蒙起面目來的。它的外衣鮮少是誘人的粉紅色。馬丁路德不就寫過：「你將不是透過行動選擇，你該為它奉獻犧牲的是違反你的選擇你的思想你的欲望而降臨在你身上的東西，那裡才是你的道路，我在那裡召喚你，你得在那裡追隨我，而你的主人也將從那裡經過……」

其實有許多理由可以讓我堅持保有助理教授的職位。那個職位相對輕鬆舒服，讓我擁有許多可做研究的自由時間，而且讓我在有生之年得以一償升任大學正教授的宿願。可是讓我恐慌的是，我竟然如此依戀我的職位。又因為先前看過多少優秀傑出的教師或是學生都被強迫離開他們的職位或是學位，因此這份恐慌就更形強烈了。我擔心自己抓緊個好的職位，只因為它所提供的明確遠景，此舉將我和前途堪慮的同儕分隔開來。我了解到，那些意圖要將我逐出學院的提議是種「召喚」。我聽見有人提醒我。有人要我小心自己優渥的職位可能會束縛我的思想、我的信仰甚至我的良知。

我的妻子為我生了一個小孩已經五歲了，她用盡各種方法敦促我要為自己辯護，要我利用一切人脈資源以保住我在學院裡的職位。她想到的是小男孩的前途和整個家庭的未來。除此之外，她不去多想別的。每次看到她那日益憔悴的臉孔，我就對無止盡的憂慮感到恐慌，憂慮隔天的事，憂慮翌年的事，憂慮未來的每一天每一年。面對這個重擔我一時不知所措，但接著心中響起耶穌的語言：「不要憂慮明天的事，因為明天自會看顧自己。每天的辛苦已經夠了。」

我的敵人認為我的內心必然會被折磨得苦不堪言，可是我卻感受到意料之外的自在。在他們的想像中，我一定覺得自己的自由受到限制，誰料想到，在這時候我實際上發現自己擁有最真實的自由。我領悟到，人沒有什麼可以丟失的，天地到處都是他的容身之處，只要耶穌去過的地方他就能去，這意味著：在人群裡的每個角落。

起先我迎向敵人們的惡毒態度時心中難免有種訝異和窘迫，但是後來，我接納他們濫施在我身上的傷害，因為我已將它看作一個涵義已被破解的召喚。

5

共產黨員認為，一個在黨眼裡有罪的人如果肯到農工群眾中勞動一段時期，那麼就能獲得赦免，這根本是相當宗教的想法。二月革命後的那幾年裡，許多知識分子便走入礦場、工廠、工地或者國家農場，所經歷的時間多少都算是長。在那些場所具有神秘淨化功效的氛園中待過之後，他們便可以再回到行政系統或學校裡去。

我向學院主管提出下放的要求，但不是到別處重拾科學研究員的工作，而是希望調到一個能和群眾接觸的地方，最好是在哪個國營農場裡擔任技術人員。我那些共產黨同僚，朋友也好敵人也罷，全都從他們的思考而不是從我的信仰出發去詮釋我的舉動：我表現出了自我批判的超凡能力。既然他們讚賞我的決定，於是便協助我在波希米亞西部一處國營農場裡找到理想的職位，說它理想，那是因為主管人好而且四周風景美麗。他們給我寫了一份言詞溢美的推薦信當作祝我一路順風的禮物。

我那新的職位真正讓我快樂到極點，讓我好像重獲新生一般。那處國營農場設在一處荒廢了的村落，距離邊界不遠，而且自從戰爭期間德國人將居民送進集中營以來，新移進來的人口還不到以前的一半。農場四周延展著起伏的崗巒，大部分的樹林都被砍伐並且闢成牧場。山谷底部則稀疏散落著村落的小房子。霧氣飄來飄去，在我和聚落之間彷彿形成一道會游移的屏風，而世界看起來像上帝造物第五天的模樣，好像上帝還在猶豫要不要將它交給人類。

連那裡的人都比較堅實可靠。他們面對的是大自然，是無窮盡的草原，是一群又一群的母牛和母羊。和他們相處，我的呼吸順暢多了。我很快動了新的念頭，想要從這片地形起伏的風景裡取得最大的經濟效益：施肥，為牧草發明最合理的青貯方法、開闢藥用植物的實驗農地、設置溫室等等。主管非常感激我這一系列有創意的措施，我也因為他允許我以有用的勞動換取衣食而心存謝意。

6

時間來到一九五一年。九月天氣寒涼，可是到了十月中旬又突然熱起來，一直到十一月底都是燦爛的秋季。放置草原側坡上乾燥的麥稈垛散發出附近一帶都聞得到的氣息。草叢中，秋水仙纖巧的身影頗為搶眼。在四周的村落中有人開始議論那個流浪女孩。

附近村落的幾個頑童跑到新刈過的草地上玩。正當他們七嘴八舌高聲說著故事的時候，其中有人看見一個女孩從麥稈垛裡走出來，頭髮凌亂不曾梳理，而且夾雜乾的草屑，是個先前誰也沒見過的女孩。她在驚嚇之餘連忙到處竄躲，最後才沒入森林裡面。等到孩子們回過神想要追趕上去的時候，她早就不見蹤跡了。除了這個，當地還有一名村婦也見過她：有天下午村婦在自家中庭裡幹活，突然不知從哪裡冒出一個年紀二十出頭的女孩，身上穿著磨損得很厲害的大衣，低著頭向她乞討一塊麵包。那位村婦問她：「你這個樣子要到哪裡去？」年輕女子回答她還有漫長的路要趕。「你要一路走著去？」「身上剩下的錢都丟了。」村婦沒再多問就拿了麵包和牛奶給她。

還有，我們的牧羊人也把自己親身經歷的事說出來：有一次在高地他把牛奶罐和塗上奶油的麵包片放在一棵樹木的殘株旁邊。接著他離開一下去看看自己的畜群，可是回來以後卻發現麵包和牛奶罐都離奇消失了。

小孩們立刻用自己豐富的想像力將這些經歷改編為繪聲繪影的故事。附近只要有人說起丟了什麼東西，他們就將這事視為說明陌生女子出沒的有力證據。十一月初水已經很冷了，然而他們卻在某天黃昏的時候看見她在距離村落不遠的池塘裡洗澡。還有一天晚上，有人聽見遠方傳來女人唱歌的尖細聲音。大人們相信那只是有人在斜坡地的木屋裡聽收音機，可是孩子們堅持是她，那個野女孩，她一面披頭散髮沿著山脊行走一面唱歌。

有天夜裡，他們在野地裡從馬鈴薯的枯乾莖葉生起篝火，然後再把馬鈴薯塊根丟進火熱的餘燼中。他們接著朝森林邊緣看了一眼，有個小女孩尖叫道，她看見那個野女孩正從暗處窺伺他們。聽到這陣叫喊，有個男孩便從地上拾起一個土團，然後朝著小女孩指點的方向扔過去。說來奇怪，沒有任何叫聲回應。但是發生了另外一件事，所有小孩異口同聲指責那個投擲土團的同伴，而且差點擁上去揍他。

沒錯，事情就是這樣：儘管大家已經將小偷的標籤貼在那流浪女孩的身上，但是這故事卻還不足以喚起孩童慣常有的殘忍特質。從她首度現身以來便有一些小孩在心中對她生出憐憫之情。他們的心是不是被她行為的無關緊要給感動了？還是因為她年紀輕？還是哪位天使伸出援手來保護她？

不管怎樣，反正那塊丟出去的土團是點燃了小孩們對流浪女孩的愛心。等到他們離開將滅的篝火時，便故意原封不動留下那堆悶熟了的馬鈴薯，上面覆蓋一層熱的灰燼以保持馬鈴薯的溫度，然後上面再插上折來的松枝。他們甚至替那女孩起了名字，在一張從筆記本撕下的白紙上用鉛筆寫上大字：「流浪女孩，這給你吃。」他們把紙張放在馬鈴薯堆旁邊，上面再用土團壓住。接著，大家溜進灌木叢裡躲著，想要仔細觀察她那怯生生的身影到來。夜色越來越濃，但始終沒人出現。小孩們最後不得不從藏匿處出來，然後各自回家。可是隔天才一大早，他們便快步飛奔到田野裡。馬鈴薯全不見了，那張紙和那根松枝也不翼而飛。

從此，女孩變成了小孩們心目中的仙子，值得他們施與愛心的仙子。大家一想到便留給她一小罐牛奶、一點麵包、幾顆馬鈴薯，另外還附有短信。每次放置禮物的地點都會改變。他們避免將送給她的食物放置在定點，這和一般對待乞丐的方式是不一樣的。他們在和她玩。玩找寶藏的遊戲。他們從最初留給她烤馬鈴薯的地點向外處去，漸漸遠離村落深入田野裡面，並且將寶藏放在靠近樹木殘株或者岩石腳下或者某棵山楂樹的旁邊。沒有人會洩漏這些藏寶地點的位置。他們彼此達成默契，不去窺伺取食的流浪女孩，不去阻擋她的去路。他們接納了這位無形的女孩。

7

這個故事沒能繼續發展多久。我們農場的主管有一天在社區國委會主席的陪同下前往遠處的高地巡視，目的是要清點該處幾棟沒有人住的房子，然後將其布置成宿舍，專門供那些遠離聚落、深入田野的農工們住宿。途中下起傾盆大雨，而附近一帶只有一座小雲杉樹林以及樹木邊緣的一間小穀倉。他們連忙跑上前去，然後拔掉門上權充門鎖的木門並且闖了進去。陽光從打開的門和屋頂的裂縫射進室內。在一個角落裡乾草堆被挖成可以臥睡的樣子。他們撿現成的便在那裡躺下，一面傾聽雨水拍打屋頂的聲音，一面呼吸令人暈眩的香氣同時閒聊起來。主席不經意把手掌插進右手邊那一落的乾草，突然他觸碰到裡面一個堅硬的平面。原來是一只小箱子，非常陳舊，是用厚紙板做的廉價貨。我不知道那兩位男士面對這個秘密時猶豫了多久，但確定的是，最後他們將它打開，發現裡面放了四套少女的連身衣裙、全新的，華麗極了。這些衣服的華麗與箱子的老舊形成了出人意表的強烈對比，讓他們不禁懷疑是不是贓物。連身衣裙下面壓著幾件女用的貼身衣物以及一疊用藍色狹緞帶綑紮好的信件。這些便是箱子裡所有的東西了。直到今天我還不知道任何有關信件內容的事，甚至不曉得我們主管以及那位主席是不是拿來讀了。我只聽說信都是寫給一位名叫露西．塞貝特闊娃的女子。

等他們對於這個發現做了一番思索之後，主席又在乾草堆裡發現第二件物品。那是一個藍色的搪瓷罐子，表面已呈鱗片狀剝落，是用來裝牛奶的。半個月以後，農場的牧羊人每天都到小客棧裡向大家描述它是如何離奇不見的。

之後，事情就繼續發展下去。主席埋伏在矮樹林裡，而我們農場的主管則趕到鎮上，並從那裡派出一名憲兵。夜幕降臨，女孩返回她那草香四溢的棲身處所。他們先放任女孩進去，然後推開門，等了大約半分鐘後自己才進去。

8

那兩位設計在穀倉裡捉拿露西的男士都是正直誠實的人。主席自己以前曾是農場工人，為人磊落，育有六名子女。至於那位憲兵則是一個憨直、舉止不拘小節的鄉下人，嘴上留著兩撇大鬍子．他們連打蒼蠅都下不了手更何況對人。

不過，當我獲悉露西是如何被逮著的時候，心裡卻感受到一陣奇怪的苦痛。直到今天，只要我想像當時主管和主席翻動她那箱子的光景，將她那以載體記錄下來的私密天地拿在手裡，檢視她那用髒了的貼身衣物，看了他們不該看的東西，只要想像那個光景我的心就一陣糾結。另外一幅想像中的情境同樣令我感覺難過；當時這位纖弱的蝸居者完全無路可逃，唯一的門口已被兩位身軀高大的男士堵住了。

到了後來，漸漸弄清楚露西的故事之後，我很訝異地了解到，透過這兩幕令人心疼的景象，她命運的本質就立刻揭示在我的眼前。這兩幕景象代表的正是「強暴的處境」。

9

那天晚上，露西就不住在穀倉裡，而是睡在以前是間店鋪、後來充作警衛隊辦公室的一張臨時架起來的鐵床上。隔天，她被送到國家委員會去接受訊問。人家問出她之前住在奧斯特拉瓦，而且也在那裡工作，後來無法忍受下去便逃出來了。等大家想問她更多細節的時候，她就堅持不再開口，只是沉默以對。

為什麼要逃到那裡去？據她說，她的父母住在雪柏。那麼到底基於什麼理由她不回去家裡？她在火車還沒有抵達雪柏之前就提早下車，因為那時她心裡突然被一陣恐懼所籠罩。她的父親以前動不動就打她。

國委會的主席向露西宣布要將她送回奧斯特拉瓦，因為她從那裡離開時並沒有依照規定提出申請。露西告訴他們，自己是在火車抵達第一個車站時便下車了。他們起先不准另有其他變通辦法，但不久之後就明白這種處理方式根本於事無補。因此，他們又問露西，是不是可以將她遣返雪柏原籍。她重重地搖搖頭。接著，他們又是一陣強硬的態度，最後，主席的態度被自己的仁慈心腸給軟化掉了。「那麼，你到底打算怎樣？」她想知道是不是可以留下來，並且在當地找個工作。他們聳聳肩膀然後回答，他們會去國營農場裡幫她問問看。

農場裡缺乏人手一直是主管最傷腦筋的事。於是他立刻接受了國委會的提議。之後，主管通知我說，我向上級請求派遣到溫室支援的人力已有著落。當天，國委會主席便帶露西來到我的單位，並且將她介紹給我認識。

那天的情景如今我還覺得歷歷在目。十一月就快結束，出了幾個星期的太陽之後，秋天才慢條斯理地以風雨的面目示人。天空下著毛毛細雨。她穿著一件栗色的大衣，手裡拎著紙板提箱，把頭低著，眼裡的神色是漠然的，定定站在主席身旁。主席將那藍色的搪瓷牛奶罐拿在手裡並且嚴肅地向她清楚說道：「以前你犯過小錯我們都原諒你，而且現在大家也願意信賴你。我們原本應該將你遣送回奧斯特拉瓦，可是終究讓你留下來了。工人階級不管在哪裡都需要正直的人。努力幹吧，不要辜負階級對你的期望！」

趁著主席將牛奶罐拿到辦公室託人歸還給牧羊人的時候，我將露西帶到溫室並將兩位工作夥伴介紹給她認識，然後向她說明工作的內容。

10

在我的記憶中，和露西相較，我當時所有的生活經驗都要失色。對她的印象裡還有另一個相當清晰的側影浮現，那就是國委會的主席。路德維克，當你昨天坐在我面前，坐在這張扶手椅裡的時候，我並不想說出冒犯你的話。既然今天你又和我再度晤面，而且讓我感受到你是我最親近的朋友，有如一個意象，有如我的影子，那麼我就把實話告訴你：這個昔日做過農場粗活的人，這個想為自己貧困同胞建立天堂的人，這個懷著天真赤忱、滿口寬赦信任以及工人階級如何如何的人，其實他比起你在思想上和我接近得多，儘管他從來不曾向我表示個人對我有什麼好感。

以前你都宣稱，社會主義是從歐洲的理性主義和懷疑主義的主幹上萌發出來的，對於宗教或者說是反對宗教，而且脫離這個框架它的起源就難以想像了。可是今天你是不是依然要嚴肅地辯護：不將唯物哲學擺在首要位置就無法建構社會主義的社會？你還真的篤信：信仰上帝的人無法將工廠收歸國有？

我全然絕對地相信：耶穌傳遞給世人的各種信念其實有個思想主軸，它會以較自然的方式將我們帶往社會平等以及社會主義。每當我回想起我國社會主義階段較早期的那些激進的共產黨員，比方將露西託付給我的這位國委會主席，我就覺得他們比較像是宗教的狂熱分子而不像推崇伏爾泰的懷疑主義者。一九四八年以降的革命時代其實和懷疑主義以及理性主義沒有太多相同之處。那是群體強烈信仰的時代。支持這種信仰的群眾在歷史洪流中前進的時候，其實心裡懷抱的感覺和宗教給予信徒的感覺是極類似的：他們摒除自我、不計個人利害、放棄所謂的私生活，為的是要追求某種更超凡的、大我的東西。當然，馬克思主義學說的源頭是世俗的，不過，大家對它所體認的要義則是和《福音書》以及《聖經》各種經誡可以相比擬的。它為自己創造了一套不容挑戰其威嚴的理論，在我們的術語中就是「神聖」一詞。

這個蓄勢待發或者已經上路的時代在本質上有種偉大宗教特有的東西。只可惜，它並沒有將對自己的宗教體認發展到極致！它徒具宗教的情感和姿態，然而骨子裡卻空蕩蕩地沒有自己的神。而我，我始終認為神終將垂憐我們，讓我們認出祂來，而且最後祂將使這種世俗的偉大信仰神聖化。但我白等了。

最終這個時代是背叛了自己的宗教性，又因為對自己不了解才會祭出理性主義繼承人的名義。幾個世紀以來，理性主義的懷疑精神腐蝕了基督教，不過腐蝕它卻不會消滅它。可是說到共產主義理論，這個所謂理性主義懷疑精神的嫡裔，不出幾十年它將會被後者消滅。路德維克，在你身上，它已經被消滅了。而你自己心知肚明。

11

當一個人成功避走到故事王國裡的時候，他有可能整個人充滿高貴、憐憫和詩質。在日常生活的領域裡，一個人可惜經常被過分小心、不信任和懷疑所宰制。這就是大家對露西的態度了。自從她從童話故事的王國裡走出來，變成一個真正的女孩，和其他女工分擔勞動、一起睡眠的時候，她便成為好奇心的對象，而這種好奇心並不是都沒有惡意的成分。人們對於被從天上拋棄的天使、對於被從童話故事裡驅逐出來的仙子都會產生這種好奇心。

露西靜默的本性並沒有讓她得著什麼好處。一個月後，國營農場從奧斯特拉瓦某個人事部門收到轉來的、有關露西的檔案。根據裡面的記載，我們知道她原本是雪柏一家理容院的學徒，後來因為妨害善良風俗而被送往女子感化院住了一年。從感化院出來以後她便直接到奧斯特拉瓦了。她在那裡做女工的期間表現可以說是可圈可點的。在宿舍裡，她的行為足以做為同事楷模。在她無故失蹤之前只犯了一件雖算輕微但卻不比尋常的小過失：她在墓園偷花的時候被人逮個正著。

這些有關她的背景資料都相當簡略，對於了解露西的秘密是於事無補的，反而讓那秘密顯得更撲朔迷離了。

我答應農場主管要好好照顧露西。我深深被她吸引。通常她都是一言不發地辛勤幹活。她那份生怯裡有種沉靜的況味。我在她身上觀察不到一絲一毫古怪的行為，因為對於一個曾經度過好幾個星期流浪生活的年輕人，大家總會期待看到什麼不正常的舉止。她說來到農場她是適得其所，所以不打算再離開了。她的個性溫柔，面對爭執的時候都是最先讓步的一方，以至於贏得同事們的好感。可是她那過度簡潔的說話方式不知為什麼讓人感覺她是苦命的、心靈是受過極深創傷的。我只希冀哪一天她能向我和盤托出內心的秘密，但我知道，她在過去的日子裡一定承受過別人對她不知多少次的詰問，讓她時常有被偵訊的感覺。所以我從不主動問她什麼，只是淨開口說我自己的事。我每天都和她說話。我告訴她，我計畫在農場開闢一片藥用植物專區，還有，以前鄉下人治病都是自己熬煮或者浸泡藥草的。我向她解釋各種草藥的功效，比方地榆用來治霍亂和鼠疫，比方虎耳草可以消除膀胱結石和膽囊結石。露西只是聽著。她也喜歡植物。只是她在這方面的知識多麼欠缺啊！可以說是一無所知，甚至無法叫出任何一種植物的名稱。

寒冬降臨，露西除了那幾套華麗的夏季服裝以外沒有什麼可以穿的。我幫她重新管好自己的收支，帶她去買了一件風衣和一件厚羊毛衫以及其他個人用品：鞋子、睡衣、襪子、厚大衣……

有一天我問她信不信上帝。她的回答令我覺得值得玩味。她既不回答信，也不回答不信，只是聳聳肩膀然後說道：「我不知道。」我問她知不知道誰是耶穌基督。她回答知道。但實際上，她完全沒有半點概念。在她看來，這個名字似乎和聖誕節有些關連，似乎模模糊糊和三、兩個其實毫無關連的場景有些牽涉。所以，到那時候為止，露西並不了解信仰和不信的問題。我覺得這或許和某種情境很類似：一個情人發現他的愛人以前從沒有感受過對男性的肉慾需求。我提議道：「我們談談祂好嗎？」她點頭表示同意。牧場和崗巒都蓋在積雪下面。我開始說。露西傾聽著……

12

她那脆弱的肩膀上壓著太重的擔子。她原本希望有人能幫助她的，只是任何人都沒能幫得上忙。露西，宗教能提供你的救贖其實說來不難理解：將自己獻出去。帶著重擔將你自己獻出去，帶著那令你步履踉蹌的重擔。將你自己獻出去，那是多麼大的緩解。我知道你不曉得要將自己獻給誰，因為你懼怕人類。可是還有上帝。獻身給祂吧。你會感到渾身輕盈。

獻身出去，那意味著放下過去種種。將過去種種從你的靈魂中抽離出去。將心裡的話放膽說。露西，告訴我，為什麼你要逃離奧斯特拉瓦？是因為在墓園順手拿了幾朵花而已？

「可以那麼說。」「你為什麼要去拿花？」

因為她那時很哀傷，想把花插在瓶裡，擺在宿舍的房間。有時候她也去原野裡採自然生長的花，只是奧斯特拉瓦是個灰撲撲的城市，方圓多少公里之內看不見一處清新的原野；只有渣堆，只有豎突的柵欄，只有廢耕的田，偶爾看見一座小林子也是黑黑的一層煙炱。漂亮的花，露西只在墓園才看得到。華美的花，莊嚴的花。劍蘭、玫瑰或是百合，還有菊花，脆弱的花瓣集結成渾厚的花球……

「他們是怎樣逮住你的？」那是因為她太常涉足其間，因為她就喜歡那種地方。不只是能從裡面帶花出來，還因為那裡出奇安靜。那種靜謐令她寬心。每一座墳都是自成一格的小花園，因此她在每一座墳旁邊流連，看它的碑，還有碑上語氣哀傷的銘文。為了不引起旁人側目，她模仿一些探墓者的姿勢，尤其是那些上了年紀的，模仿他們跪在墓前。有一次她自滿地跪在一座新墳前面。棺材埋入不過是幾天前的事，墓土還很鬆軟，上面散布花圈，前面有只花瓶，裡面插有玫瑰花束。露西屈膝跪著，頭上的垂柳好似呢喃低語的親切穹窿。她感受到不可名狀的快樂。在這時候，有一位老先生和他的妻子走了過來。或許這是他們兒子還是他們兄弟的墳墓，誰曉得。他們看到一位年輕女子跪倒在墳墓旁邊，因此感到十分詫異。她到底是誰？這幕景象在他們看來似乎包藏某個秘密、一個家族的秘密，或許她是一位這對老夫妻從未謀面的親戚，或許是死者生前的情婦……他們停下腳步，不敢向前去打擾她，只是遠遠站著觀察她。接著露西站起身子，從花瓶裡拿出那束漂亮的玫瑰花，那對老夫妻不久前才親手放進去的玫瑰花，然後轉身離開。他們見狀跟在她後面跑上去。他們問道：你是誰？她不知道如何回答，只是心虛地結巴以對。他們看出來，露西根本不認識死者，於是立刻向一名在場的女園丁求助。大家要求年輕女子出示身分證件。接著對她大呼小叫起來，說世界上沒有比搶奪死人的東西更令人嫌惡的了。女園丁作證說，這不是墓園第一次失竊花束。他們叫來一名警察，於是露西又再度受到訊問，也將一切供認出來。

13

「……『就讓死者埋葬他們的死者』，耶穌如此說道。墳墓的花束是屬於活人的。露西，以前你不認得上帝，不過你卻一心向祂。在天然花朵的美麗裡，你找到了超自然的啟示。這些花，你不是要送給誰的。那是給你自己的啊。為了填補你靈魂中的空無。他們將你逮住，他們對你施予羞辱。可是，這是你逃離那座灰濛城市唯一的理由嗎？」她沉默下來，片刻之後又搖頭否認。「有人傷害過你？」她點頭默認。「露西，說出來吧！」

房間很小。天花板有顆沒加罩子的燈炮，赤裸裸的，幾乎是淫蕩地在燈座上斜斜搖曳著，靠牆的地方擺了一張床，上方掛著一張圖像，是位著藍色長袍的俊美男子跪在地上。這是蓋斯塞麻尼花園，可是這個露西並不知道。所以，那個男的將她帶到那裡，但她抵死不從，而且尖叫起來。他打算強姦露西，並先剝掉了她的衣服，但她躲開那個男的而且逃掉，遠遠逃掉。

「露西，那個男的是誰？」「一個當兵的。」「你愛他嗎？」不，她不愛他。「那麼你為什麼要跟他進到那個房間，那個只有一張床和一盞沒有燈罩的燈？」那是她靈魂中那份空虛把她導向那個男的。為了填補那片空虛，這個不幸的女孩只找到了個正在服兵役的毛頭小伙子。「說實在話，露西，我還是不太了解真正的情況。既然起先是你心甘情願跟他走進那個只有一張床的房間，那麼之後你又為什麼要逃開呢？」「他既兇惡又粗暴，和其他人沒有兩樣。」「露西，你指的是誰？誰是其他人？」她又沉默下來。「和那士兵交往以前你還認識誰？說吧，露西！快告訴我！」

14

他們一共六個，而她只是單獨一個。六個，從十六歲到二十歲。那時她才十六歲。他們同屬於某個幫派，談起這個幫派個個都是敬畏有加，好像提到哪個異教組織似的。那天，他們都將「入會儀式」一詞掛在嘴邊，而且帶來幾瓶劣質的葡萄酒。她盲目加入這場集體的酗酒行為，極其溫馴，把對父母的愛，無法發揮的愛，全部傾瀉出來。人家喝，她跟著喝，人家笑，她跟著笑。接著，那些男的下令要她脫掉衣服。但是她從來沒在人前做過這種事。為首的那個見她踟躕起來，便先把自己脫得一身精赤，她了解到，剛才對她下的命令並無惡意，於是就溫順地照做了。信任他們，甚至信任他們的粗鄙。這些男的是她的避風港、是她的盾牌，無法想像沒有他們該怎麼辦，他們是露西的恃怙，是她的父母。他們喝酒，他們大笑，又對她下了其他命令。她把兩腿張開。她很害怕，她知道這是怎麼回事，但她究竟服從了。她尖叫起來，鮮血沿著大腿內側流淌下來。男孩拉直嗓門叫起，高捧酒杯，將帶氣泡的劣質葡萄酒澆在男方的背上，澆在露西那纖弱的身軀上，酒液流到她的胯間，眾人的嘴裡嘟囔著幾句類似洗禮以及入教儀式的套語。儀式既畢，為首的那個站起身子，另外一個男的接著重複剛才的行為，然後其他的人也都輪上一遍，年紀長的在先，年紀小的在後，最年輕的那個排在最後，才十六歲，和她一樣，而露西已經痛得無法忍受，迫不及待想要歇息，急著想要獨處，因為對方是圈裡最年輕的，露西放膽將他推開。可是這個男的因為自己年紀最小更不容許人家這樣羞辱他！他可是幫派的成員！名正言順的正牌！為了展現自己的實力，他賞了露西幾個耳光，在場沒有人伸出援手保護她，因為他們全知道，那個最年輕的有權這樣做，他只是在為自己伸張正義而已。露西的淚水流滾下來，可是她不敢抗拒，於是第六度把大腿撐開。

「露西，那是在什麼地方發生的？」是其中一個成員的家裡，他的父母雙雙去上夜班，屋裡只有廚房以及一個房間，房間裡面一張桌子、一張長沙發椅和一張床，門上有個木框，用玻璃面護著一張紙，上面寫著：「願天主賜福予你！」而床頭則貼了一張畫像，是個穿藍袍的美麗婦人，將她的小孩緊摟在懷中。「是聖母瑪利亞？」她不曉得。「然後，露西，又發生了什麼事？」「以後，那一檔事又經常發生，起先都在同樣那個地方，然後又在其他人的住處，甚至在戶外，在林子裡。這成了圈子裡的家常便飯。」「露西，你喜歡這樣嗎？」不喜歡，他們對露西越來越粗暴，越來越下流，但是沒有逃避的方法，既不能向前又不能退後。「後來結局如何呢？露西。」一天夜裡，他們又在一間空蕩蕩的房裡。警方掩至，把所有人全部押走。那些幫派的男孩被定了擅闖民宅的罪。露西並不知情，可是人家問出，她和那群人廝混多時，一個女孩能給的她都給了。她成了整個雪柏市的恥辱，一回到家，她被家人毒打一頓，全身彷彿碎成一片一片。男孩們分別被判刑期不一的監禁，而露西則被送往婦女感化院裡接受感化教育。她在裡面待了一年——關到十七歲為止。之後，她說什麼再也不願回到家裡。這就是她會在那灰濛濛的城市落腳的原因了。

15

昨天路德維克在電話裡說他認識露西，我聽了同時感到驚訝與不安。還好，他和露西只是打過照面而已。在奧斯特拉瓦的時候，他想必曾經和露西宿舍同寢室的某位女子有過一段。昨天他向我提出一個新的問題，我就全告訴他了。長期以來，我很需要釋放這個壓力，可是又找不到可以安心向他透露秘密的人。路德維克一直對我頗有好感，而且遠離我的生活，和露西的生活更是搭不在一塊了。所以，把露西的秘密說給他聽，我沒什麼好怕的。

沒有，露西向我傾吐的事情我從來不曾向誰轉述，除了路德維克以外，就是昨天。不過，關於她在婦女感化院待過以及墓園偷花這兩件，因為人事部門的檔案裡有紀錄，農場裡的人都知道了。大家對她仍是相當友善，只是會不斷提醒她這些過往。比方農場主管認為她是「墓園採花的小女孩」。他說這話其實沒有惡意，但此舉使得露西那久遠以前犯的過錯一直帶有即時性。她始終好像都是有罪之身。於是對她而言最迫切的需要便是獲得徹底的寬恕。是的，路德維克，全面赦罪，這便是她渴求的，在你眼中，這種神秘的淨化是不可理解的，甚至你不知道有這種需要。

事實上，人們單靠自己是不知道如何寬恕的，甚至是他們力有未逮的事。對於別人所犯的罪，他們是沒有能力將它歸零的。不計較罪，抹去它，將它從時間流裡磨滅，換句話說，將一件明明有的事從有推向無，這是難以參透的，是超自然的行為。唯有上帝辦得到，因為祂超然於塵世的律法之外，因為祂是自由的，因為祂會創造神蹟，可以洗滌罪愆，可以將它從有推向無，能夠赦免它。人無法寬恕人，除非仰仗神的赦免。

然而就像你，路德維克，你不信神，你是無法原諒的。縈繞你腦海的就是那次全會，所有的手都舉起來反對你，將你的生命打成一片廢墟。你從來不能原諒他們這件事情。他們不算某甲某乙的個人偶發行為。那次出席的人有一百來位，也就是說可以看成人類社會的縮影。你從來沒有原諒過人類。從此以後，你撤回了對他們的信任，然後對他們大肆傾倒你的仇恨。就算我了解你，它也無法改變一個事實：這種濫施在他人身上的仇恨不僅是恐怖的而且也是有罪的。它成為你的不幸。「因為活在一個無人能獲赦免的世界、一個贖罪亦遭拒絕的世界，人就好像活在地獄。」路德維克，你就活在地獄，看見你這樣我心裡不忍。

16

在這世界，所有屬於上帝的也可能屬於魔鬼。甚至情愛當中，情人的舉動也是如此。在露西看來，這些舉動包進了憎惡的範圍。對她而言，這些舉動是和那幫派裡少年殘暴的面孔結合在一塊的，後來，又和那個氣急敗壞的軍人混淆起來。是的，我光憑想像就把他那張臉看得真確，彷彿我與他熟識似的！他將戀愛的各種陳套，甜膩的、庸俗到令人作嘔的陳套以及男性低劣的獸性結合起來。（那些關在軍營鐵欄杆後面，不能親近雌性的雄性！）露西驚訝發現，溫柔言詞不過就是障眼面紗，遮蔽粗鄙獸性臉孔的面紗。整個愛情天地在她眼前土崩瓦解，然後掉入了噁心的泥淖。

我看出來，其中禍根有如膿腫，我應該從這裡說起吧。在海岸梭巡的人，手裡提著燈籠並且將它狂亂搖晃，別人看了或許要說他神經失常。可是夜裡，當怒濤追逐一條迷途的小船時，那個人可就是救星了。我們所生活的星球正是天上和地獄的接壤地帶。一個行為本身沒有所謂的好壞。同樣情況，露西，性關係本身不算美德也不算罪過。如果這種關係與上帝所造的秩序和諧不悖，假如你以忠實的心去愛，那麼即使這愛包含肉慾成分那也是上帝施予的恩惠，而你也將變得快樂。因為上帝明示：「男子將要離開他的父母，喜愛他的妻子，他們將變成一體。」

日復一日，我耐心和露西談話，每次一再向她重複，她已獲得赦免，沒有必要自我折磨，我還要她解脫那束縛她靈魂的緊身衣，她應該謙卑地棲止在上帝的秩序裡，在那其中，連肉慾的愛都有它順當的位置。

幾個星期過去了……然後有天，春天現出蹤跡。山崗斜坡上的蘋果樹開花了，微風吹來，搖擺的樹頂好比晃蕩的鐘。我閉上眼睛，為了傾聽其間天鵝絨摩擦似的聲音。然後我將眼睛打開，看見露西穿著藍色罩衫，手裡拿著十字鎬。她往下方、往山谷的方向看去，她微笑著。

我觀察這個微笑，努力集中精神來解讀它。怎麼可能有此笑顏？直到不久之前，露西的靈魂總是處在不停歇的逃避狀態，逃避過去，逃避未來。無論何事都令她懼怕。過去和未來在她眼裡都是大漩渦。她滿心焦慮地攀附在「現在」這條破損了的小艇，好一個不穩定的依靠。

而如今她展露笑顏了。沒有原因。就是單純微笑。這個微笑依我看來宣告了她已經對未來產生信心，而我感覺自己好像是個航行幾個月後終於上岸的水手。我很快樂。我倚靠在一株形狀古怪的樹幹上，再度閉上眼睛。我仔細聽著風聲以及白花蘋果樹的歌唱，我也聽見鳥兒的顫鳴聲，在我閉著的眼睛前，這些顫鳴聲幻化成千盞燈光，由許多看不見的手托著，彷彿為了慶祝什麼盛典。我看不見那些手，不過我聽得見高亢尖銳的聲音，覺得似乎是小孩子，小孩們的快樂隊伍……突然，有隻手搭在我的臉上。有個聲音道：「寇斯特卡先生，你真好……」我沒有立即張開眼睛。我沒有立即移動雙手。我一直看見小鳥的歌聲幻化成璀璨的燈海，一直聽見蘋果樹發出了叮噹聲。最後，那聲音轉細說道：「我愛你……」

或許我等待這個時刻來臨之後接著就應迅速離開，因為我的任務已經完成。只是，還沒來得及弄清楚任何狀況之前，我再也把持不住；我們孤男寡女獨處在開闊的鄉野，四周只有蘋果樹環繞；我親吻了露西，然後和她一起以天為幕以地為蓆躺了下來。

17

不該發生的事卻發生了。當她微笑起來的時候，我看到露西平靜下來的靈魂，既然目標達成，我就應該即刻離去。可是我卻沒那樣做。接下來就不好了。我們繼續生活在同一個農場裡。露西變得喜孜孜的，看起來好像我們身處其中的春季，慢慢要變成夏天的春季。而我卻不像她那般快樂，身邊有了這個像和麗春日的女性，我反而慌亂起來。這朵春花是我促使它綻放的，現在它向我花冠全開，但我知道這朵春花不屬於我，也不應該屬於我。我在布拉格還有兒子太太，他們引頸期盼我難得一次休假返鄉。

我很怕斬斷這初萌的親密關係，唯恐露西會因此深受打擊，可是我又不敢讓它進一步發展，因為我知道自己絕對無權那樣做。我渴求露西，但同時我又怕她的愛，因為我不曉得該如何處理它。我費了好大的勁才勉強維持先前我們談話時那種磊落自在的態度。我的疑懼開始滲入我們的關係。我有一種感覺，好像我在心靈上對她的協助如今被戳破面具。實際上，從她出現在我面前的那一刻起，我就在肉慾上盤算她。好像我是一個身披告解神父外衣的勾引高手。那些關於耶穌上帝、冠冕堂皇的說教好像只是用來掩飾最卑鄙的嗜肉胃口。我驚覺到，在性慾得到饜足的同時，我也玷污了自己純潔的初衷，在上帝面前我的努力不值一顧。

不過，推理到了這個地步，我的心思立刻又偏轉一個角度繼續下去。我斥責自己道：想要顯得功不可沒，想要取悅上帝，多麼自負，多麼虛榮的奢想啊！面對上帝，人的優點長處意味什麼？什麼都沒有，什麼都沒有。露西愛我，而且她健康與否端視我是否愛她！難道為了在乎我自己的純潔就把她撂下，讓她輾轉於絕望的境地？這個行為難道不會招致上帝的蔑視？如果我的激情是罪，那麼露西的生命以及我的清白孰重孰輕？到頭來這還算是「我的」罪愆，是「我」個人要將它承擔，這個罪斷喪的不過是我自己而已！

在我忙著思考和懷疑的時候，外頭出其不意傳來一個聲響。早先，當局給我的農場主管按了一個政治罪名，因為他立場堅定地為自己辯護，別人就再給他扣一頂結黨營私的帽子，還說他的人馬都是一些可疑的角色。我也被算進裡面：因為我有親教會、反國家的思想因此被逐出大學。我的主管竭盡全力證明我不是親近教會分子，而且也是自動請調農場，不是被逐出大學的，但一切徒勞無功。他越是替我講話，在別人眼中我們就越顯得一鼻孔出氣，而他的罪名就越加重。我已經吃不消了。

不公平，路德維克？沒錯，當你聽到這個案子或者其他類似的案子時，這便是你三句話不離口的字眼。而我卻不知道什麼叫做「不公平」。假設人間的事在基底沒有其他意涵，假設人類行為除了行為主人賦與它的意義以外並無其他意義，那麼「不公平」的概念或許是適當的，而我也就會欣然加以利用，畢竟我在農場懷抱熱忱賣力工作，到頭來被人驅趕出來，這從常理來看，該符合「不公平」的定義了。或許我甚至可以針對這不公平的對待發起一場攻防，然後利爪盡出地捍衛我那些小小的人權，這樣做在邏輯上應屬合情合理。

可是，一切事件通常其深層含義和無法看遠的行為主人所賦與它的含義是不一樣的；

這些事件通常是戴了面具的指示，來自天上的指示，而促其實現的那些人不過就是信使，只是他自己並不知曉，差他們來的是某個終極意志，是連他們自己都意識不到的終極意志。

我百分之百篤信，那時剛剛發生的事就是如此。我滿心踏實地歡迎這些事件發生，將其視為一種寬慰。我在裡面清楚看出事件隱含的主軸：在時間還來得及之前，趕快離開露西。你的任務已然完成。成果並不隸屬於你。你的道路是通往別處的。

所以，我和兩年前在理學院時處理的方式一模一樣。我向那淚流滿面，絕望到不知所措的露西道別，勇敢向前迎接那表面上看起來像大災難的事件。我自己提出離開農場的請求。主管真的也有盡力慰留，不過我知道他這舉動純粹基於禮貌，在他內心裡面一定感受到解脫的暢快。

只是，這一次，我請辭的主動態度並沒有感動任何人。在農場裡我可沒有二月革命前結交的共產黨朋友，那些願意幫我打好成績、願意給我好建議，幫我鋪平離職後出路的朋友。我離開農場時，在同事的眼裡，就只是一個再也不配在這個國家裡從事任何即使是微不足道工作的人。結果，我只好以建築工的身分謀生。

18

那是一九五六年的某個秋日。五年以來的第一次，我和露西在布拉格—布拉提斯拉瓦特快車的餐車中不期而遇了。我那時候正趕赴摩拉維亞東部一處工廠的興建工地。路德維克那時也剛結束和奧斯特拉瓦礦場簽約的工作。他去了布拉格，向當局提出恢復大學學業的申請。之後便從布拉格返回摩拉維亞的家鄉。我們差一點沒有認出彼此。一旦認出來了，我們對於彼此類似的命運不免感到驚奇。

路德維克，我向你描述自己離開學院的事，然後又提起國營農場裡那些複雜情事，讓我變成一名泥水工的複雜情事，我還記得非常清楚，你一副專注的神情聽我講話。謝謝你對我的遭遇那麼關心。你的反應就是盛怒，一直罵道那是不公平的、是別人的愚昧所造成的。你甚至開始生我的氣：你怪我沒能自我捍衛，甘心束手投降。你還說道，絕對不能簡簡單單自動請辭，至少要讓我們的敵手搞得焦頭爛額，使出非常手段才好！自己交心認錯到底有何好處？

你是礦工，我幹泥水。我們的命運竟然如此相似，但我們又是如此不同的兩個人！我選擇原諒，而你依舊積怨難消；我是和平至上，而你桀驁不馴。我們外在一切多麼近似，而內心世界又是多麼天南地北。

關於我們彼此在內心上的差距，我想你遠不如我有這層體認。在向我鉅細靡遺說明自己如何被開除黨籍的時候，你認為天經地義，我一定會附和你的看法，因為聽見你嘲笑別人視為神聖的東西而被那些冥頑人物處罰的時候，我也覺得十分驚訝。你用誠摯而且詫異的表情問道：「他們有什麼好氣的？」

讓我來告訴你一件事情：在日內瓦，當喀爾文的學說在那裡大行其道的年代，有個和你很像的年輕人，聰慧而又愛開玩笑的年輕人。人家搜出他的一本筆記，裡面滿是對耶穌基督以及《聖經》的嘲諷言語。那位和你一模一樣的年輕人毫無疑問一定問道：他們有什麼好氣的呢？說實在話，他並沒有幹出什麼壞事，不過就是開開玩笑嘛。仇恨？他心裡是沒那個成分的。他心裡有的也許只是譏諷和無所謂的態度。但是最後他被處死。

啊，你不要以為我支持這種殘酷行徑！我只想說，任何一個自詡為改造世界的運動是壓根不容許人家對它嘲笑或者譏諷的，因為嘲笑譏諷就像腐蝕一切的銹。

路德維克，請你檢視一下自己的態度吧。他們將你開除黨籍，將你逐出校園，將你和政治立場危險的人物編入同一軍伍，然後又將你送到礦場勞改兩、三年。而你？而你變得憤世嫉俗，容易動怒，對於自己所受的遭遇認定那是天大的冤情。直到今天為止，這種不公平的感覺依然左右你的行為。我真的不明白你！你口口聲聲說的不公平究竟怎麼回事？他們將你和那些黑徽章的軍人，那些共產主義的敵人關在一起。好吧！可是這算不公平嗎？這對你來講不反而是一次大好機會？你本來可以在敵人群中有所作為的！有沒有比這個更重要更偉大的任務？耶穌難道不曾派遣祂的門徒到各地去，「好像將羊送進狼群一樣」？「需要醫生的並不是健康情況良好的人，而是生病的人。」這是耶穌的明訓。「我來召喚的，不是義者，而是罪人……」只是，你並不願意走入罪人群中，走入病人堆裡！

你會反駁我道，這種比擬牛頭不對馬嘴。說是耶穌祂先為門徒祈福才將他們「送入狼群」，而你從一開始就被掃出黨外，而且被人無情咒罵，經過這種羞辱，你才以敵人的身分被送進敵群，以狼的身分被推入狼堆，以有罪之身被丟去和罪人為伍。

可是，你真的否認你有罪嗎？面對你自己的團體，你難道沒有絲毫的罪惡感？這份傲慢到底從何而來？一個奉獻給自己信仰的人是謙遜的，他應該以謙遜的態度接受懲罰，甚至是不公平的懲罰。被貶抑到極低地位的人終被抬舉到高處。懺悔的人將被赦免。那些蒙受冤情的人才有機會證明自己的忠實。如果你只因為人家在你肩膀上放了太重的負擔，就對他們心懷怨懟，那就證明你的信仰根基是淺薄的，而且在加諸你身上的試煉中，你絕不是以勝者的姿態出現的。

路德維克，在你和黨的爭論中，我並不是站在你這邊的，因為我深知，如要在這世上創造出偉大的事物就要倚賴一群奉獻心情無止境的人，願意謙遜地為一個超凡目的奉獻畢生的人。而你，路德維克，並沒有不計一切願意付出。你的信仰是脆弱的。你的參考點只集中在你自己身上，你倚仗的唯有你那可憐的理智，這樣看來，你的信仰基底能夠不脆弱嗎？

路德維克，我不是過河拆橋的人，我一直記得你為我所做的一切，不反對我，還對其他許許多多被現今政權迫害的人伸出援手。由於你的人脈深廣，那些你在二月革命以前就累積起來的人脈資源，由於你認識一些官階很高的共產黨員，由於你現在的地位提升許多，所以從不吝惜幫忙別人，你出面解決事情，朋友有難你總是趕忙前去協助。你也把我算成你的朋友。可是，就讓我最後一次向你建議：請你直視你的靈魂深處！你雖慷慨付出，但深層的動機不是愛而是恨！恨那些昔日傷害過你的人，那些在大講堂裡舉手杯葛你的人！如果你不認識上帝，那麼你的靈魂就不明白寬恕的真諦。你只渴望復仇。你在昔日傷害過你的人和今天傷害他人的人中間畫上等號，然後你在報復。沒錯，你在報復。即使你在幫助別人，其實你心底還是充滿仇恨！我感覺得出來。我在你說出口的每個字詞中感覺得出來。可是仇恨會產生什麼？仇恨反過來又引發仇恨，最後連成一條仇恨的鎖鏈。路德維克，你活在地獄裡，我再說一次，在地獄裡。我同情你。

19

要是路德維克聽見我的這場內心獨白，那他很可能要把我當成忘恩負義的人。我知道他幫過我許多忙。一九五六年我們在火車車廂裡重逢時，他對我的遭遇感同身受，然後立刻開始替我尋覓一份適合我的工作，能夠讓我發揮才能的工作。他的效率和敏捷令我吃驚。他回到土生土長的城市並向他的一位朋友說項。他想為我爭取高中自然科教師的職位。這可十分棘手。那是一個反宗教思潮如火如荼展開的時代，晉用一個信上帝的人做中等教育的教師，這幾乎是比登天還難的事。他那位朋友也是這樣認為，但還是為我找到另外一份工作：在醫院的病毒學研究部門服務。八年以來，我專門利用老鼠和兔子等活體動物培養細菌和孢芽。

事情大概就是這樣。要是沒有路德維克，我就不會住在這裡，而露西也不會。

我離開農場後，露西隔幾年後便嫁人了。因為她丈夫要到城市裡找工作，所以她也無法待在農場裡了。他們猶豫了一些時日，不知何去何從，最後她向上級申請，搬到我所居住的那座城裡。在我有生之年裡，我從不曾接過更好的禮物，更珍貴的補償。我的羔羊、我的白鴿，那個我令她重獲健康的女孩，那個我曾用自己靈魂力量滋養的女孩，現在又回到我這邊來了。她沒有向我要求什麼。她已有自己的丈夫。不過她仍然希望我在她的左近。她需要我。她需要站在遠處聽我說話。在星期天的彌撒中看到我。在街上碰見我。我很快樂而且在那時刻感受到自己不再年輕，比我自己想像的還要老，還有，露西應該是我此生最成功的事業。

微不足道吧，路德維克？不。已經夠了，而且我很快樂。我很快樂。我很快樂……

20

啊，我有可能自欺欺人！我死心塌地相信自己的道路才是對的，我有可能像一個古怪成癖的人，心腸鐵石般硬！我在不信上帝的人面前炫耀我那信仰的力量！

是的，我成功地將露西引上信仰上帝的道路，成功地使她鎮定下來並且將她治癒。我讓她拋棄對肉慾所產生的恐懼。但到最後，我遠遠避開了她的人生軌跡。沒錯，只是我究竟讓她獲得什麼了？

她的婚姻生活並不順利。她的丈夫是個莽漢，公然在她面前搞外遇，而且聽說還對她暴力相向。露西從來沒有向我吐露過這些。她知道如果說出來的話，我會有多傷心。她費盡心力要讓我看到她婚姻幸福的假象。可是在一座小城市，沒有任何事情可以瞞過人家的耳目。

啊，我有可能自欺欺人！我把人家對農場主管所發動的政治密謀看成是上帝要我離開的召喚。可是，在盈耳的諸多聲音中，如何辨認出上帝的聲音？我最後接納的聲音說不定只是我懦弱個性的聲音？

因為我在布拉格有太太有小孩。他們對我而言不頂重要，但我就是鼓不起勇氣斬斷這種關係。我恐懼找不到解決之道的局面。露西的愛令我心慌。我不知道如何面對它。我擔心它可能會導致的後遺症。

我擺出天使的身段，帶給她救贖的天使，而實際上，我只能名登諸多登徒子的行列。和她發生過一次，而且是唯一的一次關係後，我便轉身走了。我裝模作樣好像為她帶來赦免，而實際上，她才是唯一要寬恕我的人。我離開農場的時候，因悲痛而流淚哭泣，不過事隔數年之後，她來此地定居，全為了我。她和我聊天。待我像是真誠的朋友。她原諒我。我有生以來很少有人愛我，但這個年輕女子真的愛我。當年，她的生命就在我的掌握之中。她的幸福取決於我。而我逃避開去。沒有任何人像我一樣罪惡如此深重。

突然，我起了個念頭，我提起過上帝的召喚什麼的，其實是為了逃避做為人的義務而找的藉口。女人令我懼怕。我懼怕她們的溫暖，我懼怕她們持續待在我的身邊。和露西一起生活的遠景令我不寒而慄，就像現在雖然我和鄰近城市那位小學女老師交往，但如要長久和她定居在那個兩房公寓裡面，我就要不知所措了。

話說回來，那麼十五年前為什麼我又心甘情願、自動辭掉大學的職務呢？我不喜歡長我六歲的前妻。我沒有辦法再忍受她的聲音、她的五官線條，還有家裡恆久滴答的鐘擺聲。當時我已經無法再和她生活下去，但我更不可能拿離婚這把利劍刺進她的胸口，因為她那麼好，而且絕對沒有配不過我的地方。在這窘困的時候，我突然聽到那崇高偉大、那拯救我的召喚。我聽見耶穌力勸我要丟掉手上的漁網。

哦，主啊，事情是否如此？我難道就這麼猥瑣可笑？說吧，不是這樣！給我自信！主啊，讓祢的聲音強到可以清晰聽聞！在這喧鬧的人群裡，我根本聽不見祢！

第七部

路德維克—赫雷娜—賈洛斯拉夫

1

很晚才從寇斯特卡家裡回到旅館，我決定隔天一大早就回布拉格，反正待在這裡也沒什麼事好做了。我那掩人耳目的出差旅行，回到我故鄉的出差旅行已經結束了。運氣不好，一些亂七八糟的思緒在我腦海進進出出，以至於黑夜都過了一大半，我還在那張咯吱發聲的床上輾轉反側無法成眠；就算我自以為總算入睡了，我的身子還幾度打起哆嗦，要說真正成眠，那已拖到破曉時分。所以，醒來的時候已經很晚，大約九點左右，早上的幾班大巴士和火車都發車了，要一直等到下午兩點才會有直達布拉格的交通工具。認清這個事實，我不能不說感到絕望：彷彿我是個遭遇船難倖存的人，突然對布拉格興起強烈的懷鄉愁緒，想念我的工作，想念家裡的書桌，想念我的藏書。但是無可奈何；我必須咬緊牙關走到樓下的餐廳。

我小心翼翼地走下樓梯，擔心可能會在那裡碰到赫雷娜。但她不在（或許早已將錄音機斜背在身上，趕到哪個鄰近的村莊，用麥克風和許多問題騷擾路過的行人）；雖然不見她的蹤影，可是整個餐廳塞滿了坐定在餐桌前高聲喧譁的顧客，抽著煙，面前的桌上放了咖啡以及白蘭地。哎，這天早上，我的故鄉也沒有辦法提供我一頓像樣的早餐！

我走到室外的人行道上；蔚藍天空，雲朵被撕成一小片一小片的，早晨的空氣竟已有點沉悶，而且飄浮著灰塵，那條路通往矗立著鐘樓的大廣場（沒錯，那座鐘樓活像一個戴了頭盔的騎士），這些景象以它獨特的枯燥悲傷氣氛籠罩著我。遠處傳來以帶酒意的尖銳聲音所唱出的摩拉維亞歌曲（在我耳裡聽來，彷彿鄉愁、平原以及被迫入伍槍騎兵的騎馬前行都被施了魔咒），而我的腦海則湧現了露西，那段完全屬於過去的故事，彷彿她和那首歌曲疊印在一起，一直呼喚我的心，這顆如此多女人進出過，卻沒有留下一點什麼的心，一如懸浮空中的塵埃沒在平坦的廣場上留下痕跡，只是沉積在鋪路石板中間，風一吹來，便再紛揚飛起。

我走在覆蓋積塵的石板路上，心裡感覺一種沉悶的輕盈，就壓在我的心頭：露西，霧之女神，昔日將她自己從我手中奪走，昨天，她將我精細預謀好的報復行動化為烏有，然後才過不久，她又將我對她的回憶轉變成一種我無以名狀，令人哀痛的嘲弄，因為寇斯特卡的那番話證明了，多年以來，我懷念的其實是另外一個女人，因為我從來沒弄清楚露西是誰。

以前我一直認為，露西已經被抽象化了，變成一則傳說，一種神話，可是現在，事實擺在眼前，在那些詩意的字眼後面竟是毫無詩意的真實：原來以前我不認識露西；我不知道她實際是誰。我只觀察到（從我那不成熟的自我中心出發）她那個人直接面對我的部分（面對我的孤寂，我的束縛，我渴望溫柔和關愛的情緒）；對我而言，她負責挑起的只是我當時所處情勢裡的某項功能。所有其他露西有的東西，但是超出我生命那時具體處境的東西，所有露西內在所擁有的，我卻什麼也沒看出，什麼也沒掌握。如果她對我而言真的只是某個特定處境裡的一項功能，那麼時過境遷之後（比方舊處境被新處境所取代，比方我改變了、老了），「我的露西」消失了，這也是合邏輯的事，因為她剩下的只有當時沒有被我掌握的、與我無涉的、超出我理解範圍的東西。所以，十五年後我認不出是她也是合情合理的事。長久以來，她對我而言（而我總是以「對我而言」的基準點看待她）已是另一個人，一個陌生人。

那封宣告我潰敗的急件找了我十五年，最後總算到達我的手裡。寇斯特卡（他說的話以前我都左耳進右耳出地不當一回事）對她而言重要得多，為她付出更多，比我更認識她，也會以「更好的方式」愛她（絕不能說愛得比我更強，因為我對露西的愛已經達到無以復加的地步）。她對寇斯特卡吐露一切，對我卻是隻字不提；他讓露西快樂，而我卻讓她痛苦；他享受了露西的肉體，而我完全無緣。然而，要得到這個如此令人渴想的肉體，其實只要一個簡簡單單的條件：了解她，以她為依歸，愛她，但不只限於愛她向著我的那個部分，還要愛她並不直接與我有關的其他部分，愛她內在一切。而我當時並不知道這個道理，所造成的傷害我和她兩個人共同承受了。我的心中湧起一股怒火，衝著我自己來的，恨自己的年少輕淺、恨自己那愚蠢的「抒情式」歲月，在那其中，自己便是自己眼中最大的謎面，以至於無法將目光放在身外其他的謎面上，在那其中，他人（即便是和我們最親密的人）充其量只是幾個可移動的鏡子，我們在上面驚訝地看到自己的情感、自己的不安和自己的價值觀，沒有別的。沒錯，整整十五年裡我對露西朝思暮想，不過她只像一面鏡子，保有我昔日意象的鏡子！

驀然，我彷彿重回到現場，看到了那間空蕩蕩的房間，只一張床，外面街燈的強光穿過骯髒的窗玻璃直射進來，我看到了露西抵死不從的神態。這一切竟是一個諷刺味道濃厚的玩笑：我以為她是處女，而她全力捍衛自己的身體，正因為自己已非完璧，正因為擔心被我洞悉這個事實。不然，只能有另一種解釋（合乎寇斯特卡對露西的看法）：最初的幾次性經驗使露西深受創傷，以至於在她看來，大多數人賦與其多種深刻意義的愛情根本是空洞的；那些性經驗讓她覺得愛情不具溫柔以及其他感情上的特質。對露西而言，肉慾是醜惡的，而真正的愛必須是超越肉體的；靈魂與肉體之間，一場無聲但倔強的戰事啟動了。

這種詮釋（多麼誇張，然而可信度卻那麼高）使我回想起肉體和靈魂那令人痛苦的乖離（我經驗過多次類似的情況），使我追憶起（因為在這裡面，傷痛總和荒謬可笑密不可分）一件令我發噱的往事：有一位女性朋友，她對於善良風俗的標準非常寬鬆（因此也經常讓我佔了便宜），後來她和某位物理學家訂婚，而且這次下定決心要嚴肅面對「愛情」。只是，為了讓這愛情呈現「真正」愛情的面貌（和往昔數十次情愛瓜葛截然不同），她非要等到新婚之夜才肯和未婚夫共享魚水之歡。她和物理學家黃昏時分一起散步，捏著對方的手，和對方在燈下吻來吻去，不過僅此而已，此舉令她的靈魂（擺脫肉體重量的靈魂）翱翔於高遠的雲端、令它忍受頭暈目眩。結婚才一個月她就離婚了，並且滿懷心酸向人訴苦，說是她的丈夫辜負她的偉大感情，壓根是個平庸的情人，甚至幾乎可算是不舉的。

遠方源源不斷傳來唱著摩拉維亞歌曲那酒醺的尖銳聲音，它竟然和這個故事那怪異的餘味混雜在一起，和城市塵土紛揚的空寂混雜在一起，和我那因為飢餓而更顯強烈的哀痛混雜在一起。最後，我來到一處牛奶吧的外面；拉拉把手卻是關的。有位路過的市民對我說：「是呀，今天店裡的人都熱鬧去了！」「是『國王騎馬巡行』活動？」「沒錯，他們到那裡設了攤位。」

我的咒罵脫口而出，但是只能逆來順受了；我朝著歌聲的方向走去。朝著那種以前我避之唯恐不及的民俗遊藝會走去，指使我的是我胃部因飢餓而起的陣陣痙攣。

2

累，從黎明開始就累。彷彿整夜我都在尋歡作樂似的，事實上我整晚都在睡覺。只是，我的睡眠像撇去精華的脫脂牛奶。我強忍哈欠，囫圇吞下早餐。才用完餐，人就開始來了。伏拉德米爾的同伴，然後就是看熱鬧的各樣人等。農業生產合作社裡派出一個小伙子，他給伏拉德米爾牽來一匹馬。人群裡面卡拉塞克露臉了。他是我們這一地區國委會負責文化事務的人。這兩年來我和他始終處於不睦的情況。他穿一身黑，一副正經八百的模樣，旁邊還跟一個打扮入時的女人，布拉格來的，是電台的女記者。我似乎得去陪陪他們。那位女士想要為訪談錄音，要在「國王騎馬巡行」的特別報導中播出。

滾開！我一點也不想陪笑臉做滑稽相。那個女記者倒很熱絡，說是很高興認識我，當然，卡拉塞克也在一邊幫襯。逢迎他們，這似乎是我的政治義務。可笑。我本來想對他們來個相應不理。我已經告訴他們，自己的兒子要扮國王，在他準備的時候我想待下來陪他。然而伏拉絲塔卻罵我不守信用，替兒子裝扮，是她要一手包辦的。而我，就只管去接受電台採訪好了。

我一想到爭辯就累，於是服從。女記者已先在國委會的一處場地安置停當。那裡有她的磁帶錄音機，由一個年輕人負責看管。這個女人真是能言善道，天生靠舌頭吃飯的！一開始說話，她就笑個不停。然後，麥克風移到她鼻頭下，她便向卡拉塞克提出第一個問題。

他輕咳一下然後便說起來了。民俗藝術的延續正是共產黨教育不會偏廢的一環。我們區域的國委會對於這點是相當有體認的，因此它不遺餘力地支持這類的活動。他感謝所有為民俗藝術奉獻心力的人，包括滿懷熱忱籌劃活動的人，包括一腔興奮參與活動的年輕學子。

累，累呀。翻來覆去，老掉牙的句子。聽了十五年，總是那些老掉牙的句子。而且是從卡拉塞克那傢伙的嘴裡出來，那個根本不把民俗藝術當一回事的傢伙。在他看來，民俗藝術不過就是一種手段，能夠讓他吹噓自己有新作為，吹噓自己完滿走上新的路線。可以強調自己的功績。但實際上，他連舉起一根小指頭來協助「國王騎馬巡行」活動的舉行都沒有，而且專在我們背後斤斤計較預算。儘管如此，活動辦得成功，這個功勞都是他一個人吞下了。在我們這區域的層級上，文化事物全歸他一個操縱。這個以前在百貨公司當差聽使喚的，看來連吉他和小提琴都分不清楚。

女記者將麥克風移回到自己的嘴唇邊。今年，我對「國王騎馬巡行」活動是不是很滿意？我差一點就噗哧笑在她臉上：國王騎馬巡行活動還沒開始呢！可是笑的是她：一位像我這樣經驗老到的民俗工作者應該有能力預先進行評估的呀。沒錯，他們的確如此，一切未卜先知。事情未來發展的態勢他們通常已經瞭若指掌。未來好比已然發生過了，依他們看，未來不過只是重複過去所發生的。

我恨不得把積壓在心裡的話一股腦直言不諱說出來，說是今年的「國王騎馬巡行」活動和前幾年的如何能比，說是民俗藝術的支持者越來越少，當局根本任其自生自滅，所以這種藝術差不多要斷氣了。大家雖然在電台中不時聽到類似民俗音樂的東西，但千萬不要被假象所蒙蔽。那些以民俗樂器吹彈演奏的東西，那些民俗歌舞團的獻藝，比較像是歌劇，或者是輕歌劇，和真正的民俗藝術是兩碼子事。一個民俗樂器組成的樂團，有指揮，有樂譜，有譜架！簡直是交響樂的派頭嘛！多麼不倫不類！記者女士，那些歌舞團在你跟前表演的，說穿了，不過就是浪漫派對音樂的迂腐思維，只是向民俗旋律借來空殼而已！人民的真正藝術已經死了，親愛的女士，它已經翹辮子了。

我本來想對麥克風把這些一股腦給吐乾淨，但我說出口的卻是另一回事。「國王騎馬巡行」是美的極致發揮，是民俗藝術氣勢的體現，是顏彩的嘉年華會。我是全心全力投入其中。我感謝各方的鼎力協助，感謝主持人的滿腔熱情，感謝莘莘學子的全心投入。

我感到羞恥，因為我說了他們期待我說出的。我真的懦弱到這步田地？是循規蹈矩、還是疲乏不堪？

我很高興終於把應酬話講完了，可以告退了。我匆忙趕回家裡。中庭裡一大群來看熱鬧的、來幫忙的，形形色色的人，鬧烘烘地圍著馬匹，手裡抓滿彩帶飾結。我打算進去協助伏拉德米爾裝扮起來。我走進室內，可是人家正在幫忙他穿衣的客廳卻沒開門，而且用鑰匙鎖住。我敲門並且喊了幾聲，伏拉絲塔從裡面回答我，這裡輪不到你插手，陛下要更衣了。我說，搞什麼鬼，為什麼我就不能參與？伏拉絲塔的聲音反駁道：「不要違背傳統！」我就看不出來，為什麼國王穿衣的時候父親在場就有違傳統了，但是我也不再堅持要勸動她。看到大家被我所關切的事情吸引住，我還是挺高興的。我關心的事，可憐的又孤零零的。

於是我就回到中庭，和那些為馬匹披彩帶掛飾結的人閒談。那牲畜是農業合作社裡借來的，平時負責拉曳重物。挺耐得住煩而且安靜。

接著，我聽到從面街的大門傳來一陣喧鬧。過了片刻，有人叫喚並且響起鼓動聲。我的時刻來臨，心裡激動得不得了，我將大門打開，然後走了出去。「國王騎馬巡行」活動的人馬已經行伍齊整地站在我家門前。馬兒匹匹彩帶纏身，真是花裡胡哨。上面騎乘顏彩同樣斑爛的傳統服飾。和二十年前一模一樣。就像二十年前他們來迎接我本人相同——他們來到我家門口，要求我父親把兒子送給他們當國王。

隊伍最前面的兩位侍衛幾乎貼在我們門上，他們扮成女裝，手裡握著軍刀。他們等候伏拉德米爾，然後要陪伴他、守衛他直到夜裡。這時從行伍中出來一位騎兵，他勒住馬然後高聲說道：「喂，喂！各位聽著！慈愛的父親，請准許我們堂皇陣仗將你的兒子迎走做國王！」他答應我，大家將會好好保護國王，會讓他毫髮無損地越過敵營，不至於使他落入敵手，他們已經摩拳擦掌準備戰鬥。萬歲，萬歲。

我將頭偏轉過去，在大門的陰暗處已經站了一個身穿傳統衣飾、騎乘結綵馬匹的身影，他的衣袖寬鬆鼓起，各種顏色的裝飾垂墜在他的臉上。國王。伏拉德米爾。突然，我忘了自己的疲憊和不快，整個人再度舒坦起來。老國王將新王送到世間。我走向他。來到馬匹身旁，我踮著腳尖，將嘴湊過去他那戴著面具的臉孔，然後低聲向他說道：「一路順風，伏拉德米爾。」他沒有回答。他沒有動。伏拉絲塔微笑對我說道：「他根據規定不能回答你。整整一天他連半句話都不能說的。」

3

到村子裡去，我一刻鐘的腳程便綽綽有餘（我年輕的時候，村子和城裡有田野隔開，但現在早連成一片了）。前一刻我在城裡聽到的歌曲，現在看到原來是透過安裝在建築物正面或是電線杆上的擴音器傳送到整個村裡。（我就是那麼容易上當，稍早之前，我還受那個誤以為是遠方傳來的人聲裡的鄉愁和醉意影響，心中泛起傷感，誰想到只是幾張刮損的唱片和揚聲器的功勞！）村子的入口搭起一座類似凱旋門的牌樓，上面斜斜一塊布條用藝術字體寫著「歡迎光臨」幾個大字；靠近我的這邊，人群聚集越來越密，大部分人都著現代服裝，不過還是有三、四位上了年紀的人穿了地方色彩濃厚的傳統服裝出來亮相：輕騎兵式的靴子、麻料的白色短褲以及繡有圖案的襯衫。接著，整條馬路已經塞滿了人，好像變成村落中常見的長方形廣場：那排成一列的低矮房舍和馬路之間開展著一片草地，上面零星幾棵小樹以及幾個攤位（為了今天的節慶活動臨時搭建的），賣的是啤酒、汽水、花生、巧克力、香料麵包、芥末香腸和蜂窩餅菜食品飲料。市營的牛奶吧也有自己的亭子：牛奶、乳酪、奶油、酸乳酪和酸奶油。儘管沒有哪個攤位提供酒精性的飲料，但幾乎所有人看上去都是醉醺醺的。大家推來擠去，結集在露天攤位旁邊，無所事事地東張西望；有時，舉起一條胳臂，做出一個帶醉意的手勢，有人開始唱歌，可是每次都是虎頭蛇尾，才唱兩、三個小節就被周遭的噪音淹沒了，而所有的噪音又被擴音器裡震耳欲聾的聲音吞噬了。節慶活動幾乎還沒開始，可是廣場地上已經丟滿裝啤酒的紙杯以及沾了芥末的廢紙。

那個賣奶製品的亭子因為禁酒運動的色彩太過濃厚而令群眾裹足不前，我幾乎不用等待就買到一杯牛奶和一個牛角麵包，然後故意避開群眾，以免被手肘推來擠去，到角落裡小口品嘗我的牛奶。這個時候，廣場另外一頭傳來興奮的呼喊；國王騎馬巡行的活動正式揭開序幕。廣場漸漸擁入特殊打扮的人：無邊圓形黑色氈帽上面飾有公雞羽毛，白色襯衫寬大且帶褶襇的袖子，飾有球狀紅色羊毛流蘇的藍色開襟短背心。連坐騎的鞍轡也掛滿了彩色的紙帶卷；在嗡嗡響的人聲和擴音器的歌聲中又有新的聲音混入，那是馬的嘶鳴聲以及騎士們的叫喚聲：「喂，喂！各位請聽，山谷中坡地上的居民啊，請聽聖靈降臨節那個禮拜天發生的事。我們國王終日操勞卻很貧困，但他為人很具美德，有人從他那一無所有的城堡裡偷走一千條狗……」

於視覺於聽覺，現場可以說是混亂一片，每一種成分都和環境格格不入：擴音器的民俗和騎馬的民俗；五彩繽紛的人馬和圍觀群眾灰色或褐色、剪裁不合身的服裝；騎士們的一派閒適和紅臂章衛隊的忙亂，後者在馬匹和人群之間跑來跑去，竭盡全力要為亂七八糟的局面維持最起碼的秩序，多艱難的任務，一方面由於看熱鬧的人（幸好數目不多）完全沒有守規矩的觀念，另一方面是因為路上沒有實施交通管制。那些佩戴紅臂章的人守住行伍的前面和後面，示意要來往的汽車放慢速度。因此，馬群當中進來攪局的有載觀光客的巴士，有載重的卡車，還有劈啪響的摩托車，這些都讓馬兒受驚，讓騎士不知所措。

說實在話，我對這場民俗慶典活動（對任何一種民俗慶典活動都一樣）有種強韌不可消弭的反感，但那天我擔心的還不是眼前所看到的：我已經預期會看到低劣的品味，將真正的民俗藝術和陳腐刻板的成分混淆起來，和開幕儀式時愚蠢致詞者通篇政治宣傳的演講混淆起來，沒錯，最差的情況我都想像到了，俗豔難耐的場面，炫人眼目的東西，可是我萬萬沒想到，從儀式一開始，整個活動就瀰漫著一種可悲而且震懾人的「貧乏」；這種貧乏的況味彷彿附著在所有東西上面似的：臨時搭建起來的那堆單薄攤位，星散開來卻又全然沒有秩序、心不在焉的群眾，路上的車流和不符合時代的慶典活動，稍微有些動靜便要向前衝去的馬兒，傳出噪音的擴音器不停嘶吼著歌曲（外加摩托車的劈啪響聲），將脖子鼓出青筋的騎士所高聲朗誦的詩句完全遮蓋住了。

我把牛奶喝完，紙杯扔在地上，行伍在廣場上展示威風之後，便開始要穿過村子進行長達數小時的巡行活動。這些我很久以前就知道了：大戰最後一年，我自己也打扮成侍衛在行伍裡蹦蹦跳跳（反串女裝，手裡握著軍刀），陪伴扮演國王的賈洛斯拉夫。我無意讓回憶感染陷入愁緒，然而（彷彿場面所透出的貧乏令我消除反感）卻也不願意強迫自己轉身不看那幕景象；我緩步跟隨騎馬的行伍前行，現在，它已佔據整條馬路了；走在中間的三個人物特別搶眼，國王和隨侍左右的兩名侍衛，一律反串女裝，手裡握著軍刀。一旁稍遠的地方，王室陣仗的其他騎士則在他們旁邊跑著，也就是所謂的「各部大臣」了。其他的人分成兩列，沿著馬路兩邊向前騎行。就是這兩隊人裡面，職位也是分派得一清二楚的；有「掌旗官」（軍旗的旗桿固定在靴統裡面，以至於紅色旗面的流蘇迎風飄揚在馬的腹側），有「傳令官」（每到一間房舍前面就以有節奏的語調朗誦一段有關國王的文字，那個貧困但具美德、被人從一無所有的城堡裡搶去一千條狗的國王），最後是「財務官」（他只負責乞討：「給國王捐點錢吧，好媽媽，給國王捐點錢吧！」然後把柳條籃遞出去）。

4

真感謝你，路德維克，才認識你八天我就這樣愛你，我從來沒有這樣愛過一個人，我不但愛你，我還相信你，因為，就算理智、感情和靈魂會欺騙我，肉體是絕對靠得住的，肉體比靈魂要誠實，而我的肉體知道，昨天它所經歷的絕對是前所未有的體驗，狂野、肉慾饜足、殘酷、暴力、曼妙滋味，我的肉體以前做夢也沒想過類似的事，昨天，我們的身軀在誓言中結合為一，如今，我們的理智只要服從就可以了，不過八天，我就深入地認識你，真感謝你啊，路德維克。

我感謝你，那還因為你在最後一刻來到，因為你救了我。今天早上天氣特別晴朗，天空蔚藍，我整個人蔚藍滿盈，一大早起，工作進行得盡如我意，我們先去國王的父母家採訪來迎接國王的巡行行伍，就在那裡，他突然冒出來和我搭訕，著實嚇我一跳，沒想到他那麼快就從布拉提斯拉瓦回來，真是出乎我的意外，你知道嗎，路德維克，我沒料想到的還有他對我的那種粗野行為，他居然拖了那個女的一起來！

還在像白痴一樣幻想，我們的婚姻關係可還沒有正式土崩瓦解，還能讓它脫離擱淺狀態，我的舉措真像白痴，差點為了保護那段明明已經失敗的婚姻而將你犧牲掉、拒絕來這裡和你見面，我這個大白痴差點再度上當，讓他那甜得膩死人的花言巧語將我拐騙，說什麼他從布拉提斯拉瓦回去布拉格的途中特地停下來要接我一起返家，說什麼他有一大堆事要坦誠和我談談。說什麼坦誠，話還沒完，你看他就又和她勾肩搭背起來，就是個黃毛丫頭，二十二歲的老鼠，精明刁鑽的模樣，少我十三歲又怎麼樣？只是比她早先來到人間就要生受這種奇恥大辱？我束手無策地好想尖聲嘶喊出來，但那種場合又不允許我這麼做，於是我也只好硬擠出一點笑容，還禮貌地握她的手，啊，路德維克，謝謝你啊，謝謝你賜給我力量。

後來那隻老鼠滾到一旁，他就乘機建議，說我們三個人要不要誠心誠意聚在一起討論一下，還說這樣比較磊落。磊落、磊落，他的磊落我還領教不夠是吧，這兩年來，他老是離婚的話題繞著轉，他也知道，聚起來談能夠談出什麼，其實，他的壞心眼另藏了玄機，就指望我和那個女的面對面時能生出自慚形穢的感覺，對自己惡妻的角色感覺羞愧，然後崩潰，然後哭哭啼啼，最後認輸投降。我恨死他，在我採訪的過程使出這種齷齪手段，我這時候最需要的是心平氣和，他至少應該尊重我的工作，一點點尊重我就滿足，可是年復一年，事情變本加厲，無禮的對待，粗野的態度，一堆藉口推託，不斷給我難堪。可是，這次我的翅膀硬了，不要再做受氣包，我感覺到你在我的背後，你還有你的愛情，我感覺到你在我上面在我裡面，那些英挺的騎士歡天喜地不停吶喊，彷彿他們吶喊，人間有你，有珍貴的生命以及未來，而我，我感覺到自己重新拾回差點就喪失掉的自信，現在這股自信充盈我的體內。於是我完美地漾起一個微笑並對他說，哎唷，或許不必為了這種區區小事就讓你一路忍受我到布拉格吧，電台有車我自己走，至於你一心惦記的處理方式，應該很快就有著落，我很簡單，只要把我想和他終生廝守的男人介紹給你們認識就好，要找出解決之道還不容易嗎。

或是我幹了一件狂事，如果真是這樣，那麼也只好認了，至少賺到一分鐘美暢輝煌的感覺，突然，他的親切和煦立刻乘上五倍，很明顯地，他很滿意，可是心底一定還有疑懼，說不定我空口說白話呢，他要求我再重複一遍承諾，最後，我索性把你的姓名說出來，路德維克・楊恩，路德維克・楊恩，最後，我還不忘補上一句：別擔心，要離婚我沒有第二句話，不會再作梗了，就算你還要我，我也不要你了。聽了最後這一句話，他說日後大家還能做好朋友，我又綻放一下微笑然後回答他，誰說沒那個可能。

5

我還在玩單簧管的時候，也就是很早以前我還在樂團的時候，大家曾經絞盡腦汁，想要了解「國王騎馬巡行」活動背後的含義。當馬提亞斯國王戰敗從波希米亞逃回匈牙利的時候，可能有一次不得不率領他的騎兵隊躲藏起來，以避開捷克人的追擊，躲藏地點應該就是摩拉維亞的這一帶，而且靠著乞討麵包才能苟活下去。根據傳說，「國王騎馬巡行」的活動保留了對十五世紀這個歷史事件的記憶，可是只要隨便翻查古代文獻便足證明，這種風俗起源的年代遠遠早於那位匈牙利君主落難的事件。那麼，活動源自何處？它的意義又是什麼？

是異教時代就有？是少年成年儀式的遺緒？那麼，為什麼國王和他的隨從都要反串女裝？是不是障眼法？歸功於它，一群士兵才能護送他們男扮女裝的君主穿越敵軍環伺的地域呢？還是源自異教古老的信仰，變裝行為本身具有庇佑力量，可以抵禦惡靈的侵害？可是國王為什麼從頭到尾都要保持緘默？為什麼「國王騎馬巡行」裡的國王是複數形，但實際上只有一位國王呢？這一切到底意味什麼？沒人知道。各種臆想層出不窮，但沒有哪種得到證實。「國王騎馬巡行」總之是種神秘儀式，誰也不明白箇中意義或是它要傳達的訊息，然而就像古埃及的象形文字，對那些讀不懂它的，那才是最美的（把它當作是瑰奇的圖畫）。「國王騎馬巡行」活動會那麼美，也許正是因為長久以來它的內涵已經不為人知，結果儀式裡面的動作姿勢、顏色、對話才能以其本身的特色形式吸引住人。

因此，剛才我對行伍出發前那種混亂場面的疑慮態度已經煙消雲散，這點我自己也很感到驚訝，接著，我又突然被這個騎馬緩慢前行，挨家挨戶走下去的景象所吸引住了；此外，剛才還在播放某位女歌手尖銳刺耳歌聲的擴音器現在也安靜下來，此刻大家只聽見（當然還有過往車輛的轟隆聲，不過，我已經習慣將它從我的聽覺印象中抽離出去）行伍儀式性的叫喚聲。

我很想待在那裡，閉上眼睛，光用耳朵傾聽便足夠了：在摩拉維亞這個小村落的中心，我意識到自己正在聆賞「詩句」，我指的是「詩句」一詞最原始的意義，那是電台、電視、劇場從來不曾給過我的經驗，這種「詩句」是有節奏的莊嚴召喚，是介於言語與歌曲間的過渡形式，是單純以格律力量來迷醉聽眾的詩句，也許就像遠古時代圓形劇場裡朗誦的詩句給予觀眾的震撼一樣。這是一種壯麗的、「複調的」音樂：每位傳令官雖僅以單音調來詠唱，但每個人的音高都不一樣，以至於他們的聲音不約而同形成極和諧的狀態；此外，傳令官的詩體呼喚並不是同一時間說出來的，每個人開口的時間是不同的、錯落有致的，每到一間房舍門首才有另一個人開口，結果朗誦之聲此起彼落，形成多聲的卡農；比方第一位發聲的結束了，第二位發聲的唱到一半，第三位發聲的便以另一種音高接續下去。

「國王騎馬巡行」的行伍在村落的主要大街走了好長一段時間（車輛呼嘯而過，人馬不免時受驚嚇），然後，走到一處十字路口，行伍便分成兩支了。右支繼續直線前進，左支則轉入一條巷道，逕往一間圍有低矮籬笆、小花園裡一片五彩花卉的黃色小房子去了。傳令官這時開玩笑的即興創作癮頭發了：小房子以它美麗的「噴泉」自豪，而女主人的兒子卻是「兇神惡煞」似的好玩人物；實際上，大門前面只有一個水泵，而那年紀四十開外的肥胖女主人，或許對人家給她兒子起的諢名感到得意，所以一聽見財務官的乞討聲：「給國王捐點錢吧，好媽媽，給國王捐點錢吧！」便笑吟吟地遞上一張紙鈔，這張紙鈔才一丟進掛在坐騎鞍座上的柳條籃子，另一位傳令官便迎上前去，對那位年紀四十開外的女人叫喊，誇她「既年輕又標緻」，能否賞他一杯陳年的黃香李酒。然後五指一縮，手掌圍成杯狀，湊近嘴邊，再將腦袋向後一仰，做出飲酒的姿勢。四周的人大笑起來，而那女人又樂又窘，退進屋裡去了；她也許早就料到有此一舉，因為她立刻又走出屋外，手裡拿著一瓶酒一個杯，讓在場的騎士都輪流喝了。

就在眾人邊喝邊開玩笑的當兒，稍遠的地方只見國王左右兩名隨從陪侍，僵直坐在鞍上，姿態嚴肅，一動也不動的，或許這是王者派頭，在部下鬧翻天的時候還得維持莊重、一副不為所動的樣子，正是「寡人」所定義的。兩名侍從的坐騎向中間擠，壓迫到國王的馬匹，以至於三位騎士幾乎肩膀靠著肩膀，靴幫子貼著靴幫子（這三匹馬胸前都綁了一個巨大的心形香料麵包，上頭嵌有許多小面鏡片，並且塗上彩色糖衣，此外，馬的額頭飾有紙玫瑰花，馬鬃綁成辮條，紮上狹長彩帶）。三位騎士一律維持緘默，身上全都穿著女裝：寬大裙子，上了漿的蓬鬆袖子，頭上戴著裝飾華麗的女帽；只有國王戴的不是女帽，而是一頂閃閃發亮的銀製冠冕，從上面垂墜下三條又長又寬的彩帶，中間的是紅色，左右兩邊的是藍色，把整張臉都遮住了，給人一種詭異而悲愴的感覺。

我出神地看著這靜止不動的三個人；回溯二十年前，我也和他們一樣，坐在一匹裝飾縟麗的馬匹上，只是從「裡面」去看「國王騎馬巡行」活動，當時是沒什麼體會的。一直要到現在我才真正深有感觸，兩眼一時之間竟不能偏轉開去。國王坐在鞍座上面（離我只有幾公尺遠），好像一尊身披華服、受到嚴密看守的雕像。我心裡突然想，天曉得呢，或許不是國王而是王后也說不定；或許是露西王后以她真實的面目展現在我們眼前，因為她的「真實」面目正好就是「遮掩起來的」面目。

因此，我意識到，執意於反思和妄想的寇斯特卡是個怪人，以至於他所說的一切雖有可能但沒有哪一點是絕對靠得住的；當然，他認識露西，而且也許對她知之甚詳，不過，最本質最重要的他沒掌握住：那個想要佔有她肉體的軍人，和她約在向礦工借來的房間裡見面的軍人，露西是真正愛他的。據他的說法，露西取花是因為心中模模糊糊動了憐憫之情，可是我怎麼記得，她是為我做的？如果她對寇斯特卡隻字未提，也沒說到我們之間長達半年的溫柔愛情，那是因為，甚至面對他的時候，她也保留一個外人絕對不能和她分享的秘密，也就是說，其實寇斯特卡也沒能了解她；所以，露西是否真的為他搬到這座城市定居，這還是可以商榷的事情；很有可能她只是湊巧選中這裡棲身，而且更有可能是因為我才這樣做，因為她知道這裡是我土生土長的城市。我覺得露西早年被強姦的事情應是真的，但是對於當時確切的情境我就有所保留了。故事被鬆上了色彩，有些情節是從被罪惡激發興奮的人眼裡看出去的，那是染得殷紅的目光，有些情節染上藍色，藍得徹底，只有慣常凝視天空的人才會那樣看的。不容置疑：在寇斯特卡的敘述裡，真相和詩意結合起來，以至於成了另外一樁傳奇（也許更接近實情，也許更美麗或者更深刻），將古老傳說涵蓋進去的新傳說。

我看著面目被遮掩起來的國王，我看到露西（沒被認識而且不可能被認識）莊嚴地（而且諷刺地）貫穿我的生命。接著（一股詭異的外力所硬逼的），我的視線不由自主滑向一旁，不偏不倚和一個男人的視線接個正著，他對著我微笑，而且應該在一旁注視我很久了。他說：「你好！」然後，哎呀，竟然向我走來。我說：「你好！」他伸出手，我握了它。在這時刻，他轉頭過去叫喚站在一旁而原先我沒注意到的一位年輕女子：「幹嘛站著不動，來，我介紹你們認識！」那個女子（身材高眺，優雅、濃密鬈髮，棕色眼眸）向我走來並且說道：「布洛佐娃。」她伸出手，於是我也說道：「幸會。我姓楊恩。」而他在一旁開心叫道：「老兄，這麼多年沒看到你了！」是茲馬內克。

6

累，累啊。這累，趕不走它。行伍迎了國王以後現在朝廣場方向走去，而我只能拖著腳步跟著過去。我開始深呼吸，想要把累抑制下去。我走到附近每一間房舍前就駐足下來，看著鄰人探頭探腦張嘴瞪眼的樣子。突然我有一種感覺，輪到我了，輪到我要靠邊站了。旅行的意象、冒險的意象都已結束。我將生命蹉跎在三、兩條小路之間，回頭已太遲了。

等我走到廣場，行伍已經沿著主要街道漸走漸遠。原本我想蹣跚跟著過去，可是這時我突然瞥見路德維克。他站在房屋和道路間空著的草地上，若有所思地定睛看著騎馬的幾個小伙子。可惡的路德維克！見鬼去吧！直到今天都是他在躲我，好吧，今天就輪到我要大牌，不去見他！我轉過身，朝著一張長椅走去，廣場邊上一棵蘋果樹下的長椅。這樣，好端坐定，就能細細聆賞騎士們此起彼落的呼喚。

我就這樣坐在長椅上面，一邊看一邊聽。「國王騎馬巡行」的行伍慢慢走遠，侷促可憐地被沿途不斷呼嘯而過的汽車和摩托車逼退到馬路邊上。後面跟了幾個看熱鬧的。四個禿子一個光頭。觀賞「國王騎馬巡行」活動的人越來越少了。但是路德維克依然到列。他來這裡湊什麼熱鬧？路德維克，見鬼去吧，如今已經太遲。一切都太遲了。你的出現好像一個惡兆。黑漆漆的惡兆。尤其今天是我的伏拉德米爾扮國王！

我將視線移開。在村子的廣場上，只剩下十來個流連忘返的人，站在攤位旁邊，站在小酒館的入口。幾乎所有人都喝醉。酒鬼醉漢竟是民俗活動最忠誠的捍衛者。最後一批捍衛者。久久一次，這是他們可以理直氣壯喝到爛醉的場合。

坐在我身邊的是個小老頭，培恰切克老爹。活動和以前相比似乎走樣許多。我同意他。以前根本不是這樣。幾十年前或者幾百年前場面應該很美才是！那時服飾打扮必然不及今天花花綠綠。今天所呈現的樣貌有些俗豔低級，好像趕集時的烏合之眾。馬的胸前居然掛上香料麵包！百貨公司買來成堆成堆的紙紮花圈！以前服裝也是五顏六色，但要簡單得多。

坐騎唯一的裝飾只是脖子上繫的一條紅領巾罷了。國王的臉上也沒有彩帶權充的遮簾，只是蓋一條紗巾。還有，他雙唇啣了一朵玫瑰。為了防止他開口講話。

沒錯，老爹，以前要好太多。人家不用苦苦哀求那些年輕人，求他們好心答應來加入遊行行伍。事前不必開那麼多次的工作會議，不用在那裡脣槍舌劍，誰要負責組織、盈餘要歸誰所有，等等的問題！「國王騎馬巡行」活動從鄉下人的生活中迸發出來，好像清泉湧自石間。它從這個村子移到下個村子，為他們那面目遮掩起來的國王四處乞討。有時候一支隊伍會在路上和另外一支隊伍不期而遇，其他市鎮的隊伍，那是要大打出手的。兩邊人馬都豁出去。各自保護己方的國王。有時，白刃軍刀拔出來了，亮晃晃的，有人要流血的。一支隊伍如果擄獲另一支隊伍的國王，那麼就會喝個酩酊大醉，在酒館裡面喝，並由戰敗一方國王的父親付帳。

老爹，說真心話，你說得對。納粹佔領時期人家選我做國王，那時還不像今天這個體統。甚至戰後，傳統也好歹維持住。那時候大家想，我們大家認為，要創造出一個嶄新的世界了，還有同胞要重新回到古老的傳統裡，還有「國王騎馬巡行」活動要從他們生命的深處迸發出來。我們要促成這種迸發。我們挖空心思舉辦各種民俗慶典活動。只是，噴射出的湧泉如何規劃？要不然讓它自然噴射，要不然就沒有它。老爹，您看出問題的癥結了嗎：我們的小調，我們的騎馬巡行以及其他類似的一切好像是榨乾脫水後的幾滴，小小幾滴，最後幾滴。

喔唷。消失了，巡行的行伍。或許轉進一條橫向的小弄裡了，不過，還一直聽見它的呼喚聲，多壯麗的呼喚聲。我將眼睛閉起，幻想自己活到另外一個時代。另外一個時空，異常古遠。然後我又睜開眼睛，心裡想到，由伏拉德米爾扮國王也是真好。他掌握的是一個幾乎已經衰亡但文化依然燦爛的王國，這個王國，我將對它忠心耿耿直到最後。

我起身離開長椅，有人向我打招呼。是庫戴基老頭，好久沒看見他了。他拄著枴杖，舉步維艱的模樣。我以前一向對他沒有好感，如今老邁的年紀竟惹起了我的同情心。我問他道：「老先生這樣上哪裡去？」他說星期天照往例出來散步，它對健康有幫助。「國王騎馬巡行老先生可還喜歡？」他做出一個表示看破一切不抱幻想的手勢並且說道：「我連看都沒看。」「哦，為什麼呢？」我又問道。又是一個手勢，比起上一個更不耐煩。與此同時，我悟出其中的道理了：因為路德維克也在場觀賞。和我一樣，庫戴基也躲避他。

我對他說：「我明白你的意思。我的兒子也在巡行的行伍裡，但我也沒有緊跟著過去看。」「你的兒子，那邊？是伏拉德米爾嗎？」我說：「正是，他不僅參加巡行，而且還扮國王呢！」庫戴基說：「是嗎，好奇怪啊！」我反詰道：「有什麼好奇怪的？」庫戴基的小眼睛閃耀光彩同時答道：「甚至可以說是非常奇怪！」我追問道：「你就說吧，怪在哪裡？」「伏拉德米爾明明和我們家的米洛斯在一起的，你說怪不怪呢？」我不認識什麼米洛斯的。他說米洛斯是他的外孫，他女兒的兒子。我回嘴道：「怎麼可能，我可是親眼看著他騎馬走出家門的！」「我也是，我也親眼看見他的。米洛斯騎摩托車載他出我家門口的。」庫戴基斬釘截鐵說道。我說：「這事好像牛頭不對馬嘴！」不過立刻又追問道：「那他們上哪裡去了？」「連你都不知道，如何指望我了！」說完這話，庫戴基便告辭逕自去了。

7

我完完全全沒料想到會碰見茲馬內克（赫雷娜明明告訴我下午茲馬內克才會過來接

她），天底下沒有比碰見他更令人掃興的事了。但我又能怎麼樣？他站在那裡，和昔日的茲馬內克沒有多少出入：一頭黃髮還是一頭黃髮，只是不像以前那樣往後梳成波浪狀的髮綹。頭髮剪短，向下往額頭梳齊了，時下流行的式樣。還像以前一樣，老愛挺著胸膛，脖子向後抬，有點僵，又是一副心滿意足、高高興興的神情，那樣不可侵犯，擁有天使的祝福和一位年輕女子的青睞，而她的美立刻讓我想起昨天下午被我抱在懷裡的胴體，它的缺點好教人難受。

我巴望和他的對話能夠越簡短越好，於是我故意用最平庸的方式回答他問我的那些俗不可耐的問題：他一再重複，我們已經幾個五年沒見面了，會在這種地方看見我真是令他意外，這種「雞不拉屎鳥不生蛋」的地方；我告訴他我是這裡土生土長的。聽到這話，他一面道歉，一面改口修正，如果這樣，這地方就不是雞不拉屎鳥不生蛋的地方了。布洛佐娃小姐笑了起來；我沒有對那笑話做出回應，我只說道，在這裡遇見他，我一點也不感到驚訝，因為根據我的記憶，他一直是熱愛民俗藝術文化的。布洛佐娃小姐再度笑出聲來，然後忙著聲稱他們不是來看「國王騎馬巡行」的。我問她巡行活動是不是不對她的胃口，她說實在不感興趣。我問她為什麼，她只是聳聳肩，倒是茲馬內克幫她出聲：「路德維克我的老兄，時代變嘍。」

這個時候，行伍已經走到下一戶的門前，只見兩位騎士正在安撫兩匹焦躁不安的馬。其中一位對著另一位的背後叫嚷，怪他沒有好好管束好他自己的馬，那一聲聲的「蠢貨」、「笨蛋」和節慶的儀式混在一起，產生荒誕的感覺。布洛佐娃小姐嘆息道：「要是他們再罵下去就精采嘍！」茲馬內克噗哧笑出聲來，還好騎士很快就讓馬兒鎮定下來，然後村子裡重新迴盪著莊嚴的呼喚聲。

行伍沿著開滿花的各戶小花園向前走，我亦步亦趨跟在後面，心裡只想找個名正言順的理由擺脫掉茲馬內克，只是我的努力根本無濟於事；於是，我不得不溫順地走在他那標緻女伴的身邊，同時繼續和她交談。她告訴我，今天清晨他們還在布拉提斯拉瓦，天氣和這裡的一樣好。他們開茲馬內克的車出發，可是幾乎還沒離開布拉提斯拉瓦便得換火星塞了；還有，她是茲馬內克的一名學生。先前我聽赫雷娜說起，他在大學裡教授馬克思—列寧主義的課程，不過我佯裝不知，問他教的是什麼科目。他回答是「哲學」（他用這個字眼稱呼自己所教授的科目，我覺得很耐人尋味；換成四、五年前，他應該會單刀直入，使用「馬克思主義」一詞，可是這幾年來，這門學問大大失寵，被人打入冷窖似的，尤其年輕人再也不甩這套，而茲馬內克最關心的就是能不能受年輕人的青睞，於是便婉轉地用一個比較概括性的字眼來包裝那個科目的名稱）。我裝出驚訝的表情同時說道，我的記憶猶新，茲馬內克應該是生物系的吧。我言詞隱藏著譏諷的暗示，馬克思主義的教授都是半瓶水專家，不是由於科學專業涵養足夠才被抬舉成學者，而是他們搞宣傳的功夫勝人一籌。布洛佐娃小姐插嘴進來鄭重說道，當然，絕大多數的馬克思主義教授頭顱裡面塞的不是腦漿而是一整本的政治手冊，但是帕維爾可就不同，不可以拿他來和那些教授等量齊觀。這幾句辯護詞彷彿教茲馬內克服下了一粒定心丸；他嘟囔了幾句模糊的抗議，以這種應對來表現自己過人的謙遜，並且促使那位年輕女子說出第二波的讚美。根據她的說明，我知道她的朋友可是最受學生歡迎的風雲教授，理由是茲馬內克是他們和領導層級間最堅實的橋樑：他的性格便是有話直說，膽量就是夠大，經常站在後進的立場替人講話。茲馬內克被迫繼續無精打采地提出抗議，然而他的女伴卻鉅細靡遺地又向我透露，過去這幾年來茲馬內克被捲進去成為衝突標的的諸多事件：

人家甚至打算要將他革職，因為他無視發黃老教材那神聖不可撼搖的地位，好心要讓年輕學子明瞭現代哲學裡新的理論學說（人家指責他將「敵人的意識形態」走私進口）；據說茲馬內克還出面替一位小伙子緩頰，讓他免於一時的小錯誤而被開除學籍（他和警察口角），先前教務長（和茲馬內克是死對頭）硬把那小伙子打成政治犯人。事件落幕之後，學生暗中舉行一次投票，目的是要選出最受愛戴的教授，結果當然由茲馬內克拔得頭籌。茲馬內克不再抗議這些排山倒海而來的讚詞，於是我對布洛佐娃小姐說道（字裡行間帶刺，只可惜啊，幾乎讓人聽不懂），她這席話我有多麼感同身受，因為就我記憶所及，她這位教授在學生時代就是那麼廣受歡迎了。聽我這麼一說，布洛佐娃小姐更乘機殷切地補上一句：「這也難怪，帕維爾的口才一等一，誰會是他的對手，每次辯論起來，想反駁他的人哪個不是讓他壓得死死的呢！」茲馬內克笑著承認道：「這話倒是不錯，我只是用口舌對付他們，可是他們會用其他更有效的方法反擊！」

從這浮誇的言詞中我找回了昔日熟悉的茲馬內克；不過讓我驚慌的，還是這些話的「內容」：茲馬內克似乎徹徹底底丟棄了往日的立場和態度，而且，假若今天我是在他身邊生活的人，那麼不管願意不願意，我也會站在他那一邊。這是多恐怖的事，對此，我完全沒有心理準備，儘管像他這種態度的改變，說實在話，並沒有什麼驚人之處，正好相反，許多人都發生過的，整個社會都有這種經驗，只是有人較強烈，有人較微弱而已。可是在茲馬內克身上我就是說什麼也沒料到這樣；在我的記憶中，他以最後我看見他的樣子凝固起來，所以現在我懷著憤怒拒絕承認他有權利變成其他樣子，和他在我印象中不同的樣子。

有些人宣稱自己愛全人類，但有些人反對這種說法，其實這也自有道理，他們認為愛只能夠施予個別的人。我同意後面這項說法，而且我還要補充，在愛上面說得通的在恨方面同樣適用。人類是種傾向平衡的動物，別人用惡的重量壓彎他的背脊，那麼他就用恨的重量加以平衡。那麼試試看把恨集中在幾個抽象的種類上，例如不公平，狂熱盲信、野蠻行為，或者，如果你走極端，認為人的本質是可憎的，那你就試試看去恨全體人類好了！這種恨遠遠超出人類能力可以企及的範圍，因此，一個人如果要緩解自己的怒意（他知道怒意的力量是有限的），最後只能把恨集中在個別的人身上。

我的恐慌便由此而生了。從今以後，茲馬內克可以倚仗他這次的脫胎換骨（剛剛他才以令人猜疑的驚人速度向我表明）日後向我請求寬恕。我覺得可怕的正是這點。我該如何對他說呢？我該如何回答他呢？如何向他解釋，我是不可能與他盡釋前嫌的？如何向他說明，一旦和他和解，那麼我內心的平衡狀態一下子便毀掉？如何讓他知道，如此一來，我內心那具天平橫桿的其中一端會立刻往上彈起？如何使他清楚明白，對他的恨是一塊重量剛好的砝碼，可以抵消年輕時代壓在我背脊上的惡？如何一語道破，說他就是這惡的化身？如何把話挑明了講，說我「必須」恨他？

8

馬群的身軀塞滿整條巷道。我看見國王，他離我才幾公尺遠。他坐在馬背上，眾人離他都有一段距離。在他身旁另有兩匹馬兒以及其他兩個男孩：那是他的侍衛。我有一些不知所措。他拱起背，伏拉德米爾也會那樣做。他一動也不動的，幾乎不帶感情。是他？或許。

但也很有可能是別人。

我悄悄靠上前去。認不出他，哪裡可能？話說回來，他的舉止，每個最細微的習慣動作，我都是瞭若指掌的！我愛他，而愛自會生出敏銳直覺！

我迂迴溜近他的身旁。我本來可以叫他一聲，沒有什麼比這個簡單。不過將是徒勞無功，國王不應該說話的。

行伍又行進到隔壁房舍。啊，現在逮著機會試探是不是他了！馬的步伐會逼使他做出一個配合動作，這個動作極有可能令他洩漏底細。那頭牲畜抬起前腳，國王弓起腰肢，不過這個動作我卻沒能看出什麼端倪。他臉上的彩帶依舊不透明得教人絕望。

9

巡行行伍又向前推進走過幾間房舍，寥寥幾個好奇的人（我們也包括在內）也亦步亦趨跟著，而我們也轉換了話題：布洛佐娃小姐將焦點從茲馬內克那裡搬到自己身上，說明自己有多喜歡在路上招手搭人便車。她毫不鬆懈緊抓這個話題（有些矯揉造作），以至於我立刻就弄清楚，她是在發表「她那世代的宣言」。這種甘心順從某個世代價值觀的做法（隸屬於群體時的驕傲）一直是令我倒胃口的。聽完布洛佐娃小姐闡述自己的思想（這種論調我起碼已經聽過五十次了），什麼人類可以分為兩群，一群是會停車讓攔路的人搭便車的（喜歡冒險且有人性），另一群是不會停車讓攔路的人搭便車的（害怕人性且沒人性），我便開玩笑地戲稱這項思考為「搭便車的教條主義」。她冷冷回答道，她不是教條信奉者，不是修正主義者，不是宗派主義者，也不是思想偏差的分子，總之，這些詞彙都是我們專有的，是我們那一代的人發明的，只屬於我們這一代，而且對他們而言是陌生透頂的東西。

茲馬內克幫腔說道：「沒錯，他們這代是不同了。幸好是不同了！他們用的語彙也是另一套了，真教人欣慰啊！我們的成就吸引不了他們，我們所犯的錯也是。你大概做夢也沒想過，參加大學入學考試的時候，那些年輕人甚至不知道何謂『莫斯科審判』，而史達林不過就是個名字而已。你相信嗎，絕大多數的年輕人甚至不知道，十年前布拉格還在審判政治犯呢！」我說：「正因為這樣我才覺得糟糕透頂。」「我們得要承認，這不代表他們學識不足。這個現象說明了他們的全然解放。他們閉鎖在屬於我們的那個世界之外。他們全盤地排拒它。」「新的盲目取代舊的盲目。」「我不同意這種看法，正因為他們和我們不同我才欽佩他們。他們重視身體，而我們這一代的忽視它。他們酷愛旅行，我們老蹲在同一個角落。他們喜歡冒險，我們則將青春虛擲在集會裡。他們覺得爵士樂最對胃口，我們東施效顰民俗藝術但是成效不彰。他們自己照顧自己，我們卻要拯救世界。我們相信救世主必會降臨，結果差點毀掉世界。或許他們從自私的心態出發反而能拯救世界。」

10

事情怎麼會是這樣？國王！騎著馬的體面人物，盛裝打扮，披帶五彩。多少次我在腦海裡想像！多少次我在心靈中看見！是所有意象中最親密熟稔的！如今一旦搬進現實，所有的親密熟稔竟然不翼而飛。突然，這好像是個用刺目顏色亂塗亂抹的陰魂，裡面藏了什麼我不清楚。除了我的國王以外，這個現實世界還有什麼讓人覺得親密熟稔的？

我的兒子，我最親近的人。站在他的面前，我卻說不上來，到底是他不是他。如果連這個我都無從知曉，那我還能指望知道什麼？如果我連這項確定都沒辦法掌握，那麼塵世間有哪一件事可以確定？

11

就在茲馬內克口沫橫飛讚揚後起世代長處的時候，我仔細觀察著布洛佐娃小姐，然後我傷心地體認到，她竟是如此漂亮而且博人好感；想到她不隸屬於我，心裡竟然怨恨起來。她走在茲馬內克身邊，每三秒鐘就用手臂攙一下他的手臂，並且不時轉頭看他，而我卻發覺到（一年一年過去，這層體認也越深刻），自從露西那個年代以來，我就不再真正愛過哪個女孩，真正尊重過哪個女孩。生命在嘲弄我，提醒我的徹底失敗，所利用的正是這個男人他情婦的姣好面容，而前一天我還自鳴得意，以為經歷一場詭異的翻雲覆雨後就打敗他了。

布洛佐娃小姐越是令我心曠神怡，我就越體會到，她是完全屬於她同時代的。對他們而言，我和我同時代的人都被打入雜沓模糊的群體裡面，只會操弄令人難以理解、莫名其妙的字詞，滿腦子塞的都是過度政治化的思想，所擔心的淨是一些杞人憂天的事，總之，只懷念一些過時了的黑暗年代所攢積下來的經驗。

於是，我開始明白到：我和茲馬內克相似之處並不只限於雙方交換意見之後，他便與我相似起來；這種相似是更深刻的，而且涵蓋我們「整個」命運：儘管以前我們曾因為意識形態而劍拔弩張對立過，可是在布洛佐娃小姐以及和她同時代的人眼裡，我們竟是同一掛的。我突然意識到，如果我得在她面前把自己如何被開除黨籍的始末重說一遍，這個事件在她眼裡勢必顯得極為遙遠而且太「文學性了」（沒錯，這個主題在多少蹩腳的小說裡被處理過了），而且故事裡我們這兩個人一定同樣不討人喜歡，我的理念以及他的理念，我的態度以及他的態度（反正兩個人同等扭曲又同等醜怪）。我和茲馬內克的過節在我看來如此清晰難忘，但是每個人都知道，時間這條長流的水、寬慰人心的水，它會淹沒不同時代間的差異，更何況是兩個微不足道人物間的小小恩怨。然而我一味抵死抗拒，硬是不肯接受時間所提供的和解美意；畢竟，我不是活在永恆裡面，而是拋下船錨，牢牢固定在自己那三十七年的歲月中，因此，我不願意鋸斷這條錨鍊（不像茲馬內克很快就學會和年輕人的相處之道），不行，我要留在自己的命運裡面，在自己的年紀裡面，就算我的三十七歲只是時間流的小小片段，微不足道而且稍縱即逝，被人遺忘，已經被人遺忘。

要是茲馬內克親切彎下腰來開始向我聊起過去，而且請求和解，那我將會斷然加以拒絕，是的，我排斥這種和解，就算有布洛佐娃小姐以及所有和她同時代的人從中斡旋，就算時間本身出面調停也都沒用。

12

累呀。突然我興起個念頭，想要丟下一切不管。走得遠遠，卸掉所有憂慮。我不願意待在這個有形的物質世界，因為這個世界欺騙我，無法被我理解。還有另外一個世界。去到那邊，我好像回家，好像找回源源本本的我。那邊有條道路、有棵犬薔薇樹、有個逃兵、有個四處流浪的鄉村小提琴手還有媽媽。

我終究還是振作起來。應該的，我和有形物質世界的爭執總得堅持到最後。我該睜大眼睛，看透其中所有的錯誤和圈套。

我到底該不該找個人問？巡行行伍裡的那些男孩？萬一所有的人笑我該怎麼辦？我回想今天早上的情況，國王的穿衣儀式。突然，我知道該去哪裡。

13

騎士們有節奏地高呼：我們有位國王貧困潦倒，但是德行過人。行伍又向前走過三、四間房舍，而我們一直跟在馬匹五顏六色的臀部後面走著，藍色的臀部、粉紅的臀部、綠色或淺紫色的臀部，這時茲馬內克突然伸手指著行伍的方向說道：「喂，你看，是赫雷娜。」我順著他手指的方向看過去，可是始終只看到馬兒顏色繽紛的身軀。茲馬內克仍舊指著說道：「那裡呀！」這次看到了，她被馬遮掉半個人，但同時我的臉也紅熱起來：因為茲馬內克指點她的方式並不尋常（他不說「我的太太」而說「赫雷娜」），此舉證明了對方知道我認識她。

赫雷娜站在人行道邊上，手裡揮動著一支麥克風。麥克風和錄音機用電線連起來，而錄音機則掛在一個穿皮夾克配藍色牛仔褲小伙子的肩膀上，此外，他的耳朵上還戴了一副耳機。我們站在距離他們不遠的地方。茲馬內克開口（突如其來而且若無其事）說道，赫雷娜是位令人佩服的女性，不僅一直保有優雅儀態而且能力又強，我能和她融洽相處其實他一點也不意外。

我只感覺自己的臉頰更紅更熱了，這一段話聽不出有什麼敵意，恰巧相反，茲馬內克是以非常和善的語氣說出來的，而布洛佐娃小姐則面帶微笑並用寓意深長的眼光注視著我，彷彿巴不得我能明白她也已經聽聞其事，而且對我深具好感，甚至與我建立起了同謀關係。

茲馬內克一派瀟灑自在，繼續談論他的妻子，同時努力讓我明白（拐彎抹角而且暗示連連），他已探知內情不過沒有第二句話好說，因為他對赫雷娜的私生活一本放任的態度；為了讓自己的說詞增添一分無所謂的輕鬆氣氛，他又指了指那位背著錄音機的年輕人道，那小子（茲馬內克先取笑他，戴上耳機的樣子活像一隻大昆蟲）兩年以來一直迷戀赫雷娜，是個危險角色，我得小心防範才好。布洛佐娃小姐忍俊不住笑出聲來並問兩年以前他才幾歲。茲馬內克精準答稱才十七歲，是可以發情的年紀。接著茲馬內克又開玩笑地補充說道，赫雷娜對稚嫩的小白臉提不起興趣，何況赫雷娜又是一位謹守女德的人，只是像這種小毛頭，越是求愛無望就越氣急敗壞，到時出招一定教人措手不及。布洛佐娃小姐（用東拉西扯談瑣事的語氣）也附和道，或許我將是那小毛頭最強勁的敵手、最可觀的威脅。茲馬內克笑道：「我可不那麼確定唷。」我也以輕描淡寫的語氣回嘴道：「不要忘記我在礦場幹過幾年的活，一身長了不少肌肉。」但沒想到，這句話和大家雞毛蒜皮式的閒扯淡竟然如此格格不入。布洛佐娃小姐探究道：「你在礦場工作過嗎？」而茲馬內克則固執守著他剛才的話題繼續說道：「這些二十出頭的小毛頭如果群聚成黨，那你可真要提防了。他們看不順眼的人就會把他修理到慘兮兮的。」布洛佐娃小姐鍥而不捨問道：「時間很長嗎？」我回答她：「五年。」「什麼時候的事？」「九年前還在那裡面。」「那麼，是很久以前的事，從那時候到現在，你的肌肉恐怕也消下去了……」她開這個小小玩笑是為了增進談話的良好氣氛，可是在這時候，我偏開始在意自己的肌肉。我心裡想，我的肌肉可一點也沒有萎縮，而且健康情況極其出色，必要的話可以一拳撂倒眼前和我瞎掰的這個金髮男子，然而（這是整件事裡最重要但也最可悲的一環），我也只能用這身肌肉向他討舊債。

我又再度警覺到，茲馬內克面帶笑意轉身向我並且請求我忘記往日發生在我們之間的種種，這時我發現自己陷入他的陷阱裡面：替他那求和舉動撐腰的不僅僅是他改變了觀點，不僅僅是時間好像撫平一切，不僅僅是布洛佐娃小姐以及她整個世代的人從中當起了和事佬，最主要的還是赫雷娜，（是的，所有條件都有利於他不利於我！）因為，茲馬內克原諒我和他妻子的姦情也就替自己贖買了我對他的寬宥。當我看見（透過想像）那個勒索訛詐高手的油滑嘴臉（因為他對自己那些有如盟友般的有利條件極具信心），我的怒火不禁熾旺燃燒起來，恨不得一拳揮打過去，進而透過想像開始痛毆他了。騎士都在附近高聲叫喊，布洛佐娃小姐到底說些什麼我也沒聽進去，陽光是華麗的金黃一片，而我那雙憔悴的眼睛只看見鮮血從他臉上汩汩流下。

是的，那只是我的想像沒錯；只是如果他真的開口問我求和，我該如何因應才好？我嚇一跳，其實我將束手無策。我們走到赫雷娜以及她助手的身邊，小毛頭把耳機摘了下來。赫雷娜很驚訝地看到我和茲馬內克站在一起於是問道：「你們自己先認識了？」茲馬內克回答：「我們認識好久了。」她再度一臉詫異說道：「怎麼回事？」茲馬內克解釋道：「大學時代我們在同一個學院裡唸書。」這時我醒悟到，我剛越過幾道窄橋中的最後一道，藉由這道窄橋他將我拖進一個恥辱的境地（和斬首台類似的所在），然後伺機要求我原諒他。赫雷娜道：「天哪，竟有這種巧事……」那個技術人員唯恐大家忘了他似的便接腔道：「無巧不成書呀。」赫雷娜好像想到什麼便道：「噢，對了，你們兩位還不認識。」然後對我說道：「這位是金德拉。」我把手伸向金德拉，而茲馬內克自顧對赫雷娜道：「我本來打算和布洛佐娃小姐一起過來接你的，不過現在我知道這種安排對你顯然並不合適，你比較希望和路德維克一起離開……」那個穿藍色牛仔褲的小毛頭向我扔下一句：「你真的要跟我們走？」說話的語調真的一點也不友善。茲馬內克問我：「你開車來的是吧？」我回答：「我沒有車。」他說：「那你就跟他們走好了。」那個穿藍色牛仔褲的小毛頭警告道：「我一上路時速就飆到一百三，要是你害怕的話……」赫雷娜聞言訓斥道：「金德拉！」茲馬內克說道：「不然你也不妨和我們一起走，只是我相信你寧可要新交的女朋友也不要我這個老朋友。」我注意到，他用了「老朋友」幾個字，我已經確定，將徹底羞辱我的和解已經近在咫尺；不過這時茲馬內克沉默了一下，彷彿他在猶豫，彷彿他想將我拉到一旁，兩個男人好好單獨聊聊（我已經把頸項伸直，就等斧鉞劈砍下來），但這次我估計錯了：他瞄了手錶一眼，然後說道：「說實在話，如果五點以前要趕到布拉格的話那就不能再拖延了。好吧，是該道別的時候了！拜了，赫雷娜！」他握了赫雷娜的手，然後再向我和技術員說了再見並且握了我們的手。布洛佐娃小姐跟著也和大家握手道別，然後兩個人手臂挽著手臂離開了。

他們離開了。我的目光遲遲無法從他們的背影移開。茲馬內克步伐有些僵，那顆長著金髮的頭顱驕傲地抬得好高（那是勝利者的姿態），旁邊跟著那個褐髮女孩；就算從背後看，她還是很吸引人的，步履輕盈，教我看在眼裡舒坦極了，只是舒坦裡面參雜痛苦，因為她那漸走漸遠的美向我表示了她對我冷若冰霜的不關心，對我同樣冷若冰霜的還有我的過去，而我回到土生土長的城市就是要與自己的過去面對面，要替自己報復，但是誰料到這段過去剛剛與我會面但卻沒有看我一眼，彷彿不認識我似的。

我被羞愧和侮辱壓得快要窒息。唯一想的便是快躲起來，自己孤單一個，將這段經歷完全抹除，將這個令我難堪的玩笑，將赫雷娜，將茲馬內克，將前天昨天和今天徹底磨滅，包括一切，包括最細微的殘跡。我向技術員說道：「我想私下和記者同志說兩句話，你該不會怪我吧？」

我把赫雷娜拉到一旁，她想要向我解釋，含糊不清地嘟囔了幾句有關茲馬內克以及他女朋友的事情，她辭不達意地對我陪著不是，說她也是情非得已才將實情和盤托出。只是現在說什麼在我看來都無關緊要了；我只惦記一件事情：遠遠離開這裡，離開這裡，逃出這段經歷，然後在那上面畫下休止符。我認定自己沒有權利再繼續矇騙赫雷娜；她以誠懇無邪的心態對待我，而我的行為竟然如此卑鄙，將她當作一個物品，一顆石頭，打算用來投擲別人（只是沒能成功）。對於自己復仇計畫的失敗、可笑的失敗，我一想到就快窒息，所以下定決心至少要在當下做個了斷，當然稍嫌太晚，但至少搶在一切還不至於變成不可收拾的場面。可是我什麼也無法對她開口，不僅因為說出真相應會傷害到她，還因為說了她也無法了解。所以，唯一的方法便是對她說上幾遍，上次聚首是第一回也是最後一回，以後我不會再和她見面了，因為我不愛她，這點她必須明白才是。

結果比我預期的糟糕：赫雷娜聞言臉色轉為慘白，身軀不由自主地顫抖起來；她說什麼也不願意相信我說的話，更不願意放我脫身；在成功脫身逃之夭夭以前，我度過了最難捱的折磨。

14

到處是雜沓馬匹，到處是彩帶飄揚，我就站在當中，停留好長時間，然後金德拉靠近我的身邊，拉起我的手，將它握緊，然後問我怎麼回事。我並沒有把手縮回來，並且告訴他，沒什麼事，金德拉，沒什麼事，你以為我怎麼啦。但我的聲音不再是我的聲音，好尖銳，我用急切到好笑的速度找個話頭接上，對了，還有什麼要錄音的，傳令官的呼喚，這個錄了，我們此外錄了兩次專訪，不錯，我還有一段評論性的旁白要錄。我繼續這樣沒頭緒地絮叨一堆，所說的事我根本沒有辦法集中思緒思考，而他只是站在原地，一言不發陪在我的身邊，一面搓揉著我的手指頭。

直到那刻為止，他都沒有碰過我半次，他太膽小了，不過他迷戀我這一件事卻是眾人皆知，而現在，就在我結結巴巴說著採訪計畫裡還需做些什麼，可是我滿腦子想的都是路德維克，然後，說來奇怪，我又自問，現在我的情緒這樣激動，在金德拉眼裡到底是副什麼德行，一定醜得可以，不會，希望不會，我又沒哭，只是煩躁，沒別的……

聽著，金德拉，現在讓我獨自安靜一下，我要去寫評論的文稿，然後立刻將它錄進錄音機裡，他還是繼續握著我的手，並且溫柔地問我道，赫雷娜，你到底怎麼回事。可是被我掙脫開去，直接走進國委會，人家特別為我們的採訪工作保留了一間辦公室，我將自己鎖進房間裡，房間空蕩蕩的只有我一個人，我軟趴趴地頹然坐倒在椅子上，額頭貼在桌面，這個姿勢維持了好一會兒。我的頭疼得快要裂開。我打開手提包想找止痛藥，可是何必打開呢，我明明知道沒帶止痛藥出來，然後我想到了，金德拉身上總是備著常用藥品，他的風衣就掛在衣帽架上，我搜了一下口袋，掏出一管藥丸，看吧，專治頭痛、牙疼、坐骨神經痛、顏面神經痛，靈魂的痛是沒有解藥的，不過這些藥可以治我的頭痛。

我走到隔壁房間的水龍頭旁，用原來裝芥末醬的空瓶子接了水，將兩顆藥片吞服下去。兩片，應該夠了，等一下或許藥效就發揮了，可是心裡的苦拿什麼醫？除非把裡面整管的藥都吞下去，因為劑量太強解藥便成毒藥，而金德拉這管藥幾乎是滿的，這樣綽綽有餘。

這個念頭僅僅在我腦際輕掠而過，電光石火之間，可是這個念頭接下去反覆在我心裡盤旋，逼迫我要思考，為什麼我要苟活，為什麼要堅此百忍。可實際上不是這樣，我根本沒有思考這種事，我完全沒有思考，在這當下，我只想到我將會死掉，可是突然讓我覺得溫馨，溫馨得太詭異，以至於我想笑出來，或許我還真的發聲大笑。

我又拿了兩個藥片放在舌頭上面，我還沒有決定是否毒死自己，我只是把藥管緊緊握在手裡，然後心裡反覆想道「我自己的生死就掌握在自己手裡」，想到事情竟然如此簡單，我心裡湧過一陣的狂喜，彷彿再往前走一步，我就站在一個無底深淵的邊緣，不是要跳進去，而是為了向下探看。我又拿起芥末醬罐子去取水，吞下藥片，走回我們那個房間，窗戶是開的，遠處依舊傳來騎士呼喚的聲音，還有汽車的噪音，該死的卡車，混帳的摩托車，摩托車的噪音把一切美好碾成碎屑，一切我信服的，一切我賴以存活的，這股噪音教人難以承受，而那呼喚的聲音透著無能為力的疲軟，那也教人不能忍耐，於是我把窗戶關上，接著，我感受到我的靈魂裡那陣吃定我的綿長痛苦。

我這輩子，帕維爾從不曾像你一樣，路德維克，像你一樣對我施加如此大的傷害，轉眼之間，我原諒了帕維爾，我明白他就是他那樣子，他的熱火燃得快熄得也快，必須尋找新的糧食、新的觀眾、新的舞台，他以前經常傷害我，可是現在，透過我的痛苦，我反而用類似慈母的心，不懷怨尤去看待他這個充好漢的人，這個華而不實的人，看到這幾年來他苦心孤詣，想的就是如何從我懷抱裡頭掙脫看去，真教我會心一笑。啊！去吧，帕維爾，去吧，我理解你，可是你呢，路德維克，你讓我滿頭霧水，你是戴著面具來的，你來了，我起死回生了，然而等我甦活過來，你又忍心把我毀了，你，就單你一個人，我咒罵你但同時又哀求你，求你回來，求你對我生出憐憫。

天哪，說不定這只是個可怕的誤會，有可能你和帕維爾獨處的時候，他對你說過些什麼，誰知道他怎麼描述我的，我苦苦逼問你這一點，我懇求你向我解釋清楚，為什麼你不再愛我，我堅決不肯放你走，將你拉住四次，你什麼話也聽不進去，只是重複說道，我們關係到此為止、到此為止，徹底結束，絕對沒有可能回心轉意。好吧，一刀兩斷，最後我也只好屈服，而我的聲音好像女高音，彷彿是別人在尖叫，一個尚未進入青春期的小女孩，我用這種刺耳的聲音嚷道「那麼，我祝你一路順風」，真古怪，我壓根不知道為什麼要祝你一路順風，可是這句話硬是不斷從我嘴唇滑脫出去，祝你一路順風，好吧，祝你一路順風……

或許你不明白我愛你有多深，當然，你一定不知道我是多麼愛你，在你的印象中，我只是個想找婚外刺激的平庸女人，但你可曾想像，你是我的命運，我的生命，一切……或許你還會在這裡找到我，上面覆蓋一條白布躺著，到那一刻，你就會明白，你殺死的其實是你一生中最珍貴的……主啊，或許等你抵達的那時候我還一息尚存，所以你還救得了我，然後你將跪在我的身旁，哭得涕泗滂沱，而我，我只顧輕撫你的雙手，頭髮，我會原諒你，原諒你一切……

15

真的沒有其他解決辦法，我只能將那段可悲的經歷一把抹淨，這個糟糕透頂的玩笑不是自己演完就算，它還以可憎的方式複製一個又一個的爛玩笑，我渴望泯除因為疏忽而造成的慘淡日子，而這疏忽竟然只由於我起床起得太晚，錯過了該搭的火車，可是我還想泯除所有導致這個後果的前因，我那愚不可及的性愛征服，而這征服本身又由另外一項失誤所造成。

我加快速度趕路，彷彿我聽見身後跟來赫雷娜尾隨在後的腳步聲，我心裡想：就算我能將這幾天毫無意義的日子從我生命當中一筆勾銷，但我又能夠蒙受什麼利益？既然我一生的「整個」歷程本身即是以一場錯誤開展的：那張明信片的笑話，那次巧合，一個荒謬。我懷著驚懼覺悟到，由錯誤所孕育的事情竟然和由理性和必然性所孕育的事情同等真實。

但願我能磨滅我這一生的整段經歷！只是，我憑什麼磨滅它？畢竟導致我這段經歷的各種錯誤又不是「我的」錯誤？歸根究柢，當人家把那張明信片裡的笑話當正經事看待的時候，是「誰」搞錯了呢？當阿雷克薛治的父親（今天他的冤情雖獲得平反，但他沒死也半條命了）被送進監牢的時候又是誰搞錯了呢？這種錯誤直如家常便飯一樣稀鬆平常，所以就不算是「例外」或者事情原理中的偶發「失序」。正好相反，它就是常態啊！那麼，究竟是誰搞錯？是歷史本身嗎？是天意是理之所趨？可是為什麼要把一些「錯誤」歸咎於上述幾點？那只是從我自己「人的理性」為出發點的臆想，然而，如果歷史真的擁有自己的原理，為什麼這個原理非得在意人類懂不懂得不可？為什麼它得像小學女老師一樣嚴肅正經？要是歷史開玩笑呢？如果這樣，我就理解，不可能泯除我自己的玩笑，因為我本身以及我的一生就包含在一個更深廣的玩笑裡，它凌越我，完全不可取消。

我靠著廣場邊的一堵牆（廣場恢復寧靜，因為巡行行伍已經繞到村子的另一頭去），一面大型的告示板上用紅字寫道，下午四點洋琴樂團將在兼咖啡館餐廳的花園裡舉行音樂會。在告示板的旁邊就是這家餐廳的大門；因為距離大巴士出發還有大概兩小時的空間，而且也到吃中餐的時間，於是我開門走了進去。

16

好奇怪啊，有個念頭驅使我再往深淵的邊緣靠近一步，我想靠在欄杆向下俯瞰，彷彿此舉可以安慰我，令我心平氣和似的，彷彿在那深淵的底部我們可以重逢，可以廝守一起，沒有誤會，不受人間卑劣行為的欺壓，不會衰老，沒有苦痛，直到永遠（既然這種妙境他處沒有）。我回到隔壁房間，此時我才吞下四個藥片，可以說是無濟於事，因為距離深淵還遠，甚至連欄杆還搆不著。我把藥管裡的藥丸全部倒進手心。就在這時，我聽見走廊的門打開了，我驚跳起來，連忙把藥片一股腦塞進嘴裡，然後匆匆企圖一口全部嚥下，但是藥片數量太多，我的喉嚨撐得好難受。

是金德拉，他問我工作進行得怎樣，突然之間我變得和剛才完全不同了，再無一絲倉皇，而那種類似女高音的尖銳怪嗓也消失不見，我已醒悟過來而且主意拿定。喂，金德拉，你來得剛好，我有件事想請你幫忙。他的臉泛起紅暈，只回答我，如果是為了我，那麼不管什麼場合，他什麼都願意幹，而且他很高興看到我又恢復鎮定。是呀，我現在覺得舒服多了，先等我一分鐘，讓我寫張便條，於是我坐下來，然後拿起一張紙，掏出我的筆。我所深愛的路德維克啊，我曾經全副心思整個身體陷入對你的愛意裡，不過現在，我的靈魂我的肉軀再也沒有活下去的理由。永別了，我愛你，赫雷娜。我甚至沒將所寫的字句再讀一遍，金德拉和我面對面坐著，他看著我，並不知道我下筆寫些什麼，我將信紙折好，本來想找個信封裝起，但是找了一下沒找著，金德拉，說不定你可以替我找個信封？

金德拉不動聲色地走到書桌旁的櫃子前，將它打開，然後開始翻找起來，通常遇到這種情況我會告誡他不可以私自搜查別人的東西，可是當下不同，我得趕快地火速地找來一個信封，他果然替我弄來一個，上面印有區域國委會的抬頭，我將信紙塞進去，黏死封口，寫上路德維克．楊恩的名字，金德拉，你還記得嗎，那個剛才和我們在一起的那個男的，當時我先生和一個年輕女孩都在場，沒錯，那個褐色頭髮的高個兒，現在我不方便走開這裡，我請你去找他，把這個交給他吧。

他又握起我的手，可憐的小伙子，他會怎麼想呢，他會怎麼解釋我的焦躁不安，他萬萬不會料到事情的真相是什麼，他能猜到的就只是我遇上麻煩，他握住我的手，我突然覺得自己可憐得徹底，他彎下腰來，把我摟進臂彎，然後深情吻在我的唇上，我想掙脫，無奈他使盡力氣將我摟得死緊，這時我腦中閃過一個念頭，這是我這一生擁抱的最後一個男人，那吻也是最後一吻，然後，我也失去理智狂亂起來，我也緊纏住他，讓他緊貼著我的身體，我的嘴唇微微打開，他的舌頭毫不客氣竄搗進來勾弄我的舌頭，他的指掌在我身體上上下下，讓我感覺一陣暈眩，現在我是全然自由，釋放開了，對一切事我都毫不在乎，因為他們所有的男人都遺棄我，而我的世界已然崩解，所以我可以完全無拘無束去做自己中意的事，海闊天空，好比被我們趕出單位的那個女技術員，從今以後我和她不會再有差距，以後我不必將自己那摔得支離破碎的世界一片一片黏合起來，為什麼還要忠心耿耿？這份心腸有誰做為對象？從今以後我是實實在在沒有羈絆，就像我們工作單位裡的女技術員，那個小浪貨，夜夜換床睡覺，如果我繼續活下去，那麼也輪到我夜夜換床睡覺，我感覺到金德拉的舌頭在我嘴裡遊動，我自由了，我知道可以和他雲雨一場，我很想要，哪裡都行，桌面上、地板上，立刻就做，不必踟躕半天，趕快，最後一次全套性愛，生命結束之前轟烈一回，可是金德拉站起身子，臉上浮現驕傲的微笑，他說這就去執行我的命令，而且快去快回。

17

小食堂裡滿滿是人，煙味嗆鼻，只有一位服務生在五、六張桌子中間跑來跑去，他的手臂打直，托著偌大一個托盤，上面一盤一盤菜餚堆得有如金字塔，雖是快速掠過，我也辨識出來那是維也納式肉排配馬鈴薯沙拉（顯然星期天就只供應這道菜色），他毫不客氣推開人群逕自向前走去，進入一道長廊。我跟著他的後面走去，發現長廊的盡頭有一扇門，通往一座花園，裡面也是坐滿吃喝的人。花園盡頭處的菩提樹下有張沒人佔的桌子；我在前面坐定。

騎士們的呼喚從村子的屋頂上方傳來，從那麼遙遠的地方傳來的喂喂，花園的四面是民宅房舍的牆壁，在這閉鎖的空間裡聽聞這種叫聲，感覺幾乎是不真實的。這份不真實感如此強烈，以至於我聯想到，周遭環繞我的一切竟也不是當下而是過去，是十五年前或是二十年前的過去，連續的喂喂聲隸屬過去，露西也是過去，茲馬內克也是過去，而赫雷娜便是我用來丟擲到過去的石塊；過去三天只如一場虛幻的皮影戲。

什麼？只是過去那三天而已嗎？我這一生裡面充塞多少的幻影，在那其中，「當下」的分量可能微不足道。我想像一條像輸送帶一樣的人行道（代表時間），上面有個朝反方向奔跑的人（代表我）；可是人行道往前滑動的速度比起我往反方向跑的速度要快。換句話說，它緩慢地將我朝自己目標的反方向推移過去；那個新的目標（在我背後的地方！）正是過去那些政治審判，是教室中眾人舉起的手，是黑徽章士兵的經歷還有露西，一直將我困惑住的過去，我一直殫精竭慮要弄清楚，要進行解碼，要解開謎面的過去，那妨礙我在面對未來時無法像一個正常人那樣正常生活的過去。

我彷彿昏昏沉沉被過去攝住，而我用來和它維持臍帶關係的便是復仇，可是這幾天來我已信服，復仇舉動也只和反方向跑在輸送帶上的情況一樣，都是白費心機的事。沒錯，當初茲馬內克在理學院大講廳裡高聲朗讀《絞刑架下的報導》時，是的，我原本應該挑在那節骨眼上一個箭步衝上前去，然後一拳揍在他臉上才是！一旦往後拖延，復仇就轉變成誘惑，變成個人宗教，變成空想，一天一天和自己的演員脫離關係，而那些演員在復仇的神話裡卻一成不變，儘管在實際面（輸送帶不斷往前移）他們已經和以前大不相同了。站在另一個楊恩面前的已經是另外一個茲馬內克，而他欠我的那一記耳光再也不能重現，再也不能復原，是永永遠遠消失無蹤了。

我切著餐盤裡那塊裹粉炸過的肉排，耳朵一面聽著遠處傳來的喂喂！那聲音從家家戶戶的屋頂飄送過來，沉味憂鬱而且幾乎聽聞不到。我的腦際再度浮現面目被遮掩住的國王以及他的行伍，而他們那些費解的動作姿勢讓我深受感動；幾個世紀以來，一如今天，在摩拉維亞的村莊裡，一些男孩帶著一個奇特訊息跳上馬背鞍座出發，他們以令人動容的忠實將他們並不明白含義的訊息一個字一個字清晰地唸出來。遠古的人一定想藉此表達非常重要的訊息，透過他們後代子孫的嘴，他們復活起來，利用壯觀但費解的手勢姿態向大家高談闊論，好比又聾又啞的雄辯家。將來不會有人破解他們的用意，不僅因為缺乏鎖鑰，還因為沒人有耐心傾聽，更何況在我們這個時代中，如此多的新訊息舊訊息並列雜陳，在這種互相掩蓋干擾的情況下，其真實內容便晦澀難明了。今天已經呈現一種局面：歷史不過只是遺忘大洋下可記憶之事的一條脆弱纜繩，可是時間不斷向前推移，再過幾千年後，人類那無法延展的記憶空間將無法再囊括所有歷史，以至於包含幾個世紀甚至好幾千年的時間段落將整個掉進空無，幾世紀的繪畫史音樂史，幾世紀的發明、戰爭、名著都將遭到遺忘，這是很壞的事，因為屆時人類將喪失對自己的概念，喪失自己的歷史，那不可掌握，無法綜觀，只會萎縮成幾個意義空白、梗概式符號的歷史。將有數以千計類似「國王騎馬巡行」的活動出現，有如一群失聰喑啞的人走上歷史漫漫長路，用他們那如泣如訴但無人能解的言語向遙遠來世的人娓娓傾訴，但沒有人找得出時間傾聽。

我坐在這家兼咖啡館餐廳的花園裡，面前盤裡的食物已經空了，我卻沒意識到自己吃下了一大片的小牛肉排，只覺得自己早就已經隸屬於那片巨大不可避免的遺忘。服務生匆匆轉來這裡，端起空盤，用他手上那條布巾的背面輕輕撣掉桌布上的麵包屑，然後身手矯捷地往旁桌服務去了。我對當天的事產生一股懊悔，不僅由於我的虛榮自負，更是因為甚至這份虛榮自負也終將被忘得乾乾淨淨，就像在我太陽穴旁邊嗡嗡響的蒼蠅一樣，就像菩提花掉落在桌巾上的黃色花粉一樣，和這家餐館慢吞吞又沒品質的服務（那顯示出我所存活其中的社會狀態）一樣，也將沒有例外一律被歷史拋在腦後。連同消失的還將包括那些在我心頭日夜縈繞不去、令我耗盡精力的錯誤和不公，我花費力氣要加以矯正、批判、抵制但卻徒勞無功的錯誤和不公，因為覆水難收，已經發生的就是發生了。

沒錯，我突然將事情看得真確：大多數的人都陷在雙重信仰的泥淖裡，他們相信「記憶的歷久彌新」（關於人，關於事，關於行為，關於國族）以及「彌補的可能性」（行為、錯誤、罪愆、傷害）。前一個觀念和後一個觀念同樣都是謬見。真理正好位於相反的位置上：一切都將被人遺忘，而且不能彌補任何事情。即使「彌補」這個角色（透過復仇或者透過寬宥）最後也將陷入遺忘。沒有人會彌補所犯的錯誤，但是所有的錯誤都將被遺忘。

我重新仔細打量我身旁的人，因為我知道一切都將墜入遺忘之淵，菩提樹、餐桌前的人、服務生（午班過後已經筋疲力盡），這間小旅店（從街上看相當地討人厭），從花園這邊看去因為布置了供藤蔓植物攀緣的藤架而顯得宜人的小旅店等都將無一倖免。我看著那道剛才服務生從那裡走出去的門，位於長廊盡頭的門（這個已經恢復寧靜的角落剛才最讓他心力交瘁），忽然冒出一個身穿皮衣和藍色牛仔褲的小毛頭。他跨進花園然後開始左顧右盼，看見了我，他便走上前來；我遲疑了幾秒才想起對方身分：赫雷娜的技術員。

面對那些付出愛情卻得不到愛情的女人，我始終對她們感到焦慮，因為她們回敬你的威脅是不容小覷的。當那小毛頭把信封遞給我的時候（「是茲馬內克太太要我送過來的」），我的第一個反應便是盡量拖延展信閱讀的時間。我請對方坐下；他領情坐下（一隻手肘支在桌面，蹙著眉頭，神色高興地注視著被陽光染成金黃色的菩提樹葉叢），我把信封放在我的面前然後問道：「來點喝的怎樣？」

他聳聳肩。我建議喝伏特加酒，他不同意，因為他說還得開車趕路，而且法律嚴格禁止駕駛的人喝酒。不過他補充道，看著我喝他就很滿足了。我根本就不想喝酒，可是由於眼前有這封我不願意拆開的信，不管什麼飲料我都不在乎了。我請正好走到附近的服務生給我端來一杯伏特加酒。我說：「赫雷娜她到底要我如何，你不知道嗎？」回答是：「我能知道什麼？趕快拆開來讀不就明白了！」我又問道：「很要緊嗎？」他道：「你以為是怎樣？人家難不成怕路上有人搶信，所以請我先背起來了？」我用指尖將信封夾起來（公家用的，上面印有「區域國委會」的抬頭）然後放在桌布上，他在面前，我都不知道該說什麼，於是丟出一句：「可惜你不喝酒！」他說：「話說回來，這也是為『你的』安全著想嘛。」我聽懂他在暗示什麼，這樣說話絕對不是沒有動機的：這個小毛頭抓住單獨與我同桌的機會想要搞清楚回布拉格的旅程如何安排，他有沒有單獨和赫雷娜同車的可能。他的態度非常親切，他的臉上（巴掌大，蒼白的，長雀斑，短短的朝天鼻）反應一切他心裡所想的；這是一張透明的臉，因為無可救藥的稚氣（我說「無可救藥」，因為他的五官線條細緻到不正常的地步，就算年歲增長也不可能變得陽剛，只會呈現老小孩的效果）。這一張稚氣未脫的臉絕對不會讓它二十歲的主人快樂起來，於是他所能做的便是用所有可行的辦法將它掩飾起來（啊！永恆的皮影戲，就像昔日小毛頭少校的舉止一樣）；例如穿衣的習慣（皮衣肩部寬正、腰線合身、上乘做工）以及行為舉止（故作穩重，外加一點粗鄙氣息，有時候還矯揉造作，裝出有骨氣的愛理不理）。這種精心營造的偽裝計畫其實一不注意就會露餡：一有什麼風吹草動他就臉皮泛紅，說話支支吾吾而且聲調隨即改變（和他才一接觸我就看出這個現象），彷彿他的眼睛和手勢姿態都不聽他發號施令了（或許他蓄意要裝給我看，我要不要跟他們一起回布拉格這件事他根本就不在意，可是在我向他保證要留在這裡以後，他的目光很明顯就迸射出喜氣）。等到那個心不在焉的服務生替我們這桌端來兩杯而不是一杯伏特加酒的時候，技術員擺了一個手勢並且說沒有關係，他陪我對飲就是了：「我總不能讓你一個人喝悶酒吧！」然後他舉杯說道：「那麼，祝你身體健康！」我也回敬：「我也祝你身體健康！」然後我們互相碰碰酒杯就喝起來了。話匣子打開之後我便探知他們預計兩個鐘頭之後再上路，因為赫雷娜打算在這裡把已經錄在帶子上的資料都整理完畢，而且時間允許的話還要把自己寫好的旁白文稿錄音錄好，如果這樣，那麼這個專題明天就可以上節目播出了。我問他和赫雷娜一起工作還算順利吧。他的臉又再度泛紅，只回答說赫雷娜的能力應付起這類工作綽綽有餘，只是對待手下小組的人有點過分，因為她老是要人超時工作，完全不理睬人家是不是急著下班回家。我問他是不是也常常急著要回家裡。他說沒有，因為他對工作樂此不疲。接著，他抓住我探詢赫雷娜的事這機會，也裝出若無其事，就只附帶問問語氣問道：「對了，赫雷娜，你是如何認識她的？」我據實以告，但他試圖要挖掘更多真相：「她很棒，赫雷娜，對不對？」

一提起赫雷娜，他臉上不禁綻放開心的笑容，我認為那也是他偽裝的本領，因為所有人應該都知道他對赫雷娜的迷戀，而他自己應該盡力避免被人扣上沒人愛的帽子，這頂不榮譽的帽子。即使我不太把他的氣定神閒當一回事，可是那種表情確實減輕了我面前那封信給我造成的壓力，以至於最後我把信封拿起來並撕開封口：「我的身軀我的靈魂……再也沒有活下去的理由……永別了……」

瞥見服務生站在花園的另外一頭，我立刻大喊道：「我要買單！」他點頭表示了解，然後便立刻轉身沒入那長廊裡。我對小毛頭說：「走吧，情況緊急耽誤不得！」我已站起身子，這時便急忙穿越花園；他跟在我背後。我們走完長廊，來到餐廳的出口，以至於那個服務生就算不情願也得跟著跑過來，我唸給他聽：「一份肉排，一盤菜湯，兩杯伏特加酒。」那個小毛頭金德拉膽怯地關切道：「發生什麼事了？」帳單結清之後，我要求他火速帶我去找赫雷娜。我們三步併作兩步跑著，他又問道：「到底怎麼回事呢？」我只反問他道：「很遠嗎？」

他往正前方指了一指，於是我從快步走加速為快步跑。國委會的辦公室只佔了建築物的一樓，用石灰刷成白色，有一道門和兩扇窗戶。我們跑進裡面，發現自己身處在一個陰暗、了無生氣的行政場所：窗戶下面有兩張併攏了的辦公桌，其中一張上面放著錄音機、一份便條本和一個手提包（確定那是赫雷娜的）；兩張辦公桌前還有兩把椅子，牆角裡還放了一個金屬的衣帽架，上面掛著兩件風衣，一件男用，另外一件女用。

小毛頭說道：「就是這裡。」「她在這裡把信交給你的？」「正是。」只是，房間現在空無一人，空得教人心慌。我開口喊：「赫雷娜！」我被自己聲音裡充滿的焦慮和遲疑給嚇著了。沒有回應。我重新再叫一次：「赫雷娜！」而金德拉同時問我道：「她會不會已經自……」我說：「看樣子很有可能。」「她信裡有提到嗎？」我說：「說的正是這個。人家有沒有把其他的辦公室借你們用？」他說：「沒有。」「旅館那邊呢？」「我們今天早上就退房了。」我下結論道：「那麼，她一定還在這裡。」這時，我聽見小毛頭那彷彿被勒住脖子所發出的微弱聲音：「赫雷娜！」

我推開那道通往隔壁房間的門；還是一間辦公室、桌子、字紙簍、三張椅子、一個櫃子以及一個衣帽架（和隔壁房間裡的那個一模一樣：金屬材質，下面基座分成三叉，上面掛衣帽的部分也是分成三叉。但是上面沒掛任何東西，它的輪廓粗略看來像個人形，孤零零的人形；它那光溜溜的金屬材質和高舉起來、模樣可笑的叉臂在我心中注入了不祥預感）。除了桌子上方那扇窗戶之外，其他全是牆面，沒有其他的門；很顯然的，這棟小房舍便只有兩間房間而已。

我們回到第一間房間，我拿起那本便條本然後開始翻找起來；上面寫的淨是潦草難辨的字跡，根據少數幾個我能勉強解讀出來的字眼判斷，內容應該是描寫「國王騎馬巡行」的。沒有其他訊息，完全不見其他道別的隻字片語。我把手提包打開：裡面看到一條手帕、一個零錢包、一條唇膏、一塊粉餅、兩支散裝香煙以及一個打火機，找不到裝藥丸的容器或者裝毒藥的小瓶。我心急如焚地推敲，赫雷娜最可能採用哪種手段，在所有的假設當中，服毒是可能性最高的；可是總會留下裝藥丸或藥水的小空瓶呀。我走到衣帽架旁邊去翻找赫雷娜那件風衣的口袋；裡面空無一物。

金德拉迫不及待說道：「她會不會跑到穀倉裡面？」大概是估計我在房間裡尋尋覓覓（其實也只花費了數秒鐘的時間）不會有什麼了不起的進展。我們跑到走廊，看到那裡有兩道門，其中一道門佔了約三分之一的上半部裝的是玻璃，向外推大概只是中庭；我們打開第二道門，門開啟後我們在近處看到一道樓梯，陰陰暗暗，石質的階級上面覆蓋一層灰塵和煙炱。我們拾級而上。屋頂唯一的天窗（玻璃上面一層污垢）射下來的光線是微弱的慘白。到處凌亂堆放著雜物（箱子、園藝工具、鋤頭、鐵鍬、釘耙、紮成一大捆的背墊以及一張接榫已經脫落了的舊椅子）；我們跌跌撞撞走著。

我本來想要喊道：「赫雷娜！」可是心頭湧現的恐懼沒能讓我發得出聲；我擔心叫了以後如果四周沉寂以對該怎麼辦。小毛頭和我一樣也不敢叫。我們把雜物堆的東西翻來翻去，一言不發地在角落裡摸著；我感覺得出來，我們一個比一個焦慮。然而最恐怖的事實是，如果我們依然保持沉默，那就等於承認我們不再期望赫雷娜開口回答我們，所以只好尋找她的遺體，或者吊著或者躺著。

既然一無所獲，我們又回到樓下的辦公室。我再度用目光搜尋了現場的家具：兩張桌子、兩把椅子、那擎舉著兩件風衣的衣帽架。在隔壁的房間裡：桌子、椅子以及另外一個衣帽架，衣帽架的叉臂赤裸裸的，令人絕望地伸在那裡。金德拉呼喚（白費力氣）赫雷娜的名字，而我（多此一舉）則打開那個櫃子，只看見每層架上都堆滿舊的文件、辦公室用品、貼紙和尺。

我說：「老天，這房子裡總還有其他的地方吧！儲藏室或者地窖之類的！」然後我們又跑回走廊，小毛頭打開通往中庭的那道門。中庭相當狹隘，角落裡放置一個兔籠。向中庭外開展的是一片雜草叢生的花園，種了幾棵果樹（我把眼前景色儲進思緒遙遠的一個角落裡：一塊塊蔚藍色的天空懸掛在樹巔之間，粗糙而且形態古怪的樹幹，其間有幾點亮眼的向日葵）。我看到花園盡頭有棵蘋果樹，它那優美的樹蔭裡立著一間公共廁所。我向前衝了過去。

單薄而且狹窄的門框上用大釘子固定了一個能夠以它當支點轉動的插鎖（以便人家將它拉到水平位置時，可以將門從外面關好），而那插鎖當時是垂直向上的。我把手指頭滑進門框和門板間的空隙，稍微碰觸一下我就立刻注意到了，門是從裡面鎖住的；這事只有一個可能：赫雷娜在裡面。我低聲叫道：「赫雷娜，赫雷娜！」沒有動靜。風吹過來，靠在牆上的蘋果樹枝椏沙沙響著。

我知道裡面沒有聲音可能預告了最壞的情況，這同時也告訴我們，唯一可行的辦法便是扯開門板，而這舉動應該由我來做。我再度把幾根手指插進門框和門板間的空隙，接著再使盡全力拉扯。房門（一如鄉下常見的做法，門的內側不用小鉤只用一截線頭固定在門框上）耐受不住，很容易便洞開在我們眼前。赫雷娜正對著我坐在木製的馬桶上，空氣中瀰漫著惡臭。她的臉色蒼白，不過幸好活著。她瞪著我，目光充滿驚駭，然後急忙把裙襬拉低，可是儘管施了力氣，也才拉到大腿一半的高度；她用雙手緊緊抓住裙襬，兩條大腿也是緊緊靠攏起來。她焦躁地高聲喊道：「天哪，走開！」我也對她叫道：「到底怎麼回事，你吞了什麼？」「快走！不要管我！」金德拉從我的背後探身出來，赫雷娜又喊道：「走，金德拉，快走，滾呀！」她半站起身子，把手伸向門板，但我立刻站上前去阻止她將門關上，她無可奈何只好搖搖晃晃重新坐回馬桶座上。

但她隨即再度站起身子，然後將力氣孤注一擲用來撲在我身上（名副其實「孤注一擲」，因為她在幾近虛脫的情況下只剩那麼一點力氣）。她抓牢我外套的翻領，然後將我推擠出去；我們兩個人都站到了門檻的前面。她嘶吼道：「畜生、畜生、沒良心的畜生！」（聲音微弱不過用勁要喊，這不知道算不算「嘶吼」。）同時不停撼搖我的身體；接著她突然鬆手，然後步履踉蹌跑向那個小小中庭。她想逃走，只是客觀情勢令她困窘；她是倉皇離開公共廁所的，以至於沒有時間先打點好儀容，結果她的內褲（和我昨天看到的那條鬆緊帶內褲一樣，同時是絲褲吊帶的一部分）捲在膝蓋高度，令她舉步維艱（雖說她的裙襬已經放下，但是絲襪卻縐縐擠成像手風琴的風箱一樣，綑住她的小腿肚，可以看到絲襪上緣顏色較深的部分，連帶還有鬆脫了的吊帶）；她步履細碎地向前走，或者說是小步跳躍（她腳上穿著高跟的薄底鞋），還沒走幾公尺便跌跤了（她跌在陽光灑落的雜草堆上，一棵樹的枝椏下面，旁邊就是一株顏色刺目的大朵向日葵）。我攙住她的手以便幫她重新站起，她把我的手抖開，在我二度彎腰貼近她的時候，她開始沒命地對著空中拳打腳踢，而且數次命中我的身體，我不得不使出蠻力抓緊她，將她抬起然後緊緊抱在我的臂彎，好像讓她穿了一件緊身衣一樣。「畜生、畜生、沒良心的畜生！」她氣喘吁吁像連珠砲似的罵道，同時赤手空拳捶擊我背部。我才對她說（我裝出盡可能溫柔的語調）：「赫雷娜，安靜。」她便一口痰啐在我臉上。

我的手臂絲毫沒有放鬆，只對她說：「除非你告訴我剛才吞了什麼，否則我是不會放開你的。」她火冒三丈連續喊道：「給我滾蛋，給我滾！」可是隨後她突然安靜下來，不再對我拳頭相向，只是用徹底改變了的語調（虛弱的疲憊的）對我說道：「放我下來吧！」於是我鬆開雙臂並且注視著她；看到她臉部因為用力過猛而痙攣，看到她雙眼呆滯無神，上下頜閉合起來，整個身軀蜷彎成為一球，我整個人都愣住了。

我再問道：「你吞了什麼？」而她沒有回答，只是轉身又朝公共廁所走去。我永遠忘不了她當時的步履；因為大腿受到牽絆，以至於只能踩著緩慢而且凌亂的小步向前走。四公尺左右的距離，可是她卻停下來好幾次，每次止步（連帶整個身軀歪扭起來）都表示她的五臟六腑正在劇烈地翻攪；最後她總算走到廁所門口，接著用手抓住門板邊緣（一直是洞開著），走進去的時候順便將它帶上。

我站在剛才將她抱起的地方；現在從廁所裡面傳出痛苦的嘶啞喘氣聲，我又倒退著走了幾步。這時我才重新注意到那個定定站在我身邊的小毛頭。我命令道：「站在這裡別動，我得去找醫生。」

我衝向辦公室，來到門口的時候我便已經看到其中一張桌子上面放著一部電話。可是唯獨不見電話簿的蹤影；我抓緊中間那個抽屜的把手，卻發現是鎖著的，而其他側邊的抽屜也是如此。對面那張桌子也是同樣情況。我跑到另外那個房間；那邊的桌子只有一個抽屜，是打開的，確實，可是裡面只有幾張照片和一把裁紙刀而已。我不知道該怎麼辦，而且突然感受到（既然赫雷娜還活著而且也許沒有危險）一陣困乏。我呆若木雞站了好一會兒，然後頭腦昏昏沉沉地注視著那個衣帽架（單薄的金屬衣帽架，叉臂高舉起來，好像投降的士兵），接著（不知該做什麼）再把櫃子打開，在成堆的文件上我看到了電話簿那藍綠色的封面。我把它帶到電話旁邊，找到了醫院的電話號碼。撥了電話，正等聽筒裡面出現人聲的節骨眼上，金德拉像一陣風似的颳了進來。

他大叫道：「不用麻煩任何人！沒有用的！」我沒聽懂。他從我手中搶過話筒然後掛回原處。「我告訴你沒有必要……」我要他解釋到底怎麼回事。他一面走向衣帽架，一面扔下一句：「不是中毒！」他在自己那件風衣的一個口袋裡翻找一下，然後拿出一個管狀的小容器，打開蓋子以後再將它倒過來；裡面是空的。我探問道：「她是吃了這個？」他靜靜地點了點頭。「你怎麼知道的？」「是她自己告訴我的。」「這瓶藥是你的？」他承認是。我把容器從他手中奪了過來；上面載明是止痛劑。我當場發作嚷道：「你以為吞下這種劑量的止痛劑還無關緊要？」他說：「這不是止痛劑。」我又提高音量叫道：「那麼是什麼？裡面到底是什麼？」他鬆口道：「是瀉藥。」

我大叫道：「你不要跟我裝瘋賣傻，我要知道裡面的藥是什麼，我沒工夫擔待你的放肆。」我命令他立刻說出真相。看到我這樣叫嚷，他也沉不住氣高聲回敬我道：「已經告訴過你這是瀉藥，非得讓全世界知道我患便秘不成？」因此，剛才被我誤認為是拙劣玩笑的話結果竟是真理。

我看著他，整張巴掌臉紅通通的，頂著一個朝天鼻（小小鼻子可是卻也大到可以容下許多雀斑），現在真相大白。藥管上的標籤是用來掩人耳目的，不要讓人知道他有這種好笑的毛病，一如他的藍色牛仔褲，他那阿飛式的皮衣，都是他用以掩飾自己幼稚人格和長相的行頭；他對自己感到羞愧，他將自己那甩脫不掉的青少年樣看作污點。突然，我對他生出豐沛的好感；他的靦腆害臊（這是青少年可貴的地方）居然拯救了赫雷娜的性命，也讓我往後幾年中夜夜皆得好眠。我心中懷著感念呆呆地看著他那雙招風耳。是的，是他救了赫雷娜一命，可是她卻付出了被深深羞辱的代價，我明白的，而且我也曉得，這場羞辱根本沒有必要，沒有一丁點的意義，更不是為著什麼正義公理，只是在不可彌補的事件中再添一樁罷了。我的心中油然生出罪惡感，一股強烈無法抗拒（但是還沒辦法完全釐清性質）的需求驅使我要立刻趕去與她會面，將她從屈辱裡鬆脫開來，在她面前謙卑認錯，對這段荒謬殘酷事件負起全部責任，將一切過失都算在我的頭上。

「你還沒有仔細把我看夠，也許？」金德拉用這句話當場把我遣走。我沒回答，只是從他身旁繞過，往走廊的方向走去，最後來到中庭的門邊。誰料到他冷不防從我背後抓住我的肩膀，然後逼使我轉過身來與他四目交接。他問我道：「你要去那邊幹什麼？」我用手搭住他的手腕，然後將他的手從我肩上扯開。可是他又繞到我的面前，擋住我的去路。我欺上前去，做勢要將他擋開。這時，他拳頭一揮打在我的胸口。

這拳其實力道很弱，可是他還向後跳回一步，然後重新面對我，擺出一個幼稚的架式，好像準備發動攻擊的拳擊手，他臉上的表情透著恐懼和未經深思熟慮的大膽。他對我咆哮道：「你沒必要去她身邊！」我一動也不動地站著。那個小毛頭或許說得沒錯，說不定甚至不需要我出面彌補那件覆水難收的事。看見我只站在原處而且沒有反擊的意思，他又叫道：「她覺得你下流無恥！她看到你就想屙屎！是她親口告訴我的！沒錯，她看到你就想屙屎！」

人在神經緊繃的時候，淚水可以使人軟化，但是笑的衝動也有同樣功效；我一想到他最後這幾句話的字面意義，嘴角突然不停牽動起來。這點令他大發雷霆。這次他一拳揍在我的嘴唇上，而我差點就來不及躲過第二拳。接著他又倒退一步，好像在拳擊比賽場上似的，把兩隻拳頭遮在臉上，讓我只看見他那副脹得通紅的大招風耳。我對他說：「算了，好吧！我走。」我還聽見他在我背後大叫：「你這個屎尿池裡撈起來的懦夫！膽小鬼！我知道你從頭臭到腳！走著瞧吧，我會去找你的！狗娘養的！爛東西！」

我走到街上。街上空蕩蕩的，就像節慶過後任何的街道一樣；只有微風輕輕颳起塵土，將塵土在平坦的地上向前驅趕。我的腦袋同樣空蕩蕩的，沒裝一點東西，完全鈍化失了靈敏，良久良久無法興起半個念頭。

過了好一會兒，我才突然發現自己手中還握著那個標有「止痛劑」的裝藥容器。我仔細審視一下：上面因為使用太久而卡了一層髒污，可能長久以來小毛頭都用它來裝瀉藥，目的在於掩人耳目。

又過了好一會兒，這個管狀容器又讓我聯想起其他藥管子，是阿雷克薛治那兩管子的巴比妥酸劑。而我也明白了，小毛頭根本不算挽救赫雷娜的生命，因為，就算藥管子裡裝的真是止痛劑，那麼充其量也只會引起她胃部不適而已。話說回來，那小毛頭和我的情況其實相差不遠。赫雷娜的絕望已經用自己的方式和生命把帳給算清楚了，而且離死亡的門檻還有足夠的距離呢。

18

她在廚房。站在烤箱旁邊。背對著我。彷彿沒發生什麼事似的。她沒回頭便回答道：「伏拉德米爾？你不是親眼看見他的！幹什麼一回來就向我興師問罪？」我說：「你說謊，伏拉德米爾今天早上就出門，是庫戴基的孫子騎摩托車來載走的。我回來通知你我已經知道這件事了。我也明白，為什麼電台來的那個女人正好讓你們計謀得逞，為什麼穿衣儀式的過程不准我在場。我更了解，為什麼他去行伍裡就定位時一路都不說話。你們全都商量好了。」

我的自信態度令她不知所措。不過很快她便恢復鎮定並且採取攻勢以求自保。她的攻勢也很奇怪。說它奇怪，因為敵對的雙方並非面對面。她的背依舊朝向我，微微欠身在照料那鍋已煮滾的麵湯。她的聲音十分平靜，幾乎可以說是懶洋洋的，彷彿這全世界只有我一個人不了解她，逼迫她要高聲交代一個稀鬆平常而且人盡皆知的理由。如果我真的堅持要聽，那好吧。從一開始，伏拉德米爾便很排斥扮演國王的事，這點伏拉絲塔完全不感意外。從前，男孩子參加「國王騎馬巡行」的活動並不需要旁人三催四請，現在卻要三十六個機構組織出面協助，層級甚至高到黨的區域國委會。今天，人們再也無法獨立做事，即便他們願意也沒辦法。一切都要接受上級指導。以前，男孩子會自己推舉出國王的人選。今天卻是上級指派伏拉德米爾扮國王，只是為了讓孩子的父親高興，所有人就得服從。而伏拉德米爾自己呢？他覺得靠父親的後台硬而被選為國王是件丟臉的事。有力人士的兒子，那是人人都討厭的。

「你的意思是說，伏拉德米爾有我這個父親覺得可恥？」伏拉絲塔強調：「他只是不想做個擁有特權的兒子。」「只因為這樣，他就形影不離，和庫戴基一家子走那麼近？和那些白痴，那些短視的布爾喬亞勾肩搭背？」我反詰道。伏拉絲塔回答：「沒錯，正是如此！由於他祖父的關係，米洛斯被剝奪唸書的權利。只因為老先生以前是某家企業的老闆。而我們家伏拉德米爾卻左右逢源到處吃得開。唯一的理由是，因為你是他的父親。孩子覺得這很令他難堪。至少你懂得這點吧？」

有生以來第一次，我對伏拉絲塔生出怒意。他們聯手起來欺騙我，母子兩人在等待「國王騎馬巡行」活動舉行的這段日子以來，一天一天冷眼觀察我。他們看出我的迫不及待，我的興高采烈。他們若無其事地窺伺我，若無其事地欺騙我。「你們有必要這樣愚弄我嗎？」

伏拉絲塔一面攪動麵條一面說道我不是容易擺布的人。我獨自活在自己的天地裡，是個愛做白日夢的人。他們並不怪我堅持自己的理念，只是伏拉德米爾和我真的很不一樣。在他眼裡，我熱中的那些民謠小調簡直像希伯來文。他一點也不覺得有趣，而是無聊至極。我得在這兩種截然不同的立場中選取一個。伏拉德米爾是個趕得上時代的人，這點和他的外祖父頗像。他的外祖父很有求進步的概念，二次大戰以前，老人家當時可是社區裡第一位買曳引機的農民。當然，政府後來將他們的家當悉數充公。自從他們的田地收歸國有、劃給國營農場以後，生產的效益就大不如前了。

「誰管你家的田，我只想知道他混到哪裡去了，這個伏拉德米爾。他去布爾諾參加摩托車競賽。快承認吧！」她仍舊背朝向我，不停攪拌那鍋麵湯，嘴裡唸來唸去老是那幾句經。伏拉德米爾像極了他的外祖父。一樣的下巴一樣的眼睛。至於「國王騎馬巡行」，那就像是希伯來文了。哦，對了，既然我想知道他的下落，沒錯，他是去參加競賽了。為什麼不能參加呢？轟隆轟隆的摩托車比起披掛彩帶的母馬更能引起他的興趣。有什麼不對呢。伏拉德米爾可是活在當下的時髦人啊。

摩托車，吉他。不是摩托車就是吉他。多怪異又多愚蠢的圈子。我問她道：「請你說清楚，『活在當下的時髦人』是什麼意思？」她的背一直沒轉過來，一面攪拌麵湯一面應對說道，她差一點就沒能把家裡裝修成現代風格。光是要添一盞現代風格的立燈，我就連番冗長單調的話嘮叨沒完。說到天花板那個吊燈，我也是沒起過好感！彷彿全世界的人都不知道它美，你那現代風格的立燈！大家都一窩蜂買。

我對她說：「夠了沒有！」可是別想打斷她的談興。她的火力全開，但是背部始終不轉過來。她那瘦削、不懷好意的背。或許正因如此我才更覺被她激怒。這背，沒長眼睛的背，這個自信得愚蠢起來的背，這個無法與之和諧相處的背。我決定要讓她住口，令她轉身過來面對我。只是，她太讓我感覺嫌惡，我才不要碰她。自然會有其他方法。我把餐具櫃打開，取出一個餐盤，然後兩手一鬆，由它摔落地面。她的話也斷在一半，可是依然沒把背部轉過。再來一個，接著又多扔了幾個。她始終不肯把臉轉過來，她蜷縮在自己裡面，我從她的背影讀出恐懼。沒錯，她害怕了，可是她韌性強，不肯認輸。她不再攪拌鍋裡的麵條，只是不動如山，手裡緊緊握著木湯匙的柄，好像那把湯匙能救得了她。我恨她而她也恨我。她文風不動地站著，而我一面目不轉睛地看著她，一面繼續把架子上的碗盤一件一件取下丟在地上。我好恨她，以及和她連帶的廚房。她那符合現代標準的廚房，她那些現代風格的家具、現代風格的餐盤、現代風格的玻璃杯，我恨。

我並沒有激動，只是懷著悲傷以及疲憊注視地板上的碎屑還有幾個散落的鍋子。被我扔碎在地板上的是我整個的家。我愛的家，我的避風港。由我那可憐女僕溫馨照管的家。我那充盈著童話故事、歌曲和淘氣小精靈的家。哎，那三張椅子，正是我們一家三口聚在一起吃午飯的地方。啊，氣氛多祥和的家人共餐，只是後來其中兩個連哄帶騙欺負了那個容易輕信別人的顧家父親。於是我把椅子一張接著一張拿起，折斷椅腳，然後和地上的碎瓷片、碎玻璃片和鍋子放在一起。最後再把桌子掀翻，讓它蓋在那堆破損物品的上面。伏拉絲塔定定站在她那具爐台的前面，還是背朝向我。

我走出廚房回到我的房間。天花板那個粉紅色的球形燈罩、那盞立燈，那張現代風格的醜惡長沙發。風琴上面放著盛在黑色琴匣裡的小提琴，我將它拿起來。下午四點整，我們在餐館的花園裡有一場演奏會。可是現在才下午一點，要到哪裡去呢？

我聽見廚房那邊傳來啜泣的聲音。伏拉絲塔在哭，她的哭聲聽來教人心要碎了，我的內心深處因為憐憫發作而痛。她為什麼不早個十分鐘哭起來？這樣，當時我就可以繼續保有我舊日的幻想，然後安慰我那可憐的女僕。可是現在都太晚了。

我走出屋外。「國王騎馬巡行」呼喚的顫聲從村子房舍的屋頂上傳來，我們國王生活貧困但卻饒富德行。到哪裡去才好？道路屬於巡行騎士，家歸伏拉絲塔，客棧酒館滿是醉鬼。我的位置到底在哪裡呢？我是老國王，被放逐被遺棄。饒富德行的國王卻得乞討過活。沒有繼承人的國王，末代國王。

還有一個機會，村子外面便是田野，道路，往前再走個十分鐘便是莫拉瓦河。我躺在陡峭的河岸上，後腦勺枕在小提琴匣上面。我就這個姿勢躺了好久，一小時，或許兩小時，覺得生命好像被逼到盡頭。如此出乎意料，如此不可斡旋。好，完了。我看不到出路，我的腳一直同時跨在兩個不同的世界。我以前挺相信它和諧的本質，原來是個假象。我從其中一個世界被驅趕出去，從現實世界被驅趕出去。現在我只剩下另外一個，想像的世界。可是我不能只靠想像世界便活下去，即便那裡面有人等著我。就算那個逃兵在呼喚我，就算他隨時為我備妥坐騎和一條紅色的紗巾。哦，現在我完全理解了！如今我知道他為什麼禁止我揭掉那條遮臉紗巾，寧可親自向我敘述一切！直到現在我才會意過來，為什麼國王一定得遮起面容！不是讓人看不見他，而是讓他什麼也別看到！

不敢奢望自己能夠站起身子走路。不敢想像還能向前踏出一步。到了四點，他們一定開始擔心。可是我無論如何擠不出力氣起身，然後走到那裡。唯有留在這裡我才舒坦。這裡，河流近在咫尺。這裡，河水緩緩流動，幾千年來。水緩緩流動著，慢慢的悠長的，我要平平躺在這裡。

接著，有人開口對我說話，是路德維克。我料想會有另一次打擊，不過我已不再驚懼。再沒任何事情撼動得了我。

他坐在我身邊的草地上並問我道，是不是會去參加今天下午的音樂會。我問他道：「你會不會正巧也要去呢？」他對我說：「是的。」「你專程從布拉格趕過來？」他說：「不是，不是為這件事。只是事情以出乎我意料之外的方式收尾。」我說：「是呀，完全料想不到！」「我在這片田野裡閒蕩一個小時，誰知道會在這裡碰到你。」「我也一樣沒有料到。」他接著說道：「我有一件事拜託你。」他沒看著我的眼睛。和伏拉絲塔完全一樣，他和我說話卻沒有看著我的眼睛。不過，他看不看我倒是不介意，反而我還高興些。我猜想那是他的靦腆，這份靦腆寬慰了我治癒了我。他說：「我有一件事拜託你，等一下能不能讓我跟你們大家一起表演？」

19

距離大巴士出發的時間還有幾個小時，因此，我走出村子步入田野，試著將一天以來累積在腦海中的記憶全部驅趕出去。並不容易，小毛頭的那一拳致使我的嘴唇浮腫起來，灼痛我的神經，我彷彿又看見了露西的身影，它讓我想到，不管我去什麼地方要和不公正算舊帳，到最後被我剷剿的元兇竟然是我自己。我把這些意念全都拋到腦後，因為以前不斷重複發生的事，我已深知其中定律；我竭盡全力保持頭腦淨空，只讓遠方騎士們的呼喚（幾乎已經聽不見了）進來，那種音樂將我提升到我之外，正因如此，才寬慰我。

我走小徑，沿著村子外沿繞一大圈，來到莫拉瓦河河畔，然後我順流走下去；河的對岸有幾隻鵝，地平線處有座森林，除此之外就是一片田野。然後，與我相隔一段距離的地方，有個男的躺在河岸陡坡的青草地上。等我走近一些就認出他了：他的背部貼地，面孔迎著天空，後腦勺枕著一個小提琴琴匣（四周，田野地形平坦而且一望無際，幾個世紀以來不曾改變，唯一刮破這美好景致畫面的便是支撐高壓電纜的巨大鋼柱）。要避開他原本也是很容易的：他的雙眼凝望天空，根本看不到我。可是這次，我想避開的並不是他。我走上前去同他說話。他抬眼看我（眼裡似乎浮現膽怯和恐懼），而我也注意到（多少年來，這是我第一次近距離瞧他），以前他那頭足足讓他增加幾公分身高的濃密髮雲，現在竟然落得稀疏半禿，只有三、四條孤零零的長髮綹還在於事無補地，遮掩他的顱頂。這幕光景驀地將我拉回我們分隔的那些年歲，突然，我有一股遺憾，多長時間沒看見他了，這些年來我故意躲著他（騎士的呼喚從遠方傳來，但幾乎是聽不見了），於是我的胸臆猛地對他湧現一份關愛，帶有罪惡感的關愛。他撐起一隻手肘，但仍躺在我的腳邊。他的身材高大但是有些笨拙，裝小提琴的匣子全黑，好像裝新生兒遺體的棺材。我想起來，他的樂團（以前也是「我的」樂團）下午稍晚的時候要舉行音樂會，於是我問他可不可以客串一下參與演出。

我的心中沒有多做掂量便提出這項請求（彷彿語音來得比意念快），所以我是莽撞說出口的，可是儘管如此，我是心口一致的。說實在話，對於這個昔日我從其中脫逃開去的世界我還是充滿愛意的，這個古老而遙遠的世界，裡面有遮掩面目繞著村子巡行的騎士以及他們的王，裡面有穿著白色褶襇襯衫唱歌的人，對我而言，這個世界已經和我故鄉城市的意象重疊起來，和我的母親（被奪走的母親）以及我的青年時代重疊起來。這一整天，這份愛意靜靜地在我的內心成長，到這一刻，已經茁壯成令我眼淚快要奪眶而出的局面。我喜歡它，這個舊的世界，我祈禱它成為我的庇護所。

可是如何轉換，而我又憑藉什麼提出這種要求？前天我不是還刻意迴避賈洛斯拉夫，只是因為在我看來他是惱人傳統民俗音樂的化身？剛剛今天早上，我不是還懷著不舒服的情緒觀看這場民俗慶典的過程？這十五年來有幾道藩籬禁止我去回想昔日在洋琴樂團度過的年輕歡樂時光，禁止我懷著感動的心情時常回到我的故鄉城市，那麼這幾道藩籬怎麼霎時間化為烏有了呢？是不是因為幾個小時前我聽見茲馬內克公然嘲弄「國王騎馬巡行」的活動？會不會早年因為「他」我才憎惡民俗歌謠，而現在還是因為「他」民俗歌謠才得以恢復純淨的面目？

難道說我只像羅盤裡的針，而他才是盤面的方位點？難道我以這種高尚的方式和他配成搭檔？不對，並不是由於茲馬內克的冷嘲熱諷我才突然再度喜歡起這個世界。我可以重新喜歡它，那是因為今天早上，我以它的貧乏形式尋回了它（出乎意料地）。不僅由於它的貧乏，還因為它的「孤寂」；它被浮華以及廣告遺棄，它被政治宣傳忽略，被社會主義的烏托邦以及成群負責文化事務的公務員束之高閣，它受茲馬內克蔑視，也被我同儕們動機不純正的態度犧牲掉了。這份孤寂使它純淨起來，這份孤寂充滿對我的責難，它令這個古老世界淨化，好像對待一個時日無多的人，並用一種令人難抗拒的迴光去返照它；是這份孤寂將它重新交回我的手中。

音樂會預計在餐廳的花園裡舉行，而剛剛我還在那裡吃中飯，在那裡讀赫雷娜的信；當我和賈洛斯拉夫抵達那裡的時候，我們發現已經有幾位老者入座，耐心等著午後開場的音樂會，不過也有大約同等數目的醉漢從這一桌搖搖晃晃走到那一桌。花園盡頭，人家圍著菩提樹下安置了幾把椅子，另外還有一把低音提琴靠著樹幹放置，灰色遮套尚未揭去。兩步遠的地方，洋琴已經打開，有位穿白色褶襉襯衫的男士正用細巧的琴槌輕輕撥弄著琴鍵；樂團其他的成員全站著，但是不在中心位置，賈洛斯拉夫都一一向我介紹：第二提琴手是當地一家醫院的醫師，低音提琴手是區域國委會負責文化事務的視察員，單簧管手（好心地把樂器借給我，和我輪番上陣）是小學教師，洋琴師是工廠的計畫工作者。除了最後這位我還記得，其餘都是新血。最後賈洛斯拉夫正式莊重地把我介紹給大家，說我是舊團員，是創團元老，因此也就是榮譽單簧管手，然後我們就在圍著菩提樹的椅子上坐下開始進行演奏。

長久以來我沒再摸過單簧管，幸好今天演奏的曲目我很熟悉，因此很快就克服了心中的忐忑；以至於第一首曲子演奏結束，樂器放好之後，團員們都過來向我道賀，高聲讚揚我的程度，說什麼也不肯相信我已經好幾年沒摸單簧管了。服務生（正是中午我在慌亂之中付帳給他的那個人）走過來，為我們在樹下架起一張小圓桌，放上六個酒杯和一個套上草編套子的大肚瓶子；我們於是紛紛淺酌起來。演奏了四、五支曲子之後，我向小學教師做個手勢。從我手中接過單簧管的時候，他又不忘重複，說我的技巧算得上是精湛；我很高興這份讚美，於是走到樹下靠著樹幹站著，我的心中充盈著暖洋洋的團結情誼，向他表示謝忱，在這天苦澀日子快結束的當兒他給我幫了大忙。這時，我的眼前重新浮現露西的身影，因此我想，我大概終於明白，為什麼我在理容院的時候她會出現在我眼前，而隔天在寇斯特卡家裡，在那段兼具傳奇和實情特色的故事中，她又再度成為主角。或許她想告訴我，她的命運（一位被玷污了的小女孩的命運）非常接近我的命運；還有，我們兩個人雖然錯失彼此（因為沒有機會互相深入了解對方），但是我們各自一生的故事卻是兄弟情誼般的，連屬在一起的，都是「蹂躪的故事」。因此，人家糟蹋了露西的肉慾之愛，將一項基礎價值從她的生命中剝除了，而我的生命何嘗不是這樣？它所賴以支撐的一些價值，本身明明是清白無辜的價值，也都被詐取掠奪；沒錯，這些價值原本都是清白無辜的。肉慾的愛，儘管在露西的生命中橫遭蹂躪，本身卻是清白無辜的，同樣，昔日被我所憎惡的民俗歌曲、洋琴樂團還有我那土生土長的城市一概也是清白無辜的，此外，那光聽對他的描述就足夠令我反胃的福西克，其實他也一樣，對我而言他應該也是清白無辜的，其他同樣清白無辜的還有昔日在我耳裡聽來饒富威脅意味的「同志」一詞，還有暱稱代名詞「你」，還有「未來」以及其他許許多多的字詞。錯誤不在這裡，而錯誤如此之大，以至於它陰影籠罩的方圓遠遠超過清白無辜事物（以及字詞）的整個範疇，並且將之蹂躪破壞。我和露西，我們生活在一個慘遭蹂躪的世界；由於不知道以憐憫之情來對待它，我們只能避走開去，因此也加重了它和我們的不幸。露西，有人如此愛你，而你卻沒有感受到這愛，露西，因為這樣多年之後你來透露讓我知道是吧？請求對這被蹂躪的世界施予惻隱？

歌曲演奏完畢，那位小學教師又把單簧管交在我的手上，只說今天他的表演到此為止，又說我的技巧比他高明，因為不知道我什麼時候還會回來，下半場就請我發揮好了。我不經意看到賈洛斯拉夫的目光，我說我是求之不得，希望改天能夠重返此地，越快越好。賈洛斯拉夫問我此話當真。我說是的，然後我們又開始奏起下一個曲目。賈洛斯拉夫從椅子上站起來好一會兒了，不去在乎規矩，自顧自頭向後仰，將小提琴抵在胸口的下部，然後一面演奏，一面來回走動；第二小提琴手和我也是動不動就站起身子，尤其每當我們要強調即興演奏的特定部分時。在這種需要奇思幻想、精確技巧以及深刻相知情誼的時刻，賈洛斯拉夫成為我們大家共同的靈魂，而我打從心底欽佩這位巨人，他的外表下面隱藏一位才華洋溢的音樂家，而且他也算是（比所有人都早）我一生被蹂躪價值的其中之一；他從我這裡被奪走，而我（說來慚愧，而且我所蒙受的損失很大）居然放任他被奪走，完全不顧他是我最忠實、最坦率、最純潔的同伴。

音樂會進行到這裡，我發現觀眾的成分有所改變：起先坐在花園桌前的客人並不特別地多，但都以熱情的態度專心欣賞演出，後來走進一群男孩女孩，坐上空位子後就忙著吩咐（大呼小叫）飲料，啤酒葡萄酒什麼的，然後（等到酒精開始發揮作用以後）開始表現出非得讓別人看見自己、聽見自己、認出自己不可的粗鄙需求。結果，氣氛很快就變質了，變得喧鬧不安靜（男孩們在桌子間搖擺來去，不是彼此打起招呼就是喊叫他們的異性朋友），以至於我驚訝之後對我們的演奏分心了，不斷把目光投向花園中間，並明顯帶有敵意地觀察那些小毛頭的臉。面對這一顆顆蓄著長髮的腦袋，招搖地左顧右盼的腦袋，口沫橫飛絮絮叨叨的腦袋，我覺得往日心中對慘綠年紀那種恨意又再度湧現了。在我主觀看來，他們個個好像戴上面具的演員，詮釋的角色帶有濃烈而愚蠢的陽剛味兒，目中無人的低俗味兒。我很難去替他們設想，懷著寬容的態度檢查這種行為，說在他們那層面具之下另有一張臉孔（比較具人性的），因為恐怖的地方正是在於，這些隱藏在面具下的真臉其實對面具的野蠻和粗鄙具有強烈的認同感。

我敢說賈洛斯拉夫的感受和我的相去不遠，因為他突然歇手放下小提琴，同時向我們抱怨，在這種水準的觀眾前面他再也提不起演奏的興致。他提議離開，走進田野裡的小路。一如往昔，天氣晴朗，黃昏隨時就會降臨，夜間氣溫應該不低，天上將有點點繁星，不妨就在犬薔薇樹一旁駐足，就為我們自己演奏一場，只為興趣，就像過去一樣。如今大家已經只習慣（這習慣挺愚蠢）面對觀眾表演，關於這點，賈洛斯拉夫已到忍無可忍的地步。

起先，大家都同意他的建議，而且回應之中幾乎帶著熱情，因為他們感同身受，自己對音樂的酷好應要求更親密的氣氛來配合才是，可是低音提琴手（那位負責文化事務的視察員）接著提出反對意見，因為根據約定，我們必須表演到晚上九點，區域的同志和咖啡館的經理都這樣指望，這是原本規劃好的，既然大家同意合約內容，現在就應該執行交付的任務，如不這樣，慶典活動的進行就受到干擾了；下次再計畫露天演奏的事好了。

這個時候，懸掛在樹上的電燈一個接一個地亮了起來。夜幕尚未降臨，而且日光甚至還沒有稍微暗下來的意思，所以吊燈無法投射出強烈光線，灰灰的空間中看起來像是不會動的大顆淚珠，擦不掉也滾不落的白色大淚珠；彷彿突然掩來的懷舊情緒，不可解釋，降臨在每個人身上，任憑是誰也都無法抗拒。賈洛斯拉夫再度說道（語氣近似哀告），他再也無法忍受，只想走進田野，在那棵犬薔薇樹旁邊演奏，只為樂趣演奏，不過接著他做了一個表示沮喪的動作，把小提琴重新架回胸前，然後繼續表演。

現在，我們已不在乎觀眾的反應，只是比開場時更聚精會神地演奏；花園裡的氣氛越是冷漠粗鄙，四周的喧譁越是如火如荼，將我們孤立成為小島，那股懷舊愁緒就越將我們籠罩，就越讓我們把心思放在自己身上，為自己表演為主，為他人表演其次，忘掉在場的人，音樂成了一堵厚實城牆，在那城牆裡面，在一群喧鬧的醉漢中，我們好像關進一個玻璃房間，懸吊在寒涼的水底深處。

賈洛斯拉夫仍把小提琴架在胸口，他開口唱道：「如果山峰成紙，流水變墨，星子專司抄寫，如果廣闊世界願意記錄，那也傾訴不盡我愛情的遺囑。」而我很高興聽到這些歌曲（在歌曲的玻璃房間）裡面哀傷不輕，笑也不是咧著嘴的強笑，愛情並不滑稽猥瑣，恨也不是怯怯地恨，裡面的人用靈用肉彼此相愛（是的，露西，用靈魂也用肉體），在那裡，幸福能令他們手舞足蹈，絕望令他們在多瑙河裡跳躍，因此，在那其中，愛情仍是愛情，痛苦仍是痛苦，在那其中，價值都還沒有受到蹂躪。那些歌曲裡面，似乎存在我的出路，我初始的印記，還有我所背叛的「家」。（就因如此，那更是我的「家」了，因為那最令人心碎呻吟的就是從那受背叛的家傳出來的；不過我同時也了解到，那個家並不屬於這個世界，（可是如果它不屬於這個世界，那又是什麼性質的家呢？）一切我們所吟唱的只是一種記憶，一塊紀念碑，是和已經不存於世間事物的想像對話，我感覺到，這個家的地面從我腳下移動，就在我把單簧管抵住雙唇的時候，我滑向舊日歲月、過去世紀的深處，那深不見底的深處（在那裡面愛情仍是愛情，痛苦仍是痛苦），而我懷著驚奇向自己說道，我唯一的家便是這種下降，這種墜落，熱切而又急於尋覓，我將自己委身於它，委身於我暈眩的感官美裡。）

然後，我看了一下賈洛斯拉夫的表情，想要確定我是不是唯一感受到這種激奮的人。我注意到（掛在菩提樹枝上燈盞射下的光正好照在他的臉上）他的面孔異常蒼白；他依舊拉著小提琴，但已停止歌唱而且雙唇閉得很緊，那雙本來就現驚懼的眼睛現在更是變本加厲了，他拉錯幾個音，那隻拿著琴弓的手似乎要滑脫開去。最後他戛然停止，整個人癱倒在椅子上；我走到他的身旁，然後單腳跪在地上。我問他道：「你還好吧？」他的額頭布滿汗珠，而且用右手緊緊抓住左臂的上部。他說：「這裡好痛啊。」其他團員誰也沒有注意到賈洛斯拉夫的異樣，繼續沉浸在音樂所帶來的狂喜恍惚之中，沒有第一小提琴也沒有單簧管；洋琴手利用這個機會，出神入化地以他的樂器進行揮灑，但只倚靠第二提琴和低音提琴的襯托。我走向第二提琴手（剛才賈洛斯拉夫已經向我介紹，他的本職是醫生），然後將他拉到我朋友的身邊。現場只剩洋琴和低音提琴獨撐局面，與此同時，第二提琴手已經握起了賈洛斯拉夫的左手手腕；好久好久他都沒有鬆手；接著，他翻起賈洛斯拉夫的眼皮並且檢查他的眼睛，接著再摸摸對方濕漉漉的額頭。他問：「心臟是吧？」賈洛斯拉夫回答：「心臟還有手臂。」一說完這幾個字他臉色都轉青了。後來，低音提琴手也發覺出事，把樂器靠在菩提樹幹後他也趕上前來，以至於現在只剩洋琴獨挑大樑了，而演奏這樂器的人依舊渾然不知已經發生的事，只是快樂地表演獨奏。第二提琴手說：「我去打電話給醫院。」我攔住他：「究竟怎麼回事？」「他的脈搏跳動微弱，流著冷汗，錯不了，是心肌梗塞。」我說：「哎呀！」他起身衝向餐廳裡面之前先安慰我道：「不要擔心，救得過來的。」他推擠著穿過人群，而那些人已經喝得酩酊大醉，甚至沒有察覺到音樂停了。他們只顧著自己，他們的啤酒，他們的說長道短，還有一些咒罵聲，在花園的另外一頭，這些咒罵聲才剛引發一場拳腳相向。

最後，連洋琴聲也停止了，大家全都圍繞著賈洛斯拉夫。他看著我並且說道：「會發生這種事是因為大家留在花園裡面，這是違背他意願的，他一直想跟大家去田野，特別今天我來作客，我又回來這個樂團，如果頂著星空演奏，結果該是多麼精采。」我對他說：「不要說那麼多，你該安靜下來才好。」我心裡想，一如第二提琴手預測的那樣，賈洛斯拉夫應該救得回來，可是以後他的生命應該完全不一樣了，不會再有熱忱奉獻的精神，在樂團裡應該不會再這樣賣力演出，從此他進入人生第二個階段，失敗之後的第二階段，此時我的腦海突然闖入另一個想法，人的命運前途常在死亡之前很久便結束了，它終止的時間通常和死亡不會重疊，賈洛斯拉夫的前途命運已經走到終點。這份遺憾令我椎心刺骨，我輕撫著他那半禿的頭，那幾綹試圖掩蓋顱頂的長髮，心裡驚恐地體認到，自己這趟重回故鄉城市之行本來目地在於擊敗我那可恨的對手茲馬內克，但到最後，居然以這種場面收尾，將我那被打垮的朋友緊緊摟在懷中。（是的，此時此刻，我看見自己將他抱在臂彎裡面，抱住他托住他，巨大沉重的身軀，彷彿我在擔負自己曖昧難明的錯誤，我看見自己將他抱著穿過人群，我看見自己淚如雨下。）

我們在他身旁待了十分鐘左右，然後那位第二小提琴手回來了，向我們做個手勢：我們幫助賈洛斯拉夫站立起來，一面架著他的腋下，一面和他沒入人行道上那群小毛頭的喧鬧聲中。人行道旁，一輛救護車等著，車燈全部亮著。

一九六五年十二月五日完稿

「蹂躪」小說

弗朗索瓦・希加（François Ricard）

I

一九六五年十二月五日完稿的《玩笑》（捷克文書名為Zert）是米蘭・昆德拉的第一本小說，於一九六七年春天在布拉格出版，相當輕易就通過國家新聞檢查的層層關卡，但卻在自由化的氛圍中立場顯得比較不確定。當時捷克在官方上一直還是共產國家，不過幾年以來已經朝向所謂「布拉格之春」的自由化政策邁進，這本大量印行的小說可以說是大獲成功，而且一致得到批評界的肯定，不過批評界感興趣的並非這本作品的政治內涵（因為當時最流行的就是揭露史達林主義的罪行），而是它在主題及形式上豐富多樣。

不過，《玩笑》在國外卻被大家從不同的角度切入[12]。一九六八年八月，蘇聯軍隊侵略捷克。三個星期後作品在法國出版，這個巧合見識了大眾和批評界對它的熱切反應，在於它的文

【本文註釋全為原註】

12. 一九六八至一九七〇年間，《玩笑》被譯成幾乎所有的西方語言。不過因為都是搶譯，只為滿足時事商業的需求，所以這本作品在法國以外的地區只得到暫時的和淺面的迴響。一直要等到八〇年代，由於受到昆德拉其他作品的庇蔭，《玩笑》才又在全世界各地引起重譯的風潮，譯文品質大幅提升，各界都將它視為一項文壇的重要發現。

學價值有所感動，不過說到對它的定位，普遍還是認為這是政治以及意識形態反對勢力的一項勇敢舉措。接著，在蘇聯佔領捷克期間，昆德拉變成一位不見容於執政當局的作家，連帶他寫的書也被打成禁書，於是西方的批評界更有理由主要從政治的觀點去看待《玩笑》（他們也以同樣的觀點看待昆德拉接下去所寫的兩、三本小說，特別是《生活在他方》以及《賦別曲》），彷彿這本書主要的存在理由便是揭發可以歸咎到「現實社會主義」頭上的恐怖情事，一如當時所有影響一半歐洲的社會主義那樣。《玩笑》於是被定位成「對當代問題表態」的小說，是見證，是控訴，是呼籲起義。如此一來，《玩笑》很不幸地便狹隘地被看成一種社會資料或者一篇政治宣言，換句話說，又是另外一本審判官僚史達林主義以及其他形式集權主義的意識形態小說。在那時代，所有的「強勢力量」，包括所向披靡的青年勢力、道德解放勢力以及一九六八年的五月運動，都反對上述那些主義。當然，這樣的觀點不能完全算錯。不僅是因為它符合了時代精神某些最迫切的期待，而且還是因為它的諸多優點特色裡面包含非常精確冷靜、關於意識形態的、社會的、政治的甚至是物質現實的洞察，所涵蓋的時代介於一九四〇年代末期到一九六〇年代中期，也就是捷克共產黨取得政權一直到捷克國內首度出現「解凍」現象的，也就是最後一九六八年引發蘇聯反制的「解凍」。路德維克・楊恩的命運是緊密地和當時的社會情勢連繫在一起的，而其他角色，像赫雷娜、賈洛斯拉夫、寇斯特卡和茲馬內克也都相同。楊恩的命運可以解讀成一種形象表現或是一種戲劇化表現，個人尺度來衡量的，表現了這二十年左右整個世代甚至整個社會的命運。從這個角度看，我們可以說，《玩笑》之於共黨時代的捷克（或者之於中歐），就好比《情感教育》或者《無用之人》之於七月王權的法國或者美好年代的奧匈帝國（如果我們一定要用這種方式閱讀這兩本小說的話）。當然，小說呈現的是虛構的情景，可是其中的寫實成分要比所有史學領域的再現要更忠實更深入，因為作者的目光不是居高臨下，也不是隔著好遠距離來看待他的觀察標的，而是將它放回它最具體最緊接的場域裡面，透過角色們的生存，在那樣的大環境中如何設法擺脫困境生存下來，一種卑微的生存，庸碌的生存，在那其中，清醒或盲目、光明和黑暗是不容易分辨清楚的，一如角色們微不足道的動作、言詞、高貴或卑鄙的思想的因與果也難分辨清楚一樣。或許因為這樣，歷史學家以及社會學家本身才會用屈尊的態度來看待小說，尤其是所謂的風俗小說，在那裡面，他們承認可以抓住以及表現歷史一定程度的真相，否則這種真相是難以為人所掌握的。

可是用這種方式閱讀《玩笑》——或者《情感教育》或者《無用之人》並不是就沒壞處。首先，這是顛倒主從的做法。因為對昆德拉這類後巴爾札克的小說家而言，寫作文獻材料絕對不是他們甘心從事的。對於一個年代一個社會環境的描寫，就算這種描寫再如何精確，就算它的目的是批評的是諷刺的，在這類作家眼中看來也只是自己追求目的的方法，但是這目的不是歷史學家或者編年史作家的目的，而是小說家的目的，換句話說，是藝術領域的目的。如果他的描述具有一定程度的歷史價值或者造成任何政治上的影響，那麼那些都是附加上去的，甚至是意料之外的，甚至有可能是美學豐滿度的「不足」。小說《不朽》的作者透過他筆下的角色說出（和阿維納里宇斯教授對話的時候），在他看來，理想的小說應該是「讓人無法改編，也就是說，讓人無法轉述的」[13]。我們不妨補充：一本我們沒有辦法當作社會或是歷史場景閱讀的小說，更不是表達任何政治立場或者意識形態的手段。這是一種

13.《不朽》，V，9（Folio版，頁351）。

理想一種模範，當然，所有寫出來的小說必然包括提供這種閱讀方式的部分。可是，像昆德拉之類的小說家所努力做的，就是要把這個部分減到最小，或者盡量不要讓它喧賓奪主佔了首要位置。此外，這正是大學生路德維克試圖要讓審判他的人能夠理解的事，只是最後白費心機罷了。他寄給瑪爾克塔的明信片所用的詞彙表面上是政治的，但是它的意涵卻不是政治的，而是愛情的。

要是像《玩笑》這樣的小說，對它的政治或社會學的詮釋將讀者的注意力轉移到次要的而且全然外加的意義上面，那也不太要緊，只要這種詮釋不要（但情況經常相反）將這作品那不可取代的價值以及真正的原創性遮掩掉就好，只要這種詮釋還能讓這作品達到做為一本小說所達到的充分實現：一方面是它的美，另一方面是它在現象學和人類學上的深廣程度，換句話說，就是該作品投射在我們生存上前所未見的光。這兩個特點是我們為了方便分析歸納出來的，要注意到，這兩點是彼此不可分割，而且彼此缺一不可，就像內容和形式、靈魂和肉軀、詩以及組成詩的文字一樣互不可分。

對於這些面向，幸好，也許我們比起《玩笑》的第一代讀者要有更深入的體會。促成這種局面的不僅是所經歷的時間、舊時鐵幕之後所發生的諸多事件以及遺忘這些事件之前所發生一切，不僅這些因素，此外還有，從那時代以來昆德拉所出版的其他作品（這個因素的重要性要大於上面所提的那三項）。在這些作品的襯托下，《玩笑》的價值即被突顯得更珍貴了，因為這些都是出自昆德拉之手的作品。教會我們如何以全新的視野閱讀（或是重新閱讀）《玩笑》。

II

說到《玩笑》的現實性，一旦時過境遷，孕育它的背景消失以後、不再以當時時事背景來詮釋以後，《玩笑》從此就不受限制超越社會——政治學的「小背景」，也就是批評界起初將它定位其中的「小背景」。如果這本小說反映某些東西，事實上，如果我們能夠斷言，它描繪了哪種真實場景，那麼這種真實，如今我們已經看得真確，既不是戰後的捷克，不是共產歐洲，不是警察國家，這些都不是小說想像力要處理的，是它樂意放給社會學或者歷史學去研究的。它的唯一主題，唯一的真實（或者說它唯一的「問題」），能引起它興趣的唯一問題完全是另外一個層面，而且這個問題絕對不只和集權社會有關，儘管在集權社會裡面，這個問題的張力會特別強，但畢竟不管哪一種的現代意識都會面臨，而且或許在那些表面上看起來最「自由的」時代和環境更受強調，因為那是根本定義我們現代性的問題，縈繞它、時刻監視它的問題，而且自身積蓄了如此深刻的焦慮，以至於所有能提供它遁逃出口（即便是最小出口）的所有幻想所有迷醉都是好的。

如何稱呼這個問題，小說本身就為我們想到了。小說最後，路德維克明白道，所以他自己的以及露西的故事就是「蹂躪的歷史」：「我和露西，我們生活在一個慘遭蹂躪的世界。」然而「慘遭蹂躪的世界」究竟是什麼含義呢？那麼「活在一個慘遭蹂躪的世界」又要做何解釋？那麼這種蹂躪對於生存、行為、思想、人際關係、對於人對自己的意識、對時間的利用、對愛和死具體會產生何種影響？還有，如何可以，如何忍受「活在一個慘遭蹂躪的世界」？在那裡面，人的情況變得如何？慾望、對上帝的信仰、博愛和美又會變成怎樣？

我要強調：如果把蹂躪看作是《玩笑》所處政權或社會中的特別徵兆，那麼可就大錯特錯了。當然，路德維克個人的遭遇，比方他被同學譴責，他遭退黨，他被編入「黑徽章」兵團以及所有壓迫他的社會不幸，是個典型的恐怖故事，而在各地的共黨政權裡，在某些時間點上，都充斥著這類的遭遇。可是體驗被蹂躪經驗的不只是路德維克而已，它也影響其他不被政治迫害干擾的其他角色。露西也是，寇斯特卡也是，後者最後束手無策，無法在「人聲喧鬧中聽見上帝的聲音」，而在此之前，他的信仰一直讓他得以活在詩情畫意似的環境裡。甚至賈洛斯拉夫，這位國家從不曾使用威權壓迫過的音樂家，到了小說最後也是身處狼藉不堪的場景中。自己家裡滿地的鍋子和玻璃碎片。可以說社會壓逼和官僚制度的任意施虐忠實地呈現出被蹂躪世界的一個面向（或者呈現這世界所掌握的一種工具、或者這世界裡一種特別殘酷的結果），但卻不可以說，被蹂躪的世界只局限在上述那兩點中，因為它肆虐的範圍遠遠超過意識形態和政治兩個方面。路德維克曾說：「錯誤（亦即蹂躪的來源）不在這裡，而錯誤如此之大，以至於它陰影籠罩的方圓遠遠超過清白無辜事物的整個範疇，並且將之蹂躪破壞。」所牽涉的是一種「抽象的形而上的」蹂躪。那是比集權主義更古老的更廣面的，要比大家口中所謂現代的「洩氣失望」更深刻根本的東西，因為它掏空所有種類的思想和存在的實質，摧毀一切價值，顛覆一切基準，暗中破壞所有意義，所到之處只留下虛無、幻影以及混亂。

透過虛構這個方法，換句話說，建立一個假設性的天地，並在其中置入角色這些「實驗性的」人物，每本偉大的小說作品都披露了我們得生活其中的真實世界的某個新面貌，或者更精確說：它從我們自己的生命經驗出發，揭露這個真實世界，但是切入的角度對我們而言似乎全然是前所未見的，雖說前所未見，但是一經突顯，立刻變成一項真理，而且沒有這項真理，我們或許將無法理解自己是誰或者如何生活。塞萬提斯：世界是一片不確定的虛幻和飄泊遊蕩的空間。巴爾札克：世界有如劇場。福婁拜：世界是引人發悶的地方。卡夫卡：世界好比迷宮。每本原創性作品所貢獻的全新視野，小說史立刻將它吸收成為自己觀點和內容的一部分，就此將它記入自己的美學版圖上面，以便它能成為所有過去和未來小說家共享的遺產。因此，卡夫卡的發現不會抵銷也不能取代塞萬提斯的發現；正好相反，兩位作家各自的發現會產生共鳴，相互結合，互相照亮，促成彼此精確定義，所以塞萬提斯小說中世界一迷宮的意象因為有了卡夫卡作品的參照而全新地被彰顯出來。儘管時空距離遙遠，唐吉訶德竟成了約瑟夫．K的祖先和嫡裔。

那麼昆德拉的發現（或者說是多項發現其中的一項），從他小說初生到開展即一直居於核心假設地位的，就是他觀察到，或者說他經歷到，世界是一片被蹂躪的空間。我們可以說，昆德拉所有的小說，一本也不例外，各自以獨特的方式來詮釋這個主題，每一次每一個故事都將這個主題再度具體呈現，再度審視它的含義，進而擴大它的範圍。我們的印象是，整個小說文類是從它自己源頭發展出來，永不疲累的變體過程，是心智活動不斷的再承擔。小說誕生是靠這種心智活動，而每本新的個別小說都還需要重新領會以及深思，這樣它才不虞枯竭。《玩笑》（以及《可笑的愛》裡面像〈沒人會笑〉或者〈愛德華和上帝〉等部分）具有清晰特質和模範身分，這是通常做為小說家第一本小說所欠缺的，而且其中的探索並未畫下句點，這場探索還繼續進行，一如在《生活在地方》裡那位四十幾歲男人的身上，在《笑忘書》裡塔米娜的身上，在《不朽》裡阿涅絲的身上所發生的一樣，它只是意識或者信念的發軔，在我們眼前慢慢完成，換句話說，是個嘗試的過程。

III

那麼「蹂躪」發生所在的世界又是什麼？不管怎樣，這不必然是個被摧毀的世界。因為從外部審視，它和未受侵害的世界並無不同，正好相反，兩者的相似還是它一項基本的構成要件。在《玩笑》中，建築物好端端矗立，街道和廣場也沒有布滿瓦礫，而大自然到了春天依然開花；人們彼此交談，公務員和工人盡到他們應該盡的責任，情人互相尋覓交配，民俗慶典一如往昔舉行。沒有災難沒有飛機轟炸。生活以慣常的步調進行，一切井然有序。

然而，一切都已變調。

小說第五部開始，路德維克為了消磨時間在城裡閒逛，等著赫雷娜的到來，他穿過一個中間矗立著巴洛克紀念雕像的廣場：

「基座上面站的是某位聖徒，聖徒托著雲朵，雲朵上面載著天使，天使托著另一雲朵，這第二層雲朵上面又坐著另一個天使。我抬眼望著雕像，那是聖徒的金字塔了，那層層疊疊的雲朵、聖徒以及天使所構成的沉重石雕似乎想模仿天空以及它深邃的特性，然而那方真實的、慘藍色的天空卻離開這處積滿灰塵的土地好遠，遠得令人絕望。」

在這段描述中我們注意到兩件事。首先，路德維克前一天曾在郊區散步，看到民宅房舍上面雕刻的小天使和其他主題，而這些小小雕刻已經「破裂」、教人「看不懂了」，這和那尊巴洛克雕塑是很不同的，因為後者保養得很好，不但堅固而且外觀令人肅然起敬。然而，同時它彷彿只部分地存有似的，好像它在本體論上有所缺憾，使它不具重量沒有存在感：它只是單純聳立在那裡，沒有人知道為什麼，不知道獻給哪位聖徒，不知道紀念哪個事件，更不知道提供什麼教訓。總之，這個大型的紀念物已經背離它做為紀念物的功能，被打入了沉寂，被「棄置」在這個地方，「好像天上掉下來的殘骸，再也回不到天上去的殘骸」，這是稍後路德維克陪著赫雷娜重返廣場閒步時所注意到的。整段引文要表達的是（第二件要注意的事），這堆砌起來的天使和雲朵「模仿」了天空的深邃：這件雕塑不是「追憶」天空，不是「意指」天空，而是展現一個近似的華而不實的模仿，多少可信可靠，不妨稱為贗品天空，其中所包藏的貧乏和虛假在「石材沉重堆砌」以及「真實慘藍天空」的對比下尤顯清晰（而且可悲）。它是徒勞無益地矗立在藍空下。

總而言之，這個紀念建物所呈現的不過就是它本來應該代表的東西的無力模仿，一個可笑的微不足道的造作的譬喻，一個圈套，從這點去看，竟好像稍早路德維克注意到的現象：路人手裡拿個餅殼冰淇淋，上面覆著粉紅圓球。那種形狀令路德維克想到火炬。走離紀念雕塑之後，他又看到這種冰淇淋，他於是想到：「而我心裡也再度想到，這些冰淇淋讓人想起火炬，那種特殊外觀說不定蘊藏了某種意涵，因為剛才提到的火炬並非真實的火炬，而是『火炬的滑稽模仿』罷了，而火炬上頭正經嚴肅承載著東西，那讓人捉摸不定的粉紅色彩，那可不是真正的感官美，而是『感官美的滑稽模仿』罷了，而這一切極有可能表達了這個被灰塵掩蔽的城市裡的所有火炬和感官美都帶有不可避免的滑稽模仿特徵。」

正是這類細節，（可是在昆德拉的小說中，「細節」真的存在？）這類表達「蹂躪」概念的雞毛蒜皮小事，才應該和路德維克在小說結尾所提出的疑問產生關連：「如果是歷史在開玩笑呢？」這個質疑廣受批評界的重視[14]，理由相當充分，因為它概括了《玩笑》幾個核心主題中的一個，而且也是《玩笑》有如此深刻現實性的一個主要原因，這個主題即是：「去資格化」（disqualification），說得更清楚些：破除歷史「理性」的神話，破除上個世紀黑格爾思想以及馬克思主義遺留給我們的神聖蓄積。路德維克明白到，歷史不具人們所習慣賦與它的意義，因此也就無法反過頭來將意義賦與個人、階級、群眾的行為，所謂歷史的意義不過像個輕佻的婊子，誰第一個來她就接誰，不僅如此，歷史本身這個雄壯英偉的高貴劇場所推上舞台的竟然只是品味低俗的丑角戲，充斥怪相鬼臉、長篇囉唆以及沒頭沒尾的手勢動作，為的只是娛樂一群瞠目結舌、容易輕信的觀眾。換句話說，《玩笑》裡面，在路德維克以及其他角色生命中所呈現的倒不真是「歷史的結束」，而正好相反是歷史繼續發展下去（這個事實要恐怖得多但也有趣得多。不管怎樣，歷史畢竟還是延續下來了），不管它的瘋狂，不管它的欺騙，就算它也已經不是它自己，就像那個巴洛克紀念雕塑或者人手一個餅殼冰淇淋，但是一個同時近似歷史、一個幽影，一個可笑而又激動的模仿是繼續下來了。在它自己的蹂躪之後，歷史又繼續進展。

在那場所謂的「歡迎新公民降生於世」的儀式中，我們同樣可以觀察到「滑稽模仿」的現象。路德維克在巴洛克雕塑前停下來，無意中走到一旁行政機構裡面參加這場儀式。在等待赫雷娜到來的那幾個小時中，他不斷用一些閒事來消磨他的時間。吸引他注意力的，其實是上述那儀式滑稽模仿和怪誕的性質。可是這回，不恰當的地方不再像巴洛克雕塑那段插曲是意義的遺忘，而是將舊的意義排擠出去，新的意義取代舊的意義，不但襲奪它的外觀，還將它冒名頂替。路德維克老同學柯伐里克那一番道貌岸然、宗教味十足的姿態從及演說最後變成說教宣傳，完全變成丑劇場面。

歸結來講，「蹂躪」可以稱作世界及生存在符號學意義上的失序[15]。莊嚴的歷史常開玩笑。用來比擬天空深邃的石雕天使卻表現出空洞虛無。冰淇淋裡面的冰球變成火炬。一場低俗的公民說教卻披上宗教神聖儀式的外衣。一封情書竟被視為政治宣言。在事物與字詞之間，在人和自己的面貌間，在行動與思想間都挖出了一片空無，連繫的纜繩斷裂了，船隻隨波逐流而去。再也沒有哪個座標、哪個價值不會隨時被轉換成完全相反的東西；彷彿變魔術似的，沒有哪個字詞不能拋掉前一刻的含義並且改變內容、指稱完全不同的東西；沒有哪個手勢姿態意義自明，能夠預先猜測它的結果，它不管何時何地都會叛離原先裡面所包含的意圖。

這種符號學關係的失序同時也作用在構成這關係的兩端：符號和意義這兩端彼此拆離、彼此解脫，語詞和語詞所指的對象各向一邊自由飛翔，它們縱使也是暫時的不穩定的，以至於同樣一個符號可以包含一千個相異的意義，即使這樣，符號的外觀絲毫不會改變。比方，摩拉維亞傳統的音樂就是這樣，先後和各種意涵結合起來：先是戰前的愛國保守主義，接著是年輕革命分子的理想主義，然後是崇拜史達林教條者的利器。所有符號、所有事件、所有背景都幻化成陷阱，因為它所慣常傳遞意義，輕而易舉便可以被與那意義完全相反的另一個意義取代。在這種情況下，不管賦與任一符號何種意義都一定會弄錯，或者至少可以說，將自己置於一定會被欺騙的狀態中。卡夫卡的世界是真理無從尋覓的世界，接續這個世界的，竟是真相變成如

14. 尤其可以參考安德黑—亞朗．摩賀羅（Andre Alain Morello）所寫的〈重返《玩笑》：歷史的結束以及小說的結束〉，《十九二十》，巴黎，一九九六年三月。

15. 席爾維．李須特（Sylvie Richter）在她名為〈昆德拉的小說以及溝通的問題〉的文章中分析得相當透徹，《無限》，巴黎，一九八四年冬季號。

此多樣如此武斷，如此可以操弄的天地，而在這天地中，不但要放棄去定義它，還要根本不動腦筋尋找。雖說約瑟夫．K沒能找到進入城堡的方式，可是至少他不曾懷疑城堡的存在，所以還要盡力去找到它。昆德拉筆下的人物，對他們而言，世界上的城堡輕而易舉便可接近，可是當他們真的走到附近，城堡不是頓時化為廢墟就是變成捕獸器陷阱。這些人物迷失在大量繁衍但卻沒有重量的符號間，四周淨是誤導人的語詞以及被滑稽模仿了的價值。他們別無他法，只能與之保持距離，不要讓自己停止下來，不要受到任何字詞催眠，受到它們愚弄。

意義不可預知而且變異不斷湧現，這種經驗從某個角度來看也正是《玩笑》呈現給讀者的布局結構。在昆德拉所有的小說裡面（或許《賦別曲》除外），《玩笑》表面上看起來是最「傳統」的一本，因為它的結構布局，它的敘述方式，如果和《生活在他方》、《笑忘書》、《生命中不可承受之輕》、《不朽》以及《緩慢》相比，似乎走的是十九世紀初以來小說文類形式上的大原則蹊徑：歷史地理背景的寫實或者似真；敘述主軸的時間線性發展（事件發生集中在三天裡面，故事幾乎以小時為單位交代的）；此外加上不間斷的回顧性敘述（也就是角色們的回憶）；戲劇性進展的延續，前後產生了慣常的三大階段：開端和醞釀（最前面的四個部分，全是發生在星期五的事），高潮（第五和第六部，星期六），尾聲（第七部，星期日）。全部用的都是第一人稱的敘述觀點，換句話說，就是從角色本身出來的敘述。在昆德拉的所有作品中，《玩笑》（加上《可笑的愛》的起首兩個短篇）可以說是唯一採用這種手法的，表面上看起來完全沒有違反上述那種三段式的榜樣。但是還是有創新，而且這些創新是饒富意義的：因為這裡的第一人稱不只一個而是「四個」，由他們輪流擔負敘述的功能，每個人各有一個聲音，各有其主觀性，各有其言語風格。用「我」來進行敘述的技巧幾乎和小說這個文類相等古老，而且從十九世紀起就被用來取代所謂「全知全能」敘述者的地位，這種敘事者居於動作之外，因此能夠對於動作以及角色採取不介入的客觀觀點，因此可以評斷他們並且知道他們的真相。然而，儘管第一人稱放棄「上帝觀點」的優越性，它還是繼續從「單一」視角觀察事情，這樣一來，這個兼敘述者的角色所提供的「真相」，（通常是有限的、不公正的）到頭來就跟「全知全能」敘述者所提供的真相一樣不可受到質疑。上帝已死，當然，可是還有一個當家作主的，那就是「我」。「玩笑」所發明的「複調」[16]（polyphonique）敘述在對於敘述「權威」去資格化的努力上是貢獻良多的。由於同樣的事件同時由幾個聲音描述，因此多重的、平行的觀點（換句話說，彼此獨立）就提供了繁多的解釋和說明，這些說明有時彼此是互補的、有時彼此是矛盾的，有人知道（或是以為知道）其他人不知道的，或是其他人看待該事的觀點和他相距甚遠，這樣一來，所謂「真相」，即便以主觀的形式存在，也會摔成碎片，迷到五里霧中，只剩幻象而已，或者，在最好的情況下，成為永遠沒有謎底的謎面。真的露西是誰，路德維克的抑或寇斯特卡的？誰也說不上來。賈洛斯拉夫和伏拉絲塔的婚禮到底怎麼回事，是愛情自年湮代遠以來就有的高貴儀式，就像賈洛斯拉夫回憶的那樣，還是只是路德維克眼中意識形態的騙人把戲？那麼路德維克自己呢？在《玩笑》中的四個聲音裡面，路德維克所佔的篇幅最長，我們對他的信任不得不因為其他三個人對他的描述而打了折扣，因此路德維克也好，其他三個人也好，誰也不算佔了上風。所以真相，路德維克口中的真相或是其他角色口中的真相將永遠是多元的、變動的，除非我們從變化以及多元的角度切入，否則真相將是完全不可知的。

16.在小說中，這個詞係指「多聲卡農」，是「國王騎馬巡行」活動中各角色所朗誦的詩節所構成的。

IV

要是上面那些文字促使讀者將《玩笑》歸於所謂「哲學小說」這個混雜的種類中（這個種類充斥了一般性的壯觀理念、掩飾得不完全的「訊息」以及假設為充滿活力的抽象），那我就真的很遺憾了。昆德拉的藝術中最看不到的就是「預言」和「示範」這兩種成分了。說實在話，有什麼東西會比這本小說更具體更單純？一個男人和一個已婚女人約在外省一個城市，而後者順便利用週末到那裡工作；這個城市正好是那個男人土生土長的地方，以至於他到那裡以後遇見了睽隔已久的老朋友，並且和他某段的過去重新接軌；可是他時刻也沒有忘記自己此行的目的，為了和那個女人翻雲覆雨，造成她對自己丈夫不忠，而這丈夫正是他以前的同學，以前造成他一敗塗地的同學。男人的慾望滿足了，甚至以超過他期待的方式實現了：那個女人禁不住誘惑，高高興興地背叛了丈夫，甚至對引誘她的人產生如此激烈的真情，到了沒有他就活不下去的地步。可是事後男方才發現自己盤算錯誤，等於沒有佔到便宜：不僅因為那個女人和她丈夫早已不再相愛，而且此時也路過該城市的丈夫對這場姦情根本不痛不癢，也不覺得自己綠巾壓頂；正好相反，他不但歡天喜地而且還把妻子情夫當好朋友看待。

綜觀起來，路德維克的遭遇不禁讓我們想起薄伽丘或是馬爾侯的世界；這是一段情色的陰錯陽差，是齣酸甜參半的喜劇，說的是被慾望蒙蔽的唐璜、女人的心血來潮以及捉弄人的巧合。從這個角度看，昆德拉很有立場將《玩笑》歸為「愛情小說」[17]，就像絕大多數的小說一樣。因為人生最複雜層面的最佳證明可以在愛情和色慾無限多變化的陷阱和魅力中找到，而人生則是小說家藝術和想像力的唯一標的。說到愛情小說，《玩笑》從頭到尾都是，因為所有的事件插曲幾乎都是在愛情裡開展的，不僅僅只有路德維克和赫雷娜那段偷偷摸摸的往來。路德維克的過去也由女人交織而成，從他年輕熱中黨務的時代開始（美麗的瑪爾克塔左右他的生活，但也造成傷害），後來到了奧斯特拉瓦之後的那幾年也是（黑暗時代，由謎樣的露西施予慘澹的光照）。而赫雷娜的一生也是對愛情喜悅不停的呼喚。賈洛斯拉夫對民俗藝術的依戀如果不從他對妻子伏拉絲塔的愛情去看的話也是很難理解的。從他們最初相遇以來，賈洛斯拉夫就把她當作「可憐的女僕」（同時也是「王后」）來尊敬；至於信神的寇斯特卡則因「小流浪女」以及和她那半情慾半慈善的關係而大大改變。

愛情小說，沒錯，不過是被蹂躪的愛情。說得更精確些：愛的失望，每個角色或早或晚都要發現自己被愛所騙。赫雷娜就是如此，起先看出她和丈夫帕維爾之間只有心灰意冷，然後她又覺悟，自己對路德維克的吸引力不過只是假象。賈洛斯拉夫的例子何嘗不是這樣？到頭來欺騙他的竟然是自己的妻子和兒子。路德維克的情況尤其如此。寇斯特卡向他透露他唯一愛的（或是自以為愛的）女人露西的過去，竟然把那個誠懇但狂亂的年輕求愛者描繪成「強姦者」。從深層來探討，這些角色在愛情上的經驗和路德維克面對歷史的經驗是相通的，而在昆德拉的世界中，這是人生最本質的存在經驗：無知的經驗，盲目的經驗。不管我做什麼，就算我頭腦清楚外加小心翼翼，人、物甚至我自己的真實面總是不能被我理解。只要我自認為掌握它了，它就改變場所更換面貌，成為正好相反的東西，留在我指縫間的只剩變形了的外皮，有時恐怖，有時怪異。在這種情況下，愛戀、戰鬥、生存，最後一定誤解一場，最後不得不承認那是喜劇鬧劇。

17.《玩笑是個愛情故事》（〈作者序〉見《玩笑》英文譯本，海姆（Heim）譯，企鵝叢書，一九八二年）。

然而，這種發現絕不可能以任何方式被預先給予或保證；只有時光流逝以後、對生存感到失望以後（也就是將年輕歲月中的抒情成分剔除乾淨以後），一些人才會有所感觸。《玩笑》裡的所有重要角色都面對這點，於是這本小說除了是「去神聖化歷史」的小說，是「被蹂躪愛情」的小說之外，它還是處理「天真狀態結束進入成熟階段」這主題的小說。事實上，所有這些人物，路德維克、赫雷娜、賈洛斯拉夫、茲馬內克、寇斯特卡等等，他們年紀彼此彷彿，大約四十歲上下。他們在青少年時代便互相認識，在那時代，他們受到同樣大環境的精神薰陶，受到同樣十分幸福的熱忱所激勵，所以面目看起來是極相似的。可是時光推移，如今他們面臨一個轉捩點，因為這種認同成為可質疑的問題而且也不再為他們所駕馭。

有些人拒絕在時間長河裡隨波逐流，不願承認年老的事實。比方，雖然身材豐腴，臉上出現皺紋，雖然在政治上維持自己的忠誠度已經導致名譽掃地，赫雷娜還是堅持（據她自己說）「我要追尋愛情，我不顧一切地追尋一種愛情，在那其中我可以以我先前的自我及現今的自我生存下去，依舊懷抱我舊日的夢想和理念，因為我不想讓我的生命從中間斷裂成兩截，我要它是首尾俱全的一個大整體」。讀者接下去很快就看到，她那「舊日的夢想」根本就是激情陷阱，讓她失足跌入。茲馬內克多多少少也是這種類型。路德維克十五年以後發現，儘管光陰流逝、歷史事件更迭，他還是「徹徹底底」和學生時代的他沒有兩樣。可是他和赫雷娜不同，他並沒有遭受羞辱、沒有受到創傷；他和世界達成共識，他隨時修改自己以便符合中間形象，根據時代的高低起伏而蛻變適應，每天都背叛自己昨天才生的新想法，這樣做是因為他不願意喪失他心裡唯一在乎的東西：統御的感覺以及年輕人專利的天真和熱忱。最糟的是，他達成目的了，因此變成（不僅和他的「敵手」路德維克相較，也和所有其他角色對比）唯一稱得上

「勝利者」的人，因此他知道如何穩坐在「歷史之馬」的鞍座上，由於這樣，他可以說是「現代人」最精采的典範，說不定還是整本小說中最具「先知相」的角色。

這些年紀四十上下的角色可以分成兩組。第一組是安然無恙越過成熟門檻，而從小說起頭到結尾都維持浪漫熱忱的（赫雷娜）或者對年輕保有完全沒變質意識的（茲馬內克），另外一組當然是夢想破滅的人，其中包括路德維克、賈洛斯拉夫以及程度稍輕的寇斯特卡。事實上，這三個角色有個共同點：《玩笑》是描述他們「成熟」過程的作品，換句話說，他們經歷一場內心轉變，讓他們永遠從年輕時代過渡到成年階段，而這便是「蹂躪」這概念的心靈版圖。他們的故事不可避免是失敗的過程。而這失敗和所有的失敗相同，是在奮勇抗拒之後才降臨的：直到最後，寇斯特卡都緊緊抱住自己的信仰，而賈洛斯拉夫則執迷於純淨和傳統延續。怎奈那是徒勞無功的事。賈洛斯拉夫發現他的伏拉絲塔和伏拉德米爾愚弄了他，然後，一切突然崩潰。他對自己生命所賦與的意義，指導他行為的價值觀和希望，從他年輕時代以來便已熟悉的自身面目，他家人的面目，總之，所有他跟現實世界的連屬，讓他覺得在家庭、在祖國的感覺，光明的感覺，這一切如今都成為摔了一地碎片的場所，在這場所之中，他的心徹底破裂，一動也不能動，淪為無際「疲憊」的犧牲，而這是成熟年紀的命運但也是解脫。

如果說賈洛斯拉夫（一如第六部結束時的寇斯特卡）過渡到成熟階段是瞬間猛烈的事，好像突然甦醒或者突然出乎意料之外得到一種啟示，那麼路德維克的就比較緩慢而且是漸進式的，這也是為什麼他的敘述佔掉小說大部分篇幅的原因了。這個成熟過程分為兩個階段，對應於故事的兩個時間層次，過去和現在，彼此相隔十五年的距離。

第一個階段是劇烈唐突的、早發性的。它在第三部以倒敘的方式交代，那時路德維克年紀大概二十出頭，已經被學校開除學籍，正在奧斯特拉瓦的軍營服役。據他自己的說法，那是「一生第一次的慘痛經驗」。在這種情況下，他不得不將自以為是的個人認同剝除掉，將做為誠摯博愛年輕黨員的認同抹滅掉，後來他突然發現自己被「拋棄到生命軌跡之外」，沒有前途，由於一個荒謬的判決導致他被逐出社會，而且是他無力回天的事。那幾個月的隔離，那種自我否定就像他已死了一樣。他的年輕歲月驀然畫下句點。他的年輕歲月，換句話說，他對自己還有對歷史的信心，生命操之在我的感覺，擁有自己的認同感，覺得自己隸屬於一個安定穩固的世界，思想和行為彼此協調的世界，善惡、真偽、受害者、劊子手是清楚分開而且可以認知的世界，這些東西都解體了。他是以叛逆學生的身分遠去奧斯特拉瓦的，可是才過不久他便「明白自己的叛逆是虛幻的」。從那裡離開之時，他已然成為成熟男人，在他的心中夢想和悔恨都不見了，天真和罪惡感也不見了，只有望不見邊的虛無：「我是沙漠中的沙漠。」

十五年後，這個人又回到他那位於摩拉維亞的故鄉城市。在小說的第一頁他便說到，回去那裡是為了執行一項「任務」。而這經過他精心籌劃的任務其實便是他的復仇計畫，他等了好久終於等到這個機會，同時他要耐心地，周延地花費兩天的時間去執行它。因此，昔日在奧斯特拉瓦的流放生活中，身心俱疲的人至少還保有這股熱情，那是對自己以及對命運所殘留的最後一點信心：對於劊子手的憎惡，也就是說在道德上在哲理上他還深信公理正義，即便路德維克賦與它荒謬可笑的形式，他還深信這種正義公理，（換句話說雪恥復仇、懲罰有罪的人）還是能夠戰勝一切。因為凡是想要報復的人一定相信此舉有其必要，而且正義公理還有可能伸張，也就是說秩序以及真理依然可以掌握。復仇儘管是「犬儒式的、具體現實的」，就像路德維克心中構想的，其實基本上是一種信仰。

讀者知道路德維克的「計畫」演變成什麼下場。他的復仇淪為什麼笑料。而這一次，就像久遠以前他受政治迫害時的情況，最後佔上風的不是真理也不是正義公理。所謂真理或者正義公理只會遮蔽依賴者的眼睛，只會更加確定將它交付給善於嘲弄譏諷、善使幻術的世界。而且在這世界中，「一切將被遺忘，沒有什麼可獲彌補」，因為允許這種與不公正事情相反的記憶和一貫性也遭蹂躪了。只有等到路德維克體會這種蹂躪的深廣程度時，同時發現自己渴求的正義多麼虛無時，而且昔日它在露西事件裡起的作用如何曖昧不明時，我們才可以斷言，路德維克已經永遠脫離年輕時代，他的成熟過程也已結束。

V

那麼到底發生什麼？活在蹂躪之中又像什麼情況？

當然，關於這個問題沒有明確的答案。可是小說再度又提供我們一些蹊徑，至少是假設性的管道。首先，認知「蹂躪」絕非一種「悲劇感」。當然，上述兩個詞都暗示了個人發覺自己被剝奪了前途命運，並且突然體會到自己的盲目。然而「悲劇感」隱含昇華，隱含宿命的存在，換句話說，有個全能威嚴的秩序存在（超越人的尺度，非人性的），當不幸侵襲個人的時候，這種「悲劇感」會向他顯露同時確定它的存在。可是路德維克或是賈洛斯拉夫的發現並不是這樣，它不具有昇華超越能力，一切只受虛假和滑稽模仿的光線照耀。悲劇性角色被他自己所發現真相的沉重負擔壓垮；而被蹂躪的人物，至於他，雖被解放但旋即便投入一種自由但虛空的輕盈裡面。從這個角度看，他比較像是喜劇人物，只是他在這齣喜劇裡面同時是欺騙的人和被騙的人，而且無論如何都無法脫身。路德維克明白道：「我一生的『整個』歷程本身即是以一場錯誤開展的，那張明信片的笑話，那次巧合，一個荒謬。」「如果這樣，我就理解，不可能泯除我自己的玩笑，因為我本身以及我的一生就包含在一個更深廣的玩笑裡，它凌越我，完全不可取消。」

認清蹂躪現象，換句話說，認清無處不在君臨一切的玩笑，卻又和現代版的「悲劇感」（即所謂的「荒謬感」）不同，後者就像卡繆在自己的散文中所分析一樣。雖然「荒謬性」強調了世界的缺乏秩序以及冷漠疏離，不過在它的定義中，「人」是一味渴求「絕對」和「協調」，也就是說，像個永恆的少年，因此他背負必須不斷鬥爭不斷叛逆的義務。「荒謬性」從這個角度去看，其實根本上是對生存一種認真嚴肅的想法，是薛西佛斯式的「幸福」。每次當他推起石頭為了向神的不公正抗議時的想法其實在想改造世界、激進年輕人的心中感受到、在想追求復仇計畫的公理執行者心中也感受到了。然而，昆德拉筆下那些因為放棄叛逆，放棄雪恥企圖而贏得幸福的人意義就完全不一樣了。這種人格和思想的狀態基本上是卑微的和諷刺的，是一種寬慰，一種退避，將靈魂和心從習慣加諸在他們身上的鎖鍊中解放出來，然後重新給予自己一種新的價值、重量以及意義，不需再靠外來的東西使之名正言順。

《玩笑》為我們處理了這種矛盾的幸福（我們姑且稱之為「蹂躪的幸福」，或者更精確些：「具有蹂躪意識的幸福」），它至少提供了我們兩種令人印象深刻的意象，那也是這本小說中最美的段落。首先，在第三部中間，當路德維克沉陷在奧斯特拉瓦那灰濛濛的環境時，出現了一個幾乎是神蹟的人物——露西。儘管她從來沒有以第一人稱敘述者的身分出現在小說中，就像路德維克、赫雷娜、賈洛斯拉夫和寇斯特卡那樣，儘管她的角色在情節中只屬次要，甚至只局限在某些段落，可是從結構分析的立場來看，或許她的地位在整本作品中是最重要的。露西沒有積極做出什麼，但卻在路德維克抵達故鄉城市那個晚上，他到理容院理髮的時候，由露西觸發了他對往事的回憶。在故事後面的部分，路德維克的思緒也是動不動就回到她的身上，特別是第二天傍晚的時候，也就是在套間中剛剛利用赫雷娜的身體遂行了他復仇目的的時候：「我的腦際劃過一個想法，她對我的影響應該如占星家宣稱的那樣，一如星宿對人命的影響；我陷在扶手椅裡（面對敞開的窗戶，正將赫雷娜的味道驅逐出去的窗戶），心想自己已經猜出過去兩天以來為什麼露西又重新出現在我的生命中：只是為了將我的復仇消弭於無形，為了將一切將我引來這裡的理由變成一陣輕煙。因為，露西這位我曾經深愛的女人，在最後一刻突然從我生命裡閃躲開去的女人，其實是逃逸的女神、追逐卻徒勞無功的女神，是霧陣的女神；她始終把我的頭捧在兩手之間。」

路德維克很有可能誤解露西的「實在性」，誤解昔日他們維繫的那種關係，就像稍後寇斯特卡的描述所揭露的那樣。可是這層懷疑只會加深路德維克對她的依戀、突顯往日露西貢獻給他而他卻不知珍惜的東西。露西不過是「平凡得可以的」貧困女孩，她的性格就是「安靜、單純、謙卑、緘默」以及「充滿憂鬱氣質的緩慢」，而路德維克則是不耐煩的叛逆脾氣，而且「一直好像瞎子，躲在自己虛假的面孔後摸索前進」。這樣一個女孩能給路德維克什麼？當然只是向他揭露一個真理：「以全新的、意料之外的方式生存。」

「而我瞬間就解脫了；彷彿她是來找我，要將我帶到她那個『灰暗的天空』。才前一刻，那將我『推出歷史之外』的腳步還令我恐懼，不過現在我突然發現那是令我寬慰，賜予我幸福的腳步。在我猶豫膽怯的時候露西搭著我的手肘，而我就任由她引我前行……」

「推出歷史以外」當然，可是也是自身以外，自己的怨懟和自己的清白無辜以外。因為露西所生活的地方，既沒有罪人也沒有清白的人，沒有公正也沒有不公正，沒有勝利也沒有失敗。她指給路德維克看的是通往「失樂園」的道路（「有狗和哨兵看守的特殊天堂」），這道路並非別的，而是從退縮所獲致的寧靜無爭，是「蹂躪」之後那平坦但淒涼的原野。

所以，在路德維克那場復仇後所經歷的挫敗中，在寇斯特卡將自己的故事敘述完了以後，露西又重新出現在路德維克的腦海中，並且照亮了他在摩拉維亞家鄉城市的最後一天，給他提供一種類似於他從前在奧斯特拉瓦所感受過的幸福。當年他一心想要復仇，不夠成熟，因此無法將這幸福保守住。路德維克的第二次幸福經驗落在小說的結尾，那時，他在故鄉城市已無事情要辦，於是加入賈洛斯拉夫那已經趕不上潮流的小樂團。就像昔日在奧斯特拉瓦一樣，只是情調完全不同。那再度是一次「放鬆」（將自己完全釋放），將他放逐到一座「孤立的小島」。說也奇怪，在那一刻，他才有「回到家」的感覺，同時尋回往日世界，不過所尋回的是「已然消失」的世界。

「並不是由於茲馬內克的冷嘲熱諷我才突然再度喜歡起這個世界。我可以重新喜歡它，那是因為今天早上，我以它的貧乏形式尋回了它（出乎意料地）。不僅由於它的貧乏，還因為它的『孤寂』；它被浮華以及廣告遺棄，它被政治宣傳忽略，被社會主義的烏托邦以及成群負責文化事務的公務員束之高閣，它受茲馬內克蔑視，也被我同儕們動機不純正的態度犧牲掉了。這份孤寂使它純淨起來，這份孤寂充滿對我的責難，它令這個古老世界淨化，好像對待一個時日無多的人，並用一種令人難抗拒的迴光去返照它。」

為什麼美的光華會和貧乏、孤寂以及遺棄連在一起？「蹂躪之美」存不存在？如果藉著路德維克的嘴巴說出，那應該就是，其中有份美被蹂躪，而這美極可能是「最後的」美，彷彿船過水無痕，好像哀愁飽滿的回音沉寂下去，一旦蹂躪結束，只剩下一地可憐的碎片。

「國王騎馬巡行」的儀式就是這種性質。那天，路德維克用心體會，重新發現它那令人痴迷的美，因為「沒有人知道其中蘊含的意義和訊息」：「『國王騎馬巡行』會那麼美，也許正是因為長久以來它的內涵已經不為人知，結果儀式裡面的動作姿勢、顏色、對話才能以其本身的特色形式吸引住人。」換句話說，美只有在意義被掩蓋的時候才會顯現，只有在這種情形下才不可能會有錯誤或是滑稽模仿；只有這樣，真理才能再度璀璨奪目。

而這個真理的本質，好像露西「真正實在的面貌」，好像「國王騎馬巡行」的面貌，永遠永遠都被「掩蔽」起來。

關於弗朗索瓦・希加（François Ricard）

弗朗索瓦・希加是一位法國文學教授，一九七一年起任教於加拿大麥基爾大學。他評論當代文學的論文集《自我對抗的文學》曾獲得加拿大總督獎。他寫作許多文章探討米蘭・昆德拉的作品，刊登於美國、法國、義大利與加拿大等地的文學期刊。《阿涅絲的最後下午》是希加對米蘭・昆德拉作品的評論專書。

國家圖書館出版品預行編目資料

玩笑 / 米蘭・昆德拉 (Milan Kundera) 著; 翁尚均 譯. -- 二版. -- 臺北市：皇冠, 2022.05
面； 公分. --（皇冠叢書；第5023種）（米蘭・昆德拉全集；1）
譯自：LA PLAISANTERIE
ISBN 978-957-33-3878-9 (平裝)

882.457 111004789

皇冠叢書第5023種
米蘭・昆德拉全集 1

玩笑

LA PLAISANTERIE

作　　者—米蘭・昆德拉
譯　　者—翁尚均
發 行 人—平　雲
出版發行—皇冠文化出版有限公司
台北市敦化北路120巷50號
電話◎02-27168888
郵撥帳號◎15261516號
皇冠出版社（香港）有限公司
香港銅鑼灣道180號百樂商業中心
19字樓1903室
電話◎2529-1778　傳真◎2527-0904
總 編 輯—許婷婷
責任編輯—陳思宇
美術設計—王瓊瑤
行銷企劃—蕭采芹
著作完成日期—1967年
二版一刷日期—2022年5月
二版二刷日期—2023年11月
法律顧問—王惠光律師

讀者服務傳真專線◎02-27150507
電腦編號◎044116
ISBN◎978-957-33-3878-9
Printed in Taiwan
本書定價◎新台幣450元/港幣150元